Lili ist frei. Sie hat ihr Leben hinter sich gelassen. Vor der Westküste Alaskas fährt sie als einzige Frau mit einer Fischfangbesatzung über den Ozean. Sie ist dem eiskaltem Wind des Meers ausgesetzt, spürt das Salz auf der Haut, schuftet, schläft an Deck des Schiffes, geht an ihre Grenzen – und wird Teil der rauen Welt der hartgesottenen Matrosen. Doch einer unter ihnen ist anders als alle anderen: Lili und Jude ziehen sich magisch an, ihre Beziehung ist fast zerstörerisch. Als er sie bittet, mit ihm fortzugehen, muss Lili sich entscheiden zwischen der grenzenlosen Freiheit der Meere und der vielleicht größten Liebe ihres Lebens.

Catherine Poulain, in Frankreich geboren, hat zehn Jahre auf den Meeren Alaskas verbracht. Zuvor hat sie unter anderem in einer Fischkonservenfabrik in Island, in einer Werft in den USA und als Barkeeperin in Hongkong gearbeitet. »Die Seefahrerin« ist ihr erster Roman, für den sie 2016 für den Prix Goncourt du Premier Roman nominiert, vielfach ausgezeichnet und vom Publikum gefeiert wurde. Heute lebt sie gemeinsam mit ihrem Hund und ihren Schafen als Hirtin in den Weinbergen Südfrankreichs.

Catherine Poulain

Die Seefahrerin

Roman

Aus dem Französischen von
Bettina Bach und Christiane Kuby

btb

O you singer, solitary, singing by yourself, projecting me,
O solitary me listening, nevermore shall I cease perpetuating you;
Never more shall I escape, never more the reverberations,
Never more the cries of unsatisfied love be absent from me,
Never again leave me to be the peaceful child I was before what there in the night,
By the sea under the yellow and sagging moon,
The messenger there arous'd, the fire, the sweet hell within,
The unknown want, the destiny of me.

Walt Whitman

Man sollte immer nach Alaska unterwegs sein. Wozu ankommen? Ich habe meine Tasche gepackt. Es ist Nacht. Ich verlasse Manosque-die-Hochebenen, Manosque-die-Messer, es ist Februar, die Bars sind voll, überall Rauch und Bier, ich gehe weg, ans Ende der Welt, übers Meer, Richtung Eiskristalle und Gefahr, ich gehe. Ich will nicht mehr sterben vor Langeweile, im Bier, durch eine verirrte Kugel. Todunglücklich werden. Ich gehe. Du spinnst doch. Sie machen sich über mich lustig. Das machen sie immer – ganz allein auf einem Schiff zusammen mit einem Haufen Männer, du spinnst doch … Sie lachen.

Lacht nur. Lacht. Trinkt. Gebt euch die Kante. Sterbt doch, wenn ihr wollt. Ich nicht. Ich gehe nach Alaska, zum Fischen. Tschüss.

Dann bin ich gegangen.

Ich will das große Land durchqueren. In New York ist mir nach Weinen zumute. Ich weine in meinen Milchkaffee, dann gehe ich raus. Es ist noch sehr früh. Ich spaziere die großen, verlassenen Avenues entlang. Der Himmel ist sehr hoch, sehr hell zwischen den Wolkenkratzern, die wie Verrückte emporragen, die Luft ist frostig. Imbisswagen verkaufen Kaffee und Gebäck. Ich sitze auf einer Bank, einem von der aufgehenden Sonne glutrot gefärbten *building* gegenüber, trinke einen großen Kaffee, der nach nichts schmeckt, dazu esse ich einen riesigen Muffin, einen süßlichen Schwamm. Und langsam kehrt die Freude zurück, eine Art Leichtigkeit in den Beinen, die Lust, wieder aufzustehen, die Neugier, auf Entdeckungstour zu gehen, bis zur Straßenecke, dann immer weiter. Und ich stehe auf und gehe los, die Stadt wacht auf, Menschen tauchen auf, Taumel überkommt mich. Ich lasse mich hineinfallen, bis zur Erschöpfung.

Dann steige ich in den Bus. Einen Greyhound-Bus mit einem Windhund darauf. Ich zahle hundert Dollar für die Fahrt von einem Ozean zum anderen. Wir verlassen die Stadt. Ich habe mir Kekse und Äpfel gekauft. Tief in meinen Sitz versunken schaue ich mir die vielen *highways* an, diese ganzen Straßen, die sich kreuzen, sich trennen, ineinander übergehen, sich miteinander verbinden und wieder auseinandergehen. Weil mir davon schlecht wird, esse ich einen Keks.

Ein kleiner Armeerucksack ist mein einziges Gepäck. Vor der Abfahrt habe ich ihn bestickt und mit kostbaren Stoffen überzogen. Ich habe einen verwaschenen himmelblauen Anorak geschenkt bekommen. Die ganze Reise lang nähe ich daran: Ich bin von Daunenfedern umgeben wie von Wolken.

»Wohin fahren Sie?«, fragen mich die Leute.

»Nach Alaska.«

»Was haben Sie dort vor?«

»Fischen.«

»Haben Sie das schon mal gemacht?«

»Nein.«

»Kennen Sie jemanden?«

»Nein.«

»*God bless you.*«

God bless you. God bless you. God bless you… »Danke«, antworte ich, »vielen Dank.« Ich freue mich. Ich fahre nach Alaska, zum Fischen.

Wir durchqueren Wüsten. Der Bus leert sich. Ich habe zwei Sitze für mich allein, kann mich, die Wange an der kalten Scheibe, halb ausstrecken. Wyoming liegt unter einer Schneeschicht. Nevada auch. Im Takt der McDonald's und der Rastplätze esse ich Kekse, die ich in hellen Filterkaffee tunke. Ich nähe weiter und verschwinde in den Wolken, die aus dem Anorak aufsteigen. Dann wird es wieder dunkel. Ich schlafe nicht mehr. Rechts und links der Straße blinken Spielhöllen, funkelnde Neonräder, leuchtende Cowboys mit einer Pistole in der Hand… leuchten auf, erlöschen wieder… Über uns eine ganz schmale Mondsichel. Wir kommen an Las Vegas vorbei. Kein Baum, steiniger Boden, vom Winter verbranntes Gebüsch. Im Osten wird der Himmel ungeheuer schnell hell. Kaum ahnt man, dass der Tag anbricht, ist er schon da. Die Straße vor uns ist schnurgerade, die Berge in der Ferne sind mit Schnee bedeckt, und dann, ganz einsam auf der verlassenen Hochebene, führen Eisenbahngleise in Richtung Horizont, in Richtung Morgen. Oder ins Nirgendwo. Trübsinnig schauen uns ein paar Kühe hinterher. Vielleicht frieren sie ja. Und wieder halten wir zum Mittagessen an, an einer Tankstelle, wo verchromte Laster brüllen. Eine amerikanische Fahne weht im Wind, neben einer riesigen Bierreklame.

Unterwegs fange ich an zu hinken. Humpelnd steige ich in den Bus ein und wieder aus. *God bless you*, sagen die Leute mit besorgter Miene. Ein alter Mann hinkt ebenfalls. Wir schauen uns kurz an. Eines Nachts, als wir wieder gehalten haben, versammeln sich ein paar Penner um mich.

»*Are you a chicano? You look like a chicano, you look like my daughter*«, sagt einer von ihnen.

Dann fahren wir weiter. Ich bin eine hinkende Chicano mit roten, verbrannten Wangen, die in einer Wolke von Federn sitzt, Kekse isst und nachts in die Wüste hinausschaut. Und die zum Fischen nach Alaska fährt.

Wiedersehen mit einem Freund in Seattle, er ist Fischer. Er nimmt mich mit auf sein Boot. Seit Jahren erwartet er mich. An den Wänden sind Fotos von mir. Das Segelboot trägt meinen Namen. Später weint er. Dieser dicke Mann, der mir den Rücken zudreht, der in seiner Koje schluchzt. Draußen ist es Nacht, und es regnet. Vielleicht sollte ich lieber gehen, denke ich.

»Vielleicht sollte ich gehen«, flüstere ich.

»Genau«, sagt er, »geh jetzt.«

Es ist so kalt und dunkel draußen. Er weint immer noch und ich auch.

»Vielleicht sollte ich dich einfach erwürgen«, sagt er dann traurig.

Das macht mir ein bisschen Angst. Ich sehe mir seine großen Hände an, sehe ihn auf meinen Hals schauen.

»Aber du tust es doch nicht?«, frage ich ihn mit ganz schwacher Stimme.

Nein, er tut es nicht. Langsam packe ich meinen Rucksack. Er sagt mir, ich solle trotzdem bleiben, diese eine Nacht noch bleiben.

Wir nehmen die Fähre, mit roten Augen blickt er aufs Meer, spricht nicht, ich schaue aufs Wasser, auf sein verschlossenes Gesicht, meine Hände, die ich unendlich lange streichele. Dann gehen wir durch die Straßen. Er begleitet mich zum Flughafen, geht vor mir, ich gerate außer Atem, weil ich ihn einholen will. Er weint. Und ich, hinter ihm, weine auch.

Das Herz des Heilbutts

In Anchorage ist herrliches Wetter. Ich warte hinterm Fenster. Ein Indianer zirkelt um mich herum. Ich bin am Ende der Welt und habe Angst. Dann steige ich wieder in ein Flugzeug, es ist winzig. Die Stewardess gibt uns einen Kaffee und ein Cookie, und danach tauchen wir in den Nebel ein, verschwinden in der blendend weißen Helle, du hast es so gewollt, Mädchen, da hast du dein Ende der Welt. Eine Insel taucht zwischen zwei Nebelbänken auf – Kodiak. Dunkle Wälder, Berge und schmutzig braune Erde, die unter Schneeresten hervorschaut. Am liebsten würde ich weinen. Jetzt geht's also zum Fischen.

In der Halle des kleinen Flughafens trinke ich einen Kaffee, einem gehässigen Grizzly gegenüber. Männer gehen an mir vorbei, ihr Bündel über der Schulter. Breitschultrig, wettergegerbte, markante Gesichter. Sie scheinen mich nicht zu sehen. Draußen der weiße Himmel, die grauen Hügel, überall klagende Möwen.

Ich rufe an. »Hallo«, melde ich mich, »ich bin die Freundin vom Fischer aus Seattle. Er hat mir gesagt, dass Sie Bescheid wissen und dass ich ein paar Tage bei Ihnen wohnen kann, bis ich ein Schiff gefunden habe.«

Eine neutrale Männerstimme – er sagt ein paar Worte –, »*Oh shit!*«, höre ich eine Frau antworten. *Welcome, Lili,* denke ich. Willkommen in Kodiak. Aber sie hat *Oh shit!* gesagt.

Eine kleine, magere Frau steigt aus einem Pick-up, dünnes aschblondes Haar, abgespannte Züge, ein schmaler, blasser Mund, der nicht lächelt, Augen wie aus blauem Porzellan. Sie fährt, sagt keinen Ton. Wieder über eine schnurgerade Straße geht es, durch einen Vorhang von Bäumen, dann ist die Landschaft kahl. Wir fahren an der Küste entlang, überqueren kleine, vom Frost zusammengeschnurrte Meeresarme.

»Das da ist dein Bett.« Sie zeigt mir das Sofa im Wohnzimmer.

»Oh, vielen Dank«, sage ich.

»Wir machen Netze für die Fischer. Ringwadennetze. Wir kennen jeden hier in Kodiak. Wir können uns ja mal für dich nach Arbeit umhören.«

»Oh, vielen Dank.«

»Setz dich doch, fühl dich wie zu Hause. Da ist das Klo, da das Bad, die Küche. Wenn du Hunger hast, nimm dir was aus dem Kühlschrank.«

»Oh, vielen Dank.«

Schon bin ich vergessen. Ich setze mich in eine Ecke, schnitze an einem Holzstück herum, gehe raus. Ich möchte eine Hütte für mich finden, aber es ist zu kalt, die Erde ist braun und der Schnee schmutzig. Der weite Himmel über den kahlen, ganz nahen Bergen ist grau. Als ich zurückkomme, essen sie. Ich setze mich aufs Sofa, warte, bis sie fertig sind, warte auf die Nacht, damit sie verschwinden und ich mich ausstrecken und vielleicht schlafen kann.

Die Frau hat mich in der Stadt abgesetzt. Auf einer Bank am Hafen esse ich Popcorn. Ich zähle mein Geld, die Scheine und die Münzen. Es wäre gut, wenn ich bald Arbeit fände. Ein Typ ruft mir von der Werft aus etwas zu. Vor dem Hintergrund des grauen Wassers hebt er sich vom weißen Himmel ab, schön wie eine antike Statue. Er ist bis zum Hals hoch tätowiert, bis unter die rebellischen dunklen Locken.

»Ich bin Nikephoros«, sagt er. »Und du, wo kommst du her?«

»Von weit weg«, antworte ich, »ich komme zum Fischen.«

Das scheint ihn zu wundern, doch er wünscht mir viel Glück.

»Bis später, vielleicht?«, ruft er noch, bevor er die Straße überquert.

Er geht drei Betonstufen auf der gegenüberliegenden Straßenseite hoch, in ein schlichtes, eckiges Holzhaus hinein – *B and B Bar* steht über der Tür – zwischen zwei großen Glasfronten, von denen eine gesprungen ist.

Ich stehe auf, gehe über die Laufplanke. Ein dicker Mann ruft mir von einem Schiffsdeck aus etwas zu:

»Suchst du was?«

»Arbeit.«

»Komm doch an Bord!«

Im Maschinenraum trinken wir ein Bier. Ich traue mich nicht zu reden. Er ist nett und bringt mir drei Seemannsknoten bei.

»Jetzt kannst du auf Fischfang gehen«, sagt er. »Aber du musst selbstsicher auftreten, wenn du Arbeit suchst. Damit die Männer gleich merken, mit wem sie es zu tun haben.«

Er gibt mir noch ein Bier, als ich mich plötzlich an eine verrauchte Bar erinnere.

»Ich muss los«, sage ich kaum hörbar.

»Komm wieder, wann immer du willst. Wenn das Boot im Hafen liegt, bist du jederzeit willkommen.«

Ich wandere weiter über die Anlegestellen, von einem Schiff zum nächsten, bei jedem frage ich:

»Brauchen Sie jemanden?«

Sie hören mich nicht, meine abgehackten Wörter werden vom Wind weggetragen. Ich muss lange üben, bevor mir jemand antwortet.

»Warst du schon mal fischen?«

»Nein …«, stammle ich.

»Hast du Papiere? Eine Greencard, eine fishing licence?«

»Nein.«

Sie werfen mir komische Blicke zu.

»Geh woandershin, du wirst schon was finden«, sagen sie noch freundlich.

Aber ich finde nichts. Also gehe ich zurück, lege mich zum Schlafen aufs Sofa, den Bauch bis oben hin voller Popcorn. Jobs als Nanny bekomme ich angeboten – um die Kinder derer zu hüten, die auf Fischfang gehen. Eine schreckliche Demütigung. Mit freundlicher Hartnäckigkeit lehne ich ab, schüttle den gesenkten Kopf. Als ich mich nach Hütten erkundige, bekomme ich ausweichende Antworten. Ich helfe meinen Gastgebern mit ihren Netzen.

Dann werde ich endlich fündig. An ein und demselben Tag bekomme ich zwei Stellen als Matrose angeboten: in Küstennähe auf einem Ringwadenschiff Heringe fischen oder auf einem Langleinen-Kutter anheuern, um auf hoher See Kohlenfisch zu fangen. Ich nehme die zweite Stelle, weil es sich besser anhört, *long-lining*, das wird hart und gefährlich, und die Mannschaft besteht aus gestandenen Matrosen. Beim Anheuern wirft ein langer dünner Kerl mir einen überraschten sanftmütigen Blick zu. Als er meine bunte Tasche und mich sieht, sagt er nur: »Leidenschaft ist doch was Feines.« Dann wird sein Blick wieder fester.

»Ab jetzt musst du dich bewähren. Wir haben drei Wochen Zeit, um das Schiff seeklar zu machen, die Leinen instandzusetzen und herzurichten. Ab jetzt wird es dein einziges Ziel im Leben sein, für die *Rebel* zu arbeiten, Tag und Nacht.«

»Ich möchte von einem Schiff adoptiert werden«, flüstere ich in der windigen Stille der Nacht. Wir arbeiten seit Tagen in einem feuchten Raum, hinter Kübeln aus Weißblech, in denen aufgerollte Langleinen liegen. Wir reparieren die Leinen, wechseln abgerissene Mundschnüre und verbogene Haken aus. Ich lerne zu spleißen. Ein Mann neben mir arbeitet schweigend. Er ist zu spät gekommen, mit abwesendem Blick. Der Kapitän hat ihn angeschnauzt. Er riecht nach abgestandenem Bier, kaut Tabak. Ab und zu spuckt er den Saft in eine unendlich schmutzige Tasse. Jesús, mir gegenüber, lächelt mir zu. Jesús ist Mexikaner, er ist klein und gedrungen, sein Gesicht rund und goldbraun, die Wangen sind samtweich. Da kommt ein junger Typ aus einem dunklen Raum, hinter ihm ein sehr junges, dickes Mädchen. Sie ist Indianerin. Der Typ schaut verlegen zu Boden, als er an uns vorbeigeht.

»Da hat Steve gestern Abend wohl Glück gehabt«, sagt der Kapitän mit einem hämischen Lachen.

»Wenn man da von Glück sprechen kann«, antwortet der Mann neben mir. Und dann sagt er zu mir, völlig ungerührt und ohne den Blick von seinem Fass zu lösen: »Vielen Dank für die Statue.«

Verständnislos sehe ich ihn an. Sein Gesicht ist ernst, doch seine schwarzen Augen scheinen zu lachen.

»Eine schöne Statue ist es, meine ich: die Freiheitsstatue.

Die haben wir doch von euch bekommen, den Franzosen, oder?«

Im Radio läuft Countrymusik. Jemand hat Kaffee gekocht, wir trinken ihn aus Tassen, die wir nur kurz an unseren Klamotten abgewischt haben.

»Wir dürfen nicht vergessen, die Wassertanks wieder zu füllen«, sagt John, ein großer blonder, sehr blasser Mann.

»Ich heiße Wolf, wie das Tier«, flüstert mein Nebenmann.

Und er erzählt, dass er seit fünfzehn Jahren Fischer ist und dreimal Schiffbruch erlitten hat, dass er eines Tages ein eigenes Schiff haben wird, vielleicht sogar schon nach dieser Saison, wenn der Fang gut war, und er die Stadt nicht allzu rot angemalt hat. Ich verstehe nicht, was er da sagt.

»Die Stadt? Rot?«

Er lacht, und Jesús lacht mit ihm.

»Sich besaufen, heißt das.«

Ich möchte es auch gern, die Stadt rot anmalen, das hat er begriffen. Er verspricht mir, mich mitzunehmen, wenn wir wieder an Land sind. Dann gibt er mir eine Kugel Kautabak.

»Hier, steck sie da hin ...«

Ich freue mich, traue mich aber nicht, auszuspucken, also schlucke ich den Saft hinunter. Es brennt im Magen. Von nichts kommt nichts, denke ich.

Abends begleitet mich Jesús einmal zurück. »Ich habe Angst vor dem Meer«, sagt er, »aber ich muss zum Fischen, meine Frau ist schwanger. In den Konservenfabriken verdient man nicht genug. Und ich will so gerne aus dem *mobile home* raus, wo wir im Moment mit einem Haufen anderer Leute wohnen. Eine Wohnung nur für uns zwei und das Baby.«

»Ich habe keine Angst, auf dem Meer zu sterben«, antworte ich.

»Sei still, so darf man nicht reden, solche Sachen darf man niemals sagen.«

Er sieht erschreckt aus.

Der lange dünne Kerl heißt Ian. Er lädt mich zu sich ein, in ein Haus am Ortsausgang, mitten im dunklen Wald. Die anderen gucken komisch. Bestimmt denken sie, dass der lange Dünne, unser Kapitän, heute Abend Glück haben wird. Seine Frau wohnt nicht mehr hier, ihr war Alaska zu langweilig, und sie ist mit den Kindern ins Warme gezogen, nach Oklahoma. Am Ende der Saison will Ian zu ihnen ziehen, wenn das Haus verkauft ist. Es ist jetzt schon fast leer: In den verlassenen Räumen liegen nur noch ein paar Matratzen herum, ein roter Schaukelstuhl steht vor dem Fernseher – sein Platz –, ein Herd und ein Kühlschrank, aus dem er riesige Steaks holt.

»Iss, Spatzengerippe! Sonst hältst du nie durch.«

Ich lasse drei Viertel übrig. Er schickt mich wieder zum Wunderkühlschrank, wo ich Unmengen Eis finde. Ich liege auf dem Boden und schaue zum Fenster hinaus. In Alaska ist es Nacht, und ich bin mittendrin, denke ich, mit dem Wind, den Vögeln in den Bäumen, ach, wenn das bloß so bleibt, wenn die Einwanderungsbehörde mich nur nie erwischt.

Jeden Abend leiht sich mein Kapitän einen Film aus, wir schauen ihn an, während wir essen, er sein Steak, ich mein Eis. Er thront auf seinem schönen roten Stuhl, ich setze mich zwischen die Kissen auf die Matratze. Ian erzählt. Er redet, bis er ganz atemlos ist, lässt sich von seinen Geschichten mitreißen, sein Gesicht vibriert, es ist das lange, traurige Gesicht eines enttäuschten Jugendlichen, das sich bei der Erinnerung an ein Bild, an eine Geste aufhellt und belebt. Dann lacht er. Er erzählt mir von den schönen Kuttern, die er geführt hat, wie schön die *Liberty* war, die eines stürmischen Tages im Februar in der Beringsee, vor den Pribilof-Inseln, untergegangen ist, weil sie zu viele Krabben geladen hatten (Krabben oder Kokain, darüber wäre man in der Stadt immer noch geteilter Meinung), und keiner aus seiner Mannschaft ist ertrunken. Er lacht über sich selbst mit seinen zwanzig Jahren, als er noch nicht bei den Anonymen Alkoholikern war und so viel trank, dass man ihn aus den Bars hinausschleifen musste, vielleicht sogar an den Füßen.

Die Tage vergehen. Wir arbeiten ununterbrochen. Manchmal gehe ich zusammen mit Wolf bei Safeway, dem großen Supermarkt um die Ecke, mittagessen. Auf dem Rückweg erzählt er mir wieder von dem Schiff, das ihm eines Tages gehören wird. Jetzt lächelt er nicht mehr, sein Gesicht ist ernst. Er bittet mich, dann bei ihm anzuheuern.

»Ja, vielleicht, wenn du mich nach dieser Saison immer noch gut leiden kannst«, sage ich.

Dann erzählt er mir von einer Freundin, er hat sie geliebt, und sie hat ihn eines Tages verlassen. Seitdem kann er nachts nicht mehr gut schlafen, sagt er traurig.

»So viel verlorene Zeit …«

»Ja«, antworte ich.

»An Bord musst du eine *fishing license* haben«, fährt er fort, nachdem er seinen Priem ausgespuckt hat. »Das ist gesetzlich vorgeschrieben, es gibt oft Kontrollen, und die Troopers drücken nie ein Auge zu.«

Also gehen wir an diesem Abend zusammen in die Stadt,

zum Jagdgeschäft. Der Verkäufer gibt mir ein Formular. Er tut so, als würde er nicht hören, dass Wolf mir meine Größe in Fuß und Zoll ins Ohr flüstert, dazu eine Sozialversicherungsnummer, die er sich gerade aus den Fingern saugt. Ich mache ein Kreuz bei: »ortsansässig«. Der Verkäufer gibt mir den Schein.

»So, jetzt ist alles in Ordnung. Macht dreißig Dollar.«

Wir gehen wieder zum Hafen, an den Kais entlang zum B and B. Der Himmel über dem Wasser spiegelt sich in den großen leeren Scheiben. Die eine hat immer noch einen Sprung. Oben auf den Stufen steht ein Mann, die dicken Arme um den Oberkörper geschlungen, breite Brust, kugelrunder Bauch, die Fischerstiefel bis zu den Knöcheln hinuntergekrempelt, einen Stetson-Hut aus Filz auf dem roten Haar. Seine Gürtelschnalle glänzt. Er nickt zur Begrüßung, verzieht den Mund zu einem Lächeln, eine Zigarette im Mundwinkel, tritt beiseite, um uns durchzulassen.

Wolf öffnet die Tür. »Das steht für *Beer and Booze*«, erklärt er.

Die Männer an der Holztheke drehen uns den Rücken zu, stützen sich mit hochgezogenen Schultern darauf ab. Wir nehmen uns Barhocker. Die Bedienung singt, als wir hereinkommen, ihre helle, kräftige Stimme steigt in dem rauchigen Raum auf. Die schwarzen Haare fallen ihr schwer bis zum Po hinunter. Als sie sich umdreht, lässt sie die dunkle Pracht über ihren Rücken fließen, kommt mit wiegendem Gang auf uns zu.

»Hallo Joy«, sagt Wolf. »Zwei Bier, bitte.«

Ein dicker Mann stellt sich zu uns. In der Hand hat er ein Glas mit irgendetwas Starkem, Wodka vielleicht. »Das ist Karl, der Däne«, sagt Wolf.

»Und das ist Lili«, stellt er mich vor.

Karl hat blondes, zu einem kleinen, schlampigen Pferdeschwanz zusammengebundenes Haar, ein breites, rot geädertes Gesicht, schwere Lider und darunter einen wasserblauen Wikingerblick.

Er schnalzt mit der Zunge. »Wir laufen morgen aus. Wenn alles glattgeht«, wieder schnalzt er, das Glas an den Lippen. »Wir sind bereit. Der Fang könnte gut werden, wenn die Götter wollen.«

Wolf stimmt ihm zu. Mein Bier ist leer. Im Schatten der Bar trinkt eine Frau mit leuchtend rotem Haar ihr Glas aus. Sie steht auf, tritt wieder hinter die Theke und kommt zu uns rüber. Die schwarzhaarige Bedienung nimmt ihren Platz ein.

»Danke, Joy«, sagt Wolf, »noch mal dasselbe, und einen Klaren dazu.«

»Heißen sie denn alle Joy?«, frage ich, als sie sich wieder entfernt.

Wolf lacht.

»Nicht alle … Die erste ist Joy, die Indianerin, das da ist die rothaarige Joy, und dann gibt es noch eine, die große Joy, die ist wirklich sehr dick.«

»Ach so.«

»Und wenn die drei Joys zusammen auf Sauftour sind, machen sich die Typen ganz klein … Bis zu fünf Tage hintereinander kann das dauern, wenn die erst mal losgelegt haben. Die machen es den Kerlen nicht leicht!«

Karl ist müde. Er trinkt sein Glas aus, bestellt noch eins. Dann gibt er eine Runde aus. Die rothaarige Joy legt mir eine Holzmarke vor das noch volle Glas.

»Heute Abend habe ich einen Typen getroffen«, erzählt

Karl mit schleppender Stimme, »der kam aus dem Südpazifik, hat da Krabben gefischt. In T-Shirt und kurzer Hose fischen sie da. In kurzer Hose, hast du das gehört? Und jetzt kommt er zum Kohlenfischfang hierher! Keine Ahnung haben die, diese Deppen… *Working on the edge*, das kennen die gar nicht, auf Messers Schneide arbeiten, das ist nur was für uns, für uns, der Nordpazifik im Winter, Eis auf dem Schiff, das man mit dem Baseballschläger zertrümmern muss, Schiffbrüche… Damit kennen nur wir uns aus!«

Er lacht dröhnend, verschluckt sich, beruhigt sich wieder. Auf seinem Gesicht liegt ein seliges Lächeln. Sein Blick verliert sich in der Ferne. Dann fällt ihm wieder ein, dass ich ja auch da bin.

»Wer ist das, die Kleine?«

»Wir arbeiten zusammen«, sagt Wolf. »Sie hat für den Kohlenfischfang auf der *Rebel* angeheuert. Es sieht nicht so aus, aber die ist robust.«

Karl steht auf, torkelt, legt mir seine zwei riesigen Arme um die Schultern.

»Willkommen in Kodiak«, sagt er.

Wolf schubst ihn freundlich zurück.

»Wir gehen jetzt. Vergiss deine Marke nicht, Lili, steck sie ein, damit kannst du dir was zu trinken holen. Es gibt keinen besseren Kerl auf der Welt als ihn«, sagt er mir im Gehen, »aber ich wollte nicht, dass du Angst bekommst. Außerdem darfst du dich von niemandem anfassen lassen. Das nennt man Respekt.«

Die Dunkelheit ist hereingebrochen. Wir gehen in eine andere Bar. Im Ship's ist es noch schummriger. In den kahlen Hinterzimmern spielen Männer an klapprigen Tischen Billard, im weißen Licht einer alten Neonleuchte. Als wir hereinkommen, läutet ein dickes Mädchen gerade eine Glocke. Die Männer brechen in lautes Geschrei aus.

»Wir kommen gerade zur richtigen Zeit«, sagt Wolf, »die gibt eine Runde aus.«

Wir suchen uns einen Platz in der Menge. Wolf wacht auf. Seine Augen leuchten, sein Kiefer hat sich angespannt, seine Zähne glänzen im Zwielicht, besonders die Eckzähne.

»*The Last Frontier*, hier ist es«, sagt er leise.

Die Bedienung gibt uns zwei kleine Gläser mit farbloser Flüssigkeit darin.

»Das geht auf mich«, sagt sie.

Ihr roter Lippenstift ist in die zarten Fältchen auf der Oberlippe ausgelaufen, in ihrem großen weißen Gesicht mit den schweren, müden Zügen springt einen das Blau auf den zerknitterten Lidern geradezu an.

»Ich heiße Vickie. Eine harte Gegend hier«, fügt sie hinzu, als Wolf mich vorstellt. »Hier treiben sich nicht nur Engel rum. Pass auf dich auf… Und wenn du ein Problem hast, ich bin da.«

Wir trinken drei Gläser. Dann verlassen wir das düstere Lokal, die freundliche Bedienung, die entfesselten Männer, die Bilder von nackten Frauen über dem Billardtisch, ihre runden, samtigen Kruppen, die aus den schmutzigen Wänden zu ragen scheinen, die betrunkenen alten Indianerinnen, die gleichgültig, manchmal mit einer Art Scheinlächeln auf den überheblich geschürzten Lippen, aufgereiht an einem Ende der Theke sitzen. Im Breaker's wollen sie meinen Ausweis sehen. Ich zeige meine Fischereilizenz. Die Bedienung verzieht den Mund.

»Da muss ein Foto drauf sein.«

Ich finde meinen Reisepass.

»Jetzt darfst du dich offiziell betrinken«, sagt Wolf.

»Weißt du was? Wenn wir Glück haben, sinkt das Schiff und ihr alle überlebt, nur ich nicht«, sage ich dem langen Dünnen eines Abends.

Weil ich nämlich jeden Tag und jede Nacht an Manosque-die-Messer denken muss. Sie sollen mich nicht kriegen.

»Dafür brauchst du nicht zu sterben. Bleib einfach in Alaska, und damit hat sich das.«

»Ich werde aber dort erwartet.«

»Geh nicht zurück«, fährt er fort. »Zum Krabbenfang möchte ich wieder mit der *Rebel* auf die Beringsee, diesen Winter, und ich hab noch keine Besatzung. Wenn du dich gut machst, kannst du mit.«

»Du würdest mich auf Krabbenfang mitnehmen?«

»Es ist verdammt hart. Kälte, Schlafmangel, bis zu zwanzig Stunden am Tag arbeiten. Und gefährlich ist es auch. Sturm, zwanzig oder dreißig Meter hohe Brecher, Nebel, der sogar die Radarantennen in die Irre führt, und dann besteht die Gefahr, auf Felsen aufzulaufen, auf Eis oder ein anderes Schiff … Aber ich glaube, du kannst es schaffen. Ich glaube sogar, es könnte dir wahnsinnig gut gefallen, so sehr, dass du dafür dein Leben aufs Spiel setzt.«

»Oh ja«, flüstere ich.

Draußen ächzen die großen dunklen Fichten. Ian hat sich im oberen Stockwerk hingelegt. Ich schlafe auf dem Holzboden ein, im Pfeifen des Windes, der vom Meer kommt. Morgens bin ich immer als Erste wach. Der Himmel über den Bäumen ist noch dunkel. Dann stehe ich auf, rolle meinen Schlafsack zusammen. Ich koche Kaffee und fülle ihn in die rote Thermoskanne. Auf Zehenspitzen steige ich die Treppe hinauf, öffne die Tür des Zimmers, in dem Ian schläft, ein kahler Raum mit einer Matratze auf dem Boden. Weil ich ihn nicht gern wecke, stelle ich die Thermoskanne neben ihn. Er wirft mir einen ärgerlichen Blick zu. Ich verziehe mich.

»Ich zeige dir mal was, was dir gefallen dürfte, einen alten Film, den ein Matrose mal an Bord vergessen hat. Er hat ihn selbst gedreht, als er auf der *Couguar* fischen war. Nicht gerade die beste Qualität, aber dann kannst du dir wenigstens eine Vorstellung vom Krabbenfang bei schlechtem Wetter machen. Na ja, das, was man so schlechtes Wetter nennt.«

Im Haus ist es still. Der Wind hat sich gelegt. Ian holt eine alte DVD aus einem Karton und legt sie ein. Ab und zu schabt ein Ast am Dach, es klingt wie schlagende Flügel, die flüchtige Bewegung eines verirrten Vogels. Ian löscht das Licht und setzt sich wieder auf den roten Stuhl, ich ziehe die Beine an die Brust. Im Dunkeln starren wir auf den Fernseher. Am Anfang sind da nur weiße Streifen, die den Augen wehtun, der rollende schwarze Ozean, Wellen, die sich langsam voranbewegen. Der Horizont wackelt heftig, dann sieht man die Reling und das glänzende Deck, Wasserfontänen spritzen darauf. Tropfen landen auf dem Objektiv. Es ist Nacht. Gesichtslose Männer arbeiten im Flutlicht, dunkle Gestalten, von denen kaum mehr zu sehen ist als ihr orangefarbenes Ölzeug. Ein tropfnasser Fangkorb taucht aus dem Wasser auf wie ein Ungeheuer aus der Tiefe. Denn das Schiff, die Männer sind von finsteren, bedrohlichen Abgründen umgeben, die sich öffnen und wieder schließen wie gefräßige Mäuler. Wild schaukelnd steigt der Korb an einem Tau in den stürmischen Himmel auf. Das schwere Ding wiegt sich zwischen Deck und Wasser, als könnte es sich nicht entscheiden. Zwei schlanke flinke Männer am Geländer lenken es zu einer Stahlauflage, die gerade hochgefahren wurde. Als ein Matrose die Klappe öffnet und die Krabben in einen Behälter kippt, sprudeln sie nur so aus dem weit geöffneten Maul heraus, ein einziges Gewimmel, während der Mann selbst halb in dem Käfig aus Stahlmaschen steckt. Er hat eine Schachtel voller Köder in der Hand, hängt die alte ab, wirft sie auf den Boden, bringt die neue an, tritt zurück, schlägt die Klappe zu, die Männer an der Reling schnallen die Gurte wieder fest, die Auflage fährt hoch, bis der Fangkorb über Bord geht. Das Ganze hat nicht mal eine Minute gedauert.

Die dunkle, stille Choreografie hat einen vorgegebenen, fast fließenden Rhythmus, einen Takt. Denn es ist ein Tanz, den die Männer auf diesem von den Wellen gepeitschten Deck tanzen. Jeder kennt seinen Platz, weiß, was er zu tun hat. Mit einem geschmeidigen Hüpfer weicht einer zurück, springt der andere vor, ihre Beine bewegen sich fast federnd, instinktiv führen sie die richtige Bewegung aus, um die bedrohliche Reuse zu lenken, diese tumbe Urgewalt, eine schwarze, aus den Fluten aufsteigende Urgewalt, vierhundert blinde brutale Kilo, die in dem undurchdringlichen Himmel schaukeln. Ringsherum rollt unaufhörlich die Lava des Ozeans.

Szenenwechsel, ich halte die Luft an. Es ist Tag, das Meer ist ruhig. Das Schiff ruht in reinem blauen Licht, das vom

Horizont herstrahlt. Der Schiffsbug schiebt sich durch Packeis. Da macht Ian den Mund auf, ich zucke zusammen.

»Dieses Wetter ist noch gefährlicher«, sagt er, »die *Couguar* hat an dem Tag zehn Reusen verloren, weil sie im zugefrorenen Ozean stecken geblieben sind.«

»Ja«, erwidere ich kaum hörbar, »ja.«

Es ist kalt, eiskalt, gefrorene Gischt hat sich auf das Schiff, die Reusen, die Reling, den Aufbau gelegt, eine immer dicker werdende Schicht. Die eisüberzogene *Couguar* ist nicht wiederzuerkennen. Ich erhasche einen Blick auf ein ganz rotes, wie verbranntes Gesicht, einen struppigen Bart, in dem Gischt und Rotz zu Eisklümpchen gefroren sind. Der Film endet mit Aufnahmen dunkler Brecher vor schwarzem Hintergrund. Man könnte glauben, dass es wieder von vorn losgeht, Männer an Deck, das Stahlungeheuer, das sein Maul aufreißt und ein Gewimmel von Krabben befreit, der Ozean … Doch plötzlich ist nichts mehr auf dem Bildschirm zu sehen.

Wir sprechen nicht. Ian steht auf und schaltet das Licht wieder ein. Er streckt sich und gähnt.

»Hat es dir gefallen?«

»Und wenn ich mich einfach als tot ausgebe?«, frage ich ihn am nächsten Abend. »Du könntest doch einen Brief nach Frankreich schicken, sagen, dass ich ertrunken bin.«

Er runzelt die Stirn, meine Geschichte gefällt ihm nicht.

»Stell dir doch mal vor, wie traurig sie wären.«

»Ach ja, am Anfang vielleicht ein bisschen. Dann weinen sie eben und stellen sich vor, dass es im Wasser verdammt kalt gewesen sein muss, als ich reingefallen bin, aber irgendwann geht es ihnen bestimmt wieder besser. Sie könnten sich sagen, dass ich es schließlich darauf angelegt habe. Dann schenke ich ihnen einen abenteuerlichen Tod, und sie wissen wenigstens, wo ich bin, und müssen sich keine Sorgen mehr um mich machen. Und endlich würde niemand mehr auf mich warten.«

Er will mir nicht einmal mehr zuhören, nennt mich feige und geht schlafen. Ich lache und lege mich auf den Holzboden. Vielleicht erwischt mich die Einwanderungsbehörde ja nicht.

Wolf geht weg. Der junge Seebär. Er legt mir die Hand auf die Schulter. Ich schaue zu Boden. »Ich haue nach Dutch Harbor ab, heuere auf einem neuen Schiff an. Woanders.« Er lächelt freundlich.

»Hier auf dem Kutter bist du gut aufgehoben.« Seine Miene verfinstert sich. »Was der Kapitän über mich gesagt hat, als ich die Leine abgemessen habe, hat mir nicht gefallen. Angeblich wären meine Arme zu kurz und würden nicht für diese Arbeit taugen. Er hat es mit Absicht gemacht. Um mich vor den anderen zu demütigen. Das kann ich ihm nicht verzeihen. Ich bin ein guter Fischer, auf Langleinern habe ich mehr Erfahrung als er. Ich muss mich losreißen.«

Den letzten Satz hat er wütend, mit zusammengebissenen Zähnen, hervorgepresst.

»Ja«, sage ich.

Seine Stimme wird wieder sanfter, er lacht kurz und traurig auf, blickt in die Ferne, als wäre er schon nicht mehr an Land.

»Einen Tag hier, den anderen da … Man kann nie wissen, wo man morgen ist. Es ist nicht weiter schlimm wegzugehen, weißt du, so ist das im Leben. Man muss sich immer losreißen. Wenn die Zeit gekommen ist, muss man gehen. Aber an dem Tag, an dem wir uns wiedersehen, malen wir zusammen die Stadt rot an. In drei Monaten, in zehn Monaten oder in zwanzig Jahren, ganz egal. Nimm dich bis dahin in Acht. Pass gut auf dich auf.«

Eine letzte Umarmung. Er schnappt sich seinen Seesack, schultert ihn. Er geht die Straße entlang, wird immer kleiner, eine merkwürdige Silhouette, die vom Nebel verschluckt wird.

Das Haus ist verkauft. Der lange Dünne fährt die *Rebel* holen, sie ist zur Überholung auf der Nachbarinsel.

»Es ist der schönste Fischkutter, du wirst schon sehen«, sagt er mir am Abend, bevor er sich auf den Weg macht. »In zwei Tagen bin ich zurück. In der Zwischenzeit kannst du auf der *Blue Beauty* schlafen, dem Lieblingsschiff von Andy, unserm Reeder. Er wird es beim Kohlenfischfang selbst führen. Ich bring dich morgen hin, bevor ich mit der Fähre nach Homer übersetze.«

Der Hafen ist verlassen. Blasse Vögel fegen über den Himmel. Ein Schlepper passiert die ersten Bojen. Noch ist er weit weg, man hört kaum das Tuckern seines Motors. Bei der Heilsarmee habe ich schöne Stiefel gefunden. Sie sind schwarz und alt. Die echten sind grün und teuer. Laut hallen meine Schritte auf dem hölzernen Ponton.

»Pass auf. Mit diesen Drecksbotten an den Füßen wirst du noch ausrutschen.«

Ich protestiere und wäre im nächsten Moment fast hingefallen. Er kann mich gerade noch auffangen.

»Du wirst einen Haufen Kohle verdienen, damit kannst du dir dann so viele Stiefel kaufen, wie du willst.«

»Ach, weißt du, mir reicht es, wenn ich mir einen guten Schlafsack und Wanderschuhe kaufen kann und ein bisschen Kleingeld übrig habe, um es bis zum Point Barrow zu schaffen.«

»Point Barrow? Was ist das denn wieder für eine Geschichte?«

»Wenn die Fangzeit vorbei ist, gehe ich zum Point Barrow.«

»Was willst du denn da?«

Ich antworte nicht. Eine junge Möwe schaut von der Reling eines Ringwadenschiffs zu uns her.

»Glaubst du, dass ich mich als Fischer gut machen werde?«, frage ich.

»Tagtäglich kommen welche aus dem tiefsten Innern der *states*, die haben immer nur Wälder gesehen, die weite Prärie oder die Berge, und geben alles auf, um hierher zu kommen. Jungs und Mädels, die vorher Vertreter waren, Lastwagenfahrer oder Bauern. Vielleicht sogar Callgirls, wer weiß? Und sie heuern an, werden wie Dreck behandelt, solange sie *green* sind und keine Ahnung haben, und dann, eines Tages haben sie ihr eigenes Schiff.«

»Dann brauche ich aber einen echten Seesack, wie die anderen.«

»Klar. Ich sehe dich schon vor mir, mit deinem Duffle Bag über der Schulter, wie du von einem Hafen zum anderen ziehst, von Kodiak bis Dutch Harbor, auf der Suche nach Arbeit.«

Zu unserer Linken liegt ein hellblauer Kutter, die *Blue Beauty*. Das Deck ist verlassen, die Aluminiumplatten für den Windschutz liegen durcheinander, daneben Stützstreben aus Metall. Wir steigen an Bord. Es riecht nach feuchtem Kautschuk und Schiffsdiesel. Ian wirft meinen Beutel auf eine Koje in einem dunklen Verschlag, der Kajüte der Mannschaft. Wir gehen wieder nach draußen. Ian will mir an Land helfen, als ich über die Reling steige. Mit dem Ellbogen wehre ich ihn ab. Bald bin ich ein echter Seemann. Jetzt habe ich schon eine eigene Koje und kaue Tabak.

Die *Rebel* läuft in den Hafen ein. Sie ist der schönste Kutter, der lange Dünne hatte recht. Der schwarze Stahlrumpf ist mit einem leuchtend gelben Streifen abgesetzt. Der Aufbau ist weiß. Nach Jesse, dem Schiffsmechaniker, der wieder an Bord seines Schiffs gegangen ist, und Simon, einem sehr jungen blonden Studenten aus Kalifornien, der auf den Kais in Homer nach einem Job gesucht hat, bin ich die Erste der Besatzung, die das Schiff zu Gesicht bekommt. Der Kapitän hat sich im tiefen Sessel des Steuerhauses niedergelassen, vor den unzähligen Bildschirmen. Durch die im Halbkreis angeordnete Reihe von Fenstern überblicken wir den Hafen.

»Ab jetzt ist das hier mein Platz«, sagt Ian, »aber auch eurer, wenn ihr Wache habt.«

Der Motor läuft, wie immer in den nächsten Wochen. Die Lichter im Hafen gehen an. Mein Gepäck habe ich in die Kajüte für die Matrosen gebracht, einen engen Raum mit vier Kojen übereinander, und es auf die erste Koje gelegt.

»Wer zuerst kommt, mahlt zuerst«, sagt der lange Dünne, der mir angeboten hatte, in seiner Kajüte zu schlafen.

Er hat nämlich eine eigene. Aber ich habe abgelehnt.

Sie haben mir ein blaues Rad gegeben. Ein altes, verrostetes, viel zu kleines Rad. FREE SPIRIT hat einer daraufgepinselt. Ich radle mit hochroten Wangen durch die Stadt, in Ölzeug, das oranger als orange ist, oranger als alles echte Ölzeug. Die Leute, an denen ich vorbeikomme, lachen. Und ich radle vom Kutter zum Bootshaus, vom Bootshaus zum Kutter. Der Regen rinnt mir übers Gesicht, läuft mir in den Hals, ich renne zum Schiff, stürze das Fallreep hinunter, kann mich gerade noch an der Reling halten, das Wasser unter mir ist graugrün, der Kapitän bekommt es mit der Angst zu tun, unwillkürlich schnellt sein Arm vor, er schluckt, zieht den Arm wieder zurück. Ich lache. Noch bin ich nicht gefallen. Als ich ihn so anschaue, senkt er sofort den Blick. »Ich bin unverwundbar«, sage ich.

»Sterben müssen wir alle«, sagt er achselzuckend.

»Ja. Aber bis dahin bin ich unverwundbar.«

Bei Tagesanbruch stehe ich auf. Ich springe aus meiner Koje. Es ruft mich. Die frische Luft, der Geruch der Algen und Muscheln, die Raben auf dem Deck, die Adler im Mast, der Schrei der Möwen über dem spiegelblanken Wasser im Hafen. Ich koche Kaffee für die beiden Männer, gehe raus, renne über die Anlegestelle. Die Straßen sind menschenleer. Ich begrüße den neuen Tag. Ich finde die Welt von gestern wieder. Die Nacht hat sie versteckt und dann zurückgegeben.

Atemlos kehre ich auf den Kutter zurück, Jesse und Ian stehen gerade auf. Der Rest der Mannschaft wird bald kommen. Wir trinken zusammen Kaffee. Wie langsam sie sind. Mein Fuß zappelt unter dem Tisch. Ich könnte heulen vor Ungeduld. Warten tut weh.

Der ganze Hafen summt vor Betriebsamkeit. Radios dröhnen auf den vollgestapelten Decks, Countrysongs mischen sich unter Tina Turners raue Stimme. Wir haben schon angefangen, die Leinen zu richten. Es ist ein unaufhörliches Kommen und Gehen. Kisten mit Tintenfisch oder gefrorenem Hering, die als Köder dienen sollen, werden an Bord gehievt. Studenten, die von weit her kommen und hoffen, angeheuert zu werden, bieten sich als Hilfskraft für den Tag an.

»Wir sind vollzählig«, sagt der lange Dünne. Simon, der Student, betrachtet uns mit kaltem Blick, doch beim ersten Schrei des Kapitäns gerät er in Panik. Jesús' Cousin kommt mit, Luis. Und David, ein Krabbenfischer, der uns aus der Höhe seiner ein Meter neunzig mustert, mit breiten Schultern und einem Lächeln, das seine regelmäßigen weißen Zähne entblößt.

Hinten an Deck stehen wir an einem Tisch und stecken tagelang Köder an die Haken. Jesús und ich lachen über alles.

»Seid doch nicht so kindisch«, sagt John genervt.

Dann kommt der Löwenmann. Eines Morgens steigt er in Begleitung des langen Dünnen an Bord. Sein Gesicht versteckt er hinter einer schmutzigen Mähne. Der Kapitän ist stolz auf seinen Mann.

»Das ist Jude«, sagt er, »ein erfahrener Langleinenfischer.«

Und vielleicht ein großer Trinker, denke ich, als er an mir

vorbeigeht. Der müde Löwe macht einen ziemlich schüchternen Eindruck. Ohne ein Wort macht er sich an die Arbeit. Er wird von einem heftigen Hustenanfall gepackt, als er sich eine Zigarette anzündet. Er spuckt aus. Kurz sehe ich sein Gesicht. Den lauernden Blick seiner gelben Augen. Ich weiche ihm aus, lache nicht mehr mit Jesús. Ich mache mich ganz klein. Er gehört hierher. Ich nicht.

Am späten Abend gehen die Männer nach Hause. Jude bleibt. Wir sind nur noch zu dritt an Deck. Die bestückten Leinen müssen in die Kühltruhen der Fabrik gebracht werden. Wir laden die Kübel hinten auf den Truck und verstauen sie gut. Ich trete zur Seite, sobald sich Jude nähert. Er runzelt die Stirn. In der Abendluft fahren wir zu den Konservenfabriken. Zwischen den beiden Männern sitzend schaue ich auf die Straße, die die kahlen Hügel vom Meer trennt. Wir fahren dem offenen Himmel entgegen. Der Kapitän schaltet nur mit den Fingerspitzen, um mich nicht zu berühren, und ich zwänge mich noch weiter nach rechts. Der Oberschenkel des Löwenmanns berührt meinen. Mir schnürt sich die Kehle zu.

Wir laden die Leinen aus. Die Kübel sind eiskalt und schwer.

»*Tough girl*«, sagt Jude.

»Ja, dick ist sie nicht gerade, aber stark«, sagt Ian.

Ich richte mich auf. Wir bilden eine Kette, um die Kübel in den eisigen Raum zu verfrachten. Unsere Finger bleiben am Metall kleben. Es ist spät, als wir wieder aufbrechen. Der Truck fährt durch die Nacht, die Hügel sind im Dunkeln verschwunden. Nur das Meer ist noch da. Die beiden Männer reden übers Auslaufen. Ich schweige. Mir tut alles weh, ich habe Hunger, spüre Judes warmen Schenkel, rieche seinen

Tabak, unsere feuchten Kleider, an denen noch Tintenfischfetzen hängen.

Wir fahren am Meer entlang, ein paar Fischkutter schmiegen sich im Schlaf an den Kai, wo wir Treibstoff tanken. Und wieder fahren wir an ihrem dunklen Schlaf vorbei. Vor uns am Horizont zucken fahlgelbe Lichter am Nachthimmel.

»Sind das Polarlichter?«, frage ich.

Sie verstehen mich nicht. Ich wiederhole das Wort mehrmals. Der Löwe lacht leise, ein heiseres, gedämpftes Grollen.

»›Polarlicht‹ hat sie gesagt.«

Jetzt lacht auch der Kapitän.

»Ach was. Es ist einfach nur der Himmel.«

Ich bin röter als diese Lichter, deren Namen ich nie erfahren werde. Ich wollte, ich könnte ewig so durch die Nacht fahren, zwischen dem langen Dünnen und dem braungebrannten Löwen.

»Setz mich beim Shelikof's ab«, sagt Jude, als wir zur Stadt kommen.

Und schon ist er raus und betritt das Lokal. Ian nimmt es ihm nicht übel. Zu mir gewendet sagt er:

»Ich glaube, er trinkt ganz schön, aber trotzdem ist er unser Mann.«

Wir kehren zum Schiff zurück. Da ist es warm. Im Maschinenraum gönnt sich Jesse einen Joint.

Adam ist Matrose auf der *Blue Beauty*, die direkt neben uns liegt. Ich höre, wie er mit Dave scherzt:

»Ja… und wenn dir die Hände wehtun und du nicht mal die drei Stunden schlafen kannst, die wir kriegen… und wenn du Wache gehst und siehst nur überall Bojen… Da kannst du dir die Augen reiben, so viel du willst, die Bojen gehen nicht weg.«

Sie lachen.

»Glaubst du, ich schaffe es?«, frage ich Adam.

»Wenn du so weiterschuftest wie bisher, wird es schon klappen.«

Und doch warnt er mich ein weiteres Mal vor der Gefahr.

»Aber was ist denn eigentlich so gefährlich?«

»Alles. Die Leinen, die mit solcher Kraft ins Wasser gehen, dass sie dich mitreißen, wenn du mit dem Fuß oder dem Arm hängen bleibst, und die, die eingeholt werden und dich umbringen oder entstellen können, wenn sie reißen … Die Angelhaken, die in das Spill eingeklemmt und irgendwohin katapultiert werden, Stürme, ein unvorhergesehenes Riff, der Wachgänger, der einschläft, ein Sturz ins Wasser, die Welle, die dich erfasst, und die Kälte, die dich umbringt …«

Er verstummt. Seine farblosen Augen sind traurig und müde, seine Gesichtszüge zerfurcht und ausgehöhlt.

»Sich anheuern lassen heißt, mit dem Kutter verheiratet zu sein, solange du auf ihm schuftest. Du hast kein eigenes Leben mehr, nichts, was nur dir gehört. Du musst dem Kapitän gehorchen. Sogar wenn er ein Arsch ist.« Er seufzt. »Ich weiß nicht, warum ich hier bin«, sagt er kopfschüttelnd, »ich weiß nicht, woher das kommt, dass man derart leiden möchte, für nichts und wieder nichts, im Grunde genommen. Es fehlt einem an allem, an Schlaf, an Wärme, auch an Liebe«, fügt er mit gesenkter Stimme hinzu, »bis zum Gehtnichtmehr, bis man diese Arbeit hasst, und trotzdem kommt man wieder, weil der Rest der Welt einen anödet, einen derart langweilt, dass man wahnsinnig werden könnte. Und zum Schluss kann man nicht mehr darauf verzichten, auf diesen Rausch, die Gefahr, ja, diesen Wahnsinn!« Fast brüllt er, dann beruhigt er sich wieder: »Jetzt werden mehr und mehr Kampagnen geführt, um die Jüngeren vom Fischen abzuhalten, weißt du …«

»Weil sie dann nicht mehr damit aufhören können?«

»Vor allem, weil es so gefährlich ist.«

Er wendet sich ab, späht in die Ferne. Ein zarter Lufthauch fährt durch seine dünnen Haare. Seine Mundwinkel hängen bitter herab. Sein Gesicht bekommt etwas Verträumtes, als er fortfährt, den Blick ins Ungewisse:

»Aber jetzt ist es endgültig das letzte Mal. Ich habe ein Häuschen auf der Kenai-Halbinsel, im Wald, in der Nähe von Seward. Diesmal müsste ich in der Kohlenfischsaison so viel verdienen, dass ich dorthin zurückkehren kann. Und dableiben. Dann wäre ich vor dem Winter dort. Ich will mir noch eine zweite Bude bauen. Nie mehr komme ich hierher! Ich habe in meinem Leben genug Opfer gebracht.«

Er sieht mich an.

»Komm zu mir in die Wälder, wenn du es satthast.«

Dann kehrt er zu den Leinen zurück. Dave und ich wechseln einen Blick. Dave schüttelt den Kopf.

»Das sagt er jedes Mal. Und kommt dann doch zurück.«

»Warum?«

»So allein in den Wäldern. Da wird einem die Zeit lang … Eine Frau bräuchte er, der Adam.«

»Viele gibt es hier ja nicht.«

»Nein, kaum eine,« sagt er lachend. »Aber beim Fischen wird er keine Zeit mehr haben, daran zu denken. Und hier geht es so vielen ganz genauso, dass es sie nicht juckt.«

»Aber hier gibt es doch die Bars, wenn er an Land geht?«

»Der hat genug getrunken. Vor zwei Jahren hat er damit aufgehört. Bei den Anonymen Alkoholikern. Wie Ian, unser Kapitän.«

»Wie traurig«, murmle ich.

»Und bald werden sie alle hinter dir her sein, diese einsamen Typen, werden die Jagd eröffnen.« Er zwinkert mir zu. »Alle außer mir. Ich darf nicht mehr. Ich hab eine Freundin, die will ich nicht verlieren.«

Der lange Dünne fährt Auto und redet wie ein aufgedrehter kleiner Junge. Ich höre ihm zu, sage: »Ja. Ja.« Und als er am Hafen einparkt, neben dem B and B, wir aussteigen und zum Schiff gehen, sage ich ganz locker: »*Let's get drunk, man*«, ich lerne die Sprache schnell. Verblüfft dreht er sich zu mir um, als würde er mich nicht wiedererkennen.

»Ach Quatsch, das war nur Spaß«, sage ich rasch und zucke mit den Achseln.

Einmal sagt er, er hat mich lieb und schenkt mir ein Stück Stoßzahn von einem Mammut, das er schon sehr lange hat.

»Oh, vielen Dank«, sage ich.

Wir verlegen die *Rebel* zu den Anlegestellen bei den Fabriken, hieven die Leinen und die Vorräte gefrorenen Tintenfischs an Bord. Wasser und Eis haben wir schon aufgefüllt. Mit weit offenen Augen betrachte ich den Berg Lebensmittel, Dutzende Kartons, die von Safeway direkt bis zum Ponton geliefert wurden. Die Jungs tragen ihre Seesäcke an Bord.

»Wie kommt's, dass wir nur sechs Kojen haben? Wir sind doch zu neunt«, sage ich zum Kapitän.

»Das Schiff ist groß genug für alle.«

Ich lasse es gut sein. Inzwischen schreit er ununterbrochen.

Wir verlassen Kodiak an einem Freitag. *Never leave on Friday*, heißt es. Aber der lange Dünne feixt, er ist nicht abergläubisch. Und auch Jesse, der Mechaniker, spottet.

»Das ist wie mit den grünen Schiffen, alles Quatsch.«

Aber am Kai hat Adam mich gewarnt.

»Klar ist Aberglaube blöd, stimmt schon, aber ich habe zu viele grüne Schiffe gesehen, die völlig grundlos Richtung Küste abgetrieben wurden, einen Felsen gerammt haben und mit Mann und Maus untergegangen sind. Verstehst du, Grün, das ist die Farbe von Bäumen und Gras, es zieht deinen Kahn zur Erde. Und an einem Freitag loszufahren ist auch nicht gut. Wir hier, wir warten bis eine Minute nach Mitternacht.«

Unter lautem Geschrei machen die Männer die Haltetaue los. Meine Kehle ist wie zugeschnürt. Bloß niemandem im Weg stehen. Ich mache mich klein und vertäue die letzten Kübel auf Deck. Simon rennt mit weit aufgerissenen Augen herum, auch er kapiert rein gar nichts. Er rempelt mich an, beinahe wäre er aufs Deck gestürzt, als er mühsam die Metalltreppe zur Brücke hinaufklettert, ein faustdickes Schiffstau über der Schulter. Ich schieße das Seil auf, das Dave mir beim Losmachen vom Bug aus zugeworfen hat. Der Kapitän brüllt. Trotzdem stemme ich die Beine fest gegen den Boden und versuche, die Trosse irgendwohin zu schleifen, zum Kübel auf dem Oberdeck vielleicht. Sie ist zu schwer. Wieder brüllt Ian.

»Ich schaffe es nicht, ich weiß nicht, was ich machen soll«, stammle ich.

Er beruhigt sich.

»Mach sie doch hinter der Kajüte fest!«

Mir ist zum Lachen, zum Weinen. Endlich laufen wir aus,

ich weiß, dass ich nie mehr zurückkehren werde. Das Schiff nimmt Kurs nach Süden. Es fährt an der Küste entlang und schwenkt dann nach Westen.

Der Löwe legt sich hin und schläft sofort ein. Auch Jesús streckt sich aus.

»Recht haben sie«, sagt Dave, als er aus dem Ruderhaus kommt, »man sollte schlafen, so viel man kann, später weiß man nie.«

Aber als ich in die Kajüte komme, sind die vier Kojen besetzt. Meinen Schlafsack haben sie auf den Boden geworfen. John schnarcht auf meinem Platz. Ich gehe an Deck. Simon schaut aufs Meer. Begeistert sieht er mich an.

»Endlich draußen auf dem Meer«, murmelt er.

»Sie haben mir meine Koje weggenommen.«

»Ich habe auch keine.«

Ich gehe wieder rein, nehme meinen Schlafsack, hocke mich in die Ecke des Gangs. Der Löwenmann wacht auf. Er setzt sich hin, fährt sich mit den Fingern durch die verkrusteten Locken, schaut mich an.

»Wo soll ich schlafen?«, frage ich schüchtern, den Schlafsack unterm Arm.

Sein Blick ist sehr freundlich.

»Ich weiß nicht«, antwortet er leise.

Ich stehe auf, steige hinauf zum Kapitän, dem langen Dünnen an seinen Instrumenten. Meinen Schlafsack drücke ich immer noch fest an mich.

»Wo soll ich schlafen? Du hast gesagt, wer zuerst kommt, mahlt zuerst, und ich war wirklich die Erste, so geht das an Bord, hast du gesagt ...«

Und dann mache ich den Mund zu. Er blickt ausdruckslos in die Ferne. Im Westen verdunkelt sich der Himmel über den hohen Bergen von Ketchikan.

»Keine Ahnung, wo du schläfst«, sagt er schließlich mit gesenkter Stimme. »Ich hatte dir ja meine Kajüte angeboten … du wolltest nicht. Aber auf dem Schiff ist Platz genug. Geschlafen wird eh kaum. Wenn du willst, kannst du dich hier hinter mich legen.«

Ich lege meinen Schlafsack hin, steige die Treppe des Ruderhauses wieder hinunter. Luis hat sich auf die Sitzbank in der Kombüse gelegt. Ich gehe wieder zu Simon an Deck. Er bietet mir eine Zigarette an. Schweigend schauen wir aufs Meer. Je weiter wir uns vom Land entfernen, desto mehr Wind kommt auf. Schon ist die Küste nicht mehr als ein dunkler Streifen, der langsam in der Ferne verschwindet. Die *Rebel* bekommt Schlagseite und schlingert ein wenig. Simon wird blass. Wir gehen wieder in die Kombüse. Luis rückt auf der Sitzbank ein Stück zur Seite. Es ist Nacht. Wir warten unter dem Neonlicht.

Die Jungs sind aufgewacht, und wir müssen unsere Überlebensanzüge anprobieren. Jude hat etwas zu essen gemacht. Er bringt dem Kapitän, der die ganze Zeit am Ruder geblieben ist, einen vollen Teller Pasta. Zusammen kommen sie zurück.

»Übernimm du einen Moment, Dave.«

Der Kapitän schenkt sich Kaffee ein. Mit scharfer Stimme sagt er:

»Schlaft heute Nacht, Leute, ihr werdet es brauchen. Morgen früh um fünf geht es los.«

Und zu Jude:

»Dave übernimmt die erste Wache. Du löst ihn zwei Stunden später ab. Nie mehr als zwei Stunden Wache hintereinander, es sind genug Leute da. Jesús kommt nach dir. Dann Jesse. Die anderen schlafen. Die kommen noch früh genug an die Reihe. Weckt mich, falls irgendwas ist. Solange nichts passiert, fahren wir auf Autopilot. Immer mindestens zwei Meilen vor der Küste. Vergesst nicht, am Ende eurer Schicht eine Runde durch den Maschinenraum zu drehen, kontrolliert, ob der Hilfsmotor gut läuft, und schmiert die Kardanwelle. Der Seegang wird immer stärker werden, werft von Zeit zu Zeit einen Blick an Deck, die Langleinen sind zwar gut verstaut, aber zur Sicherheit.«

»Okay.«

Jude senkt den Kopf. Wortlos räumt er die Essensreste weg. Jesús steht auf, bedankt sich bei ihm, krempelt über dem kleinen Zinkbecken die Ärmel hoch. Ich gehe zu ihm. Ich bin nicht seefest. Es schwankt.

»Danke fürs Essen, hat gut geschmeckt«, murmele ich Jude im Vorbeigehen zu.

»Hm«, macht er nur.

Jetzt steht auch John auf.

»Danke, Jude.«

Ich helfe Jesús beim Abspülen.

»Derjenige, der gekocht hat, isst immer als Letzter, das gehört sich so«, sagt er halblaut, »aber er braucht nicht abzuspülen, nie, und man bedankt sich immer bei ihm. Normalerweise jedenfalls. Es kommt auch vor, dass man Wache geht, das Essen für die kocht, die noch schlafen, dann wieder ans Steuer muss, und wenn man zurückkommt, ist nichts mehr übrig, und schon muss man wieder an Deck …«

»Sie haben mir meine Koje weggenommen«, sage ich.

»Das ist nicht gut, es ist nicht in Ordnung, was John da gemacht hat. Wehr dich! Aber bist ja noch *green.*«

Die Jungs haben sich wieder schlafen gelegt. Dave überlässt mir seinen Platz. Zwei Stunden später weckt er mich freundlich.

»Ich bin dran.«

Beim Aufstehen kippe ich fast aus den Latschen. Ich schlafe noch halb. Überall in der Kajüte liegen Kleider und Stiefel herum. Der Motor dröhnt, das Schiff rollt stark. Mit dem Schlafsack unterm Arm schwanke ich durch den Gang. In der Kombüse scheint das immer gleiche fahle Neonlicht. Luis schläft auf der Sitzbank. Ich lege mich ans andere Ende, wickle mich in meinen Schlafsack ein, in mein Schneckenhaus, meine Höhle auf diesem tosenden Schiff. Am Morgen liegen Luis, Simon und ich schlafend nebeneinander, auf dem Fußboden, unter dem gleichgültigen Blick von Jesse, der Wache geht.

Endlich geht der Fischfang los. Der Tag ist vor fünf Uhr angebrochen, aber was heißt schon Tag: eine graue Dämmerung, ein fahler bleigrauer Himmel über uns. Die Sonne dringt nur mühsam durch den Nebel. Um uns herum der Ozean, so weit das Auge reicht. Es ist kalt. Simon hat erst die Endboje vom Oberdeck ausgeworfen, danach die am Anfang. Die Hauptleine wickelt sich ab. Wir gehen zur Seite. Dave wirft den Anker aus. Die ersten Leinen gehen ins Wasser, während der Motor aufheult; über uns kreisen die Möwen und schnappen nach den Ködern, bevor sie in den Wellen verschwinden. Ich bringe Jude die Kübel. Er verknotet die Leinen miteinander. Der Wind pfeift. Mit einer raschen, schwungvollen Bewegung wirft Jude die leeren Kübel an Deck. Ich räume sie sofort weg.

Mein Herz pocht wie wild. Die Männer übertönen brüllend das entsetzliche Getöse. Jude steht aufrecht vor dem brodelnden Wasser, stemmt sich mit durchgedrücktem Rücken auf seine starken Schenkel, von Kopf bis Fuß voll konzentriert, die Zähne fest zusammengebissen, den Blick unverwandt auf die sich abwickelnde Leine gerichtet, dieses verrückte Biest, das mit Tausenden Haken gespickte Seeungeheuer. Manchmal bleibt einer an der Ablaufrinne hängen. Dann spannt sich die Leine bedrohlich. Blitzschnell ergreift Jude die Stange, an deren Ende ein Messer ist. »Aus dem Weg!«, schreit er noch, dann durchtrennt er die Mundschnur, die den Haken mit der Hauptleine verbindet.

»Letzte Leine«, brüllt er, um den Kapitän zu warnen. Der ihn immer, bei jeder Lautstärke, hört. Das leere Spill dreht sich weiter, Dave wirft einen Anker aus, das Seil läuft bis zur letzten Boje. Das Schiff wird langsamer. Plötzlich fällt die Anspannung von uns ab. Hier und da lacht jemand. Ich bekomme wieder Luft. Jude zündet sich eine Zigarette an, nimmt uns wieder wahr. Er albert mit Dave herum, der sich mir zuwendet.

»Alles klar?«, fragt er mich.

»Ja«, murmele ich.

Ich kann es noch nicht richtig fassen. Mit einem Kloß im Hals bringe ich Ordnung in die Kübel. Ich habe rein gar nichts kapiert. Das Geschrei der Männer hat mir nur wirklich Angst gemacht. Jesús lächelt gutmütig.

»Du gewöhnst dich schon noch dran.«

Ich spritze das Deck sauber. Der Kapitän taucht auf.

»So, Jungs, jetzt wird gefischt. Schnappt euch einen Kaffee, und los geht's!«

Ich habe Stiefel bekommen, die an Bord herumlagen. Richtige Stiefel diesmal. Sie sind sehr groß und an der Knöchelfalte undicht. Meine Füße werden nass. Es ist kalt. Sie haben mir auch Ölzeug beschafft – Latzhose und Jacke –, das weiter und robuster ist als mein eigenes Clownskostüm.

Mit meinem Kaffee steige ich zum Ruderhaus hinauf. Jesse kommt mir entgegen, ich drücke mich an die Wand. Er rempelt mich an. Der lange Dünne lümmelt lässig in seinem Kapitänssessel.

»Alles in Ordnung, kleiner Spatz?«

»Ja. Wann darf ich eigentlich Wache gehen, wie die anderen?«

»Da musst du mit Jesse reden.«

»Wann?«

»Sobald du ihn dir schnappen kannst.«

Der Himmel ist undurchdringlich. Wir stecken im Nebel. Gegen das Rollen des Schiffs setzen die Männer auf beiden Seiten Stabilisatoren ein, wie zwei Flügel aus Eisen, von denen nur das Skelett übrig ist. Die *Rebel* schaukelt merkwürdig, ein zu schwerer Vogel, dem es nicht gelingt, sich aufzuschwingen, und der dicht über der Wasseroberfläche bleibt. Hohe Wellen türmen sich wie Mauern auf, das Schiff, das über sie hinwegwill, bleibt einen Moment auf dem Kamm hängen, bevor es in die grünen Täler hinabstürzt. Feiner dichter Regen fällt in einem schrägen Vorhang. Wir gehen wieder in die Kälte hinaus. Schweigend ziehen wir Ölzeug und Gummihandschuhe über, schließen die Gürtel. Ian ist angespannt, Dave hat aufgehört zu lächeln, Jesús und Luis sehen ganz grau aus trotz ihrer sonnengegerbten Haut. Jesse schärft sein Messer. Mich nimmt keiner wahr. Simon klammert sich an die Fischkisten, bereit, beim ersten Befehl loszuspringen. In seinen Augen sehe ich die gleiche Angst, die auch mir den Magen umdreht.

Der Kapitän steht unten am Aufbau. Die Hände am Außensteuer, erhöht er die Geschwindigkeit, sobald die Boje auftaucht; er wendet das Schiff, verlangsamt, sucht den besten Kurs im Verhältnis zur Abdrift. Jude schwingt den Bootshaken, fängt die Stangenboje und hievt sie an Bord.

»Los! Zieht!«

Jetzt hängen sich alle an die Rolle. Die Spannung ist extrem. Ian drosselt die Geschwindigkeit weiter, macht ein paar Schritte zur Seite, stellt sich vor die Langleine, diese gibt nach. Dave hievt sie ins Spill. Gebrüll. Der Kapitän schreit: »Schnell! Macht die Bojen los!« Der Hydraulikmotor springt an. Wir atmen auf. Die Leine kommt stetig an die Oberfläche hoch. Ian erhöht das Tempo. Jude schießt die Leinen auf. Ich schiebe ihm einen Kübel zu, sobald eine ganz an Bord ist. Rasch entknote ich die Leinen. Auf dem schlingernden Schiff räume ich den Kübel weg. Er ist sehr schwer, voller Wasser und alter Köder. Jesús und Luis trennen im Heck die Tintenfische ab. Das Dröhnen der Motoren und das Donnern der Wogen sind ohrenbetäubend. Der Wind pfeift uns in den Ohren. Die Männer schweigen. Ian macht ein finsteres Gesicht. Die Haken, die leer zu uns zurückkommen, baumeln traurig an der Leine. Ab und zu zappelt ein kleiner Kohlenfisch daran und landet auf dem Filetiertisch. Jesse schlitzt ihm mit seinem frisch geschliffenen Messer den Bauch auf. Er nimmt ihn zornig aus und wirft ihn ans Tischende, zu der Öffnung, durch die er in den Frachtraum rutscht. Über Stunden geht das so. Als die Endboje endlich auftaucht, wirft der

Kapitän seine Handschuhe wütend weg, zieht den Overall aus, geht davon, ohne ein Wort zu sagen.

Wir spritzen kurz alles ab, stellen alles an seinen Platz zurück. Mit einem wütenden Satz nimmt das Schiff Fahrt auf. Jude zündet sich eine Zigarette an. Dave lächelt mir freundlich zu.

»Nicht umwerfend, was?«

Wieder richten wir Leinen her, lange, sehr lange, bis wir sie ins Meer werfen können, bestücken sie wieder, setzen sie wieder aus, holen sie wieder ein und immer so weiter, ohne Ende.

Und dann gibt es keine Tage mehr und auch keine Nächte, nur noch eine endlose Reihe von Stunden, den sich verdunkelnden Himmel, die Dunkelheit über dem Ozean, dann muss das Licht an Deck angezündet werden. Schlaf… Manchmal gibt es etwas zu essen. Frühstück um vier Uhr nachmittags, Mittagessen nachts um elf. Ich schlinge alles in mich hinein, ölgetränkte Würste, überzuckerte Kidneybohnen, klebrigen Reis, und stelle mir bei jedem Bissen vor, er rettet mir das Leben. Die Männer lachen.

»Mann, haut die rein!«

In der dritten Nacht stoßen wir auf einen Kohlenfischschwarm. Das Meer hat sich immer noch nicht beruhigt. Simon und ich stolpern immer noch herum, mitten bei der Arbeit, und krachen unter den verärgerten Blicken der anderen gegen die Kistenstapel. Wortlos rappeln wir uns wieder auf, als hätte uns jemand bei einem Fehler ertappt. Aber heute Abend haben wir dafür keine Zeit. Als die erste Langleine an Bord kommt, ergießt sich eine Sturmflut von Fischen über uns. Die Männer brechen in Jubelgeschrei aus.

Jesse packt mich an der Schulter und schreit: »Schau doch, Lili, Dollars, alles Dollars!«

Doch es sind keine Dollars, sondern lebendige Fische – wunderschöne Lebewesen, die verblüfft nach Luft schnappen und sich, vom Neonlicht geblendet, wie verrückt auf dem weiß aufblitzenden Aluminium im Kreis drehen und sich in diesem rauen Universum, wo alles sie schneidet, alles sie verletzt, wieder und wieder stoßen. Dollars? Nein, noch nicht.

Jetzt muss es schnell gehen, schon ist der Tisch voll. Jemand reicht mir ein Messer. Simon drängt sich zwischen John und mich. Jesse kommt zurückgerannt, auf dem wild schlingernden Schiff schwingt er das frisch geschärfte Messer mit der Spitze voran. Ich fange Judes Blick auf: Kurz blitzt beim Anblick dieses verrückten kleinen Kerls kalte Wut in seinen Augen auf, seine Brauen heben sich kaum merklich. Blut spritzt, die schwarzen Fischleiber zucken und winden sich.

Die Nacht ist weit fortgeschritten. In der Aufregung und der Dringlichkeit hat sich unsere Müdigkeit verflüchtigt. Jude und Jesse hacken den noch lebenden Fischen die Köpfe ab und schlitzen ihnen den Bauch auf. Simon und ich nehmen sie aus. Sie zucken, zappeln, wenn wir ihnen den Bauch mit einem Löffel ausschaben. Der raue Klang, den das macht, geht mir durch Mark und Bein. Die Fische werden in einem nicht nachlassenden Tempo in den Frachtraum geworfen. Auf Jesses Mund liegt ein grausames Lächeln. Dollars, Dollars, murmelt er unablässig, wie ein Idiot. John macht einen abwesenden, leicht angewiderten Eindruck. Jude arbeitet mit zusammengebissenen Zähnen und entschieden gesenktem Blick, ignoriert Jesses Monolog. Er ist der Schnellste. Seine kräftigen Hände schneiden, zertrennen, reißen. Es macht mir Angst. Ich schaue von seinen kräftigen Händen zu seinem derben, unerschütterlichen Gesicht, und schon fühle ich mich wohler. Meine Muskeln sind steif, meine Schultern brennen wie Feuer. Dann spüre ich sie nicht mehr.

Der Kapitän brüllt, ich schrecke auf, fragend irrt mein Blick von einem zum anderen, sie schreien mir etwas zu, das ich nicht verstehe. Simon ist schneller als ich, er stürzt zur vollen Kiste und zieht sie weg, reicht Dave, der die Leinen aufschießt, eine leere.

»Du musst Augen im Hinterkopf haben!«

Mühsam halte ich die Tränen zurück. Der Löwenmann hat mir einen zornigen Blick zugeworfen, dieser stechende Blick, der mich lähmt. Simon nimmt die Arbeit an meiner Seite wieder auf, insgeheim stolz auf sich. Er taucht seinen Löffel in den weit aufgerissenen Fischbauch und schabt fieberhaft darin herum, wie in Trance. Ein starres Lächeln entstellt seine Züge. Wofür rächt er sich und an wem? Ich achte darauf, die Kübel rechtzeitig auszuwechseln. Simon belauert mich ungeduldig. Ich komme ihm zuvor und stoße ihn weg, wenn er sich mir in den Weg stellt, entreiße ihm seine Last, wenn er schneller ist als ich. Das hier ist meine Arbeit, meine Aufgabe! Ich muss mich wehren, wenn ich mir einen Platz an Bord erobern will.

Meine Füße sind zu Eisklumpen gefroren. Das blutige Wasser hat meine Ärmel durchnässt. Unser Ölzeug ist mit Innereien bespritzt. Ich habe Hunger. Verstohlen schlinge ich den Rogensack des Fisches hinunter, den ich gerade aufgeschlitzt habe. Er schmeckt nach Meer. Süß zergeht er mir auf der Zunge. Ein paar schmierige Haarsträhnen, die aus meiner Mütze hervorlugen, wische ich mit dem Ärmel weg. Sie bleiben mir an der Stirn kleben. Wieder führe ich einen perlmuttfarbenen Sack zum Mund. Dave ertappt mich dabei und schreit entsetzt auf.

»Spinnst du, Lili?«

Die Männer heben den Kopf.

»Sie isst dieses Zeug!«

Angewiderte Gesichter. Knallrot unter meiner blutigen Maske, senke ich den Blick.

Die letzte Leine wird an Bord gezogen. Eisiger Wind fährt uns unters Ölzeug. Ich wanke und schlafe schier im Stehen ein. Dann endlich tauchen der Anker, die Boje, die Fähnchen auf. Ian dreht sich zu uns um, bevor er ins Ruderhaus hinaufsteigt.

»Los, Jungs, noch mal das Ganze. Ab ins Wasser mit den Leinen.«

Alle kehren auf ihre Posten zurück. Ich mobilisiere all meine Kräfte, meine ganze Wut. Ich schnappe mir die Kübel mit mehr Kraft, mit einer ganz neuen, ungestümen Energie. In mir ist etwas erwacht, der heftige Wunsch, Widerstand zu leisten, mich immer weiter zu wehren, gegen die Kälte, gegen die Müdigkeit. Die Grenzen meines kleinen Ichs zu überwinden, zu übersteigen. Die Leinen laufen über das Heck in den fahler werdenden Himmel. Die letzte Stangenboje wird ausgeworfen. Der neue Tag bricht an. Am Horizont erscheint ein breiter roter Streifen. Einmal kurz das Deck abspritzen.

»Okay, Pause«, sagt der Kapitän.

Wir spritzen uns mit eiskaltem Wasser ab, um das Ölzeug zu säubern. Vor Müdigkeit fühlen wir uns wie betrunken. Die Männer geben Schätzungen ab:

»Zwölftausend? Fünfzehntausend Pfund?«

»Roher Fisch ist lebensgefährlich«, schimpft Dave mich freundlich aus.

»Ich hatte Hunger«, protestiere ich leise und entschuldigend.

»Schon gut, wasch dir das Gesicht und geh schlafen«, antwortet er lachend.

»Total bekloppt, die Tussi, dafür aber auch echt witzig!«, mokiert sich John noch.

Schließlich haben alle ihr Plätzchen für die Nacht gefunden. Simon schläft auf der Bank in der Kombüse. Luis und Jesús teilen sich eine Koje. Ich habe den Fußboden des Ruderhauses für mich allein. Wer Wache geht, muss über mich hinwegsteigen. Wenn ich hochschaue, sehe ich den Himmel durch die beschlagenen Scheiben. Unter dem wachsamen Auge des Meerwächters fühle ich mich geborgen. Lachend erklären mich die anderen für verrückt, wenn ich sage, dass ich meinen Schlafplatz liebe.

Ich wache vor der Zeit auf, schäle mich aus dem Schlafsack und rolle ihn in einer Ecke zusammen, setze mich auf die Kiste mit den Überlebensanzügen. Ich betrachte das Meer und uns, die wir fahren. Manchmal ist der Löwenmann da und fixiert das schiefergraue Wasser mit undurchdringlichem Blick. Ich möchte ihn nicht stören und betrachte die Wellen mit ihren tiefen Tälern, das Auf und Ab der Dünung bis zum Horizont. Gern hätte ich ihn gebeten, mir zu erklären, wie die Schalthebel funktionieren, was die Radarschirme bedeuten, doch ich traue mich nicht. Ich träume davon, dass Ian uns im Winter an Bord nimmt. Nie mehr würden wir das Meer verlassen, würden in der Kälte, im Wind und im stürmischen Atem der Wellen zusammenarbeiten, ich und diese beiden Männer, der lange Dünne und Jude, der Löwenmann, der große Seemann, dem ich beim Leben und beim Fischen zuschauen würde, ohne ihm je im Weg zu stehen, ohne je mehr zu wollen, als manchmal gemeinsam schweigend den Ozean vorbeiziehen zu sehen.

Die Nacht ist kalt. Es ist sehr spät. Oder sehr früh. Bis zum Horizont tanzen die Mondstrahlen auf dem Wasser, einem golden funkelnden Brunnen. Wir richten die Leinen her, das Flutlicht fällt auf unsere ausgezehrten Gesichter. Ian ist aus dem Steuerhaus gekommen. Irgendetwas geht ihm gegen den Strich. Mit gedämpfter Stimme spricht er mit Jesse. Ich schnappe die Worte »Schnellboot« und »Einwanderungsbehörde« auf. Dann kehrt er wieder zum Steuerhaus zurück.

Ich streife die Handschuhe ab, werfe mein Ölzeug in den Eingang der Kajüte, stürme die Treppe hinauf und schon stehe ich hochrot und außer Atem vor Ian.

»Hast du meinetwegen Angst? Meinst du, es ist die Einwanderungsbehörde?« Im Licht des Steuerhauses wirkt sein Gesicht fahl, die Falten um seinen Mund sind wie eingraviert.

»Ein Schiff kreuzt in unserer Nähe herum. Keine Ahnung, was das für welche sind. Jesse und ich haben überlegt, ob es nicht die Küstenwache sein könnte.«

»Mach dir keine Sorgen«, sage ich leise, »schon gar nicht um mich. Wenn es die Einwanderungsbehörde ist, springe ich ins Wasser.«

Er schaut mich erschrocken an.

»Das geht doch nicht, Lili, das Wasser ist viel zu kalt. Du wärst sofort tot.«

»Eben! Lebend kriegen die mich nicht. Niemals! Niemals lasse ich mich nach Frankreich zurückschicken!«

Da lächelt er, immer noch beunruhigt. Beinahe sanft sagt er: »Geh jetzt wieder an Deck, an die Arbeit. Die Einwanderungsbehörde ist es garantiert nicht.«

Keine Spur mehr vom Festland, wo wir früher einmal gelebt haben. Immerzu leichter Nebel. Es ist Nacht. Seit wir Kodiak verlassen haben, ist die See noch nicht ruhiger geworden. Meine Füße in den feuchten Stiefeln sind jetzt schon eiskalt. Mit tauben Fingern mühen wir uns ab, unsere Öljacken zu schließen. Jude schluckt eine Handvoll Aspirin.

»Tun dir die Hände weh?«, frage ich in meinem gebrochenen Englisch.

Erstaunt sieht er hoch, sein in die Ferne schweifender Blick wird unsicher und flackert einen Moment. Einen Augenblick später ist es vorbei. Der Kapitän schimpft. Jesse verzieht sich feige in den Maschinenraum. John ist noch nicht fertig, das ist er nie, er wird leicht seekrank. Bedrückt wechseln Jesús und Luis ein paar Worte auf Mexikanisch. Sie sind ganz grün im Gesicht. Mit einem Blick, als würde er gleich geschlagen werden, zieht sich Ian nervös die Handschuhe an. Ich stehe stabil auf beiden Beinen – endlich seefest – und sehe zu, wie die Wellen an die Scheiben schlagen. Ich verlagere das Gewicht von einer Seite auf die andere. Unter meinen Händen spüre ich mein Becken, das geschmeidig mit der Krängung des Schiffes mitgeht. Mein Körper widersetzt sich nicht mehr den heftigen Stößen, die uns von der Seite treffen, er tanzt und bewegt sich im Rhythmus.

Dave öffnet die Tür, ein Windstoß weht herein. Wir folgen

ihm an Deck. Ich denke an den Kaffee, den wir nicht bekommen haben. Mit einer dampfenden Tasse in der Hand kommt der Kapitän zu uns. Wir greifen zu Messern, Gaff- und Bootshaken, lösen den Block vom Leinenspill, schwenken ihn über den Rand. Ian manövriert die *Rebel* zu der Stangenboje, die im Wellental verschwunden ist. Jude packt den Bootshaken, holt sie an Bord. Der Hydraulikmotor springt an. Weiter geht es mit der Fischerei. Das Bojenreep steigt wieder auf. Der Kapitän schimpft. Inzwischen ist alles Routine.

Der wundersame Fang hat sich nicht wiederholt. Mehrmals legt Dave die Hand auf die Ankerleine, um ihre Spannung zu überprüfen. »Zu straff…«, murmelt er mit besorgter Miene, als ich ihn ansehe. Der Kapitän hält das Schiff und den Hydraulikmotor an. Etwas stimmt nicht. Die Leine hängt schräg ins Wasser hinunter. Jude lehnt sich über die Wellen und mustert sie mit einem furchtbaren Ausdruck im Gesicht. Ian sieht aus, als hätte er einen schlechten Tag. Plötzlich gibt es einen trockenen Knall, Geschrei, Gefluche, die Leine ist gerissen. All das geschieht im Bruchteil einer Sekunde. Ich verstehe nichts, ahme nur die anderen nach und stürze mich auf die Leine, die uns zwischen den Fingern abhaut. Wir können sie nicht festhalten, sie rutscht uns aus den Händen.

Der Kapitän ist leichenblass, sagt keinen Ton. Auch der Rest der Crew schweigt, alle senken nur betreten den Kopf. Ich verstehe immer noch nichts, außer dass wir vielleicht eine Hunderte von Metern lange Leine verloren haben. Ian wirft seine Handschuhe an Deck und stürmt, ohne seinen Overall auszuziehen, auf die Brücke. Plötzlich beschleunigt das Schiff. Bald haben wir das andere Ende der Hauptleine erreicht. Der Kapitän kommt zurück. Er hat wieder ein bisschen Farbe im Gesicht. Ich sehe ihn an, unsere Blicke treffen sich, und er verzieht kurz den Mund zu einem kleinen, mitleiderregenden Lächeln. Da begreife ich, dass wir ein Problem haben.

Jude fängt die Markierungsbojen, flucht, weil sie ihm fast entwischt wären. Erneut legen wir die Ankerleine in den Block. Erneut springt der Hydraulikmotor an. Es geht nicht lange gut. Zwei Hauptleinen später reißt das Seil wieder.

»Jetzt ist es aus«, murmelt John.

»Wenn wir nur Zeit hätten, den Meeresboden mit dem Schleppnetz abzufahren«, antwortet Dave leise. »Aber so müssen wir den Verlust aus eigener Tasche blechen.«

Wir machen uns wieder an die Arbeit. Der Kapitän verzieht sich in seine Bastion. Vielleicht weint er ja, schießt es mir durch den Kopf. Simon geht in den Frachtraum und bringt mir die Dosen mit gefrorenem Tintenfisch. Dave und Jude unterhalten sich leise über die zu schräge, zu straff gespannte Langleine, über Ian, der ungeschickt ist und nicht manövrieren kann. Fünfzehn Langleinen haben wir verloren, dafür werden wir zahlen müssen, Andy will sie bestimmt zu einem hohen Preis erstattet bekommen.

»Dabei hat er uns selber diesen Mist angedreht. Und wir haben wochenlang geschuftet, um die Leinen wieder einigermaßen in Ordnung zu bringen!«

»Stimmt, aber der Kapitän hat es auch drauf ankommen lassen, er muss auf dem Sonar gesehen haben, dass hier kein Grund ist.«

Ich wetze mein Messer am Stein, gebe ihn Jésus. Unsere Blicke treffen sich. Er lächelt ohnmächtig, mit seinem typisch naiven Ausdruck. Fast hätte ich gelacht. Ich öffne die Kisten mit Ködern und greife in die tiefgefrorenen Tintenfische, schlitze sie auf, bis ein ganzer Haufen vor mir auf dem Tisch liegt. Dave schweigt. Jude hat eine Zigarette im Mundwinkel hängen, er verzieht das Gesicht, weil ihm der Rauch in die Augen steigt. Luis und John schmollen. Seit Stunden bestücken wir nun schon die Leinen.

»He, Simon, machst du uns was zu essen, während wir hier weiterarbeiten?«

Eine Stunde später gibt es angebrannten Reis, Würstchen und drei Büchsen Mais. Trotzdem tut es gut. Die Männer essen schweigend. Mit knallrotem Gesicht steht Simon hinten am Herd und wartet, dass wir fertig sind, bevor er sich selbst etwas nimmt. Der Kapitän schaut von seinem Teller hoch, sieht ihn stehen. Also schickt er ihn in den Frachtraum, damit er die Fische mit frischem Eis bedeckt.

»Aber er hat nichts gegessen!«, protestiere ich.

Jude wirft mir einen vernichtenden Blick zu, Dave scheint sich zu wundern, runzelt aber nur die Stirn, Jesús wirkt peinlich berührt. Die anderen tun so, als wäre nichts gewesen.

»Halt die Klappe, Lili. Es ist auch *seine* Arbeit, oder?«, sagt Ian in scharfem Ton.

Beschämt senke ich den Kopf, verkrieche mich in einer Ecke der Sitzbank. Tränen steigen mir in die Augen. Mir schnürt sich die Kehle zu, ich unterdrücke ein nervöses Lachen, dann packt mich plötzlich die Wut.

Die Männer sind wieder rausgegangen. Jesús und ich spülen ab. Er lacht.

»Man darf dem Kapitän niemals widersprechen. Du weißt doch, dass er dich dafür feuern kann, oder? Der Kapitän hat immer recht.«

»Aber Simon hat nichts gegessen!«

»Der Kapitän ist der Chef, Lili, und so was wird noch öfter vorkommen, wenn du mit dieser Arbeit weitermachst. Daran ist noch keiner gestorben. Dann isst man eben das nächste Mal mehr und fertig.«

John kommt hereingestürmt. Wie immer verspätet. Er zieht eine Schublade auf und schnappt sich zwei Bounty-Riegel, bevor er wieder rausgeht.

»Darf ich auch?«

Jesús lacht. Ich stelle den Essensrest für Simon warm. Dann gehen wir zu den anderen an Deck.

Leuchtend rote Fische zappeln auf dem Tisch. Raue Körper, scharfe Flossen, überraschte Glubschaugen, die ihnen aus dem Kopf zu fallen scheinen.

»Warum strecken sie die Zunge raus, Jesús?«

»Das ist nicht ihre Zunge, es ist ihr Magen.«

»Ach so.«

»Das liegt an der Dekompression. Sie werden auch *idiot fish* genannt. Wegen der herausquellenden Augen und ihrer Zunge, wie du sie nennst.«

Die scharlachroten Fische sind blutüberströmt. Wir werfen sie mit ihrem weit geöffneten Maul ans andere Ende des Tisches, dann schubse ich sie in den Frachtraum. Jesús arbeitet an meiner Seite. Er nickt besorgt.

»Simon ist noch nicht zurück«, murmelt er. »Hoffentlich passt er gut auf.«

»Auf was?«

»Auf die *idiot fishes*. Die sind gefährlich. Hast du ihre Flossen nicht gesehen? In den Stacheln ist Gift. Anscheinend ist es sogar tödlich, wenn sie einen am Hals erwischen.«

Der Kapitän wirft uns einen Blick zu. Jesús verstummt. Wir warten auf Simon. Endlich kommt er aus dem Frachtraum zurück, sieht sich mit seinem abgemagerten Gesicht verhuscht und besorgt um. Der Wind hat gedreht. Es ist fast schönes Wetter.

Tief in der Nacht hören wir auf zu arbeiten. Ich steige wieder auf die Brücke hinauf, sehe Simon am Steuer stehen, Jesse erklärt ihm ausführlich, was die Bildschirme bedeuten. Es versetzt mir einen Stich. Er darf zum ersten Mal Wache gehen.

»Und ich?«, frage ich mich leise. »Was ist mit mir?«

Ian hat mich verraten. Ich muss die Tränen unterdrücken, denn Fischer weinen nicht, und er hat mir gesagt, dass ich ein Fischer bin oder jedenfalls bald einer sein werde … Wie mit einem Kind hat er mit mir geredet, um mich zum Lachen und zum Träumen zu bringen. Ich eile die Treppe wieder hinunter. Die Jungs haben sich schon hingelegt. Ian und Dave trinken noch einen Kaffee und sprechen über Fangquoten. Ich unterbreche sie, möchte am liebsten brüllen, doch meine Stimme zittert. Als er das hört, vergisst Ian seine Wut.

»Was ist los, kleiner Spatz?«

»Ich bin kein Spatz, und Simon darf jetzt Wache gehen.«

Mehr bringe ich nicht heraus, ich ringe die Hände, schnappe nach Luft.

»Und ich? Wann bin ich dran? Du hast mir gesagt, dass ich es könnte. Dass ich bald an der Reihe bin. Jeden Morgen, wenn ihr alle schlaft, übe ich, wache mit dem, der gerade am Steuer steht. Ich schlafe bestimmt nicht ein, ehrlich nicht!«

Dave lächelt. »Du musst Geduld haben, Lili.«

»Sprich mit Jesse, nicht mit uns«, sagt Ian. »Das Schiff ist für ihn wie sein Kind. Leg dich hin, kleiner Spatz. Geh schlafen, du kommst schon noch an die Reihe.«

Ich bleibe nicht länger bei ihnen. Wenn sie mich weinen sehen, nehmen sie mich nie als Wache. Ich gehe wieder hoch und verkrieche mich in der dunkelsten Ecke der Brücke. Simon thront auf dem Kapitänsstuhl und würdigt mich keines Blickes.

Am nächsten Morgen nimmt mich der Kapitän beiseite. Ich versuche, ihm aus dem Weg zu gehen, doch er packt mich einfach am Ärmel.

»Ich habe mit Jesse gesprochen. Heute Abend gehst du Wache.«

»Wir fahren auf Autopilot. Falls dir irgendetwas seltsam vorkommt, wecke uns sofort, mich oder den Kapitän.«

Nach den üblichen Ratschlägen hat sich Jesse schlafen gelegt. Auf dem Stuhl halte ich mich kerzengerade und tunke ein Stück Schokolade in meinen Kaffee. Die See ist schön. Kurze Wellen schlagen an den Vordersteven. Auf dem Radar ist nichts zu sehen, außer uns, einem glänzenden Punkt inmitten konzentrischer Kreise und kurz aufleuchtender Funken. Wir sind Dutzende Meilen von sämtlichen Küsten entfernt. Unter uns die Tiefe, Hunderte von Metern. Ein blasser Vogel taucht im weißen Lichtstrahl des Bugscheinwerfers auf. Still schlagen seine riesigen Flügel in der Luft. Er fliegt eine Kurve und dreht sich um die eigene Achse. Schläft er, oder träume ich das bloß? Das Funkgerät knistert, hin und wieder kann man ein paar Sätze verstehen. Als würde die Nacht selbst sie hervorbringen, Botschaften anderer Lebewesen, die ebenfalls die große Wüste durchqueren. Himmel und Meer sind eins. Wir bewegen uns durch die Nacht. Die Männer schlafen. Ich wache über sie.

Der lange Dünne sitzt da und schaut aufs Meer, in diesem Moment ist er ganz er selbst und nicht Kapitän. Die langen, schlaksigen Gliedmaßen hängen rechts und links vom Stuhl herunter. Er sieht blass und erschöpft aus, sein Kiefer ist schmal und kantig, der Mund halb geöffnet, die Augen sind traurig und abwesend.

»Bist du traurig?«, frage ich.

Sein Blick hellt sich auf. Mit einem bittersüßen Lächeln wendet er sich mir zu, streicht sich über die Stirn, seine langen schlanken Finger erstaunen mich immer wieder.

»Du hast die Hände eines Pianisten.«

Er seufzt. »Ach, Lili.«

Mehr ist nicht zu sagen. Das Wetter ist wieder schlechter geworden. Im Seewetterbericht kündigt Peggy keine Besserung an. Starke, im Laufe des Tages zunehmende Böen, gegen Abend Sturmwarnung. Gischt schießt hoch, schaumgekrönte grüne Wellen bedrängen die *Rebel.* Einen Kaffee zu trinken ist gefährlich, kochen nahezu unmöglich. Simon versucht wieder, Reis anbrennen zu lassen, doch obwohl er die Henkel des Kochtopfs am Herdrost befestigt, schwappt das Wasser über und löscht die Gasflamme.

»Der sprengt uns noch alle in die Luft«, knurrt Jude, der ihn ablöst.

John ist seekrank und bleibt oft liegen. Luis mault herum.

»Dabei hat er sich auch sonst nicht den Arsch aufgerissen! Stimmt's, *Bro*?«

Und Jesús lächelt immerzu. Seit der Sache mit den verlorenen Leinen sieht Jesse den langen Dünnen schief an.

»Dicke Luft«, sagt Dave, der sich erkältet hat.

Er hat Fieber und hustet und schnieft und lacht nie mehr. Simon lässt das Geschimpfe der Männer stoisch über sich ergehen. Jesús bleibt er selbst. Spätabends und wenn es kalt ist, werfen wir uns über den Tisch hinweg immer noch freundliche Blicke zu.

»Du wirst gut«, sagt er mir eines Tages. »Allmählich hast du den Durchblick. Ziemlich schnell.«

Der Kapitän korrigiert mich nur noch selten. Die Männer schreien vielleicht nicht mehr so oft? Ich habe keine Zeit mehr, an Manosque-die-Messer zu denken. Außerdem habe ich es vergessen. Aber beim Fischen herrscht immer noch dieselbe Dringlichkeit, dieselbe Aggressivität. Immer noch erfasst uns, Simon und mich, dieselbe panische Angst, von der Wut der anderen zermalmt zu werden, wenn alle an Deck toben.

Zwei Tage hintereinander machen wir einen guten Fang, dann wendet sich das Blatt wieder. Gleich zwei Mal bleiben die Leinen am felsigen Untergrund hängen. Sie zerreißen an beiden Enden. Ein harter Schlag. Keine Spur mehr von Ians Arroganz. Seine Augen flackern. Die Männer sagen nichts. Auf dem von den Wellen gewaschenen Deck machen wir uns wortlos wieder daran, die Leinen herzurichten.

Leise frage ich Jesús:

»Warum ist es denn so schlimm?«

»Weil wir dem Schiffseigner die Leinen erstatten müssen, das ist eine Menge Kohle, die direkt von unserem Anteil abgezogen wird. Und dabei haben wir an Land so viel Zeit in die Instandsetzung gesteckt. Drei Wochen, oder? Wenn wir noch mehr Material verlieren, müssen wir ihm bald noch Geld erstatten. Und du bekommst sogar nur einen halben Anteil.«

»Dann gehe ich eben wieder auf Fischfang!«, sage ich achselzuckend.

Auf der Brücke schreit der Kapitän. Zeit, den Fang einzuholen. Diesmal hängen wir anscheinend nicht fest. Die Leine kommt ohne Schwierigkeiten an die Oberfläche. Die Männer entspannen sich. Ein kurzes Lachen, das ihre Nervosität verrät. Ian beugt sich übers Wasser, die Hand am Schalthebel, und starrt unaufhörlich auf die Leine. Erneut schlitze ich weiße Bäuche auf. Das glatte, straffe Fleisch leistet kurz Widerstand, gibt gleich darauf nach. Mühelos gleitet die Klinge hinein – eine Fontäne von Blut spritzt auf und ergießt sich über den Tisch. Scharlachrote Bäche rinnen zu Boden. Wir sind die Killer des Meeres, die Söldner des Ozeans, denke ich, und so sehen wir auch aus. Mit blutverschmiertem Gesicht, blutverklebten Haaren schneide ich ins weiße Fleisch. Manchmal sind da Eier. Ich beiße in die Rogentaschen. Perlen aus rotem Bernstein zergehen mir im Mund, klare Früchte gegen meinen Durst.

Ich habe den kleinen Kohlenfisch übersehen, der zwischen den Metallstäben, dem Rechen, durchgerutscht ist, der ihn eigentlich aufhalten sollte. Als er sich im Spill verfängt, schreie ich. Meine Stimme wird von dem Motorenlärm übertönt, dem Pfeifen des Windes, dem Krachen der Wellen. Vergeblich schreie ich mir die Kehle heiser. Dave hebt den Kopf und brüllt. Rasch legt der Kapitän den Hebel um. Der Hydraulikmotor stoppt. Jude pflückt den zerfetzten Kohlenfisch aus dem Block. Ich mache mich ganz klein unter dem Donnerwetter.

»Was machst du bloß, Lili, verdammt noch mal? Warum sagst du nichts?«

»Aber ich hab's doch gesagt! Geschrien hab ich, und keiner hat mich gehört.«

»Dich hört eh kein Mensch, kein Mensch versteht ein Wort von dem, was du sagst!«

Der Motor springt wieder an. Mir tut der Hals weh, mein Herz pocht wie wild. Ich lasse die Leine nicht mehr aus den Augen, jederzeit bereit, die Metallklappe zu schließen, falls ein Fisch zwischen den Stäben durchrutscht. Wenn eine neue Leine an Bord ist, wechsle ich den Kübel aus, so schnell ich kann, löse die Leine von der nächsten und schleppe den vollen Kübel ans andere Ende des Decks. Ich falle nicht mehr hin. Ohne Zeit zu verlieren, kehre ich an den Filetiertisch zurück.

Als ich gerade einen Kübel austausche, rutscht wieder ein Jungfisch zwischen den Stäben durch. Wieder verfängt er sich im Block. Beim nächsten Haken bleibt die Leine hängen, verheddert sich und spannt sich bedrohlich, die darauffolgenden Haken bleiben ebenfalls hängen und fliegen durch die Gegend. Ich brülle, Jude brüllt noch lauter, Ian hält alles an. Schnell renne ich hin, um die Leine loszumachen, der zerquetschte Fisch fällt zu Boden.

»Was baust du denn für einen Scheiß, Lili? Schläfst du im Stehen, oder was?«

»Das konnte ich doch nicht sehen«, stammele ich, »ich hab gerade die Leine weggebracht.«

»Wenn du die Arbeit nicht hinkriegst, hast du hier nichts

zu suchen!« Er mault immer noch, legt dann wieder einen Gang ein.

Ich senke den Kopf. Tränen steigen mir in die Augen. Ich schnappe mir einen Kohlenfisch, nehme ihn aus. Meine Unterlippe zittert, ich beiße wie verrückt darauf herum. Wut und Empörung packen mich. Ich kann die blutigen Fische nicht mehr sehen, die Männer nicht, die mir meine Koje weggenommen haben. Sie machen sich nur über mich lustig, schreien herum, und dann zittere ich. Ich will nicht mehr töten und will auch keine Angst mehr vor ihnen haben. Ich will wieder frei sein, über die Anleger rennen, zum Point Barrow abhauen. Da verfehlt Dave die Öffnung des Frachtraums, und ich sehe den scharlachroten Fisch mit der wie ein Segel aufgeblähten Rückenflosse nicht rechtzeitig, sie ist voller Stacheln, die sich in meine Hand bohren. Ein stechender Schmerz, ist das die Strafe für meine Wut? Diesmal weine ich wirklich. Ich ziehe die Handschuhe aus, die Stachel stecken in der Daumenwurzel. Drei, die tief im Fleisch stecken, bekomme ich heraus, ein weiterer hat mir die ganze Hand durchbohrt. Mit den Zähnen entferne ich ihn. Der schöne Fisch liegt mit offenem Maul da. Jesús gibt dem Kapitän ein Zeichen. Sie zeigen auf die Kombüse.

»Geh dir die Hand desinfizieren. Ich habe dir doch gesagt, dass Gift in den Flossen ist«, sagt Jesús, der mit mir leidet, leise.

Voller Scham verlasse ich das Deck. Als ich die Öljacke ausziehe, fühlt sich meine Hand wie gelähmt an. Ich setze mich auf die Bank in der Kombüse, lehne mich mit dem Rücken dagegen, schließe die Augen. Der Schmerz trifft mich schubweise, in heißen Wellen zieht er von der Hand zur Schulter hinauf. Mal rast mein Herz, dann wieder bleibt es stehen, ich sehe nur noch verschwommen. Langsam wiege ich mich hin und her, als würde ich gleich umkippen. Vielleicht bleiben die anderen noch stundenlang an Deck, ich sollte zu ihnen zurückkehren. Ich stehe auf, wasche die Wunde aus. Mir wird schwindlig. Ich habe Angst, ohnmächtig zu werden. Damit mich keiner sieht, gehe ich durch die Brücke zum Oberdeck. Der Himmel hat sich aufgehellt, die Wellenkämme glitzern in der fahlen Sonne. Ich brauche lange, um mir eine Zigarette anzuzünden. In der Nähe des Rettungsbootes ist weniger Wind. Ich weine ein bisschen, es tut fast gut. Die Männer fischen. Ich sollte bei ihnen sein. Bestimmt verstehen sie nicht, warum ich mich verzogen habe. Jude ist sicher wütend. Oder schlimmer noch, er verachtet mich. Typisch Frau, denkt er wohl. Natürlich darf man dem Schmerz nicht nachgeben. Außerdem machen mir Schmerzen doch nichts aus. Aber trotzdem … Außerdem sterbe ich garantiert, weil der Fisch ja giftig war. Weit und breit nichts als Meer. Der Lärm an Deck dringt zu mir durch, die aneinander oder an die Aluminiumregale krachenden Kübel, ab und zu ein paar Rufe. Ich rauche in der Sonne. Braucht man lange zum Sterben? Mir läuft die Nase, ich schnäuze mich mit den Fingern. Traurig ist es, denke ich und betrachte den Himmel, das Meer, es ist wirklich zu schade, dass ich sterben werde. Aber es ist auch ganz normal, denn ich bin allein so weit weggegangen, so weit in den hohen Norden, dorthin, wo es »*the Last Frontier*« genannt wird, die letzte Grenze, und dann habe ich diese Grenze überschritten, mir ein Schiff gesucht und mich auf dem Ozean wiedergefunden, voller Freude, Tag und Nacht konnte ich an nichts anderes denken, konnte kaum schlafen da in meiner Ecke auf dem schmutzigen Boden. Ich habe Tage und Nächte gekannt, manchmal brach der Morgen so schön an, dass ich mich von meiner Vergangenheit losgesagt, meine Seele verkauft habe. Ja, ich habe es gewagt, diese Grenze zu überschreiten, und deshalb konnte ich doch nur den Tod finden, mein tiefrotes, wunderschönes Ende fischen, einen von Meerwasser und Blut überströmten Fisch, der sich mir in die Hand gebohrt hat wie ein glühender Pfeil. Ich sehe meine Abreise wieder, die Durchquerung der Wüste in dem Bus mit dem blauen Windhund, das Himmelblau der Daunenjacke und die Federwolken um mich herum … Deshalb bin ich also aufgebrochen, daher die Kraft, die mich alles aufs Spiel setzen ließ, um den Tod zu finden. Ich sehe Manosque-die-Messer wieder, wo ich also nicht sterben werde, festgehalten in einem finsteren Zimmer. Ich höre auf zu weinen, gehe wieder in die Kombüse. Meine Hand fühlt sich an wie tot. Erneut bekomme ich Schuldgefühle, als ich die Männer an Deck schuften sehe. Ich krümme mich im schmalen Gang zusammen. Dunkel und warm ist es dort. Ich presse die Hand an den Bauch.

Dort findet mich der Kapitän, wie ich in einer dunklen Ecke kauere. Ich habe ihn nicht kommen hören, vielleicht war ich ja eingenickt. Ich zucke zusammen vor Schreck, doch er schreit nicht.

»Was machst du da?«, fragt er nur.

Er kniet sich neben mich. In seiner Stimme liegt keine Wut.

»Ich … Ich komme gleich wieder«, sage ich, »ich musste mich nur ein bisschen ausruhen.«

»Tut es sehr weh?«

»Ziemlich.«

»Warte mal kurz.«

Er geht in den Waschraum, kramt im Medizinschrank herum und bringt mir eine Handvoll Paracetamol.

»Nimm das, ruh dich noch ein bisschen aus, wir sind mit dieser Langleine fast durch. Gleich gibt es eine Kaffeepause für alle.«

Die Männer kommen herein. Sie sehen nicht wütend aus, im Gegenteil, nicht einmal Jude, der mich anlächelt. Dave entschuldigt sich in einer Tour. Der Kapitän ist wieder der lange Dünne geworden. Jesús macht sich immer noch Sorgen.

»Du musst ins Krankenhaus gehen, wenn wir wieder an Land sind.«

Am Ende vergesse ich, dass ich an diesem Tag hätte sterben sollen. In ihrer Mitte bin ich glücklich. Meine Hand tut immer noch furchtbar weh. Als die Männer aufstehen, erhebe ich mich ebenfalls.

»Du musst nicht gleich wieder mitkommen«, sagt Ian.

»Alles in Ordnung«, sage ich.

Und wir gehen wieder an Deck. Ich will immer bei ihnen sein, damit uns zusammen kalt ist, wir zusammen Hunger haben und zusammen müde sind. Ich will ein echter Fischer sein, will immer bei ihnen sein.

Ich will nicht zurück. Ich will nicht, dass es vorbei ist. Trotzdem bin ich vom Geruch des Landes überrascht, als wir uns der Küste nähern. Der Schnee auf den Old Womens Mountains ist geschmolzen. Die Hügel sind grün. Der Geruch von moderndem Laub, der Gestank von Baumstümpfen und

Schlamm steigt mir in die Nase wie weit entfernte Eindrücke aus unserer Zeit als Landbewohner. Als wir der Küste noch näher kommen, überrascht und rührt mich der Gesang eines Vogels. Das hatte ich ganz vergessen. Ich kannte nur noch den rauen Schrei der Möwen, die langen Klagen der Albatrosse, ihr jammerndes Wirbeln um die Langleinen. Meine Brust weitet sich vor Liebe, tief atme ich das Land ein. Ich bin glücklich, außerdem brechen wir am Abend wieder auf.

Die Männer fahren die Stabilisatoren ein. Die *Rebel* passiert die Boje bei der Papageientaucher-Insel. Wir holen die Trossen aus den Kisten, befestigen die Fender wieder an der Reling. Die Docks und die Konservenfabriken sind nicht mehr weit. Flut. Dave, am Bug, wirft einem Arbeiter am Kai die Affenfaust zu, der wickelt das Tau um einen Poller. Ian manövriert, toter Punkt, Rückwärtsgang, die *Rebel* schmiegt sich seitlich ans Dock, ich hantiere mit den Fendern, damit sie nicht dagegenstößt. Jude, am Heck, wirft dem Arbeiter die Trosse zu, der wickelt sie um einen anderen Poller. John schubst Simon beiseite, reißt ihm das Seil aus der Hand und befestigt es selbst am Kai. Schon haben Jesús und Luis die Luke des Frachtraums geöffnet.

Der Kapitän hat uns allein gelassen und ist zur Verwaltung gegangen. Ein Arbeiter wirft einen riesigen Schlauch herüber, den Luis in das geschmolzene Eis hält, auf dem die aufgeschlitzten Fische treiben.

»He, *Bro!*«, schreit Jesús zu dem Mann herüber. »Leg los.«

Ein Ansauggeräusch. Langsam wird unsere Fracht abgepumpt.

Jesús und ich säubern den Frachtraum. Dave löst Chlorpulver auf und gibt mir den Eimer. Wir halten die Bürsten auf Armeslänge entfernt, schrubben jeden Winkel. Verchlorter Schaum tropft uns aufs Gesicht. Unsere Augen brennen. Ich lache. Simon wirft mir den Schlauch zu.

»Pass auf! Wir haben ihn fast ins Gesicht bekommen!«

»Falls du mitwillst, Lili, wir fahren jetzt in die Stadt.«

Ich ziehe mein Ölzeug aus, stecke mir die Zigaretten und den Geldbeutel in die Stiefel. Rasend schnell steige ich die Leiter hinauf. Ich gehe zu Simon und Jude, die schon hinten auf dem Truck zwischen Bojen eingekeilt sitzen.

»Du solltest ins Krankenhaus gehen«, rät mir der Kapitän, bevor er sich hinter den Lenker setzt, »lass dir Antibiotika spritzen.«

Ich lege mich auf die Ladefläche, Tauwerk unter dem Kopf. Die Luft ist mild, überall sind schon frische Knospen. Meine Augen sind geschlossen. Tief atme ich den Geruch der Fabrikschornsteine und der Bäume ein, schwere, heftige Atemzüge, die sich nach der rauen Luft auf hoher See fast lauwarm anfühlen. Ich lache, richte mich wieder auf, um die Luft, die uns ins Gesicht schlägt, besser zu riechen. Simon ist wieder selbstsicher. Jude mustert mich. Er weicht meinem Blick aus, wenn ich ihn ansehe. Er hat sich in einer Ecke des Trucks zusammengekauert. An Land sieht es aus, als wäre ihm sein Körper zu schwer, als könnte er ihn nicht mehr tragen, wüsste nicht mehr, was er damit anfangen soll oder warum. Er hebt den Kopf, schaut mit finsterer Miene zu den Bergen. Ich habe wieder Angst vor ihm, wende mich ab und schließe die Augen.

Ian setzt uns vor der Post ab. In unserer Abwesenheit hat jemand ein kleines gelbes Haus auf einem Lastwagenanhänger auf dem brachliegenden Gelände abgestellt – »Zu verkaufen«. Ich bleibe stehen. So was, sage ich. Im Eilschritt hole ich die Jungs ein. Die Postfächer. Auf Simon wartet ein Brief. Wir gehen wieder hinaus. Jude verlässt uns vor dem Tony's.

»Treffpunkt in zwei Stunden, wieder hier.«

Er öffnet die Tür der Bar. Simon und ich spazieren durch die Straßen. Wir sind stolz auf uns, denn wir kommen vom Meer zurück. Unser Gang ist schwankend, manchmal wird uns schwindlig, als würde uns der Boden unter den Füßen weggezogen. Die Landkrankheit? Wir lachen. Dann lässt mich Simon allein.

Ich gehe weiter den Hafen entlang. Die Stadt ist voller Lichter. Den Kais gegenüber setze ich mich unter das Denkmal für den verschollenen Seemann und esse Popcorn. Ein Mann bleibt stehen. Nikephoros. Er hat die Ärmel hochgekrempelt. Ein Anker auf dem rechten Unterarm, den Südstern auf dem linken. Meerjungfrauen und Wellen, die sich um seine Arme wickeln.

Er lacht. »Isst du immer noch Popcorn?«, fragt er. »Und hast du dein Schiff gefunden?«

»Ich bin auf der *Rebel*. Wir haben gerade die Ladung gelöscht. Heute Abend geht es wieder los.«

Er pfeift überrascht.

»Die *Rebel!* Das ist harter Tobak …«

Er nimmt meine Hände, betrachtet sie lange Zeit.

»Männerhände«, sagt er.

Ich lache.

»Sie waren schon immer kräftig, jetzt sind sie noch kräftiger geworden.«

Er fährt mit den Fingern über die Schnitte, die sich durch das Salzwasser noch vertieft haben.

»Kümmere dich darum, creme sie ein, das darf nicht so bleiben. Auf See kann sich so was schnell entzünden, vor allem mit den verdorbenen Ködern und dem ganzen Salz.«

Dann bemerkt er die geschwollenen Löcher am Daumen und runzelt die Stirn:

»Und das?«

Ich erzähle ihm vom roten Fisch.

»Geh ins Krankenhaus.«

Ich antworte nicht.

Als wir wieder auslaufen, fehlen Luis und Jesús. Die Männer lösen die Haltetaue, die *Rebel* setzt sich in Bewegung, und mir wird schwindelig; als wir auf die offene See hinausfahren, packt mich die Panik. Ich lenke den Blick aufs Meer, atme tief durch. Es geht vorbei. Ich muss Vertrauen zu ihnen haben, immer, ganz egal, was passiert. Wir fahren. Ich rolle das Tauwerk auf und verstaue es in der Kiste. Jude wirkt erleichtert, wieder auf dem Wasser zu sein. Seine Brust weitet sich, er richtet sich mit erhobenem Kinn auf. Jetzt ist er wieder der Löwenmann, und ich senke den Kopf, als er mich ansieht. Er sieht weit, weit in die Ferne, vorbei an den Meerengen der ganzen Welt. Dann spuckt er aus und schnäuzt sich in die Finger.

Wir fischen wieder. Der Seegang setzt uns zu. Das Meer rollt mit weiten, langen Wogen heran, aus der Ferne, so weit das Auge reicht. Simon hat sich Jesús' Koje angeeignet, ich soll wohl weiter auf dem Boden schlafen. Damit finde ich mich ab, es ist mein Platz an Bord, unter den vielen Fenstern, durch die ich immer den Himmel sehen kann. Die Männer schlafen ganz entspannt, alle viere von sich gestreckt, in den warmen Eingeweiden des Schiffes, dem dumpfen Grollen der Motoren, der feuchten, schweren Luft ihrer Kleider, dem scharfen Geruch der auf dem Boden herumliegenden Strümpfe.

Meine Hand schwillt an, wird rot. Wir fischen. Schweigend befragen die Männer die Fluten. Die Schwärme haben sich verzogen. Das Meer scheint leer zu sein, wir verausgaben uns ganz umsonst. Jude hat einen alten Kassettenrekorder dabei, er befestigt ihn an einem Stahlpfosten. Melodische, traurige Countrymusik versüßt uns die endlose Zeit, in der wir die Leinen wieder mit Ködern versehen müssen. Eines Abends klart der Himmel auf. Der Löwenmann mir gegenüber hat das Bein zur Brust gezogen und einen Fuß auf den Tisch gestellt, um den unteren Rücken zu entspannen. Geduldig entwirrt er eine Hauptleine, die uns das Meer völlig verknotet zurückgegeben hat. Ein Sonnenstrahl fällt ihm auf die Stirn, lässt seine schmutzige Mähne aufleuchten, entflammt die schon verbrannten Wangen. Salz klebt ihm an den Augenlidern, schwebt auf seinen Wimpern. Wir arbeiten im Abendlicht, die Musik schwappt herüber, sonst hört man nur das regelmäßige Hin und Her des Wassers an Deck, das durch die Luken abläuft, um im nächsten Moment wieder zurückzuströmen; die Brandung, ein langsames Atmen, der gleichmäßige Rhythmus von Ebbe und Flut. Das ewige Lied. Ich schaue über die Schulter und betrachte das Meer im kupferroten Glanz des Abends. Vielleicht werden wir ja immer so weiterfahren, bis ans Ende aller Zeiten, über den rot glühenden Ozean, dem offenen Himmel entgegen – eine wilde, herrliche Fahrt ins Nichts, ins Alles, mit glühendem Herzen und eiskalten Füßen, begleitet von einem Schwarm lärmender Möwen, an Deck ein großer Seemann mit besänftigtem, ja, fast sanftmütigem Ausdruck. Irgendwo gibt es noch Städte, Mauern, blinde Menschenmengen. Aber nicht für uns. Für uns gibt es nichts mehr. Nur diese Fahrt durch die unendliche Wüste, zwischen der immerwährenden Dünung und dem Himmel.

Und wir richten die Leinen her, Stunde um Stunde bis tief in die Nacht, ziehen unsere Spur aus Gischt hinter uns her, dieses vergängliche Kielwasser, das die Fluten teilt und sich gleich darauf wieder auflöst, wenn sich der Ozean erst jungfräulich und blau, dann schwarz hinter uns schließt.

Meine Hand ist rot und geschwollen. Ich denke ans Krankenhaus, wo ich nicht hingegangen bin. Stattdessen bin ich durch die Stadt gestreunt, habe Popcorn gegessen und mit den Jungs Bier getrunken … Jude ertappt mich dabei, wie ich die Aspirinschachtel leere.

»Tut's weh?«

»Ein bisschen.«

Kurz darauf an Deck. Ich verziehe das Gesicht und lasse einen Angelhaken fallen. Die gelben Augen beobachten mich.

»Zeig mir mal deine Hand.«

Er betrachtet die bläulich verfärbte, straff gespannte Haut: »Ich habe was gegen Entzündungen.«

Gleich darauf führt er mich zu seiner Koje, zieht eine Reiseapotheke unter dem Überlebensanzug hervor, der ihm als Kopfkissen dient. Sorgfältig nimmt er allerlei Tuben und Schachteln heraus und wählt zwei:

»Hier, nimm das, Penizillin, und das hier … Cephalexin. Es hilft gegen den ganzen Mist, den man sich auf See einhandeln kann.«

Er zeigt mir die weißen Narben an seinen knotigen Fingern, erzählt mir von Haken, die sich ins Fleisch gebohrt haben, von Messerstichen, Angel- und Meeresunfällen. Ich betrachte diese Hände, die ihm so wehtun, dass er nachts davon aufwacht. Hier stehe ich also, eine kleine dünne Frau, einem staubigen kleinen Kaff in der Ferne entkommen, und schäme mich. Ich verstecke meine Hand in meinem schmutzigen Ärmel. Um es wert zu sein, an Bord zu bleiben, in Judes Nähe, untersage ich mir jedes Gejammer. Lieber sterben als nicht von ihm respektiert zu werden.

»Na, Lili, was macht die Hand?«

Ich habe den Arm beim Essen auf den Tisch gelegt.

»Geht so«, sage ich zu Ian, der wegschaut.

Ich hatte gehofft, jemand würde es bemerken. Aber keiner schaut hin. Außer den gelben Augen von Jude, der die Penizillindosis verdoppelt.

Es ist wieder windig und kalt geworden. Ich knie an Deck und mühe mich ab, eine Langleine zu entwirren, meine durchlöcherten Handschuhe lassen schon längst die eisige Brühe aus faulen Tintenfischen und Brackwasser durch. Ich habe mich hingehockt, kurz bevor ich sowieso umgefallen wäre, und weine vor Zorn und vor Schmerzen. Im Regen sieht keiner meine Tränen. Endlich kommt die Pause.

»Wärmt euch auf, Kinder, esst was, kommt zu Kräften. Heute Nacht machen wir durch. Die Zeit drängt«, sagt der Kapitän.

Das bringt mich noch um, denke ich. Wassermassen prasseln an die Scheiben und ergießen sich aufs Deck. Die stechenden Schmerzen haben meine Schulter erreicht. Ich will meine unförmige Hand, die bis zum Zerreißen gespannte Haut nicht mehr sehen, trinke meinen Kaffee aus. Wir müssen weitermachen. Die Männer stehen auf. Ich folge ihnen.

Los geht es. Wir arbeiten im trüben Grau, Himmel und Wasser verschwimmen. Die Männer geizen mit ihren Schreien, ihre Bewegungen sind mechanisch und präzise, bald schon ist der Geist genauso steif und starr wie die Körper. Der Nebel verdichtet sich. Dann kommt die Nacht. Wir haben ohne Pause durchgearbeitet. Das Schiff setzt seinen Weg fort.

Um drei Uhr ruft Ian uns hinein:

»Für heute reichts.«

»Du hast aber gesagt …«

»Mach allein weiter, wenn du willst.«

Die Männer sind zu erschöpft zum Lachen. Einer nach dem andern verschwinden sie in der Kajüte, wo sie sich halb tot in ihre Kojen fallen lassen. Ich krieche in mein Eckchen am Fußboden, Dave lächelt mir mit freundlichem Spott zu.

»Gute Nacht, kleine Französin … Weißt du, dass du dich gar nicht schlecht machst?«

»Gute Nacht«, sage ich nur.

Ich verliere den Kampf gerade. Nicht mehr lange, und irgendwas wird passieren. Ich verkrieche mich in meinem Schlafsack. Am liebsten würde ich brüllen wie ein kleines Kind. Ich beiße in diese Hand, die mir so verdammt wehtut. Am liebsten würde ich sie mir abreißen, wieder frei sein, wie ganz am Anfang, in den ersten Tagen an Bord. Der Schlaf kommt nicht oder nur in wirren Brocken. Im Halbschlaf beobachte ich, wie auch die Männer immer wieder aufwachen. Um sieben Uhr morgens übernimmt der Kapitän das Ruder. Wir müssen wieder ran. Ich öffne die Tür zum Deck. Jude hält mich zurück.

»Zeig deine Hand mal her … Du darfst nicht mehr arbeiten. Du musst Ian deine Hand zeigen.«

»Dann schickt er mich an Land zurück.«

Ich schaue weg und starre auf meine Stiefelspitzen.

»Du musst es dem Kapitän sagen.«

»Nein, hab ich gesagt. Dann schickt er mich an Land zurück.«

Und ich schüttle stur den Kopf.

»Wenn du es ihm nicht sagst, mach ich es.«

Sie kommen gemeinsam zurück. Ian runzelt die Stirn.

»So ein verdammter Scheiß! Warum hast du nichts gesagt?«

»Ich hab gedacht, es geht vorbei. Jude hat mir Antibiotika gegeben.«

»Sie sagt, sie will nicht an Land zurückgeschickt werden«, murmelt Jude.

Die Männer haben die Arbeit wieder aufgenommen. Es ist eisig an Deck und hart. Dave hat mir seine Koje gegeben und seinen Walkman geliehen. Und ich werde bald wieder zu ihnen zurückkommen, sie kümmern sich um mich, meine Hand wird wieder. Ich habe durchgehalten. Jesse hat gesagt, ich sei »Super Tuff«, genau wie diese Marke von echten Fischerstiefeln. Sie haben mir eine Koje gegeben. Ich bin ihnen unendlich dankbar.

Wasser ist in die Toiletten gestiegen. Bevor ich mich hinsetze, ziehe ich die Lappen, die sie abdichten, aus der Kloschüssel, ein Schwall Meerwasser schießt von unten herauf. Mit nassem Hintern stehe ich wieder auf. Inzwischen ist das Schiff schwer geworden, bei jedem Wellental bleibt ein bisschen mehr Wasser zurück. Ich betrachte mich im Spiegel, im grellweißen Neonlicht. Feine weiße Linien zeichnen sich in den Augenwinkeln und auf den Lidern ab. Meine Hand bleibt in meinen verfilzten, salzigen, von Gischt und Blut verklebten Locken stecken. Als ich mir durch den struppigen Schopf streiche, entdecke ich einen roten Strich. Er fängt im Handteller an und steigt bis zur Achselhöhle hinauf. Wenn er bis zum Herzen kommt, stirbt man, so viel weiß ich.

Ich sehe den um den Schiffsbug kreisenden Vögeln zu, eine klagende, müde Wolke. Der riesige verrostete Anker scheint den Nebel zu zerteilen. Neben uns her schieben sich bedrohliche Wogen voran. Der Kapitän nimmt das Funkgerät vom Haken. Er muss eine Weile nach der Frequenz suchen, bis er das Krankenhaus erreicht. Dann ruft er die Schiffe im Umkreis an.

»Pack dein Zeug zusammen, nimm deinen Schlafsack mit. Das Nötigste. Den Rest kannst du später holen. Die *Venturous* nimmt zum Löschen Kurs auf Kodiak. Wir holen jetzt die Leinen ein und fahren ihr dann entgegen. Da haben wir echt Glück. Wir haben schon genug Miese gemacht in dieser Fangzeit. Wir können es uns nicht leisten, jetzt schon in den Hafen einzulaufen.«

Der lange Dünne klingt schroff. Dann wird sein Ton umgänglicher.

»Leg dich ruhig wieder hin, wir brauchen bestimmt noch zwei bis drei Stunden.«

Ich senke den Kopf, gehe in die Koje zurück. Das Meer wiegt mich. Ich habe alles verloren. Weit weg vom Schiff und der Wärme der Männer werde ich wie ein verwaistes Tier sein, ein vom Wind verwehtes Blatt in der eisigen Kälte. Ich höre die Männer an Deck. Noch habe ich sie nicht verloren. Soll ich mich verstecken? Aber das würde nichts ändern, sie wollen mich loswerden. Was sollen sie mit einer Versagerin anfangen, die in einem Schrank vor sich hin krepiert? Aber vielleicht sterbe ich ja vorher. Wenn der Strich das Herz erreicht, bevor sie die Angelleinen eingeholt haben.

Die *Venturous* ist nicht mehr weit weg. Ich bin auf die Brücke gestiegen. Ian ist am Steuer, Dave assistiert ihm. Ich habe meinen Schlafsack und meine Umhängetasche dabei. Mit der gesunden Hand wische ich mir die Tränen ab. Der Blick des Kapitäns ist sanft.

»Hast du Geld?«

»Ja«, schluchze ich, »fünfzig Dollar.«

»Hier, nimm noch mal fünfzig … und hör mir gut zu«, sagt er bedächtig. »Wenn es in zwei bis drei Tagen vorbei ist, kannst du zurückkommen. Geh zur Fabrik, in eins der Büros, wir funken täglich miteinander. Sag ihnen, dass du auf die *Rebel* zurückmusst, dass du zur Crew gehörst. Sie werden schon ein Schiff auftreiben, das hier in die Gegend kommt.«

»Ja«, sage ich.

Ich wische mir das Gesicht mit dem schmutzigen Ärmel ab, ziehe die Nase hoch.

»Wo soll ich schlafen?«, frage ich wieder, wie am ersten Tag.

»Geh zum *shelter*, dem Heim von Bruder Francis, oder nein, geh lieber dorthin, wo wir die Leinen zusammengeflickt haben. Da pennt schon einer, Steve, der Mechaniker von Andy, aber der ist in Ordnung. Du hast ihn sicher schon mal gesehen … Hast du dir alles gemerkt?«

»Glaub schon.«

Die beiden Männer schauen mich traurig und sanftmütig an.

»Du wirst uns fehlen«, sagt Dave.

Ich antworte nicht. Ich weiß, dass er lügt. Wie kann einem jemand fehlen, der einen im Stich lässt? Er behandelt mich wie ein kleines Kind. Nicht wie eine Arbeiterin des Meeres. Ich sitze in einer Ecke des Steuerhauses und starre schweigend aufs Wasser wie an den ersten Vormittagen an Bord. Schon taucht die *Venturous* auf.

Und ich springe den grauen Wogen entgegen. Das Meer ist stürmisch, die Wellen haben alle Schaumkronen. Das große Schiff kommt der *Rebel* so nah wie möglich. Jude lehnt sich weit hinaus und hält, gepeitscht von Windstößen und Wellen, die Fender zwischen die beiden Riesen – ein gefährliches Manöver bei dem starken Seegang. Der Kapitän nimmt mich in die Arme, Dave drückt mir die Hand, Jesse streift mir die Schwimmweste über, von der er sich bei der Arbeit an Deck nie trennt. Ein letztes Mal schaue ich mich zu ihnen um, zu dem vor Anstrengung hochroten Löwenmann, nie mehr werde ich ihn wiedersehen, denke ich, und dann werfen die Männer mich der *Venturous* entgegen, als würde der Kutter mich ausspucken. Gegenüber stehen drei Männer über die Reling gebeugt und öffnen die Arme, um mich aufzufangen, falls ich abrutschen sollte. Doch ich rutsche nicht ab. Kurz darauf sind wir unterwegs nach Kodiak.

Auf der *Venturous* wird nicht geschrien. Brian, der Kapitän, bringt mir einen Kaffee. Nachdenklich betrachtet mich der große Mann mit seinen braunen Augen. Er reicht mir ein Cookie.

»Die habe ich gerade gebacken«, sagt er.

»Ich will wieder aufs Meer«, sage ich. »Glauben Sie, die lassen mich wieder auf Fischfang gehen?«

Er weiß es nicht. Ich soll mir keine Sorgen machen, sagt er, ich muss mich erst einmal ausruhen, Schiffe wird es immer geben. Ich aber denke an die *Rebel*, die jetzt einem mir unbekannten Horizont entgegenfährt. Ich esse das Cookie. Brian kehrt mir den Rücken zu und beugt sich über den Herd. An den Wänden hängen hübsche Fotos: die ganz mit Eis bedeckte *Venturous* und Männer, die das Eis brechen; ein lächelndes, zahnloses Kind an einem Strand; eine lachende Frau unter einem Regenschirm. Ein Mann setzt sich zu uns an den Tisch. Er ist noch größer, aber blond. Ein rotes Tuch hält sein Haar zusammen.

»Das ist Terry, der *observer*«, sagt Brian. »Er arbeitet für die Regierung und kontrolliert unseren Fang.«

»Du solltest dich hinlegen«, sagt der Mann zu mir. »Du kannst meine Koje haben.«

»Bin ich nicht zu dreckig?«

»Nein, bist du nicht.« Er lacht.

Seine Koje riecht nach Aftershave. Sie hat sogar ein Bullauge. Dunkle Wellen rollen heran und brechen sich unter dem verhangenen Himmel. Manchmal kommt jemand rein, geht wieder raus. Ich lasse die Augen geschlossen, aus Angst, den Blick eines Mannes aufzufangen, der gerade von Deck kommt. Draußen muss es verdammt kalt sein. Die Leute an Bord sind nett. Sie haben mir eine Koje gegeben. Sie lassen mich schlafen, während sie arbeiten. Wie lange noch bis Kodiak, wie viele Stunden, wie viele Tage? Ob wir wohl ankommen, bevor der rote Strich das Herz erreicht hat? Meine Stirn glüht. Sie haben mir Kaffee angeboten und Cookies.

Ich wache auf. Es ist Nacht. Der stechende Schmerz unter der Achselhöhle ist schlimmer geworden. Durch das Bullauge sehe ich nur Dunkelheit und den weißen Kamm der Wellen, die sich sehr schnell fortzubewegen scheinen. Taumelnd stehe ich auf. Die Männer arbeiten immer noch. Der *observer* ist im Gang.

»Dauert es lange, bis der rote Strich beim Herz ankommt?«, frage ich ihn.

Er lächelt freundlich.

»Ich versteh ein bisschen was davon, zeig mal her… Komm mit, wir gehen in den Waschraum, da ist mehr Licht.«

Ich folge ihm. Er schließt die Tür hinter uns, hebt meine unzähligen Schichten von Pullis und Sweatshirts hoch, betastet die Lymphknoten am Ellenbogen, in der Achsel. Seine schönen Hände fühlen sich sanft an. Ich schaue zu ihm hoch, er ist sehr groß. Ich betrachte ihn vertrauensvoll, höre auf ihn. Auch er sorgt gut für mich.

»Dick bist du ja nicht gerade«, sagt er.

Ich schaue hinunter. Beim Brustansatz liegt ein bläulicher Schatten auf den Rippen. Verwundert betrachte ich diesen weißen Körper, den ich so mühelos vergessen konnte. Da kommt jemand herein, er zieht mir die Pullis eilig wieder über. Ich schäme mich und weiß nicht weshalb.

Wir gehen in die Kombüse zurück. Eine junge Frau schenkt sich Kaffee ein und bietet uns auch welchen an. Ich schaue mich um, betrachte die Fotos und Zettel an der Wand. Hier ist es gemütlich wie in einer Wohnung. Die Frau hat ihre Handschuhe über den Herd gehängt. Sie cremt sich erst das Gesicht ein, dann die Hände. Verwundert betrachte ich ihr sauberes, ordentlich hochgebundenes Haar, das glatte Gesicht, die schlanken weißen Finger. Sie sieht aus, als würde sie sich vor niemandem fürchten. Kurz darauf kommt ein rothaariger Junge aus dem Maschinenraum, einen Eimer mit schwarzem Öl in der Hand. Ich mache mich klein auf der Bank. Er runzelt die Stirn, sein Gesicht ist schmal, er ist sehr jung. Noch mehr Männer kommen zur Tür herein, bringen kalten Wind mit. Sie blasen sich in die geschwollenen roten Hände. Alle nehmen sich Kaffee und setzen sich an den Tisch. Noch eine Frau kommt von der Brücke, sie wechselt ein paar Worte mit dem Kapitän, der ihr langsam mit dem Finger über die Wange, die Lippen fährt und sich genüsslich räkelt, bevor er aufsteht, um oben ihren Platz einzunehmen. Sie kocht sich einen Tee und setzt sich zu uns. Die Männer wollen meine Wunde sehen und den roten Strich.

»Sie lernt den Job erst noch«, sagt einer.

Worauf alle besonders abscheuliche Geschichten über infizierte Wunden, abgerissene Gliedmaßen und von Enterhaken entstellte Gesichter zum Besten geben.

»Ihre Wunde kann da gut mithalten«, sagt ein anderer.

Die Frauen nicken zustimmend. Ich werde rot. Ich bin stolz auf mich.

»Es wird Zeit, an Land zu gehen«, sagt der Junge mit den roten Haaren, »seit drei Tagen sind die Zigaretten alle.«

»Ich hab noch genug!«

Ich ziehe eine zerdrückte Schachtel aus dem Ärmel. Zum ersten Mal lächelt er.

»Dann gehen wir doch an Deck eine qualmen!«

Einer der anderen Männer kommt mit. Heftige Windstöße drücken uns unter den Windschutz. Die Männer ziehen gierig an ihrer Zigarette. Der rothaarige Matrose, Jason, zündet sich am Stummel seiner ersten Zigarette gleich eine zweite an. Er seufzt zufrieden. Der andere ist wieder reingegangen. Die Luft ist eisig. Ich denke an die Männer auf der *Rebel*, die jetzt in der Eiseskälte stehen. Ob sie mich schon vergessen haben?

»Ich will auf die *Rebel* zurück«, sage ich zu Jason, »glaubst du, die behalten mich lange im Krankenhaus?«

»Vielleicht brauchst du ja gar nicht dazubleiben, vielleicht geben sie dir nur eine Spritze und ein paar Tabletten, und du kannst am nächsten Tag wieder raus. Wir können dich sogar mit der *Venturous* zur *Rebel* zurückbringen, wir sind in derselben Ecke unterwegs. Und wenn du doch ein paar Tage länger an Land bleiben musst, kannst du immer noch die *Milky Way* nehmen, das ist mein Kutter, ich habe ihn mir letzten Winter von meinem Lohn als Krabbenfischer gekauft.«

Das sagt er mit einem harten Lächeln.

»Achtundzwanzig Fuß … Und ganz aus Holz. Bald fahre ich damit zum Taschenkrebsfang raus, vielleicht schon nächsten Sommer … Brian gibt mir wahrscheinlich Korbreusen.«

Mit glänzenden Augen schaut er aufs Meer und fährt fort: »Weißt du, ich bin wie du, nicht von hier. Im Osten bin ich aufgewachsen, in Tennessee. Hab da nur rumgehangen. Eines Tages hab ich meine Sachen gepackt, mich verabschiedet und bin los … Hierher bin ich wegen der Bären, die größten Bären der Welt gibt's hier, das hat mir gefallen … Dann hat Brian mich zum Krabbenfang angeheuert. Und jetzt will ich nur noch aufs Meer, nix anderes.«

Wieder leuchten seine Augen auf, er gibt so was wie ein leises Brüllen von sich – das eines jungen Löwen.

»Die Kälte, der Wind, die Wellen im Gesicht, und das tage- und nächtelang … Kämpfen! Fische töten!«

Fische töten … Ich antworte nicht. Da bin ich mir nicht mehr so sicher. Wir gehen wieder rein. Manche haben sich inzwischen zum Schlafen verzogen. Die Frau des Kapitäns isst. Der *observer* schweigt. Das hübsche Mädchen trinkt Tee. Sie fragen mich über Frankreich aus.

»Bei uns sagt man, die Amerikaner sind wie große Kinder«, erzähle ich.

Wieder blitzen Jasons Augen unter den farblosen Brauen auf.

»Dann sind die aus Alaska aber die allerwildesten!«, und er lacht, als würde er gleich zubeißen. »Die *Venturous* müsste spät in der Nacht in den Hafen einlaufen«, sagt er noch. »Ich bringe dich ins Krankenhaus. Würde ja gern White Russians mit dir trinken gehen, bei Tony's gibt es so gute … Ein andermal, meine Freundin. Versprochen.«

Im Hafen nehmen wir sofort ein Taxi. Der Fahrer ist Philippiner. Seine schwarzen Augen funkeln im Dunkeln.

»Guten Fang gemacht?«, fragt er.

Im Hintergrund knistert die Funkverbindung: Die nächste Fahrt wird bestellt. Er notiert sich alles.

»Nicht allzu schlecht«, antwortet Jason, »über zwanzigtausend Pfund. Aber meine Freundin hier hat sich verletzt. Sie muss ins Krankenhaus. Und sie muss schnell behandelt werden: Sie wird an Bord gebraucht.«

Ich lächle im Halbdunkel. Die Stadt mit ihren Lichtern, ihren hell erleuchteten Bars lassen wir hinter uns. Das Taxi taucht in die Vorhänge aus Bäumen ein. Der Himmel über unseren Köpfen ist hoch. Ich zerquetsche meinen Schlafsack fast zwischen den Waden, drücke meine Umhängetasche an mich. Ich erkenne den Feldweg wieder, er führt dorthin, wo wir an den Leinen gearbeitet haben. Das Taxi bremst, biegt nach links ab, ein weißer, von zwei Laternen beleuchteter Holzbau am Waldrand. Jason lässt mich nicht zahlen.

»Tschüss, mein Freund«, sagt er zum Fahrer.

Das kleine Krankenhaus wirkt verlassen. Ich bleibe nur kurz im Wartesaal, schon werde ich von einer Krankenschwester abgeholt.

»Da sind Sie ja endlich. Wir haben uns schon Sorgen gemacht.«

»Wann kann ich wieder auf Fischfang gehen?«

Ich muss mich auf einen Tisch legen. Zwei Schwestern untersuchen eingehend meine Hand, meinen Arm, tasten die Lymphdrüsen in den Achselhöhlen ab. Sie spritzen mir Antibiotika.

»Glauben Sie, ich kann morgen wieder gehen?«

Sie lächeln.

»Wir werden sehen. Es war höchste Zeit für Sie. Wir haben uns wirklich Sorgen gemacht. An einer Blutvergiftung kann man schnell sterben, wissen Sie.«

»Ja, ich weiß. Aber wie lange muss ich hierbleiben?«

»Zwei oder drei Tage vielleicht«, meint die eine.

»Sagen Sie mal«, fragt die andere, »stimmt es, dass die Sie ins Wasser geworfen haben, in einem Überlebensanzug, um Sie von einem Schiff zum anderen zu befördern?«

Ich werde geröntgt: Eine Schwanzgräte steckt noch im Daumenknochen.

»Die können wir erst herausziehen, wenn die Entzündung abgeklungen ist«, sagt der Arzt.

Heute Abend wird es keine White Russians für mich geben. Jason ist wieder abgereist. Ich bin allein in einem Zimmer, in sehr sauberem weißem Bettzeug. Die Schwester legt mir eine Infusion. Ihre Gesten sind sanft und bedächtig. Sie klopft das Kissen zurecht, sagt, ich solle mir nichts draus machen. Gleich wird sie wieder gehen.

»Wann kann ich hier raus?«

Sie dreht sich um, schüttelt den Kopf.

»Morgen?«

»Vielleicht.«

Beim Einschlafen denke ich an die *Rebel*, an das Dröhnen der Motoren in ihrem Bauch, das klingt wie das Klopfen eines wütenden Herzens, und an die, die im endlosen Schaukeln der Wellen in diesem Bauch, an diesem Herzen schlafen. Ich denke an den Wachgänger. Mir ist kalt, so allein an Land. Sie haben mich von sich getrennt, und plötzlich bin ich aus dieser irrealen Zeit gerissen worden, in der wir gemeinsam gefischt haben. Ich denke an die singenden Wogen, an das lange Schaudern der Dünung, und daran, wie der Himmel ins Meer kippt. Hier ist alles fest.

Und schon ist es morgen. Ein Arzt kommt vorbei. Er versucht, mich zum Lachen zu bringen und gibt mir Zigaretten.

»Nehmen Sie den Tropf mit, und rauchen Sie draußen. Wir müssen Sie noch ein bisschen hierbehalten. Mit diesem Ding in der Hand können wir Sie nicht entlassen.«

»Ich rauche nicht viel.«

»Trotzdem, rauchen Sie eine. Es wird Ihnen guttun.«

Es ist schön unter den dunklen Fichten, hinter denen ich den Ozean spüre. Ich zünde mir eine Zigarette an, und plötzlich steigt Jason aus einem Taxi, das mit laufendem Motor wartet. Er gibt mir ein Buch und einen Strick.

»Hier, das ist für dich. Dann kannst du Seemannsknoten üben. Ich muss gleich wieder los, die *Venturous* läuft bald aus, und ich bin schon spät dran ...«

Trotzdem nimmt er eine Zigarette an.

»Wir sehen uns bald wieder, versprochen ... Im kleinen Hafen in der Dog Bay, dritter Anlegesteg, die *Milky Way* ... Kopf hoch, meine Freundin, ich sag den Leuten auf der *Rebel* per Funk Bescheid. Ich sage ihnen auch, dass du bald wiederkommst.«

Dann fährt er wieder weg. Jetzt bin ich allein mit der leeren Straße und den großen dunklen Fichten. Ich gehe in mein Zimmer zurück. Vor dem Fenster die Möwen. Ich lege mich hin, warte.

Das Klingeln des Telefons platzt in die Stille der vier Wände. In der törichten Hoffnung, es könnte der lange Dünne sein, der mich aus dem Steuerhaus anruft, hebe ich ab.

»Hallo.«

»Hallo, hier spricht die Einwanderungsbehörde. Wir haben gehört, Sie haben illegal an Bord eines Kutters gearbeitet ...«, sagt eine unpersönliche Männerstimme.

Ich springe auf, schaue mich im Zimmer um, dann fällt mein Blick auf meinen Arm, der Tropf ist die Kette, die mich an diese Wände fesselt.

»Nein, das stimmt nicht. Das stimmt überhaupt nicht«, stottere ich.

Am anderen Ende der Leitung bricht der Fischer aus Seattle in lautes Gelächter aus.

»So was darfst du nicht… darfst du nie mehr sagen«, stammle ich mit tränenerstickter Stimme.

Er entschuldigt sich lange, bevor er wieder auflegt. Ich bleibe am Fenster stehen, bis es wieder Nacht wird. Die *Rebel* hat sich nicht gemeldet.

Ich bekomme einen Hamburger, Salat, ein kleines rosafarbenes Sahnetörtchen. Meine Tränen tropfen still auf das Törtchen. Mit jedem Tag entfernt sich die *Rebel* weiter von mir. Bestimmt nehmen sie mich nicht mehr an Bord. Ich stelle den Schwestern keine Fragen mehr. Ich habe die Hoffnung aufgegeben, dass man mich gehen lässt. Man bringt mir nur Essen. Infusionen. Zigaretten. Nachts friere ich. Im Traum stöhne ich.

Eines Morgens entlassen sie mich doch. Aber ich muss drei Mal am Tag zurückkommen und mich verarzten lassen. Ein weißes Stück Plastik steckt auf meinem Handrücken fest. Die Gräte ist immer noch da. Als ich gehe, schauen die Schwestern mir mit mütterlichem Blick nach.

»Ist es denn warm und sauber dort, wo Sie hingehen? Sie wohnen doch nicht etwa im Heim von Bruder Francis?«

»Nein, da geh ich nicht hin. Mein Kapitän hat mir gesagt, ich soll zum Bootshaus gehen, wo wir mal gearbeitet haben. Da gibt es ein kleines Zimmer.«

Und ich gehe in den hellen Tag hinaus. Meine Umhängetasche schlägt mir an die Hüfte, ich drücke meinen Schlafsack an mich. Es fängt an zu nieseln. Schnell gehe ich zu dem Feldweg, den ich in der Kurve sehe.

Zerbeulte, verrostete Krabbenkörbe, kaputte und moosbedeckte Bojen, alte Trucks und das vor sich hin gammelnde blaue Schiff, alles ist unverändert. Ich schiebe die schwere Metalltür auf. Steve ist nicht da. Das große Bootshaus ist verlassen und feucht, eiskalt, es ist zum Heulen, aber hier werden die Leinen der *Rebel* gelagert. Die Männer werden schon zurückkommen. Ich erkenne den Geruch der Langleinen wieder, den des faulenden Köders, auch das grelle Neonlicht in der schmutzigen Werkstatt. Ich gehe durch die Halle zur Kaffeemaschine, schalte das Radio ein, stelle es ganz leise. Im Kanister ist noch ein Rest Wasser. Ich koche mir einen Kaffee und trinke ihn, schaue zur sperrangelweit offenen Tür hinaus. Vor mir das brachliegende Gelände. Die hohen Bäume und das verlassene Boot wiegen sich, von meinem Platz aus betrachtet, dem roten Schaukelstuhl, hin und her. Er gehörte dem langen Dünnen, der ihn angeschleppt hat, nachdem sein Haus verkauft wurde. Auch seine Thermoskanne hat er zum Haushalt beigesteuert, ich befülle sie und stelle sie auf den Boden. Ich trinke meinen Kaffee aus einer total verdreckten Tasse, voller Fingerabdrücke und brauner Schmiere, bestimmt noch aus der Zeit, als wir alle zusammen hier gearbeitet haben. Draußen vor der Tür sieht der Himmel über den Bäumen noch genauso aus, außer dass die Natur in einem intensiveren Grün leuchtet. Mein Blick kehrt zur

Tasse mit den Schmutzstreifen aus lang vergangenen Tagen zurück und zu der roten Thermoskanne, die ich dem langen Dünnen jeden Morgen ans Bett gebracht habe. Ich schaukle in seinem Stuhl hin und her. Kein Problem, mir vorzustellen, dass er gleich wiederkommt, dass sich seine Silhouette plötzlich in der Türöffnung abzeichnet, vor dem Hintergrund des verlassenen Geländes, und dann sagt er: »Leidenschaft ist doch was Feines« oder so etwas und nimmt mich wieder auf seinen Kutter mit.

Ein Pick-up bleibt vor der Tür stehen. Ich kauere mich in einer dunklen Ecke zusammen. Steve steigt aus, kommt herein. Es ist der mit dem lieben, schüchternen Lächeln, ich erkenne ihn, er war das, der am ersten Morgen aus der Kammer gekommen ist, gefolgt von einer jungen Indianerin mit gesenktem Kopf. Er scheint sich über meine Anwesenheit zu wundern. Rasch entschuldige ich mich, er stammelt ein paar Worte. Es ist uns beiden unangenehm.

»In der Kammer sind zwei Betten, fühl dich wie zu Hause«, sagt er, ohne mich anzusehen.

»Ich hab mir was von deinem Kaffee genommen, ich kauf dann wieder welchen.«

»Fühl dich wie zu Hause«, wiederholt er.

Dann weiß er nicht mehr weiter. Er dreht sich im Kreis und schenkt sich Kaffee ein. Wir schauen zur offenen Tür hinaus in den Regen.

»In der Gegend um Kodiak ist die Fangzeit für Kohlenfisch bald vorbei«, sagt er sehr leise, fast flüsternd, »die Quote ist schon erfüllt.«

»Heißt das, dass ich dann nicht mehr auf Fischfang gehen kann? Bist du dir sicher? Ist es für mich vorbei?«

Endlich traut er sich, mich anzusehen. Zum ersten Mal lächelt er, sehr lieb und sanft.

»Ich meinte nur die Quote hier in der Gegend. Viele machen dann im Südosten weiter. Ich gehe mal davon aus, dass das auch für die *Rebel* gilt. Sollte mich wundern, wenn die jetzt schon aufhören.«

»Oh ja, das hoffe ich! Ich hoffe es so sehr.«

Ich schaue zur Tür, auf das brachliegende Stück Land, in die Ferne. Hinter den Bäumen ist das Meer. Und auf dem Meer fährt mein Schiff.

Als er wieder draußen ist, gehe ich durchs Bootshaus zu dem kleinen, fensterlosen Raum, der wie ein Kubus mitten in der großen Werkstatt steht. Es dauert lange, bis das Neonlicht anspringt. Ich bahne mir einen Weg durch die auf dem Boden verstreuten Müllsäcke voller Klamotten. Als ich über einen Aschenbecher stolpere, leert sich der Inhalt auf den grauen Teppichboden. In der Ecke des einen Bettes liegt, neben einem Fernseher, der immer noch läuft, ein zusammengerollter Schlafsack auf gräulichen Kopfkissen ohne Bezug. Nachdem ich meinen Daunenschlafsack auf das andere Bett gelegt habe, setze ich mich. Ich versuche, die verstreuten Kippen einzusammeln, doch der Teppich ist so klebrig, dass ich es aufgebe und nur den gröbsten Dreck wegmache. Dann wische ich mir die Finger unten an meiner Jeans ab. Ich nehme mir einen kleinen Chip aus einer aufgerissenen Tüte auf dem Beistelltisch vor mir. Er ist weich und schmeckt ein bisschen ranzig. Ach, was solls, sage ich mit einem Seufzer. Es ist einfach zu kalt, um in einem Truck zu schlafen.

Ich stehe auf, schalte den Fernseher aus, gehe nach draußen. Zu Fuß mache ich mich auf den Weg zu dem großen

Geschäft, dem Safeway, wo wir immer zu Mittag gegessen haben. Dort ist es warm, alles glänzt, sogar die Musik, die Menschen sehen glücklich und komisch aus. Lange schlendere ich durch die Gänge. Es wird Zeit fürs Krankenhaus. Davor kaufe ich noch Cornflakes und Kaffee, Milch und mexikanisches Gebäck – kleine Kekse aus Mehl und Wasser, die Jesús so gern in seinen Kaffee tunkt.

Draußen regnet es nicht mehr. Es riecht nach Fisch, aber nicht stark und frisch, nicht lebendig, wie auf dem Wasser, sondern anders, ein schwerer und morbider Geruch, die widerlichen Ausdünstungen der Konservenfabriken, die der Südwind in die Stadt weht. Die ganze Strecke zum Krankenhaus gehe ich zu Fuß. Dort, ganz schnell, der Tropf. Zurück im Bootshaus, setze ich mich in den roten Schaukelstuhl. Ich mache mir Cornflakes mit Milch, nehme das Schälchen auf den Schoß. Im Radio spielen sie melodische Lieder aus alten Zeiten. Bis es dunkel wird, schaue ich nach draußen vor mir. Ich warte auf die *Rebel*.

Und immer so weiter, viele Tage und Nächte. In der Dunkelheit der Abstellkammer schlafe und träume ich. Ein Mann, ein Tier springen mir auf den Rücken, schlagen mir die Zähne in den Hals. Ihre Krallen zerkratzen mir die Schultern, die Achseln, die empfindliche Leiste. Blut fließt in Strömen, ich ertrinke darin. Tief in der Nacht kommt dann Steve zurück, stolpert gegen die Müllbeutel. Er erlöst mich aus meinen Albträumen, wie man Ertrinkende aus dem Wasser holt.

»Ach, du bists«, sage ich, und mein Atem beruhigt sich. »Danke, dass du mich geweckt hast.«

In der Dunkelheit lacht er leise. Vielleicht ist er ja betrunken. Dann schläft er bald ein. Die Albträume fangen wieder von vorn an, und ich stöhne. Davon wird er dann wach und hört mir zu. Er traut sich nicht, etwas zu sagen.

Vormittags schläft Steve ewig. Ich stehe im Morgengrauen auf, beziehe wieder Stellung auf dem roten Stuhl, die volle Thermoskanne neben mir. Wenn er aufwacht, bleibt er noch lange in der dunklen Kammer. Er schaltet den Fernseher ein, setzt sich in den Sessel. Die Aschenbecher werden immer voller. Dann geht er endlich los, blasser denn je und mit einem kleinen Lächeln. Das Tageslicht, das sich durch die weit offene Tür nach drinnen ergießt, ist so hell, dass er blinzeln muss. Taumelnd macht er sich auf den Weg.

Nachdem Steve zur Arbeit gegangen ist, entdecke ich mein Fahrrad in einer Ecke der Werkstatt. Ich krame im Schrank mit den Farbtöpfen, nehme mir einen blauen und einen gelben Topf, doch als ich gerade den roten finde, parkt ein Pickup vor der Tür. Ich sperre die Ohren auf, gehe vorsichtig hin. Ein Mann lädt Langleinen ab. Schwarze Strähnen fallen ihm ins rotbraune Gesicht. Der düstere Blick eines Latinos. Ich trete aus dem Schatten, gehe zu ihm. »Guten Tag«, sage ich tapfer. Der Mann beachtet mich kaum. Er stellt die Kübel vor die Tür des Bootshauses, stapelt sie übereinander. Mit einem Brett quer darübergelegt dienen sie ihm als Tisch. Er macht sich an die Arbeit. Zuerst leert er den stinkenden Inhalt eines Kübels aus, eine aus einem kompakten Haufen von Knoten, Haken und vergammelten alten Ködern bestehende Langleine.

»Haben die keine Tintenfische genommen?«, frage ich.

»Nein, Heringe sind nicht so teuer. Sie halten sich aber auch nicht so lange.«

Er löst einen Haken nach dem anderen, legt sie beiseite, wirft die Köder in einen leeren Kübel. Ich trete näher, ernte einen genervten Blick.

»Wenn du sonst nichts zu tun hast, kannst du mir auch helfen. Andy zahlt zwanzig Dollar für jede instand gesetzte Langleine.«

»Ich weiß nicht, ob ich das tun sollte.«

»Warum nicht?«

»Meine Hand. Ich hab mich verletzt. Im Krankenhaus haben sie gesagt, ich soll aufpassen. Sie muss sauber bleiben, sonst gehts vielleicht von vorne los.«

Er deutet mit dem Kopf auf ein brackiges Bächlein am anderen Ende des Grundstücks, zwischen Schrottteilen und kaputten Bojen.

»Hier gibts Wasser. Überall. Du brauchst dir nur zwischendurch die Hand abzuspülen. Je früher wir fertig werden, desto besser. Die Langleinen kommen von der *Blue Beauty,* sie haben sie dagelassen, als sie beim letzten Mal die Ladung gelöscht haben. Andy will sie wiederhaben, bevor sie zurück ist.«

»Trotzdem, ich glaube nicht«, sage ich leise.

Dennoch mache ich mich an die Arbeit. Ich würde es nicht wagen, unter den Augen dieses Mannes mit seinem düsteren Blick das *Free Spirit* neu anzustreichen.

»Schläft Steve noch?«, fragt er.

»Nein, der ist natürlich bei der Arbeit.«

»Ist er gestern Nacht wieder besoffen zurückgekommen?«

»Ich weiß nicht.«

»Der arbeitet für Andy, der Steve. Als Mechaniker. Eines Tages fliegt er noch raus.«

»Als Schiffsmechaniker? Aber die *Blue Beauty* und die *Rebel* sind doch auf See.«

»Er hat noch mehr Schiffe, der Andy, eine ganze Reihe. Und an Land werden auch Mechaniker gebraucht. Der hat echt einen Haufen Kohle. Die braucht der Andy aber auch, bei den vielen Frauen, für die er blechen muss. Sechs Stück … Und dann noch die Kids.«

»Es sieht schon besser aus«, sagt der Arzt. »Die Infektion ist zurückgegangen. Bald können wir die Gräte entfernen.«

Dann kann ich wieder auf Fischfang gehen, denke ich. Zumindest, wenn das Schiff nicht vorher zurückkommt. Und wenn sie mich noch haben wollen.

Ich kehre zum Bootshaus zurück. Strahlender Sonnenschein. Der Mann ist beim Mittagessen. Die Kübel verfaulen in der Sonne. Ich setze mich auf den roten Stuhl. Ganze Schwärme von Fliegen, trunken von der Helligkeit und der stinkigen Brühe, schwirren im goldenen Licht an der Tür herum. Hier gehts mir gut, denke ich, nur nachts nicht, da habe ich Angst.

Der Mann mit den Kübeln kommt zurück. Ich bleibe sitzen.

»Machst du nicht weiter?«

»Nein. Es tut meiner Hand nicht gut. Und ich will wieder auf Fischfang.«

Er zuckt mit den Achseln. Es ist mir unangenehm, dass er mir nicht glaubt, also stehe ich auf und gehe zu ihm. Er lässt sich nicht ablenken.

»Schau mal«, sage ich, »glaubst du nicht, dass es besser ist …«

Ich wickle die Bandage ab. Er wirft mir einen genervten Blick zu.

»Stör mich nicht die ganze Zeit.«

Doch plötzlich verändert sich sein Ausdruck. Er schluckt schwer.

»Doch, doch. Hör auf damit, du hast schon eine ganze Menge gemacht.«

Da hole ich mir den blauen und den gelben Farbtopf. Auch den grünen und den roten nehme ich mit. Ich stelle das *Free Spirit* in die Sonne. Lange streiche ich es, den Rahmen in Blau, die sternförmigen Felgen in den anderen Farben. Ich gebe mir Mühe, den Namen auszulassen, damit man ihn noch lesen kann. Manchmal setzt sich eine Fliege auf die frische Farbe, und ich will sie retten, doch ich reiße ihr nur die Flügel aus. Der Mann hebt den Kopf. Zum ersten Mal höre ich ihn lachen. Vorsichtig lege ich die Flügel auf den Boden, ich weiß nicht, was ich sonst damit machen soll. Ich sehe den Mann an, er lächelt.

»Endlich sieht dieses bescheuerte kleine Rad besser aus.«

»Ja«, sage ich.

Ich hebe den Daumen in Richtung Hafen. Ein Truck mit einem riesigen roten Netz hintendrauf bremst. Ein Mann macht mir die Tür auf. Der Wind weht zu den offenen Fenstern herein. Ich bekomme die Sonne voll ins Gesicht. Ich lasse mich von ihr blenden und vom Wind zerzausen.

»Fahren Sie zu Ihrem Schiff?«

»Ja, wir machen uns seeklar. In den nächsten drei Wochen fängt die Fangzeit für den Lachs an.«

»Brauchen Sie noch jemanden?«

Er lächelt.

»Kann sein, um auf die Kinder aufzupassen. Meine Frau kommt mit.«

»Ich brauche sowieso keinen Job«, sage ich schnell, »ich fahre wieder mit meinem Kapitän los.«

»Hering?«

»Kohlenfisch. Bis vor Kurzem jedenfalls.«

Ich zeige ihm meine Hand. Er versteht.

»Das war bestimmt kein schöner Anblick.«

»Nee.«

Mehr habe ich nicht dazu gesagt.

»Na ja, so kannst du wenigstens bei unserem Fest dabei sein, dem jährlichen Krabbenfest.«

»Vielleicht bin ich bis dahin ja schon wieder weg.«

»Dann wäre das ein Wunder, das Fest ist morgen.«

Er setzt mich vor dem B and B ab. Ich hebe den Kopf und gehe schnell an den großen Glastüren vorbei. Beim kleinen *liquor store* kaufe ich mir Popcorn und flitze dann weiter in Richtung Fabriken, vorbei an Fangkörben und alten Spiegelnetzen. Hier und da übereinandergelegte Aluminiumplatten, blaue Planen, die im Wind flattern. Gegenüber warten die Kühlcontainer mit ihren ewig brummenden Stromaggregaten, einer neben dem anderen, aufgestapelt wie Bauklötze. Kaum bin ich an den hohen Fassaden der ersten Fabriken vorbei, komme ich zu den Anlegestellen. Langleinen-Kutter liegen vor Anker, als würden sie schlafen. Kein Mensch an Deck. Ich erkenne die *Topaz* und die *Midnight Sun*. Auf den Wellen sind Schaumkronen. Die *Mar Del Norte* läuft gerade aus, steuert am Dead Man's Cape vorbei. Sie ist wohl auf dem Weg nach Südosten, geht es mir durch den Kopf.

Ich setze mich unter den Kran, sehe lange zum Horizont. Irgendwo hinter diesem Blau, denke ich, in einem noch tieferen, stürmischeren und bewegteren Blau befindet sich ein schwarzes, mit einem schmalen gelben Streifen abgesetztes Schiff und fährt immer weiter. Ich habe das größte Glück gekannt, die größte Leidenschaft, aber auch die größte Mühsal, und wir haben sie alle miteinander geteilt, schreiend, genauso wie meine Angst, denn allein wäre jeder von uns verloren gewesen. Mir ist ein Schiff geschenkt worden, damit ich mich ihm schenke, ich habe dazugehört und wurde unterwegs hinausgeworfen. Und so bin ich wieder in dieser klitzekleinen Welt gelandet, wo alles sich verliert und alle sich vergeblich mühen.

Ich denke an die Männer, die um diese Zeit arbeiten, an Jude, Jesús, Dave und Luis, an Simon, an den langen Dünnen… Und an alle anderen, die immer und ohne Unterlass arbeiten. Sie leben und spüren es in jedem einzelnen Moment. Sie sind Teil dieses herrlichen Lebens, fechten einen Nahkampf mit der Erschöpfung aus, mit ihrer Übermüdung und der Gewalt der Elemente. Und sie leisten Widerstand, überwinden sich, bis endlich diese langsame Stunde kommt, in der man sich unter dem dunklen Himmel der Erholung nähert, manche zumindest – Erholung, die für andere ebenfalls Überwindung bedeutet und einen erneuten Kampf, für den Wachgänger, einen Kampf gegen Augen, die zufallen, Wachträume, die die kleine Brücke füllen, für den, der als Einziger über das Leben aller wacht, die gelöst an Bord schlafen, der allein ist mit dem Ozean und seinen Launen, dem Himmel und den verrückten Vögeln, die vor dem Bug im weißen Licht kreiseln, getragen vom Röhren der Motoren, vom unaufhörlichen Brausen der Wellen und dem Bewusstsein all derer, die um diese Zeit auf der Welt schlafen. Als wäre im ganzen Universum nur dieser Eine wach, ein Wächter, der keine Schwäche zeigen darf, alles, was er an Land liebt, ist zu glühend heißen Kieselsteinen geworden, die er in seinem Inneren liebkost und die in der Nacht leuchten.

Diese Männer stecken im echten Leben. Und ich, ich sitze im Hafen fest, in diesem alltäglichen, von Regeln, von Tag und Nacht zerteilten Nichts. Gefangene Zeit, zu einer festen Ordnung zerstückelte Stunden. Essen, schlafen, sich waschen. Arbeiten. Und wie man sich anzieht, um welchen Eindruck zu erwecken. Taschentücher benutzen. Für die Frauen: gezähmtes Haar, die ein glattes, rosiges Gesicht umrahmen. Mir kommen die Tränen. Ich schnäuze mich mit den Fingern, sehe noch länger aufs Meer hinaus, warte auf die *Rebel.* Der Horizont bleibt leer. Da stehe ich auf und kehre zur Stadt zurück. Männer breiten ein Schleppnetz auf der großen freien Fläche vor den Anlegestellen aus. Sie geben mir ein Zeichen, ich hebe ebenfalls die Hand. Die Ladung der *Islander* wird gerade gelöscht. Vor der Konservenfabrik von Alaskan Seafood hantieren braun gebrannte Arbeiter herum. Ich zucke zusammen, als ich einen Gabelstapler hinter mir höre. Sein entschiedenes Biep-Biep drängt mich zur Seite. Wieder nehme ich die Cannery Row, den feuchten Weg zwischen den Fabriken und den Stapeln von Fangkörben; Ammoniak- und Fischgeruch steigen mir stechend in die Nase, die Kühlcontainer brummen immer noch, als ich wieder vorbeikomme, ich laufe und laufe immer weiter.

Beim Hafenamt sind die Stände fast schon fertig aufgebaut, ich wende mich ab. Ich will diese Festvorbereitungen nicht sehen – mein Fest findet auf dem Meer statt, und für mich ist es vorbei. Als ich gerade die Brücke zur Dog Bay überquere, hält ein Auto neben mir. Eine kleine brünette Frau öffnet die Tür.

»Hast du es noch weit?«

»Nur bis zum Krankenhaus.«

»Steig ein. Ich setz dich dort ab. Ich fahre bis zur Monashka Bay.«

Man hätte die Frau am Lenker für ein Kind halten können, so klein ist sie, doch um ihre Augen herum sind feine Fältchen und rechts und links des Mundes zwei steile Furchen.

»Hast du dich verletzt?«

»Ja.«

Ich wickle die Bandage ab und zeige ihr die Wunde.

»Eine Blutvergiftung. Von einem Fisch, oder?«

»Ja.«

»So was kommt vor.«

»Glauben Sie, dass die Fangzeit für Kohlenfisch bald vorbei ist?«

»Keine Ahnung. Ich habe keine Zeit mehr, das genau zu verfolgen. Früher, als ich Kapitänin war, hätte ich dir das sofort sagen können.«

»Ach, Sie waren Kapitänin?«

Ich starre auf ihre zarten Handgelenke, die schmalen, gepflegten Hände auf dem Lenker.

»Können auch Frauen Schiffe führen?«

»Ich habe es gemacht, bis ich schwanger wurde. Den Kutter habe ich noch, aber er wird von jemand anderem geführt.«

»Und wie macht man das?«

»Was? Kapitänin werden? Indem man arbeitet. Ich habe als

Hilfsmatrose angefangen, genau wie du. Du weißt doch, dass Muskelkraft keine Rolle spielt. Durchhalten muss man, genau hinschauen, beobachten, sich erinnern, Köpfchen haben. Nie aufgeben. Sich nicht beeindrucken lassen, wenn die Männer einen anschnauzen. Du kannst alles. Vergiss das nie. Und gib niemals auf.«

»Auf der *Rebel* schnauzen sie immer herum, und ich hab echt Schiss, aber ich würde alles drum geben, wieder zur See zu fahren.«

»Du bist noch *green*, das ist ganz normal. Das haben wir alle durchgemacht. So wirst du dir Respekt verschaffen, und vor allem bekommst du Respekt vor dir selber. Den Kopf hoch tragen, weil du weißt, dass du wirklich alles gegeben hast, was du geben kannst.«

Ihr Ausdruck wird härter, ihre Stimme eine Spur tiefer, ein kurzes Zögern, dann fährt sie fort:

»Und manchmal musst du sogar mehr geben, als du je für möglich gehalten hättest.«

Sie macht eine Pause, zögert erneut, sagt dann:

»Vor knapp zehn Jahren hatte ich ein anderes Schiff. Ich habe es selber geführt, wir waren auf Krabbenfang. Höllisches Wetter. Nachts hat es dann ein Feuer im Maschinenraum gegeben. Mein Typ hat mit mir zusammengearbeitet. Das Schiff hat es nicht lange gemacht. Zwölf Stunden später wurden wir von der Küstenwache rausgefischt, fast alle. In unseren Überlebensanzügen waren wir wahnsinnig weit abgetrieben. Ihn haben sie nie gefunden.«

Wind ist aufgekommen. Wie jede Nacht kehrt Steve erst spät zurück. Wie jede Nacht stolpert er gegen die Müllbeutel voller Klamotten, stößt gegen den Tisch. Eine Tasse kullert zu Boden.

»Schläfst du?«, flüstert er.

»Ja… Nein. Ich habe wieder Albträume, es hört gar nicht mehr auf.«

Er setzt sich auf mein Bett. Vorgebeugt, die Ellbogen auf den Knien, streicht er sich lange übers Gesicht, als wollte er sich die Augen mit den gespreizten Fingern zuhalten. Dann hält er die Hände still, starrt in die Dunkelheit.

»Gehst du wieder aufs Meer?«, fragt er.

»Oh, das hoffe ich! Ich hoffe es so sehr.«

»Das wird ja traurig, wenn du weg bist. Dann bin ich wieder so einsam wie vorher.« Er seufzt. »Manchmal, wenn ich es hier nicht mehr aushalte, wenn ich was Warmes essen will, mit anderen zusammen, oder wenn ich echt blank bin, gehe ich zu Bruder Francis. Manchmal habe ich aber auch Kohle, und dann geh ich ins Star, das Motel. Dann lasse ich mir eine Pizza kommen und schaue fern. Auch langweilig, aber es ist mal was anderes. Ab und zu kommen Kumpel vorbei. Ansonsten bin ich gerne hier, hier hat man seine Ruhe.«

»Ja«, sage ich. »Das ist schon nicht schlecht. Ich hätte nichts dagegen gehabt, in einem der alten Trucks da draußen zu schlafen, hier fühle ich mich ein bisschen eingesperrt. Aber es ist zu kalt. Und dir gegenüber wäre es nicht so nett gewesen.«

Er lacht leise. Reden tun wir auch leise, als dürften wir das stille Gebäude nicht wecken. Ich schlüpfe aus meinem Schlafsack und setze mich neben ihn. Tastend suche ich auf dem Tisch nach einer Zigarette. Er holt sein Feuerzeug heraus. Im

Schein der Flamme sehe ich die Wölbung seiner Wange, den langen Schatten seiner Wimpern.

»Danke. Nimm dir auch eine.«

»Ich rauche zu viel, weißt du«, sagt er, greift aber trotzdem zu. »Und ich trinke zu viel.«

»Was mache ich bloß, wenn die *Rebel* nicht zurückkommt?«

»Dann suchst du dir eben ein anderes Schiff. Bald fängt die Fangzeit für Lachs an.«

»Aber ich warte doch auf die *Rebel.* Ich will mit denen weitermachen, die jetzt an Bord sind.«

»Nach der Fangzeit hauen die sowieso ab.«

»Stimmt. Und ich gehe zum Point Barrow.«

»Was willst du da?«

»Da hört alles auf. Danach gibt es nichts mehr. Nur das Polarmeer und Packeis. Und die Mitternachtssonne. Ich will einfach gerne hin. Mich ganz am Ende hinsetzen, oben auf der Erdkugel. Ich stelle mir immer vor, dass ich dann die Beine in der Luft baumeln lasse … Dann esse ich ein Eis oder Popcorn, rauche eine Zigarette. Ich schaue. Und weiß dabei ganz genau, dass ich nicht weitergehen kann, weil die Erde zu Ende ist.«

»Und dann?«

»Dann springe ich. Oder ich geh wieder auf Fischfang, vielleicht.«

Er lacht leise. »Ganz schön verrückt, deine Geschichte.« Wir sagen nichts mehr. Steve senkt den Kopf. Er schaut zu Boden. Der Wind pfeift, dringt unters Wellblechdach, draußen flattern Planen. Ich denke an die klare, eiskalte Nacht, das schwarze Schiff, das unter dem weiten Himmel bestimmt schlingert, immer weiterfährt, an die sich an Deck plackenden Männer und an uns zwei, hier, die wir in der dunklen Kammer flüstern, irgendwo in einer kleinen, schmutzigen Box in einer größeren Box, das verlassene Boot da draußen ist unsere Wache, die schlafenden Geister der Schrotttrucks.

»Auf dem Meer geht es bestimmt ab«, flüstere ich.

»Ja, ganz schön.«

»Und du? Bleibst du immer an Land?«

Er lacht verlegen.

»Ach, ich werde so schnell seekrank. Eine Landratte bin ich. Man muss nicht Seemann sein, um diese Gegend zu lieben.«

»Wo kommst du her?«

»Aus Minnesota. Seit fast zwei Jahren bin ich hier.«

»Wie alt bist du?«

»Sechsundzwanzig. Bis ich vierundzwanzig war, habe ich mich nicht vom Fleck gerührt. Manchmal sind wir nach Chicago, das wars. Immer nur auf dem Land. Meine Eltern hatten – ich meine, sie haben – eine Ranch. Wir hatten immer Pferde. Das war cool.« Seine Augen leuchten im Dunkeln auf. »Rodeo reiten kann ich gut. Bei uns gabs immer Wettkämpfe, und ich hab oft gewonnen.«

»Und warum bist du weggegangen?«

»Ich hatte, äh, ich habe vier Schwestern. Da war ich ein bisschen einsam da in der großen Prärie«. Er lacht leise. »Ich musste weg, verstehst du, dort lag meine Zukunft vor mir, ohne jedes Rätsel, ohne Überraschung – wie der Horizont wäre sie gewesen, rundum platt und eben wie die große Prärie. Ich sollte die Ranch übernehmen, für meine Eltern stand es fest, für meine Schwestern auch, sie wollten heiraten und in die Stadt gehen. Eigentlich passte es allen gut in den Kram. Also bin ich abgehauen.«

»Und warum nach Alaska?«

»Um ein Mann zu werden. Ich konnte nirgendwo anders hin. An jedem anderen Ort wäre ich verloren, alles andere wäre zu nah gewesen, mehr vom Altbekannten. Die Ranch hätte mir gefehlt … Ich bin sofort nach Kodiak. Und habe mir geschworen, nie wieder zurückzugehen. Nie. Meine Leute verstehen es nicht. Sie glauben, dass ich eines Tages wiederkomme. Manchmal schreiben sie mir. Vielleicht machen sie sich ein bisschen Sorgen um mich, zum ersten Mal« – er gibt einen traurigen kleinen Hickser von sich –, »aber jetzt ist das ganz egal. Egal«, wiederholt er. »Jetzt bin ich hier, hab alles über Schiffstechnik gelernt, mit den Maschinen von meinem Vater bin ich auch schon immer gut klargekommen, ich bin ein guter Mechaniker. Andy ist zufrieden mit mir … Ansprüche stellt er, Andy, der macht es einem nicht leicht, aber er ist ein harter Arbeiter und hat Respekt, wenn man selbst auch arbeitet. Eigentlich ein bisschen wie mein Vater.«

Er schweigt, zündet sich noch eine Zigarette an.

»Manchmal schaue ich mir den Sonnenaufgang an. Wenn du willst, können wir zusammen hin. In ein paar Stunden, davor können wir noch ein bisschen schlafen. Da sehe ich oft Wild.«

Wir fahren bis ans Ende der Straße, ein Dutzend Meilen in Richtung Norden. Die Schotterpiste hört direkt am Waldrand auf. Staunend steige ich aus, ich hatte vergessen, dass es noch eine Welt hinter dem Hafen gibt. Wir gehen unter den Bäumen hindurch, reden wenig. Dann schlendern wir die Küste entlang. Eine Hirschkuh rennt vor uns davon. Gleich danach kommt die Sonne aus dem Meer.

Wir fahren in die Stadt zurück, frühstücken. Die junge Bedienung bei Fox's erkennt mich. Sie sieht mich genauso schief an wie damals, als ich mit Wolf da war, an dem Morgen, an dem er nach Dutch Harbor geflogen ist. Die hat ja viele Männer, scheint sie zu denken.

Steve lässt mich allein, er geht arbeiten.

»Heute bin ich früher da als sonst«, sagt er fröhlich, »vor allen anderen. Aber zurzeit ist sowieso nicht viel los, alle Schiffe sind ausgelaufen. Nur Kleinkram, Reparaturen, um die Zeit totzuschlagen.«

Er dreht den Kopf, zeigt zu einem Haus auf der anderen Straßenseite.

»Siehst du, da ist das *shelter* von Bruder Francis.«

Wind, Wind… Ich gehe die Shelikof Street entlang, Möwen schreien und ziehen im Tiefflug ihre Kreise. Adler schweben über dem Hafen, der Wind pfeift in den Masten. Die Holzhäuser heben sich bunt vom immer grüner werdenden Berg ab. Ich nasche die Früchte der Lachsbeere auf der Böschung. Sie sind noch unreif, Staub knirscht mir zwischen den Zähnen. Ich gehe zum Hafen. Die Schiffe tanzen auf dem Wasser, zerren wild an ihren Leinen, als wollten sie sich losreißen und auf die hohe See hinaus. Wo es bestimmt stürmt. Schon am Ende der Reede sind Schaumkronen auf den Wellen, was auf einen Sturm weiter draußen deutet.

Die Feststände sind jetzt alle aufgebaut. Die Frauen lachen, im Wind fliegen ihre Haare in alle Richtungen. Ich überquere die Straße, die Arztpraxis macht gerade auf.

Sie machen mir einen Schnitt in den Daumen. Die Gräte kommt ganz von selbst heraus. Ich bewahre sie sorgfältig auf, diese dicke Nadel, die aussieht, als wäre sie aus Glas, sie hätte mich umbringen können, heißt es.

»Kommen Sie in fünf Tagen zum Fädenziehen. Bis dahin muss Ihre Hand trocken und sauber bleiben.«

Ich kann wieder auf Fischfang.

Im Eiltempo, fast rennend, kehre ich zum Bootshaus zurück. Ich packe meine Sachen zusammen, die Umhängetasche und einen großen Müllbeutel für den Schlafsack und mein Ölzeug. Die Gummistiefel habe ich schon an. Ich schenke mir einen letzten Kaffee ein, werfe einen letzten Blick auf die rote Thermoskanne, den dunkelroten Schaukelstuhl. Ich gehe wieder nach draußen, renne zum Hafen. Am selben Ort wie gestern, auf dem Kai der Konservenfabrik von Western Alaska, beziehe ich Stellung. Den Blick aufs Meer gerichtet, warte ich, zu meinen Füßen der Müllsack, den mein Victorinox-Taschenmesser gerade aufgeschlitzt hat. Hinter mir bremst ein Pick-up. Ein Mann steigt aus, knallt die Tür schwungvoll zu. Offenbar hat er es sehr eilig. Er geht in Richtung Hafenamt, doch dann sieht er mich.

»Do you want to go fishing, girl?«

»Hmmm«, mache ich leise.

Ich bin unschlüssig, obwohl ich sofort loskönnte. Aber ich will nicht mit ihm gehen, denn ich warte auf mein Schiff. Ich warte noch lange. Es kommt nicht. Schließlich stehe ich auf und gehe in die Stadt.

Ich bleibe beim Krabbenfest hängen. Mein Gepäck stört mich. Bei der Küstenwache kaufe ich mir eine Putenkeule vom Grill. Junge Mütter essen Zuckerwatte, Kinder spielen im Staub hinter den drallen rosigen Schenkeln eines zu laut lachenden Mädchens am Arm eines pickeligen Jungen. Auf der Bank gegenüber sitzt ein Mann, ihm ist zu heiß. Er hat gerade seine Fish and Chips fertig gegessen, wischt sich über die dunkelrote Stirn, sehr helle Augen unter flatternden Lidern. Er schaut in die Runde, betrachtet einen Augenblick die Beine des jungen Mädchens, die zu engen Shorts, dann wandert sein Blick weiter, fällt auf mich. Er trinkt seinen Bierbecher aus, lächelt mir zu.

»Langweilig, oder?«, fragt er mit rauer Stimme.

»Ja«, sage ich. »Ein nettes Fest, aber trotzdem langweilt man sich ganz schön.«

Also stelle ich meine Taschen in der Taxizentrale ab, und wir gehen zu seinem Kutter. Der Mann ist dem Fischer aus Seattle ähnlich. Genauso gutmütig und aufgeräumt wie er. Er kommt gerade aus Togiak zurück, vom Heringsfang. Aus einem alten Kassettenrekorder schallt Countrymusik. Wir trinken Bier. Er zerteilt eine Ananas und macht Popcorn. Mit seinen großen Händen klopft er im Takt zu Liedern, die ihm Tränen in die Augen treiben.

»Das ist am schönsten, pass auf… *Mother ocean, oh, mother ocean…*«

Er singt furchtbar falsch mit. In seinem dunkelroten Gesicht leuchten seine Augen wie die eines Kindes.

»Der Ozean ist meine Mutter«, sagt er. »Da bin ich geboren, und da werde ich sterben. Da ziehe ich dann in die Walhalla ein, wenn meine Zeit gekommen ist.«

Er verdrückt ein paar Tränen, schnäuzt sich. Schließlich öffnet er zwei weitere Biere und gibt mir eines.

»In dieser Saison habe ich einen guten Fang gemacht, das liegt daran, dass ich vorsichtig und geduldig war«, sagt er zwischen zwei Schlucken, »ich weiß, wo die Fische sind. Vielleicht habe ich ja bald einen eigenen Kutter, ich trinke auch nicht mehr so viel wie früher.«

Wieder lässt er »Mother Ocean« laufen, unterdrückt diesmal nicht die Tränen. Ich sehe mich in der Kabine um, betrachte die zwei Kojen mit den Patchworkdecken darauf, die emaillierte Kaffeekanne auf dem Herd, das glänzende Holzrad, den Kompass in seinem Kupfergehäuse.

»Dieses Schiff ist auch schön«, sage ich.

Die breiten Schultern des Mannes heben sich von dem viereckigen Himmelsausschnitt ab, von der orangen Glut der untergehenden Sonne. Durch die schweren, sich vorwärtsschiebenden Wolken sieht es aus, als wäre der Himmel mit Schaumkronen bedeckt. Der Abend bricht herein. Zehn Uhr, so in etwa. Die Farben werden leuchtender. Bald wird die Sonne hinter Pillar Mountain verschwinden. Plötzlich drängt es mich zum Aufbruch, ich muss im Abendlicht draußen sein, bevor es dunkel wird. Ich trinke mein Bier fast in einem Zug aus, hole tief Luft.

»Ich gehe mal wieder.«

Er findet es ein bisschen schade.

»Wenn du ein warmes Plätzchen zum Schlafen brauchst« – er zeigt auf eine Koje –, »oder wenn es dir mal richtig dreckig geht, dann komm zu mir. Und pass auf mit den Typen, die man hier trifft, hier gibt es echten Abschaum, alle die, die sich *the Last Frontier* ausgesucht haben, weil der Ort genauso durchgeknallt ist wie sie selber. Ich bin Mattis, dein Freund, und du, du bist ein *free spirit*.«

So heißt mein Fahrrad, denke ich und sage: »Danke, vielen Dank«, betrachte sein gütiges Mondgesicht, sehe ihm in die Augen, im Augenwinkel ist eine Träne getrocknet.

»Tschüss, Mattis.«

Ich hole mein Zeug wieder ab und renne unter dem offenen Himmel. Die Sonne ist hinter Pillar Mountain verschwunden. In der Ferne das Krabbenfest. Grauer Rauch steigt von der Bude der Küstenwache auf, dreht sich um sich selbst, weht in Richtung Meer und löst sich zwischen den Masten auf. Die vielen glücklichen Menschen essen immer noch Hotdogs, Pute und Krabbe. Jetzt sind die rosigen Schenkel der Mädchen rot geworden.

Am Hafen sitzt ein Mann allein auf einer Bank und trinkt aus der Flasche. Seine glatten schwarzen Haare fallen ihm über die Schultern. Er sieht mir einen Moment hinterher, kneift die dunklen Augen zusammen.

»Hey! Komm, trink auch nen Schluck«, ruft er mir zu und hält die Schnapsflasche hoch.

»Danke«, rufe ich gegen den Wind, »ich mag keinen Schnaps!«

Ich gehe weiter bis zum Jagdgeschäft – Messer und Waffen im Schaufenster. Da sind Fotos eines aufrecht stehenden, monumentalen Grizzlybärs mit aufgerissenem Maul angepinnt – eines Tages besitze ich eine Winchester, definitiv. Ich gehe zu den Arkaden. Die Türen der Bars stehen sperrangelweit offen. Im Vorbeigehen erkenne ich Männer an den Theken, eine Dartscheibe, rote Billardtische in den Hinterzimmern. Stimmengewirr dringt nach draußen, laute Rufe, Gläserklirren, Musik… Schnell setze ich meinen Weg fort, aus Angst, dass die Männer mich sehen könnten. Ich komme zur Grünanlage, einem kleinen viereckigen Platz mit Bäumen und Gras zwischen dem Breaker's und dem Ship's, drum herum vier Bänke. Ein paar Indianer sitzen dort. Sie trinken Wodka. Eine alterslose Frau raucht einen Joint. Ein dicker Mann neben ihr spricht mich an:

»Hey, du da, dich kenne ich! Du hast doch mit Jude gearbeitet? Meinem Freund Jude, dem großen Jude.«

Mit Betonung auf dem Wort »großen«.

»Was treibst du hier? Bist du nicht mehr auf der *Rebel*? Und deine Taschen? Stehst du auf der Straße, oder bist du gerade erst zurück?«

»Ich hab mich verletzt.«

»Ich kann deinen verdammten Akzent überhaupt nicht verstehen. Komm, setz dich zu uns.«

Ich zögere, er schlägt sich auf die dicken Schenkel, wiegt sich von einer Seite zur anderen, lächelt mich strahlend an.

»Komm schon, wir tun dir nichts!«, ruft er schallend. »Oder hast du etwa Angst vor den *bums* hier auf dem Platz?«

»Nee, Angst habe ich keine.«

Ich setze mich neben ihn. Er gibt mir seine riesige warme Pranke, sie ist ein bisschen feucht, so tief und weich, dass ich nicht weiß, wie ich mich je daraus befreien soll.

»Ich bin Murphy. Der dicke Murphy, werde ich genannt. Und die da, das ist Susan. Heut Abend ist sie ein bisschen müde, ich bin mir nicht sicher, ob sie mitgekriegt hat, dass du jetz da bist, aber sonst ist sie wirklich in Ordnung.«

»Ich heiße Lili.«

»Und du hast also meinen Freund Jude allein auf dem Meer zurückgelassen?« Er lacht, fragt dann: »Bist du immer so rot im Gesicht?«, und zwickt mich in die Wange.

Ich mache das Pflaster ab und zeige ihm meinen entzündeten Daumen, den frischen Schnitt und die schwarzen, mit Desinfektionsmittel verschmierten Stiche.

»Ich bin nicht ohne Grund von der *Rebel* abtransportiert worden, aber jetzt ist es wieder in Ordnung. Sobald sie in der Stadt sind, bin ich wieder dabei.«

»Mensch, Scheiße«, ruft er aus, »für dich wars das wohl für diese Fangzeit …«

Ich sehe ihn ängstlich an.

»Glaubst du?«

Auf der Bank neben uns sinkt ein alter Indianer mit einem völlig vernarbten Gesicht langsam in sich zusammen, rutscht in ein Beet von roten und gelben Blumen.

»Hoppla«, sagt die kleine Frau.

Der dicke Murphy legt mir seinen starken Arm um die Schultern.

»Ach komm, du musst doch nicht weinen, natürlich kannst du wieder auf die *Rebel* … Selbst wenn es mit dem Kohlenfischfang nichts mehr wird, nehmen sie dich bestimmt zum Heilbuttfang mit.«

Er zieht mich an sich und drückt mich zärtlich. Ich schmiege mich an seine breite Brust. Die kleine Frau wird auch bald umkippen, sie lehnt sich von der anderen Seite an diesen Mann, der wie ein Berg dasitzt. Der Indianer auf dem Boden schnarcht. Seine Kumpel trinken die Flasche aus. Geschrei dringt aus dem Breaker's.

»Mach dir nichts draus«, sagt Murphy sanft, »eine Schlägerei. Bestimmt ist es Chris, der sich mal wieder was in die Nase gejagt hat. Wenn er mit den anderen geteilt hätte, würde es ihm nicht so schlecht bekommen.«

An der Schiffswerft entlang kehre ich zum Bootshaus zurück. Die aufgebockten Schiffe warten. Am Horizont fährt ein Fischkutter vorbei, das leise Plätschern der Brandung dringt zu mir. Wellen, schimmernd von den letzten Splittern Tageslicht, lecken an den schwarzen Kieseln am Strand. Ich gehe unter der Brücke zur Dog Bay durch. Über mir wird das ohrenbetäubende Dröhnen eines Trucks erst lauter, dann wieder leiser und verstummt schließlich in der Ferne. Ich komme an einem Stück Brachland voller alter Fangkörbe und Spiegelnetze vorbei, an der orthodoxen weißen Holzkirche mit ihrer türkisfarbenen Kuppel. Auf der Fassade eines großen, kahlen Gebäudes gegenüber der Heilsarmee ist das Bild eines tosenden Sturms, am Strand angeln noch drei Kinder. Ein Pick-up hält neben mir. Es ist Steve auf dem Weg in die Stadt.

»Ich hole mir gerade einen Milchshake, spring rein, ich fahre dich dann zurück.«

Ich steige ein. Er fährt mit quietschenden Reifen an. Ich drehe mich zur Seite, zum weit offenen Fenster, schließe die Augen. Der Wind, der mir die Haare zerzaust, riecht nach Algen. Steve gibt lächelnd Gas. Ich stelle ihn mir auf dem Pferd vor, wie er in der weiten Prärie unter offenem Himmel reitet.

Er holt Milchshakes beim Drive-in-Schalter von McDonald's.

»Das ist ja wie im Film«, sage ich.

»Ich lade dich ein«, antwortet er ernst.

Wir fahren der Dämmerung entgegen, schaudern von der kalten Nachtluft und dem süßen Getränk. Wir reden nicht mehr. Der weiße Pick-up rast über die Straße, zwischen den

Vorhängen von Bäumen hindurch, die sich öffnen, um uns durchzulassen. Steve fährt von einer Straßenseite zur anderen, um die Spurrillen zu meiden, die Reifen knirschen auf dem Schotter, ein Schlagloch, das er übersehen hat, schüttelt uns kräftig durch, ich lache. Ich drehe mich zu ihm um. Auf seinem glatten Gesicht ist ein verlegenes Lächeln, er sieht hingerissen und ungläubig aus, als könnte er es nicht glauben, dass er eine solche unbändige Fröhlichkeit hervorgerufen hat.

»Komm mit in die Bar«, sagt er.

Doch ich bin müde. Er lässt mich beim Bootshaus zurück und fährt allein los. Ich setze mich wieder auf den roten Schaukelstuhl. Das Neonlicht beleuchtet die verlassene Werkstatt. Draußen die Nacht. Sternenklar. Ich betrachte meine Hand. In fünf Tagen vielleicht. Aber wo ist die *Rebel*?

Steve weckt mich. Ich setze mich auf.

»Ist es schon spät?«

»Eher früh, schlaf weiter.«

Doch er sitzt am Fußende meines Bettes. Wie gestern Abend hat er die Stirn in die Hände gestützt und starrt in die Nacht. Ich krabbele aus meinem Schlafsack, nehme mir eine Zigarette, er gibt mir Feuer. Im Licht der Flamme sieht er traurig aus.

»War es nett?«, flüstere ich.

»Wie immer.«

Der Wind pfeift unterm Dach. Er nimmt sich eine Zigarette.

»Und du gehst also wieder aufs Meer, jetzt, wo sie dir diesen Mist rausgeholt haben …«

Ich seufze. »Für mich ist es vorbei, glaube ich«, sage ich – traurig und wütend verdrücke ich ein paar Tränen.

»Du wirst schon ein anderes Schiff finden … Die nehmen dich bestimmt für den Lachsfang. Vielleicht sogar auf einen Tender, da hat man seine Ruhe und ist trotzdem den ganzen Sommer auf See.«

»Ich will aber nicht meine Ruhe haben. Außerdem kann ich dann nicht im Spätsommer zum Point Barrow und sehe die Mitternachtssonne nicht. Danach friert das Meer zu. Und es ist zu kalt, um draußen zu schlafen.«

Er lacht traurig.

»Du bist ein ganz schöner Dickschädel. Aber vielleicht willst du ja wegen jemand Bestimmtem auf die *Rebel* zurück. Wegen dem Kapitän oder Dave.«

»Quatsch. Außerdem haben die eine Frau.«

»Ich bin dann wieder ganz alleine. Wie davor.«

»Das fällt dir bestimmt nicht mal auf, wir haben ja nicht viel geredet.«

»Ja, aber du warst da. Im Grunde sind wir uns ein bisschen ähnlich, wir zwei.«

Er lässt den Kopf hängen, seufzt. Eine stärkere Windböe wirft draußen etwas um. Wieder denke ich an das trostlose Gelände im Mondlicht, an die riesigen, über den Himmel rasenden Wolken, stille Wellen, die Kehrseite des donnernden und tosenden Ozeans, des heulenden Windes, und beide rasen sie in die offene Nacht hinein, vielleicht bis zur Beringstraße oder noch weiter, ohne anzuhalten, ich denke an die Schiffe um diese Uhrzeit in der samtenen Kälte, an uns, die wir wie zwei verirrte Tiere zwischen diesen kompakten Wänden festsitzen.

Ich stöhne im Schlaf. Immer noch zermalmen mich meine Träume. Steve schnarcht leise. Irgendwann muss er wohl hinausgegangen sein, um sich den Sonnenaufgang anzuschauen. Später kommt jemand herein, setzt sich auf mein Bett. Der lange Dünne. Sofort richte ich mich auf. »Du!« Ich stürze mich auf ihn, klammere mich mit aller Kraft an ihm fest.

»Kann ich wieder mit? Bringst du mich zum Schiff?«

Obwohl er sich gewaschen hat, riecht er nach Meer, nach Köder und nassem Ölzeug, aber auch nach Seife und Aftershave. Er lacht.

»Ja«, sagt er, »komm.«

Ich rolle meinen Daunenschlafsack zusammen, bin zwei Sekunden später fertig, schnappe mir meine Umhängetasche vom Boden.

Und dann gehen wir los. Ich denke nicht daran, Steve eine Nachricht zu hinterlassen, ich drehe mich nicht zum roten Schaukelstuhl um. Wir fahren zu Safeway. Ian ist gesprächig, doch ich will nicht reden, mein Herz schlägt wie wild, ich fürchte, dass er mich an Land lässt, falls er auf die Idee kommt, sich meine Hand anzusehen.

Wir nehmen Muffins für die Männer mit, setzen uns auf eine Caféterrasse. Es ist noch sehr früh am Morgen.

»Wir sind um vier Uhr angekommen ... Ich habe die Jungs allein ausladen lassen. Der Fang war gut. Wir haben keine Leinen mehr verloren.«

Wie ein überdrehter kleiner Junge ist er.

»Und deine Hand? Haben sie gut für dich gesorgt? Ab und zu habe ich im Krankenhaus angerufen, sie haben mich auf dem Laufenden gehalten. Zeig mal her.«

Ich zögere, zeige sie ihm dann aber doch.

»Sie haben mir gesagt, dass es okay ist, dass ich wieder losdarf.«

»Ja … Sieht aber nicht gut aus.«

»Ach, ich brauche nur genügend trockene, saubere Handschuhe.«

Ich betrachte sein Gesicht, seine leidenschaftlichen, erschöpften Züge.

»Ich habe lange darüber nachgedacht«, sagte er, »du darfst nicht mehr schwarzarbeiten. Die Einwanderungsbehörde macht niemandem Geschenke … Aber was solls, in der Zwischenzeit ist das kein Hinderungsgrund: Wir nehmen dich auf Heilbuttfang mit.«

Ich atme tief durch. Mein Herz hüpft vor Freude. Fast hätte ich geweint.

»War Steve anständig zu dir?«, fragt er weiter.

»Steve ist in Ordnung. Wir haben uns gut verstanden.«

Ian runzelt die Stirn, sein Mund verzieht sich zu einem dünnen Strich.

»Ja, er war anständig, wollte ich sagen. Und ich auch.«

Sein Gesicht entspannt sich wieder.

»John bleibt nicht an Bord«, fährt er fort, »aber auf dieser letzten Fahrt nehmen wir einen *observer* mit.«

»Also muss ich wieder auf dem Boden schlafen?«

Er lächelt.

»Nein, du hast dir deine Koje verdient.«

Er schenkt uns Kaffee nach.

»Auf der *Venturous* gab es einen *observer*, der auch eine Art Arzt war«, erzähle ich.

Doch er hört mir nicht mehr zu, er ist schon aufgestanden, und ich muss seinen dünnen langen Beinen hinterherrennen.

»*Time to go*«, sagt er, »es gibt genug zu tun.«

Wir fahren wieder los. Der Morgen ist grau. Der Wind, immer und ewig der Wind. Die feuchte, kalte Luft peitscht uns durch. Ich lebe. Der Kapitän bleibt vor einem langen, elliptischen Gebäude stehen, mit seinen Metallwänden und den verrosteten Bullaugen könnte es ein antikes U-Boot sein, das in einer irren Nacht, an einem nebligen, stürmischen Wintertag, hier gestrandet ist.

»Woher kommt das?«, frage ich.

Doch er ist schon auf dem Weg zur Verwaltung.

»Warte in der Kantine auf mich. Geh einen Kaffee trinken.«

Ich wate durch die Schlammpfützen. Die zerlöcherten Stiefel habe ich im Truck vergessen, und sofort sind meine Füße klatschnass. Den Kopf in den Nacken gelegt, spüre ich den Regen im Gesicht, öffne den Mund, um ihn auch zu schmecken. Ein Schwarm Möwen kreist über den schmutzigen Gebäuden, unter dem wolkenverhangenen Himmel. Eine Gruppe Philippiner kommt an mir vorbei. Unter die vollen, melodischen Stimmen mischt sich das Lachen der Frauen. Ich öffne die Tür des Gemeinschaftsraums. Ammoniakgeruch dringt aus dem Flur herein. Die Männer verstummen für einen Augenblick. Unter der Last ihrer Blicke durchquere ich unbeholfen den Raum. Traurig fällt das Neonlicht auf ihre matten Gesichter. Ich nehme mir Kaffee aus der großen Thermoskanne in der Nähe des Zigarettenautomaten. Die Gespräche gehen weiter. Ich warte auf meinen Kapitän…

Der Raum leert sich. Gerade schenke ich mir Kaffee nach, als die Tür aufgerissen wird.

»Na, kleiner Spatz, kommst du?«

Und wieder renne ich ihm hinterher. Mein Kaffee schwappt über, ich trinke ihn mit einem Schluck aus und verbrenne mir die Zunge. Da ich nicht weiß, was ich mit dem Becher anfangen soll, zerdrücke ich ihn in den Händen und stecke ihn in meine Tasche. Fast werde ich von einem Gabelstapler über den Haufen gefahren. Ich renne. Uns gegenüber das Hafenbecken. Der Mast der *Rebel*, die Abspannseile, die Radarantenne mit dem blauen Furuno-Schriftzug, die aus dem Nebel auftaucht.

»Ich bringe den kleinen Spatz zurück«, schreit der Kapitän.

Ich stürze die Metallsprossen hinunter, immer wieder baumeln meine Füße in der Luft, ich fange mich mit den Armen. Endlich spüre ich die Reling unter den Füßen. Ich springe an Bord.

Die Bake der Fahrrinne blinkt im Nebel. In der Ferne die letzten Lichter der Stadt. Das Schiff nimmt Fahrt auf. Es ist Nacht geworden. Der Kapitän schreit einen Befehl. Vom Bug her brüllt Jude ähnlich heiser zurück. Vom Heck hat Dave mir die Vorleine zugeworfen, Simon kümmert sich um die Querleine. Ich räume die Langleinen vom Deck und verstaue sie an den Seiten, dann schieße ich die Taue auf und mache sie gut fest. Nachdem wir am Stützpunkt der Küstenwache vorbei sind, steuert das Schiff aufs offene Meer hinaus. Wir entfernen uns von der Küste, und Wind kommt auf.

Bis tief in der Nacht richten wir die Leinen her. Die Männer sind schweigsam. Wellen schwappen aufs Deck.

»Du hast uns gefehlt«, sagt Dave.

»Hat er Spaß gemacht, dein kleiner Urlaub?«, fragt Simon.

Jude kneift mich in die Seite, als ich mich nach dem Marlspieker bücke. John ist nicht mehr an Bord. Das wird nicht mal auffallen, sagen die Jungs. Spätabends ruft uns der Kapitän endlich herein. Unsere Wangen glühen.

»Hier riechts aber verdammt gut… Essen für echte Männer!«, ruft Ian, als er von der Brücke hinabsteigt.

Er schubst Simon vom Herd weg, nimmt sich eine Riesenportion Spaghetti und drei Kellen Sauce, in der dicke Fleischbrocken schwimmen. Damit setzt er sich an den Tisch und tut weiterhin, als wäre Simon Luft für ihn. Dave erdrückt mich fast, Simon schleicht sich ans Tischende.

»Du hast uns gefehlt«, sagt Dave noch einmal. »Wir dachten, du hast auf einem anderen Schiff angeheuert oder bist von einem gut aussehenden Fischer entführt worden.«

Dann machen sich alle schweigend über das Essen her.

»Scheiße!«, ruft Jesse plötzlich. »Wir haben vergessen, Wasser zu tanken …«

Ians Miene verdüstert sich.

»Dann müssen wir eben mit dem auskommen, was wir noch haben«, sagt er sehr schnell und fährt in schneidendem Ton fort: »Habt ihr kapiert, Jungs? Kein Tropfen darf verloren gehen. Ihr putzt das Geschirr mit Küchenrollen, die Töpfe spült ihr mit Seewasser. Und eure Zähne können bis Kodiak warten. Das Wasser nehmen wir nur noch für Kaffee und für Essen.«

»Heute Morgen habe ich einen Wasserkanister mitgebracht. Zehn Gallonen, das sind immerhin fast vierzig Liter. Ich habe ihn an der Anlegestelle gefüllt. Es ist kein Trinkwasser, aber ich glaube, wenn man es abkocht, geht es schon«, sagt Dave.

Der *observer*, noch neu an Bord, ein pausbäckiger Blonder, wirft ihm einen überraschten Blick zu. Er traut sich aber nicht, etwas zu sagen, und macht sich in seiner Ecke klein.

»Das Wichtigste ist doch, dass wir an den Treibstoff gedacht haben«, sage ich im Brustton der Überzeugung und futtere weiter.

Der Kapitän wirft mir einen finsteren Blick zu. Ich beuge mich tief über meinen Teller.

Die Männer haben sich schlafen gelegt. Dave übernimmt

die erste Wache. Ich gehe an Deck. Die Taue knarren im Wind. Wellen schlagen aufs Deck. Es riecht nach hoher See. Ich wittere den Geruch wie ein Pferd, bis mir schwindelig wird, bin ganz steif vor lauter Kälte. Der Seegang ist in mir. Ich habe den Rhythmus wiedergefunden, die starken Schübe, die sich vom Meer aufs Schiff übertragen, vom Schiff auf mich. Sie steigen mir durch die Beine hoch, wiegen sich in meinen Hüften. Ob das Liebe ist? Pferd und Reiter zugleich sein wollen. Morgen geht der Fischfang wieder los. Morgen schon … In wenigen Stunden das Geschrei, die Angst im Bauch, die zu Wasser gleitenden Leinen, der Lärm, der Wellengang und die Raserei – ein Strudel, in dem sich dieser bis zum Äußersten angespannte Körper nicht mehr selbst gehört, nur noch ein Getriebe aus Fleisch und Blut ist, getragen vom Willen, Widerstand zu leisten, ein wie verrückt schlagendes Herz, eisige Gischt, vom Wind gepeitschtes Gesicht, die letzte Markierungsboje der Langleine, auf die man wartet wie auf die Erlösung. Und wieder wird Fischblut fließen. Irgendwo warten um diese Zeit immer noch die alten unbeweglichen Trucks, das aufgebockte blaue Schiff gammelt vor sich hin. Sie versinken in ihrem mineralischen Schlaf, sind schon tot, erstarrt. Und Steve, zwischen all diesen Mauern, umgeben von noch mehr Mauern, Steve, der in dieser bunten Ansammlung von Gegenständen Schutz sucht, zwischen Bergen von Schmutzwäsche, dem Fernseher, dem roten Schaukelstuhl, der Thermosflasche … Ist er von der Bar nach Hause gegangen, ist er über die Müllsäcke gestolpert, schläft er?

Wir schlafen nicht. Nie mehr. Die festen Umrisse dieser Welt haben wir an Land zurückgelassen. Und endlich wird es wieder in all seiner Herrlichkeit erstrahlen, unser Leben. Wir sind Teil des Atems, der niemals stockt. Der Mund der Welt umschließt uns wieder. Und wir werden alles geben, bis wir tot umfallen vielleicht. Uns gehört die Lust an der Erschöpfung.

Mein Kapitän schaut aufs Meer und träumt. Seine blassen Augen schimmern genauso grau wie das Wasser. Der lange Dünne lässt die überlangen Arme auf die gespreizten Beine baumeln. Sein Mund, breit und sanft, fast weiblich, ist halb geöffnet. So möchte ich ihn nicht überraschen, ich räuspere mich. Er dreht sich zu mir um, streicht sich mit der Hand über die hohe Stirn, lächelt müde.

»Und, hast du diesmal eine Koje?«

»Ja, dieselbe wie am Anfang.«

»Dieselbe wie am Anfang?«

»Ich meine, die, die ich zuerst hätte kriegen sollen.«

Er lacht.

»Siehst du, alles renkt sich mit der Zeit ein … Jetzt wirst du auch wie Dave und Jude Wache gehen. Wir sind nicht mehr genug, als dass das nur den Erfahrenen vorbehalten wäre. Ist dir das recht?«

»Oh ja.«

»Dacht ich mirs doch. Das wird jetzt vorläufig unser letzter Kohlenfischfang. Wir brauchen mindestens eine Woche, um uns auf die Heilbuttsaison vorzubereiten. Die Freigabe ist für den fünfundzwanzigsten angekündigt. Und heute ist schon der siebente.

»Also darf ich mit?«

»Natürlich. Erst mal dürfen wir nur vierundzwanzig Stunden auf Fischfang, dafür aber nonstop. Da müssen wir uns ranhalten. Da haben wir keine Minute Zeit zu verlieren, weder zum Ausruhen noch für sonst was. Kann sich irre lohnen, zumindest, wenn man auf Fisch stößt. Und du wirst sehen, wie schön Heilbutte sind! Manchmal sind sie auch richtig dick. Die können über zweihundert Kilo wiegen. Wenn sie kleiner sind als einen Meter, darf man sie nicht fangen, dann muss man sie ins Wasser zurückwerfen.«

»Bin ich denn überhaupt stark genug?«

»Nicht, um sie aus dem Wasser zu ziehen, glaub ich jedenfalls nicht«, sagt er lachend. »Aber beim Bestücken, beim Aufschießen der Leinen, dem Ausnehmen der Fische wird es genug zu tun geben, glaub mir, genug Arbeit für alle, genug, um nach den vierundzwanzig Stunden vor Müdigkeit umzufallen, mach dir mal keinen Kopf.«

Wir nehmen die Arbeit wieder auf, noch beharrlicher als sonst. Die *Blue Beauty* »is kicking ass«, wie man sagt, für die geht es echt ab, aber für uns läuft die Saison schlecht. Wir haben zu viele Leinen verloren, und das Fangwunder vom Anfang hat sich nicht wiederholt. Die Kohlenfischschwärme haben sich woandershin verzogen, und der Fang ist zwar nicht miserabel, aber auch nicht mehr als mittelmäßig. Wenn nicht noch ein Wunder geschieht, war unsere ganze Mühe umsonst.

Aber jetzt weckt uns der Kapitän jeden Morgen mit lautem Geschrei. Wir müssen in unser feuchtes Ölzeug springen, ich in meine noch klitschnassen Stiefel. Für einen Kaffee reicht es nicht, der Wind schlägt uns ins Gesicht, der weiße Himmel blendet uns. Wir haben keine Zeit, uns darauf einzustellen, schon sind wir wieder mittendrin in der Kälte und der Arbeit, aus dem bleiernen Schlaf in halb blinde Wachheit gestolpert. Unsere geschwollenen Hände lassen sich nur mühsam öffnen, Arme und Handgelenke müssen gezwungen werden, wieder aufzuwachen. Unsere Bewegungen sind mechanisch, nichts zählt mehr als die Leine, die aus dem Wasser kommt, auf die wir achten und die wir um ihren Fang erleichtern müssen. Fischen, pausenloses Fischen.

Jude schluckt jeden Morgen eine Handvoll Aspirin. Ich tue es abends, wenn ich wieder Fieber bekomme. Mein Schlaf ist vom Ozean bevölkert. Ich bin im Wasser. Wenn ich mich in meiner Koje umdrehe, fließt die Strömung in eine andere Richtung, und ich muss ihr folgen. Wenn ich vor Kälte schaudere, ist es der Wind, der mich schüttelt, ich klammere mich an ein feuchtes, in meiner Koje zusammengerolltes Kleidungsstück, das ist ein Fisch, der mir entwischt, ich schlage um mich, schreie: »Ich bin da drin! Ich bin da drin!«, und eine schwarze Welle verschlingt mich. Jemand brummt: »Halt die Klappe, Lili, es ist nur ein Traum.«

Die Haken ziehen vorbei. Als wir die Leinen aussetzen, stieben sie wie lauter lärmende, bleiche Vögel in die Lüfte. Die Leine ist unser Ariadnefaden, wir denken an nichts anderes. Wir fischen. Die Stunden vergehen, wir haben jedes Zeitgefühl verloren. Das Einzige, was zählt, sind die Leinen, die bestückt, ins Meer geworfen, wieder eingeholt werden müssen … die Fische, die aufgeschlitzt werden, das Eis, das wir kniend im Frachtraum mit der Spitzhacke zerschlagen, das Krängen, das uns im schaumigen Wasser gegen die hin und her wogende Fischmasse taumeln lässt.

Die tiefe Wunde an meinem Daumen heilt. Das bläulich rote Gelenk verfärbt sich orange. Ich habe die Fäden mit den Zähnen herausgerissen. Trostloses Wetter. Das Meer hält uns zum Narren. Kaum betreten wir die Kombüse, stoßen wir überall an.

An Deck. Wir richten die Leinen her. Der lange Dünne ist im Steuerhaus. Jesse arbeitet vielleicht an den Maschinen. Ich bringe Kaffee und Schokoriegel mit. Die Männer streifen die Handschuhe ab. Jude steckt sich eine Zigarette in den Mund. Simon schnappt sich eine Kassette.

»Darf ich?«

»Klar«, antwortet Jude mit seiner tiefen Stimme.

Er nimmt einen Zug, muss husten und spuckt aus, schnäuzt sich mit den Fingern. Dave schüttelt den Kopf.

»Der wird dich noch mal umbringen, dieser Scheißtabak.«

Jude zuckt mit den Achseln.

»Im Moment bringt mich eher der Gedanke an eine Frau und einen kleinen Schuss Heroin um.«

Dave lacht.

»Du wirst dich auch nie ändern.«

Aus dem Kassettenrekorder schallt Bob Seger mit »Fire Inside«.

»Und ein kräftiger Schluck Whisky zum Kaffee, das wäre auch nicht schlecht«, fügt Jude hinzu.

»Oder ein Cognac«, meint Simon.

»Für mich lieber Frühstück«, sage ich.

»Die denkt doch immer nur an Essen«, sagt Dave lachend. »Aber es stimmt, es ist gleich drei Uhr. Es wird echt Zeit.«

Dem *observer* war kalt, er ist reingegangen.

»Ich glaube, der wartet auch auf sein Breakfast«, murmelt Simon.

Unser Kaffee ist ausgetrunken. Ich zertrete meine Zigarette und ziehe mir die Handschuhe wieder über.

»Wir haben keine Köder mehr. Wer geht welche holen?«

»Ich geh schon.«

Ich gehe hinter Simon her, hocke mich hin und drehe an dem Metallgriff, ziehe die schwere Eisenplatte beiseite.

»Ich hätte dir doch helfen können«, sagt Simon.

Ich zucke mit den Achseln, springe in den Laderaum, in dem die Tintenfische lagern. Das zerstoßene Eis ist hart geworden. Die Kisten lassen sich nicht von der Stelle bewegen. Ich rufe nach einem Eispickel, hocke mich auf den gefrorenen Boden und kämpfe verbissen darum, die vereisten Kartons loszukriegen, während ich von rechts nach links rutsche und drohe umzukippen. Meine Finger sind steif und tun weh. Eine unbändige Fröhlichkeit steigt in mir auf, ein Lachkrampf, vielleicht ist es ja die Trunkenheit der eisigen Tiefen. Ich hebe die Kartons hoch, reiche sie nach oben.

»Hey, Simon, es ist schwer!«

»Ich komme schon, Sweetheart.«

Ich stemme mich aus dem Laderaum, Jude reicht mir den Arm.

»Was hast du nur Komisches gesehen in dem schwarzen Loch da unten?«

Ich lache wieder, streife die Handschuhe ab und puste auf die gefrorenen Finger. In meinem nassen Ärmel finde ich ein verirrtes Stückchen Schokolade. Dann helfe ich Simon beim Zerschneiden der Tintenfische.

Wir haben drei Langleinen nacheinander eingeholt. Dave ist zum Einfrieren der Fische hinuntergestiegen. Simon steht am Herd. Jude und ich schrubben das Deck. Er arbeitet schweigend, die Kapuze seines Sweatshirts auf dem Kopf. An

Bord traue ich mich immer noch nicht, ihm ins Gesicht zu schauen. Denn für mich ist er der einzig wahre Fischer. Jude weiß einfach alles. Seine Macht rührt nicht von der Breite seiner Schultern her, noch von der Größe seiner Hände, sie steckt in seinem Schrei, wenn sich das Echo seiner Stimme in Wind und Wellen verliert, wenn er mit geweiteten Nasenflügeln dasteht, allein mit dem Meer, genauso allein in seiner Art, den Himmel zu betrachten, die Tiefen auszuloten, als würde er in ihnen lesen – oder im Gegenteil, als würde er nur eine große endlose Wüste vor sich sehen, unter den wiehernden Schreien der Möwen, die in Böen auffliegen wie Windpferde.

Endlich gibt es Mittagessen. Dabei ist es nach Mitternacht. Ich gehe hinein. Gerade hat Simon den Tisch fertig gedeckt. Der Reis wartet auf dem Herd. Die Würstchen und die roten Bohnen aus der Dose hat er aufgewärmt, gut am Herdrand festgemacht. Jesse steigt, seinen Teller in der einen, eine Cola in der anderen Hand, ins Steuerhaus hinauf. Ian sitzt schon am Tisch. Jude raucht seine Zigarette draußen zu Ende. Dave geht vor mir her. Wir wischen uns die Hände an unseren schmutzigen, unförmigen und blutbefleckten Jogginganzügen ab, schaufeln uns die Teller am Herd voll und setzen uns ebenfalls hin.

»Mach doch die verdammte Tür zu, wir frieren uns hier den Arsch ab!«

Der Kapitän schnauzt Jude an, der sich noch einmal zum Ausspucken umgedreht hatte. Wortlos schließt Jude die Tür, ein kleines, betretenes Lächeln um den Mund. Er schlägt die Augen nieder. In geschlossenen Räumen wirkt der Löwenmann immer kleiner. Als würde er den Halt verlieren im

Neonlicht, das seine eher vom Alkohol als vom Seewind verbrannten Züge entstellt. Er erschreckt mich schon auf Deck, aber hier fürchte ich ihn noch viel mehr, wenn er wieder so verletzlich aussieht.

Wir essen schweigend. Der lange Dünne ist offensichtlich mit den Nerven am Ende. Kaum hat er den Teller halb leer gegessen, schiebt er ihn angewidert weg.

»Du solltest dein Menü mal erweitern«, sagt er bissig zu Simon.

Dave macht eine Bemerkung, die nur Jude hört. Die beiden lachen. Simon beugt sich tief über seinen Reis.

»Mir schmeckt es fantastisch«, sage ich.

»Die isst aber auch wirklich alles. Übrigens, ich hab dich schon lange keine fiesen Innereien mehr futtern sehen.«

»Ich schon«, sagt Jude, »vorhin noch.«

Bei dem Blick, den er mir zuwirft, wäre ich am liebsten im Boden versunken.

Ian sieht uns verärgert an, steht schweigend auf und geht aufs Klo. Die anderen stehen auch alle auf. Der große, athletische Dave dehnt sich ausgiebig, Simon geht eine rauchen, Jude verdrückt sich in die Kajüte. Ich spüle.

Jetzt taucht Jude wieder auf. Er hat die Arme um sich geschlungen, murmelt, dass ihm kalt ist. Wenige Zentimeter von mir entfernt kauert er sich an den Rost, der warme Luft aus dem Maschinenraum hereinbläst. Dave hat sich mit einem Kaffee wieder hingesetzt. Der Kapitän lässt auf sich warten. Ich schaue nach unten. Der Löwenmann ist nur noch Jude, der sich in seinen ausgeleierten und verblassten blauen Wollpulli kuschelt.

»Dein Pulli ist echt schön«, sage ich.

»Den hat mir eine Freundin vor Urzeiten gestrickt.«

Sein Blick ist nicht mehr furchterregend, sondern sanft, fast ängstlich. Er lächelt zerstreut. Der große Seemann lächelt mir zu … Ich glaube, in diesem Moment will er kein Held mehr sein, er ist nur müde, und die Hände tun ihm weh, er friert, und es gibt nicht mal einen Whisky, keine Frau und kein Heroin, er möchte sich nur in der warmen Luft zusammenkauern, die aus der Wand kommt.

Der Kapitän kommt zurück. Er verteilt die Wachen. Einer nach dem andern verschwinden wir in die Kajüte, wo es warm und stickig ist. In unseren Schlafsack eingemummelt, im Schutz unserer schmutzigen, noch feuchten Klamotten, tauchen wir in unsere Kojen ab und strecken alle viere von uns. Und genauso, wie wir uns körperlich angespannt, unseren Körper gezwungen, terrorisiert, verletzt haben, so überlassen wir ihn jetzt dem Lärm der Motoren, dem endlosen Seegang. Und so, wie wir uns der Anstrengung hingegeben haben, so geben wir uns jetzt auch dem Schlaf hin. Beim Einschlafen betrachte ich Jude. Ich errate die Umrisse seiner immer wieder von Hustenanfällen geschüttelten schlafenden Gestalt mit den gelben Augen, mit der Brust, in der ein seltsamer Zorn haust, mit dem Atem aus Alkohol und Wind. Die Nacht versteckt sein Gesicht vor mir, dieses Gesicht, das ich nicht mehr fürchte, und keiner sieht meinen Blick im Dunkeln. Die Wellen wiegen mich, und ich wiege mich in ihnen. Wenn der lange Dünne es will, wird sie immer weitergehen, unsere Fahrt über den schwarzen Ozean, die Beringsee. All meine Kräfte will ich geben, bis mein altes Leben abgestorben ist oder bis ich schlicht selbst gestorben bin, bis die Abnutzung und die Erschöpfung mich bis auf den Kern abgeschliffen haben, bis nur noch Meer in mir ist, unter mir, um mich herum, und der Löwenmann aus Fleisch und Blut, wie er der See trotzt, fest an Deck steht, mit seiner schmutzigen Mähne in dem Wind, in dem die Seile klappern, und die kreisenden, sich hinaufschraubenden und wieder in die Tiefe stürzenden Möwen, ihre irre Klage, ihr heiserer Schmerz, den der Wind erst anschwellen lässt, dann erstickt.

»Du bist dran … Jetzt bist du der Glückspilz.« Dave weckt mich mit sanftem Rütteln. Ich setze mich sofort auf.

»Ich bin ein Glückspilz, ein Glückspilz«, murmle ich im Halbschlaf.

»Nach dir kommt Simon«, sagt Dave, bevor er in seine Koje klettert.

»Ja. Ja.«

Ich stolpere in den Haufen Kleider, Socken, Stiefel, versuche gar nicht erst, meine eigenen anzuziehen, sie sind doch noch nass. Mechanisch gehe ich auf die Brücke, stoße mich an Wänden. Aber ich muss los, obwohl ich noch nicht wach bin. Vor den Bildschirmen komme ich zu mir. Ein Lichtpunkt signalisiert ein Schiff weit hinter uns. Die Nacht ist sehr finster. Gegen drei wird der Himmel fahl. Also wird Simon nachher das Morgengrauen sehen, den roten Streifen am Horizont, der immer feuriger wird, bis er orange glüht. Ich reibe mir fest übers Gesicht, reiße die Augen auf, die wieder zufallen wollen. Dann stehe ich auf, beuge mich über den Kartentisch und schaue zu, wie der Bug die Wellen zerteilt, die sich am tropfenden Anker brechen. Die weite, bewegte Fläche hat weder Anfang noch Ende. Vielleicht fahren wir ja durch den Weltraum, in dieser samtig schwarzen

Nacht? Himmel und Erde sind eins, sind eins und gehen ineinander über, um mich vollends zu verwirren, so, als wäre die glitzernde Gischt an den Seiten des Schiffes die Milchstraße … Aber jetzt schlafe ich fast schon wieder. Ich reibe mir die Augen und hüpfe von einem Fuß auf den anderen, greife nach einer Seekarte hinter dem Stuhl. Eine Illustrierte rutscht zu Boden, ich bücke mich nach ihr – da liegt eine Tusse mit gespreizten Beinen auf dem Boden des Steuerhauses. Schau an, eine kleine Freundin für die Wachgänger. Respektvoll lege ich sie zurück und räume die Karte weg. Unter der Treppe schläft der *observer* in Embryohaltung. Der Lichtpunkt auf dem Radarschirm hat sich entfernt, die Küste ist fast nicht mehr sichtbar.

Ich steige in den Maschinenraum hinunter. Ohrenbetäubender Lärm beim Öffnen der Tür. Auch der Hilfsmotor läuft. Kein Wasser unten im Frachtraum. Ich nehme die Fettpumpe. Drei Mal, haben sie gesagt. Ich drücke fünf Mal kräftig in die Schmiervorrichtung der Welle. Beim Hochgehen werfe ich einen Blick aufs Deck. Alles unverändert, die Kübel sind gut vertäut. Ich nehme mir einen Kaffee, dünn und trotzdem bitter, und dazu einen Schokoriegel aus der Schublade. Dann gehe ich auf die Brücke zurück. Jetzt bin ich wach, der eisige Wind hat mir gutgetan. Der *observer* hat sich im Schlaf umgedreht, nur sein Rücken ist noch sichtbar, eine blonde Haarsträhne, ein aus dem Schlafsack ragender Fuß. Ich fläze mich in den viel zu bequemen tiefen Stuhl, werfe einen Blick auf die Bildschirme. Nichts als Schwärze. Nichts mehr außer diesem einen zentralen Punkt, der wir sind, und manchmal hier und dort ein paar winzige aufblitzende Funken. Ein Schluck glühend heißer Kaffee, ich beiße in die Schokolade.

Die Männer schlafen, das Schiff fährt, die ganze Welt kann schlafen – nur ich wache. Ob sie in Kodiak auch alle schlafen? Ob noch eine Kneipe offen ist? Männer, die torkelnd an der Theke rummaulen, alte Indianerinnen, die sie mit wiegendem Kopf und abwesendem Blick betrachten, in den faltigen Fingern eine Zigarette, sie führen sie mit einer raffinierten, langsamen Bewegung an die Lippen; vielleicht sind sie ja betrunken, wie sie sich da sanft am Holztresen wiegen. Am Point Barrow wird es nie dunkel. Kaum ist die Sonne am Horizont untergegangen, geht sie auch schon wieder auf. In Frankreich ist jetzt Tag. Von hier aus kann ich sie alle ohne Angst lieben. Ich rede mit ihnen, so leise, dass nicht einmal der *observer* mich hören kann. Abgesehen davon schläft er ja. Der Kutter zerteilt den schwarzen Ozean. Schon hellt sich der Horizont auf, ein blutiger, sich ausbreitender Streifen, jetzt ist Simon an der Reihe …

»*Time to pull the gear, guys!* Zeit, die Leinen einzuholen, Jungs! Arsch hoch, es geht los …«

Ich gehe als Erste hinaus. Der Kapitän ist schon da, die Hand am Schalthebel des Außensteuers. Die Jungs ziehen ihre Öljacken über. Ich habe mich an Judes Platz an der Reling gestellt, rechts vom Kapitän. Die Markierungsbojen kommen näher, diesmal erwische ich sie. Ich beuge mich über das aufgewühlte Wasser, halte den Bootshaken auf Armlänge, die Ankerleine werde ich mit sicherer Hand festmachen. Ich lehne mich so weit vor, wie ich kann. Unter mir krachen die Wellen mit aller Wucht an den Rumpf, schlagen dumpf an den Stahlkiel. Der Kapitän steuert uns zur Markierungsboje. Ich lehne mich weiter vor. Wenn Jude jetzt nicht kommt, bleibt mir nichts anderes übrig, als wirklich nach dem Bootshaken zu greifen. Eiskaltes Wasser spritzt mir voll ins Gesicht. Ich schnappe nach Luft.

Der lange Dünne dreht sich zu mir um.

»Hau ab, Lili! Du hast hier nichts zu suchen.«

Und da ist Jude. Bevor er mich wegstoßen kann, springe ich rasch zur Seite. Alle lachen.

»Du bist ja ganz nass geworden, wie blöd«, sagt Dave.

»Ach, das ist schon okay.«

Und ich stelle mich wieder an den Filetiertisch, wo ich hingehöre, und beneide Jude um seinen Platz am Wasser.

Der Wind legt sich. Der Himmel reißt auf, und eine blasse Sonne bricht durch. Jesse entdeckt die Fontäne, die im Dunst aufsteigt, als Erster. Er unterbricht die Arbeit, zeigt hin. Der Kapitän stoppt die Motoren. Alle bewundern ausgiebig die dunkle Masse, die sich wie in Zeitlupe unendlich anmutig und majestätisch zugleich aus den Fluten erhebt und wieder in ihnen versinkt. In den Augen der Männer das immer gleiche Entzücken beim Anblick eines der Könige der Meere.

»Junge, Junge, *what a beauty*«, sagt Ian verträumt, bevor er die Motoren wieder anwirft.

Wenig später schwimmt ein Seeotter neben uns her; er macht den toten Mann und hält einen Fisch zwischen den Vorderpfoten, den er mit einem komischen Gesichtsausdruck verputzt. Dave zieht mich am Ärmel, ich lache laut. Der Otter schaut uns mit seinem wachen Blick an, mampft aber seelenruhig weiter.

»Jetzt schaut euch dieses Mistvieh an, wie es uns den Fisch wegfrisst!«, schimpft der Kapitän.

Da zerteilen zwei schwarze Finnen die Wasseroberfläche:

Schwertwale! Der Seeotter taucht ab. Nun beobachtet uns nur noch der einsame Kormoran aus der Ferne und ein Schwarm klagender Möwen in dem mit Schäfchenwolken bedeckten Himmel.

Die ganze Zeit über berechnet, wiegt, misst der *observer* unseren Fang. Dunkler, matt schimmernder Kohlenfisch, golden schillernde, schwarzgrüne oder rote Stachelköpfe mit Glupschaugen, junge Heilbutte, die wir ins Wasser zurückwerfen müssen, obwohl sie tot sind. Dieser Mann ist Teil unseres Lebens, aber seit wir Kodiak verlassen haben, hat er kaum ein Wort gesagt. Man könnte ihn fast vergessen. Nur nachts, wenn man auf der Brücke über ihn steigt, fällt einem seine Anwesenheit wieder ein.

»Hier schläft man gar nicht so schlecht«, sage ich einmal, als er sich aufrichtet. Er lächelt etwas ängstlich.

»Ja, stimmt«, antwortet er.

»Am Anfang war das mein Schlafplatz«, sage ich stolz.

Simon ist mager geworden. Er hat sich abgehärtet, wirkt männlicher. Auch sein Blick ist jetzt fester. Die Männer behandeln ihn fast wie ihresgleichen. Aber meistens nehmen sie ihn gar nicht wahr. Wenn er wie sie fluchen würde, ausspucken, sich mit den Fingern schnäuzen, dann wäre es vielleicht anders. Aber er klammert sich an seinen Studentenjargon und versucht, seine Hilflosigkeit hinter leeren Floskeln zu verbergen. Das führt nur dazu, dass Jude ihn verwundert ansieht, Dave schmunzelt und Jesse ihn links liegen lässt. Dann verliert er wieder die Fassung. Also gehe ich auf ihn ein. Aber er möchte von den Männern anerkannt werden, nicht vom Greenhorn, noch dazu einer Frau … der er nun seinerseits verächtlich den Rücken zukehren kann. Zwischen uns herrscht Misstrauen. Wir verteidigen unseren Platz an Bord. Als das Gefluche wieder losgeht, habe ich nicht weniger Schiss als er. Und das Gefluche hört nie auf, wenn wir fischen. Vor lauter Angst wird er ganz dienstbeflissen. Und mir geht es auch nicht anders.

Eines Nachts frage ich ihn, warum er hergekommen ist.

Wir haben früh Schluss gemacht. Es ist zwei Uhr. Das Meer ist ruhig. Wir rauchen eine letzte Zigarette. Durch die bläulichen Ringe unter seinen Augen wirkt sein Blick fiebrig, sein von der Kälte verkrampftes Gesicht noch magerer. Er hockt da und schaut aufs Wasser, die Hand, die die Zigarette an die Lippen führt, zittert ein wenig.

»Ich lag nach einem Autounfall im Krankenhaus, eine blöde Geschichte, ein Samstagabend nach einer Fete, zu viel getrunken … Und auf einmal wollte ich aufs Meer, nach Alaska, *›the Last Frontier‹* … hinaus auf den Ozean. Alles hinter mir lassen, dieses elend langweilige Leben« – er lächelt in der Dunkelheit –, »aber dann bin ich doch an die Uni zurück. Niemand hätte es verstanden, wenn ich einfach so abgehauen wäre. Ich hatte ziemlich viele Schulden, die habe ich immer noch, wegen diesem Unfall. Und da hab ich gesagt, dass ich in den Ferien in Alaska arbeiten gehe.«

»Da wirst du aber diesmal nicht besonders reich.«

Enttäuscht verzieht er das Gesicht, ein Äderchen unter dem Auge zuckt einen Moment nervös.

»Nein, aber was zählt, ist, dass ich es gemacht hab, dass ich es allein bis hierher geschafft hab und mich habe anheuern lassen.«

Ich sehe ihn erstaunt an.

»Und, gefällt es dir?«

»Oh ja«, sagt er.

»Man kann aber nicht behaupten, dass die Männer besonders nett zu dir sind. Der Kapitän schimpft die ganze Zeit mit dir.«

Er zuckt mit den Achseln.

»Findest du, sie gehen mit dir netter um? Am Anfang hab ich mich gewundert, dass sie den Job irgendeiner Tusse geben, die so was noch nie gemacht hat, auf direktem Weg vom Land kommt und noch nicht mal eine Greencard hat. Ich hab geglaubt, dass Ian bestimmt einen anderen Grund hatte, dich anzuheuern ... Und ich kann dir sagen, da war ich nicht der Einzige.«

Ich werde rot vor Zorn und Scham.

»Und jetzt, bist du überzeugt?«

»Klar. Und dass du auf dem Boden schlafen musstest, ab dem ersten Abend, das fand ich total in Ordnung.«

»Was! Das war doch total ungerecht!«, rufe ich wütend. »So geht das doch an Bord, wer zuerst kommt, mahlt zuerst. Ich hab drei Wochen vor dir angefangen, vor Jude und Dave. Kein einziger Ruhetag und natürlich unbezahlt, keinen Cent. Ich war vor euch allen an Bord, nur Ian und Jesús waren schon da. Ich hatte das Recht auf eine eigene Koje!«

»Reg dich nicht auf«, sagt er. »Vielleicht behandeln sie uns ja absichtlich so, um zu sehen, was in uns steckt. Du hast am Ende eigentlich Schwein gehabt mit deiner Infektion. Es ist, als hätten sie jetzt mehr Respekt vor dir.«

»Ich habe mich nicht beklagt. Ich habe nichts gesagt. Jude hat ...«

»Ja, Jude, der Klotz, der ist zum Kapitän gegangen, damit

er sich die Kleine mal vornimmt, weil sie selber den Mund nicht aufmacht. Wegen dir hätten wir ganz schön in der Scheiße sitzen können.«

»Wenn ich es eher gesagt hätte, hättet ihr geglaubt, ich stelle mich an, ich beklage mich, weil ich eine Frau bin.«

»Stimmt«, sagt er. »Eine Frau hat hier an Bord nichts zu suchen. Du machst dir die Hände kaputt, ruinierst dir den Teint, du verausgabst dich, und die Männer haben alle möglichen Fantasien von dir.«

»Von Sex mit mir, meinst du wohl. Wenn ihr euch verausgabt und euch die Hände kaputtmacht, darf ich das doch wohl auch.«

»Hast du keinen Mann?«

»Nein.«

»Dann wirst du hier schnell einen finden.«

»Ich hab die weite Reise nicht gemacht, um im Bett von irgendwem zu landen.«

»Ich wüsste nicht, was daran so schlecht sein soll«, murmelt er.

Unsere Zigaretten sind schon längst aufgeraucht. Die Kälte wird grimmiger. Wir schweigen. Das Meer umgibt uns, hüllt uns ein. Die Mondsichel hängt in den Abspannseilen. Die Tür der Kombüse fliegt krachend auf. Ian schaut sich prüfend um.

»Hey, Simon, verdammt! Was machst du bloß? Quatschen? Du glaubst doch nicht etwa, dass ich deine Wache übernehme?«

»Sieht ganz so aus, als müsste ich jetzt gehen«, sagt er.

»Sag mal, Ian, stimmt das, dass eine Frau an Bord nichts zu suchen hat?«

»Wer hat dir denn den Quatsch eingeredet?«

»Simon. Na ja, heute Nacht haben wir geredet. Es hat sich so ergeben.«

Der lange Dünne schüttelt den Kopf.

»Nächstes Mal hältst du dich an die echten Fischer und nicht an so einen Jungen, der noch grün hinter den Ohren ist.«

»In Kodiak hat mich eine Frau im Auto mitgenommen. Sie war mal Kapitänin und hat gesagt, ich kann alles machen.«

»Frauen sind nicht kleinzukriegen. Oft, jedenfalls manchmal, sind sie auch geduldiger als Männer. Männer wollen immer gleich zupacken, alles muss immer sofort passieren, sie verausgaben sich gern, und sie mögen es, wenn es roh zugeht, je härter, desto cooler.«

»Aber Dave und Jude sind doch keine Rohlinge«, protestiere ich. »Und ich strenge mich auch gern an.«

»So hab ich es nicht gemeint«, sagt er lachend. »Eine Frau, die fischt, strengt sich genauso an wie die Männer, aber sie muss es doch anders anstellen, weil sie weniger Kraft hat, sie muss besser nachdenken, es anders anpacken, ihren Grips besser einsetzen. Wenn Männer schon völlig ausgebrannt sind, macht sie immer noch weiter, und vor allem denkt sie weiter. Es bleibt ihr ja nichts anderes übrig. Und ich sage dir, ich habe Frauen gekannt, dünn wie ein Blatt, die eine ganze Besatzung von stämmigen Kerlen, Krabbenfischern, unter ihrer Fuchtel hatten. Und kein Einziger hat gemuckt. Vor allem, weil sie gut waren, verdammt gut, und weil sie sich Respekt verschafft haben. Und was für einen Fang die immer gemacht haben … Die Typen sollen sich bei denen um einen Platz an Bord geschlagen haben.«

»Aber warum sind dann manche dagegen?«

»Die, die sie nicht an Bord haben wollen – nicht die jungen Burschen wie Simon, die nur nachplappern, ohne zu wissen, was sie sagen, sondern die echten Männer –, die haben wahrscheinlich Angst, die Frauen würden ihnen ihr Schiff wegnehmen, würden es sich einfach aneignen, alles umkrempeln und auf die alte Ordnung scheißen – ihre Ordnung – und sie ständig zur Sau machen.«

»Zur Sau machen?«

»Na ja, immer diese Machtkämpfe, diese Wut, diese Bitterkeit, all die Hühnchen, die sie mit den Männern zu rupfen haben, der ganze Mist, der an Bord nichts zu suchen hat. Kannst du's dir vorstellen? Was für ein Mist, wenn man sich mitten in der Arbeit vorwerfen lassen muss, dass man ein Scheißmacho ist, beim Leine-Einholen zum Beispiel, nur weil man mal losgebrüllt hat … Und die ganzen Sexgeschichten, die es gäbe, wenn genauso viele Frauen wie Männer an Bord wären. Dafür ist auf dem Schiff kein Platz. Sex gibts davor oder danach. Du, du bist hier die einzige Frau, und wir respektieren dich alle. Auf der *Blue Beauty* sind es zwei. Und die sind gut … Sonst hätte Andy nicht sie genommen, sondern Männer.«

Nervös kaue ich an den Nägeln.

»Hör auf, dir die Finger abzufressen, das ist nicht gesund. Und mach nicht so 'n Gesicht. Es geht um die Idee im Allgemeinen. Männer haben Angst vor Nervensägen. Vor Frauen, die alles bestimmen wollen, unter dem Vorwand, dass man ihnen jahrhundertelang das Leben sauer gemacht hat. Denen überlassen wir das Haus, sollen sie uns die Schiffe überlassen. Aber für die, die die Fischerei lieben, die sich dem Leben an Bord anpassen und bereit sind, ihre Proben zu bestehen wie das jüngste Greenhorn, für die gibt es kein Problem. Natürlich bleibt es für euch immer schwerer, weil ihr euch eben beweisen müsst.« Plötzlich gähnt Ian ausgiebig. »Du bringst mich vielleicht zum Reden, Lili, als gäbs keinen besseren Zeitpunkt dafür als jetzt, nach so nem Tag.«

»Es nervt also keinen, dass ich hier bin?«

»Und wenn schon, dann schick sie doch zum Teufel! Mach deine Arbeit, mach sie gut, und lerne zu fluchen wie sie. Solange du dich einschüchtern lässt, werden sie dir auf der Nase rumtanzen. Im Übrigen lassen sie es dich schon merken, wenn du sie nervst. Sie haben doch auch kein Problem damit, dass du auf dem Fußboden schläfst? Und sie scheißen dich an, wenn ihnen was nicht passt.«

»Bau ich viel Mist?«

Er seufzt.

»Jetzt nervst du aber, Lili. Wie wärs, wenn du mir einen Kaffee holst?«, sagt er dann lachend.

»Wir haben für die Nacht geankert. Du brauchst also nur aufzupassen, dass der Anker nicht abhaut. Von Zeit zu Zeit wirfst du einen Blick auf das Navigationssystem. Unsere Position habe ich hier eingezeichnet. Die Ankertrosse muss immer im 45-Grad-Winkel sein. Verlass dich nicht aufs Wasser, die Strömung ist stark, wenn du auf die Wellen schaust, wirst du immer meinen, wir treiben ab. Schau lieber auf die Küste, vor allem aber auf die Bildschirme, sonst laufen wir Gefahr, uns im Kreis zu drehen. Mit Problemen rechne ich nicht, der Untergrund ist felsig, und wir sind fest verankert. Na dann, viel Spaß, nach dir ist Simon dran. Beim geringsten Problem …«

»Ja, ich weiß, dann weck ich dich oder Jesse.«

Und wieder bin ich allein unter dem Nachthimmel. Das Schiff zerrt an seiner Kette wie ein gefangenes Tier, aber der Anker hält. Der Motor läuft im Leerlauf. Die Wellen gleiten um den Bug. Ich denke an all die Fische, die wir heute getötet haben. Wie herrlich muss das Leben eines Fisches, der sich nackt in den Wellen tummelt und mit der Strömung schwimmt, zu dieser Stunde sein. Der *observer* gibt im Schlaf einen merkwürdigen Klagelaut von sich, eine Art Japsen. Er schrickt auf. Oder nein, er schläft weiter. Ich schaue nach rechts: Die Küste ist verschwunden. Kurz packt mich die Panik. Das Wasser gleitet zu schnell an uns vorbei. Hat das Schiff sich losgerissen? Ich senke den Blick auf das Navigationssystem, wir haben uns nicht von der Stelle bewegt. Wieder drehe ich den Kopf, jetzt ist die Küste links von uns. Ich atme auf, denn wir haben uns nur um die eigene Achse gedreht.

Mein Blick irrt über den Fußboden. Ich entdecke eine Mundschnur, bücke mich, um sie aufzuheben. Mir gegenüber ist eine Kommode, die ich öffne. Alte Handschuhe quellen heraus, ich drücke sie zurück. Da fühle ich etwas Hartes. Einen halb vollen Flachmann – kanadischer Whisky. Ich stecke ihn wieder zwischen die Handschuhe. Jude. Ich denke an den Schluck, den er jede Nacht nimmt, wenn er aufs Meer schaut, vielleicht zu seinem schlechten Kaffee. Nur einen ganz kleinen Schluck von dem bernsteinfarbenen Elixier. Der Horizont wird heller. Und plötzlich muss ich an die Grillen denken, an den Sommer in Frankreich. Irgendwo gibt es ihn noch, diesen Sommer, den Duft der sonnenverbrannten Erde, das Rauschen eines Flusses, die Böschungen voller Dornen und trockenem Gestrüpp. Da, wo ich im Sommer immer geschlafen habe, war ein Fluss, in der lauwarmen Nacht hat man die Grillen leise zirpen gehört.

Im Dunkeln öffne ich weit die Augen. Das gedämpfte Motorengeräusch. Der Atem der Männer. Ich drehe den Kopf zu Jude, der sich im Schlaf bewegt. Das fahle Licht aus dem Gang fällt auf sein Gesicht. Seine Hand zwischen den Schenkeln. Träumt er von Frauen und Heroin? Oder von Whisky?

Mein Kapitän betrachtet immer noch verträumt das Meer. Er hat gesagt, dass sich an Bord immer erweist, was für ein Mensch man ist. Er muss ein furchtbar trauriger Mensch sein, denke ich, als ich ihn so sehe. Er dreht sich zu mir um.

»Na, Lili, ist die Saison nicht zu hart?«

»Ach nein.«

Er lächelt.

»Wusste ichs doch, dass es dir gefallen würde. Ich hab genug Greenhorns gesehen, um die rauszupicken, die dabeibleiben.«

»Mache ich mich gut?«

»Klar.«

»Und gehst du noch in der Beringsee auf Fischfang?«

»Vielleicht. Aber erst muss ich nach Oklahoma. Meine Kinder sehen. Und meine Frau.«

»Die siehst du nicht oft.«

»Nee, nicht so. Aber immerhin habe ich den Winter dort verbracht. Sie werden groß. Schöne Kinder.«

»Deiner Frau fehlst du bestimmt sehr.«

Er lächelt traurig.

»Vielleicht. Sie hat ganz schön unter mir gelitten, als ich mich wie ein Depp benommen habe. Als ich jede Nacht stockbesoffen nach Hause kam.«

»Jetzt trinkst du nicht mehr. Du bist sogar ein schöner Mann.«

Sein Gesicht erhellt sich kurz. Ein verlegenes Lächeln.

»Wenn du es sagst.«

Ich trete an die Fensterscheibe, betrachte das Meer.

»Nimmst du mich mit, falls du die Wintersaison machst? Ich will arbeiten, so gut ich kann. Alles geben.«

Ich drehe mich um. Sein Blick wird unsicher, er schaut zu Boden.

»Dein verdammter Akzent … Der lässt mich nicht kalt. Aber ja, ich nehme dich dann mit.«

»Zu wie vielen sind wir dann an Bord?«

»Wie jetzt. Sechs oder sieben.«

»Dieselben?«

»Jesse kommt bestimmt mit. Dave hat schon woanders angeheuert. Simon geht wieder studieren – außerdem würde ich ihn nicht haben wollen. Jude, ja, wenn er immer noch in Ordnung ist.«

»Ich freue mich, wenn er mitkommt. Mit dir und mit Jude will ich wieder auf Fischfang.«

Er runzelt die Stirn.

»Warum Jude?«

»Der arbeitet wie ein Löwe. Richtig gut. Er sagt nie was, schert sich nicht um die anderen. Wenn er fertig ist, legt er sich schlafen. Und er bringt uns immer einen Kaffee mit, wenn wir an Deck arbeiten und er sich selbst einen holt.«

»Ja, Jude ist echt gut. Ohne ihn und Dave …«

»Stimmt, die Greenhorns hätten den Frachtraum bestimmt nicht vollbekommen.«

»Ach komm, ihr habt gut gearbeitet. Aber wenn du noch

öfter fischen willst, darfst du nicht illegal bleiben. Früher oder später wird dich die Einwanderungsbehörde erwischen.«

»Und wie soll ich das anstellen?«

»Heirate.«

»Ich will aber keinen Mann.«

Wir fahren zurück. Endlich können wir mal wieder duschen. Und uns die Zähne putzen. Dave lächelt, als er an seine Freundin denkt.

»Vielleicht können wir ja nach der Heilbuttsaison, wenn der Fang gut war, eine Tour nach Hawaii machen.«

Er sieht mich verlegen an.

»Weißt du, ich stehe nicht so drauf, auf den Strand und so, aber sie langweilt sich ein bisschen in Kodiak, und weil sie so lange schon davon träumt …«

Jude träumt von den Bars, von dem Whisky, den er in sich hineinschütten wird, wenn wir ankommen und an den Tagen danach. Simon sagt nichts. Ein skandinavisches Bier, vielleicht. Jesse erzählt unaufhörlich von der Riesenpizza, die er sich bestellen wird, sobald die *Rebel* angelegt hat. »Dekadent«, wiederholt er jubelnd, »eine dekadent fette Pizza mit einem Sixpack Bier.« Der Kapitän wirkt besorgt. Er sagt nur, dass er sich danach sehnt, mit Oklahoma zu telefonieren.

»Und du, Lili? Eis oder Popcorn?«

Ich will mich auch besaufen, will die Stadt dunkelrot anmalen, mit oder ohne Wolf, und endlich diese White Russians probieren, von denen Jason so viel erzählt hat.

Ian weckt uns an unserem letzten Tag im Morgengrauen. Der Gedanke an die Rückkehr an Land scheint seine Laune nicht gerade zu heben. Er mault uns an.

»Aufstehen, da drinnen! Glaubt ja nicht, dass ihr schon Urlaub habt!«

Sofort stehen wir auf den Beinen, ziehen uns die Jogginghosen über die *long johns*, Strümpfe, Stiefel. Das tägliche Aspirin, als wir am Medikamentenschrank vorbeikommen. Wortlos gibt Jude mir die Schachtel. Ich schaue zu Boden und weiche ihm aus. Ohne mich überhaupt wahrzunehmen, geht er an mir vorbei. In der Kombüse mault Ian weiter. Seine Gesichtszüge sehen aus wie mit dem Messer eingraviert.

»Los, los, bewegt eure Ärsche! Schrubbt das Schiff, es muss tipptopp sein, wenn wir im Hafen einlaufen. In diesem Zustand können wir uns nicht blicken lassen. Du, Simon, übernimmst die Kombüse. Bearbeite den Herd mit der Stahlwolle, der muss glänzen wie neu. Öle ihn ein. Dasselbe mit dem Boden. Du, Dave, kümmerst dich um die Wände. Wasch sie ab, reib die Holztäfelung mit Leinöl ein. Den Kühlschrank reinigst du mit Chlor. Und ihr räumt euer Zeug von den Sitzbänken und aus den Ablagefächern. Auch die Treppe zum Steuerhaus mit Stahlwolle schrubben, die Klos blitzeblank. Du, Jude, übernimmst zusammen mit Lili das Deck. Geht mit dem Schrubber drüber. Über jede Ecke. Nichts darf mehr rumliegen, nicht das kleinste Fitzelchen Tintenfisch oder Innereien, keine Haken, keine Mundschnüre. Sucht alles nach Fischeingeweiden ab. Der Kutter soll aussehen wie neu. Die sollen geblendet sein, wenn wir in den Hafen einlaufen.«

Jude nickt. »Klar doch.« Er geht hinaus, ich hinter ihm her. Nieselregen. Nebel hüllt uns ein. Feuchte Kälte dringt mir bis ins Herz. Dieses Wetter ist zum Sterben traurig, das Ende der Saison, der Tag der Rückkehr, an dem nach dem Fest alles stirbt. Wir schlüpfen in unser Ölzeug. Jude schnappt sich einen Schrubber, wirft mir einen anderen zu. Eiskaltes Wasser schwappt an Deck, als er die Pumpe einschaltet. Ich weiche zu spät aus, der starke Strahl trifft meine Stiefel. Ich würde am liebsten weinen. Meine Füße sind klatschnass. Und Kaffee durften wir auch keinen trinken. Ich bin allein an Deck, mit einem wütenden Jude, und heute Abend laufen wir in den Hafen ein.

Er füllt einen Eimer mit Wasser und Chlor, schrubbt schon den Windschutz. Ich folge seinem Beispiel, bleibe aber auf sicherem Abstand. Überall kleben Innereien, angetrocknetes Blut und alte Köder, man muss lange schaben, um sie abzubekommen. Auf dem hinteren Deck ist es noch schlimmer: In der Ablaufrille und in allen Ecken finde ich weiße Fleischfetzen, Tintenfischstücke, die sich zersetzen. Jude arbeitet schnell. Er schrubbt ohne Unterlass. Ich tue, was ich kann, beiße die Zähne zusammen. Irgendwann werden wir ja wohl fertig sein. Schon ist mir nicht mehr kalt. Er hält inne. Mit gerunzelter Stirn schrubbe ich weiter. Ich habe Angst vor seiner Verachtung, wenn ich auch aufhöre. Seine tiefe, schleppende Stimme.

»Mach eine Pause, willst du eine Zigarette?«

Ich schaue hoch, zögere.

»Ja«, stammele ich endlich, »bitte.«

Er gibt mir das Päckchen, und ich kann wieder atmen. Mein Gesicht ist heiß. Er hält mir das Feuerzeug hin.

»Mach sie dir selber an, wegen dem Wind.«

»Ja, danke.«

»Klar doch«, antwortet er und lächelt belustigt. »Du bist ja ganz rot. Ein seltener Anblick.«

»Ja, ich weiß«, antworte ich mit erstickter Stimme.

Ich greife wieder nach meinem Schrubber.

»Ich mach dann mal weiter.«

Er spuckt aus und schnäuzt sich. Mit dem Schrubber auf Armeslänge mache ich mich an die Laufbrücke. Jude spült das Deck mit voll aufgedrehtem Wasserstrahl ab. Eisige Tropfen stechen mir ins Gesicht. Ich habe Magenkrämpfe. Nacken und Schultern brennen. Ich denke an den Kapitän, der lässig auf seinem Kapitänsstuhl hockt und Kaffee trinkt. Aber ich, ich werde heute Abend Bier trinken.

»Es reicht«, sagt Jude endlich. »Schauen wir mal, wie weit die anderen sind. Vielleicht gibt es ja gerade Kaffee.«

Wir nähern uns dem Hafen. Schmutzig und glücklich stehen wir an Deck, eine Kaffeetasse in der Hand. Ich komme mir dünn vor, mein Magen ist leer, mein Bauch ausgehöhlt. Ich sehe mir das Deck an, bin stolz auf uns.

Dave ruft mich.

»Lili! Da ist jemand für dich.«

Ich schieße ein Tau auf. Die *Rebel* liegt am Dock. Ich drehe mich um. An Land steht ein dünner Kerl, ganz klein zwischen den weißen Plastikcontainern und dem orangefarbenen Kran. Sein rotes Haar weht im Wind. Jason. In der Fabrik hat er erfahren, dass wir heute Abend einlaufen würden. Und er ist gekommen, um mich abzuholen, damit wir zusammen White Russians trinken können.

»Ich hab zu tun. Später!«, schreie ich vom Deck herüber.

»Bei Tony's?«

»Ja, bei Tony's!«

Die Ladung ist gelöscht, der Frachtraum sauber. Wir sitzen an Deck und essen Pizza. Alle duschen in den Umkleideräumen der Fabrik. Ich ziehe saubere Sachen an. Mein offenes Haar glänzt und tanzt im Wind. Jude sieht mich erstaunt an, mit neuem Respekt. Er senkt den Blick, als ich ihn ansehe. Ich fürchte mich nicht mehr vor ihm. Heute Abend ist er nicht mehr der Boss. Die *Rebel* hat wieder ihren Platz im Hafen eingenommen. Wir wollen möglichst rasch los, haben sie schnell an der Anlegestelle vertäut und das Stromkabel wieder angeschlossen.

»Denkt an euren Hangover, Jungs. Morgen früh um sechs will ich euch alle wieder hier sehen!«

Die Jungs sind schon weit weg. Ich renne hinter ihnen her, drehe mich um, der Kapitän ist an Bord geblieben, der lange Dünne, in der Türöffnung wirkt er dünner denn je. Ich mache kehrt.

»Sicher, dass du nicht mitkommen willst?«, frage ich.

Er zündet sich eine Zigarette an. Ein leises Lächeln, dann sinken die Mundwinkel, die schwere Unterlippe wieder herab.

»Geh mit ihnen, siehst du denn nicht, dass du sie gleich verlierst? Geh in die Kneipe, los, hab einen schönen Abend.«

Sie sind schon um die Ecke gebogen. Ich gehe wieder los, renne, meine Beine springen zwischen den Spurrillen hin und her, Möwen fliegen vor mir, ich verfolge sie, im Wind flattern meine Haare hinter mir her wie Kielwasser. Atemlos hole ich sie am Kai ein. Dave ist an der Telefonzelle stehen geblieben. Er ruft seine Freundin an. Simon ist zur Gibson Cove gegangen, zu anderen Studenten der *Lower forty-eight*, in der windumtosten, kahlen Bucht, bei dem zusammengeschusterten Lager aus Zelten und Planen. Jude hat nicht gewartet. Dave und ich gehen zusammen zu Tony's. Die Kneipe ist voll. An der Theke trinkt die Mannschaft der *Venturous*. Jason, der die Tür im Blick behalten hat, winkt mir zu.

»Hallo, meine Freundin!«, schreit er, »Willkommen an Bord!«

Unter den buschigen Brauen rollen seine Augen wie Murmeln. Dave schiebt mich in seine Richtung.

»Ich glaube, ich kann dich allein lassen, du bist hier in guten Händen. Ich muss los, zu meiner Schönen, ich kann es nicht erwarten, sie zu sehen. Lass dich auf dem Rückweg von jemandem begleiten. *Stay away from trouble, girl.*«

Ich stürze mich ins Getümmel. Jason hat mir einen Barhocker besorgt. Eine große, dünne braunhaarige Bedienung mit weiten Pupillen in einem sehr blassen Gesicht bringt mir einen milchigen Trunk in einem großen Glas. Die White Russians sind stark und süß. Der Alkohol steigt mir schnell zu Kopf, eine brennende, angenehme Empfindung, Balsam für meinen schmerzenden Körper. Um uns herum prosten sich Männer zu. Alle kommen vom Meer zurück.

Ich gebe eine Runde aus.

»Einen Rum für mich, ich bin ein Pirat!«, knurrt Jason.

Ich bleibe lieber russisch und bestelle mir einen Wodka. Ich lasse den Blick über die Gesichter schweifen, erkenne niemanden. Bestimmt ist Steve im B and B, Jude im Ship's, dieser düsteren alten Kneipe mit den Indianerinnen im Dunkeln und den dicken nackten Frauen an den Wänden.

Ich bleibe nicht lange. Im Tony's ist es zu sauber, und die Typen sind alle wilde junge Hunde. Beim Gedanken an die blaue Nacht vermisse ich das Schiff plötzlich. Ich möchte an Deck sein, allein, mich vom Wasser im Hafen wiegen lassen, die Luft schnuppern, den roten Widerschein der Stadt betrachten. Ich lasse Jason allein und bahne mir einen Weg zur Tür. Draußen ist die Luft sehr klar, die Straßen sind verlassen. Vor dem Hafenamt wartende Taxis. Ich biege in die Querstraße ein, sehe am Ende das Meer, es wogt schwarz unter den Laternen der Kais. Ich renne darauf zu. Eine milde Brise. Mit ohrenbetäubendem Flügelschlagen steigt ein Vogel in die Luft auf. Ich verlangsame meine Schritte. Da fällt mir das *Free Spirit* ein, das ich am Tag des Krabbenfestes hinter dem B and B abgestellt habe. Eilig gehe ich am Kai entlang. Die Nacht riecht gut, nach Schlick. Ich überquere die Straße und schiebe mich hinter die Bar. In einer dunklen Ecke zwischen Haus und Hafendamm suche ich nach meinem Rad, doch ich finde nur ein zerrissenes Spiegelnetz, leere Flaschen, ein Stück Schrott. Eine kaputte Boje schimmert traurig hinter Dornenranken. Weg ist das *Free Spirit.* Ich seufze bedauernd. Gezanke. Zwei Betrunkene kommen aus der Bar. Ich verkrieche mich in den Schatten eines Palettenstapels. Sie gehen weiter, ich komme wieder heraus. Ich überquere die Straße und gelange wieder auf den Kai. Ebbe. Auf dem feuchten Steg, der schräg zur Anlegestelle hinunterführt, halte ich mich gut am Geländer fest. Es heißt, dass betrunkene Seeleute ins Wasser fallen, wenn sie zu ihren Schiffen zurückkehren. Und dann ertrinken. Ich beuge mich kurz übers Geländer. Das Wasser ist schwarz, fast reglos. Ich spucke hinunter, einfach so. Mein Speichel landet mit einem dumpfen Platschen auf dem Wasser. Jemand nähert sich. Schnell verkrieche ich mich in Richtung *Rebel.*

Der lange Dünne steht auf dem Deck. Ich sehe, wie sich die Glut seiner Zigarette im Dunkeln bewegt, zu den Lippen hinauf, dort leuchtet sie auf, dann erlischt sie wieder, wenn er die Hand senkt. Wie ein rotes, pulsierendes Herz in der Nacht. Er betrachtet die Stadt, die im Hafen auf dem Wasser tanzenden Lichter. Ich springe an Bord.

»*Hello, skipper*«, sage ich leise.

Er dreht sich um. Ich kann nur eine schattenhafte Maske erkennen.

»Bist du das, Lili? So früh schon?«

Ich lache halblaut.

»Ja. Und nicht mal betrunken. Jedenfalls nicht sehr. Ich habe es geschafft zurückzukommen, ohne ins Wasser zu fallen, aber das *Free Spirit* ist verschwunden.«

»Was?«

»Mein Fahrrad. Aber das ist nicht schlimm.«

»Wars schön? Warst du mit den Jungs unterwegs?«

»Ja und nein, ich habe die Mannschaft der *Venturous* getroffen. Wir haben zusammen White Russians getrunken. Danach habe ich mich gelangweilt.«

Er zündet eine Zigarette an, gibt sie mir – danke, Ian. Im Hafen ist es still. Um diese Uhrzeit tobt das Leben in den Kneipen. Die Schiffe zerren an ihren Tauen, die Fender rollen quietschend hin und her, das Wasser plätschert an den Kutter. Ich setze mich auf den Lukendeckel. Er setzt sich neben mich.

»Was hast du gemacht?«, frage ich.

»Ich bin mit Jesse in das mexikanische Lokal gegangen, eine Kleinigkeit essen. Danach ist er trinken gegangen. Und ich bin zurück.«

»Langweilst du dich nicht?

»Ich hab aufgehört zu trinken. Und ich werde Langeweile

nicht als Ausrede benutzen, um wieder anzufangen mit dem Scheiß.«

»Recht hast du. Am Ende amüsiert man sich in den Kneipen nicht mal. Erst ist es ganz witzig, aber das hält nicht lange an.«

»Ach, hör doch auf«, sagt er.

Ich schweige. Er lässt sich nicht hinters Licht führen.

»Wir werden schuften müssen wie blöd. Nur noch eine Woche, dann gehts schon los. Morgen früh fangen wir an, die Langleinen sauber zu machen, die, die zu sehr verheddert sind, legen wir beiseite, ich will keine Zeit verlieren. Von den anderen machen wir die alten Köder ab, tauschen die abgerissenen Mundschnüre aus, machen dort wieder Haken fest, wo sie fehlen. Und dann müssen wir die Leinen auch schon wieder mit Ködern bestücken.«

Jude und Simon sind spätnachts zurückgekommen. Ich habe sie nicht einmal gehört. Um fünf Uhr bin ich aufgewacht, irgendwie gehetzt. Bis in meine Träume hinein hat es mich gerufen: der Morgen am Hafen. Jude schnarcht fürchterlich. Manchmal hustet er im Schlaf. Raue Hustenattacken, als wollten sie ihn ersticken. Simon schläft unverdrossen weiter. Dave ist nicht zurückgekommen. Im Dunkeln raffe ich meine Klamotten zusammen, taste nach meinen Strümpfen zwischen denen der Männer, ziehe ein paar Sachen unter dem Kopfkissen hervor. Lautlos schleiche ich mich nach draußen. Das Licht in der Kombüse springt mich an. In aller Eile ziehe ich meine Sachen über, die unförmige Hose über die *long johns*, Pulli und Sweatshirt, meine Stiefel. Ich fülle die Kaffeemaschine mit Wasser, stelle sie an. Ich gehe hinaus. Allein und frei im Hafen. Ein Schiff löst sich vom Kai. Es ist Morgen, und ich gehe spazieren. Das Geschrei der Vögel in der Ferne und weniger weit weg, rau und lang gezogen, ich atme den Geruch des Wassers ein, eine Mischung aus Algen und Salz, den üblen Geruch von Schlick und Schiffsdiesel, sogar in meiner Kehle fühlt es sich noch schwer an. Der Wind hat sich gelegt, das Wasser kräuselt sich kaum. Für einen Augenblick erhebt sich die Klage der Fähre über die Reede. Vereinzelte Pick-ups fahren auf der Straße. Die Männer pennen, in ihre Schlafsäcke eingepackt, unter sauberen Laken im Motel, im Heim von Bruder Francis, draußen auf einer Bank…

Ich laufe. Möwen fegen langsam über den Himmel. Oben auf den Masten reglose Adler. Die Vögel scheinen die einzigen Überlebenden der Nacht zu sein. Die Sonne geht auf, und mit ihr entreißt sich der Mount Pilar dem Nebel. Ich mache einen Zwischenstopp bei den Waschbecken im Hafenamt. Die Taxizentrale ist schon geöffnet. Mit dem Fuß halte ich die Tür zu, wasche mich mit meinem Halstuch. Meine Hüften ragen wie zwei weiße Flügel rechts und links des Bauches hervor, mein Hintern ist hart wie poliertes Holz. Der Kamm bleibt mir im Haar hängen, ich beiße die Zähne zusammen und zerre daran, reiße mir eine Strähne aus. Also lege ich den Kamm beiseite und kämme mich mit den Fingern. Ich gehe wieder nach draußen: Auf dem verlassenen Kai streiten ein Adler und zwei Raben um einen toten Fisch. Nach den Zigaretten von gestern Nacht tut die Luft meiner Kehle gut. Ich komme bei Tony's vorbei, am *liquor store*, vor dem Supermarkt liefert ein Laster seine Ware aus, ein müder Mann taumelt im Gegenlicht, gibt auf und sinkt auf eine Bank. Schmutzige schwarze Strähnen fallen ihm ins Gesicht. Dumpf schaut er auf seine schlammigen Schuhe. Ich überquere den verlassenen Platz, meide die Spurrillen. Als ich die Tür der Bakery Hall öffne, verliere ich meine Flügel und meine Herrlichkeit, tausche die Helligkeit des Tages gegen die der Neonbeleuchtung ein. Der Duft frisch gemahlenen Kaffees. Ein rothaariges, pummeliges Mädchen legt gerade Gebäck in die Auslage. Sie wirft mir einen raschen Blick zu.

»Einen Moment, bitte«, sagt sie mit einer hohen Stimme.

Ich werde kleiner. Meine ungeheuer großen Männerhände hängen plötzlich schwer an meinen Armen. Sie sieht mich mit ihren schönen grünen Frauenaugen an.

»So, jetzt bin ich so weit.«

»Ach, ich möchte nur einen Kaffee«, sage ich.

Meine Stimme ist kaum lauter als ein Flüstern.

Ein junger Fischer mit grünen Stiefeln kommt herein. Seine leichte Hose spannt um die kräftigen Oberschenkel. Mit wiegendem Schritt tritt er an die Theke, seine Stirn ist hoch und hell unter dem zerzausten Haar. Unter der Baumwollhülle spielt jeder einzelne Beinmuskel. Die rothaarige junge Frau hat sich zu ihm umgedreht, ihr Gesicht leuchtet auf. Sie zwinkert ihm zu, ihre Gesten und ihr Tonfall werden sanfter. Ich setze mich der Tür gegenüber hin. Ihre Worte dringen nur noch von Weitem bis zu mir durch. Draußen ist alles weiß.

Schon ist das Leben am Hafen wieder in Gang gekommen, als ich zum Kutter zurückkehre. Ich habe Angst, zu spät zu sein. Aber die Jungs schlafen noch. Nur Dave ist schon an Deck. Die Hände auf den Hüften, streckt er seine geschmeidigen langen Glieder.

»Mensch, Dave! Du siehst aber glücklich aus.«

»Bin ich auch«, sagt er lachend. »Kommst du jetzt erst zurück?«

»Nein. Ich war bloß einen Kaffee trinken. Ich bin gestern Abend früh zurückgegangen.«

»Hast du den schönen Jason alleingelassen?«

Diesmal lache ich.

»Jason ist mir doch egal.«

Dave verschwindet in der Kajüte. Ich höre, wie er Jude schüttelt.

»Hey, Bruder! Das Fest ist vorbei«, sagt er fast zärtlich. »Die ollen Langleinen warten.«

Simon ist aus seiner Koje gekrochen. Dave setzt sich wieder in die Kombüse. Ich habe vier Becher auf den Tisch gestellt. Jude taucht auf, noch ganz benommen. Wie ein Schlafwandler geht er zum Spülbecken, schüttet sich etwas Wasser in das verquollene, rot geäderte Gesicht. Er schenkt sich einen Kaffee ein, in seinem vagen Blick ist so etwas wie Verblüffung.

Zwei Matrosen streiten sich unten am Steg um eine Karre, auf die sie ihre Kisten mit Köder laden können. Wir setzen unsere Arbeit hinten an Deck fort, an dem langen Aluminiumtisch voller stinkender Kübel. Die *Rebel* hat mit dem Heck zum Kai angelegt, wenn wir hochschauen, können wir sehen, wer an Land vorbeigeht. Unsere Finger werden in der brackigen Brühe ganz schrumpelig. Die Köder fangen an, sich zu zersetzen, und wenn wir sie von den Haken lösen, bleibt eine gummiartige, schmierige Masse an unseren zerlöcherten Handschuhen kleben. Männer kommen vorbei, ihr Duffle Bag über der Schulter. Andere tragen ihren Krempel im Müllbeutel herum.

»Braucht ihr noch jemanden an Bord?«

»Schon vollzählig!«

Studenten mit glatter Haut ziehen von Kutter zu Kutter und bieten ihre Dienste an, in der Hoffnung, angeheuert zu werden.

»Braucht ihr Hilfe mit den Leinen?«

»Da musst du den Kapitän fragen. Aber der ist gerade nicht da.«

Und sie gehen weiter, versuchen es woanders. Am Ende des Kais taucht Murphy auf, wiegt seine schweren Hüften hin und her. Er bleibt bei jedem Schiff stehen, reißt Witze mit den Jungs, lacht laut, stampft schwer zum nächsten Kutter.

»Lili!«, schreit er, als er auf unserer Höhe ist. »Mensch, du hast dein Schiff ja wiedergefunden! Ich habe dich auch nirgends mehr gesehen. Was macht die Hand?«

Jude arbeitet mir gegenüber. Er hebt kurz den Kopf, sieht mich erstaunt an, zieht die rechte Augenbraue hoch. Dann wendet er sich der Anlegestelle zu.

»Hallo, Murphy«, sagt er träge, »wie geht's? Sieht so aus, als würdest du Arbeit suchen.«

»Hallo, Bruder, ich hab diesmal überhaupt keinen Bock, beim Heilbuttfang mitzumachen, ich glaub, ich richte einfach nur die Ausrüstung der anderen her und begnüge mich mit dem Kleingeld, was man damit verdient.«

»Komm später wieder, wenn du nichts findest, der Kapitän kommt bestimmt bald wieder.«

»Wo is er denn, euer Kapitän?«

»Der nervt bestimmt gerade jemanden irgendwo in der Stadt.«

Murphy wiegt seinen massigen Körper hin und her.

»Ich suche noch ein bisschen weiter«, sagt er, »und wenn's nichts wird, gehe ich mal eine Runde zum Platz. Komm vorbei, wenn du Zeit hast. Vielleicht ham wir dann sogar was zu trinken.«

»Ach, trinkst du wieder?«

»Hängt vom Tag ab. So, ich zieh mal weiter. Viel Glück, Lili!«, fügt er zu mir gewandt hinzu. »Pass gut auf sie auf, Jude. Ich weiß noch, wie unglücklich sie war, als sie von der *Rebel* runtermusste. Sie hat sich an meiner Schulter ausgeheult.«

»Na klar«, antwortet Jude mit undurchdringlicher Miene.

Murphy geht weiter zum nächsten Schiff. Jude wirft mir einen strengen Blick zu.

»Woher kennst du ihn?«

»Vom Platz.«

»Was hast du denn da verloren?«

»Es war auf dem Krabbenfest. Als ich auf euch gewartet habe, nach dem Krankenhaus. Da haben wir irgendwann miteinander geredet.«

»Hmmm«, macht er.

Er schaut auf seine Langleinen hinunter, macht sich wieder daran, eine gerissene Leine zu spleißen. Dann zündet er sich eine Camel an, spuckt aus, ist ganz weit weg.

Simon kippt eine Kiste voller alter Köder über die Reling.

»Lasst es euch schmecken, Krabben!«, sagt Dave. »Und für uns könnte es auch Zeit fürs Mittagessen sein.«

Nachmittags kommt Adam vorbei. Er hat graue Augenringe, seine Augen sehen noch fahler aus, liegen tief in den Höhlen wie Tiere auf der Lauer. Seine schlaffen Lider zucken die ganze Zeit. Tiefe Falten zerfurchen seine Stirn, graben sich in die Wangen und ziehen sich von den Nasenflügeln bis zu den Winkeln seines verbitterten Mundes. Mir macht sein Aussehen Angst, aber Dave klopft ihm lachend auf die Schulter.

»Na, ihr habt euer Schiff wohl vollgeladen? Herzlichen Glückwunsch, Alter. So, wie du aussiehst, bist du sicher froh, schlafen zu können.«

»Ich mach nichts andres mehr. Alles in allem haben wir in der ersten Woche zehn Stunden geschlafen, das wars. Jetzt stehe ich auf, um bei Fox's einen Happen zu essen. Dann gehe ich zurück. Leg mich wieder hin. In meinem Alter sollte ich nicht mehr für Andy fischen. Dem hätte es nichts ausgemacht, wenn wir bei der Arbeit verreckt wären, diesem Dreckskerl, dem Hurensohn. Ich weiß nicht, wie der es schafft, sich auf den Beinen zu halten, er hat nicht mehr geschlafen als wir, bestimmt sogar weniger. Die Aussicht auf die Kohle, das ist es sicher, was ihn so antreibt. Aber ich hab genug verdient.«

»Du gehst also nicht auf Heilbuttfang mit ihm?«

»Für den arbeite ich nicht mehr, damit ist es vorbei. Ron, der Typ, für den ich auf die *Anna* aufpasse, lässt mich damit auf Heilbuttfang ausfahren. Es ist ein hübscher Kutter, ordentlich seetauglich, zweiunddreißig Fuß. Den Heilbutt mache ich noch mit, dann verziehe ich mich in den Wald.«

»Wie viel Kohlenfisch habt ihr gefangen?«

»Genau hundertzwanzigtausend Pfund. Und ihr?«

»Knapp neunzigtausend.«

»Angeblich habt ihr Ausrüstung verloren?«

»An die dreißig Hauptleinen«, sagt Dave leise.

Adam stößt einen langen Pfiff aus.

»Fuck! Wie ist das denn passiert?«

»Haben sich verhakt. Starke Strömung. Wir sind abgetrieben.«

»Und Ian konnte es nicht verhindern?«

»Na ja, vielleicht. Er is' stinkwütend, weil Andy uns so 'ne Scheißausrüstung gegeben hat.«

»Stimmt schon, im Vergleich zu unserer.«

»Und dann treibt es ihn noch mehr in den Wahnsinn, dass er sie durch neue ersetzen soll.«

»Ja. Andy wird ihm sicher nichts schenken.«

»Ich kenne aber auch nicht viele Reeder, die den Typen, die sie als Kapitän engagiert haben, was schenken.«

»Hmm.«

Dave geht weg, Adam wendet sich an mich.

»Und? Was macht die Hand?«

»Schon okay. Ich hab mir die Fäden mit den Zähnen gezogen«, sage ich lachend.

Ich ziehe den Handschuh aus und zeige ihm meine schmutzige Hand. Er verzieht das Gesicht, wirkt noch gequälter.

»Das sieht aber gar nicht gut aus.« Leiser fügt er hinzu: »Ich hab dich gestern Abend gesucht. Ich brauche noch jemanden auf der *Anna*. Wir sind nur zu dritt an Bord, zu viert wärs besser.«

»Lieb von dir, Adam, aber ich bleibe auf der *Rebel.*«

»Bei mir wirst du voll bezahlt. Ich schreie nicht rum. Du wirst mit Respekt behandelt, musst nicht auf dem schmierigen Fußboden schlafen.«

»Ich hab jetzt eine Koje.«

Er zuckt mit den Achseln und schaut zu Boden. Müde ist

er, Adam, es sieht aus, als würde er gleich in Tränen ausbrechen, so fertig ist er. Er sollte sich wieder ins Bett legen.

»Ich habe mir ein Zimmer in dem *bunkhouse* genommen, dem langen grauen Gebäude hinter der orthodoxen Kirche, kurz vor der Schiffswerft. Fünfzig Dollar die Woche. Es ist nur ein Zimmer, aber ich habe eine Kochplatte, und es gibt Duschen und so viel Warmwasser, wie das Herz begehrt. Komm mich besuchen. Du hast seit April in einer Tour gearbeitet. Du musst dich auch ausruhen. Sonst wirst du von denen verschlissen.«

Er hat leise gesprochen. Ab und zu hebt Jude den Kopf und wirft uns böse Blicke zu. Er spuckt lauter aus denn je, schnäuzt sich wütend. Speichel landet zwei Schritte von uns entfernt. Simon rempelt mich mit einem Kübel voller fauligem Köder an: »Entschuldigung«. Dave steht mit einer dampfenden Tasse Kaffee in der Hand in der Tür zur Kombüse.

»Frisch gekochter Kaffee, für alle, die welchen wollen!«, ruft er.

»Ich komme vielleicht bald vorbei, wenn ich Zeit habe«, sage ich zu Adam.

Dann stürze ich mich wieder in die Arbeit. Mit einem strengen Stirnrunzeln sieht Jude mich an.

Ian taucht wieder auf. Er wirft uns nur einen kurzen ärgerlichen Blick zu, verschwindet dann im Steuerhaus. Andy folgt ihm auf dem Fuß, er nimmt uns genauso wenig wahr. Sein Ausdruck ist verschlossen, seine Müdigkeit kaum zu erkennen. Dave und Jude wechseln Blicke. Gezanke ist zu hören. Adam nickt. Simon lächelt. Jude bleibt unerschütterlich.

»Oh, oh«, sagt Dave. »Hört sich an, als gäbe es ein Problem.«

»Ich hab das Gefühl, dass ihr eure Dollars nur aus der Ferne sehen werdet, ihr Armen«, sagt Adam leise.

Jude spuckt ins Wasser.

»Seit über einem Jahr schufte ich wie blöd und verdiene entweder nichts oder nur ein paar Cent«, sagt er, »es wäre ja auch zu schön gewesen, wenn ich ausnahmsweise mal Glück gehabt hätte.«

Sein raues Gesicht wird weicher, er zieht die Handschuhe aus, stützt sich mit einem Fuß am Tisch ab, lehnt sich mit seinem ganzen Gewicht dagegen. Er zündet eine Zigarette an, sieht dem Rauch nach, sein resigniertes Lächeln bewegt kaum seine Lippen.

»Wir können uns genauso gut 'ne Pause gönnen, wenn eh nichts dabei rumkommt.«

»Noch ist ja nicht alles gelaufen«, sagt Adam, »es gibt ja noch den Heilbutt.«

Jude zuckt mit den Achseln. Er schaut in die Ferne, hinter die enge Hafeneinfahrt.

»Ja. Scheint so, als würde der Preis für Heilbutt ein bisschen steigen.«

Dave lächelt mir über den Tisch hinweg zu.

»Lili ist das alles ganz egal. Dann kriegt sie eben keine Kohle, aber sie freut sich trotzdem.«

»Gar nicht wahr, dann kann ich ja nicht mal zum Point Barrow gehen.«

Alle sehen mich an.

»Fängt sie schon wieder davon an«, sagt Dave.

»Du spinnst doch«, sagt Jude.

Ich schweige. Die Männer halten mich für bescheuert. Vielleicht haben sie ja recht. Auf dem Nachbarschiff dröhnt das Radio. Die Beatles. Irgendetwas darüber, dass man im Sommer zur See fährt.

Jude ist zum Pinkeln auf die andere Seite des Decks gegangen. Simon mustert mich über seine Langleine hinweg, er will sehen, dass mir das peinlich ist.

»Da, wo ich herkomme, pissen die Männer ständig überallhin«, sage ich, »du glaubst doch nicht, dass mir das was ausmacht.«

Jetzt ist er schockiert. Er schüttet den Bodensatz eines Kübels mit alten Ködern über Bord. Dann geht er pinkeln. Im Kutter.

»Was für die Seelöwen«, sagt Adam.

»Andy ruft dich«, sagt Dave.

»Mich?«

Ich zucke zusammen. Sofort muss ich an die Einwanderungsbehörde denken. Ob er mich nicht mehr haben will? Ich ziehe die Handschuhe aus und gehe hinter Simon vorbei. Andy steht breitschultrig in der Türöffnung des Steuerhauses und beobachtet, wie ich zu ihm komme, mit seiner üblichen spöttischen Selbstsicherheit. Knallrot bleibe ich vor ihm stehen.

»Ja?«, sage ich mit erstickter Stimme.

Er spürt meine Angst. Zum ersten Mal sehe ich ihn lächeln.

»Ich hab Schulden bei dir«, sagt er kurz angebunden und hält mir einen Scheck hin.

»Bei mir?«

»Du hast doch zusammen mit Diego die Langleinen der *Blue Beauty* repariert.«

Und schon ist er wieder in der Kombüse verschwunden. Ich schaue auf den Scheck in meinen schmutzigen Händen.

Ich ziehe mein Ölzeug aus, will zu ihm gehen. Er spricht mit dem langen Dünnen. Ihr Tonfall ist angespannt. Ich verkrieche mich in eine Ecke beim Herd.

»Was hast du denn hier zu suchen, Lili, gibt es denn an Deck nicht genug zu tun, dass du dich hier rumtreibst?«

»Ich wollte eigentlich mit Andy sprechen«, sage ich mit schwacher Stimme.

Andy dreht sich zu mir, sein stählerner Blick ist immer noch genauso stechend.

»Was gibts?«

»Wegen des Schecks, es ist viel zu viel. So viele Kübel habe ich gar nicht gemacht.«

Seine kalten Augen leuchten belustigt auf. Zum zweiten Mal lächelt er.

»Du hast sie dir verdient, diese Dollars. Und jetzt los, an die Arbeit.«

Die anderen warten, dass ich zurückkomme.

»Und? Hat er dich gefeuert?«, fragt Dave lachend.

»Noch nicht. Er hat mir bloß Geld gegeben. Ich habe ihm gesagt, dass es zu viel ist, aber er wollte mir nicht glauben.«

Alle sehen mich völlig verblüfft an.

»Wie kommt es, dass du schon was gekriegt hast?«, fragt Simon misstrauisch.

»Wegen der gammeligen Langleinen der *Blue Beauty*, die ich repariert habe, als ich an Land war.«

Das beruhigt sie.

»Aber trotzdem«, flüstert Simon.

In leicht vorwurfsvollem Ton sagt Adam: »Du darfst nie, aber auch nie etwas ablehnen, was du von Andy geschenkt bekommst. Kommt selten genug vor. Steck es sofort ein.«

Andy ist wieder gegangen. Auch Adam geht. Die Möwen fliegen dicht über dem Wasser. Das Hin und Her im Hafen beruhigt sich. Ian hört auf zu arbeiten, als der Himmel sich lila färbt. Die anderen Kutter sind längst verlassen. Dave hat es am eiligsten von allen, sein Ölzeug auszuziehen. Simon geht wieder zu den Studenten. Ich verlasse das Schiff. Vor mir auf der Straße geht Jude in Richtung Stadt. Er geht langsam, mit hängenden Schultern, das ganze Gewicht des leeren, windigen Himmels lastet auf ihm. Ich wollte ihn eigentlich überholen, doch ich werde langsamer. Mit ihrem schrillen Schrei scheint sich eine Möwe über uns lustig zu machen. Er soll mich nicht sehen, soll nicht wissen, dass ich ihn, den müden Mann im Abendlicht, gesehen habe. Ein Adler schwebt noch über uns. Jude biegt am Ende des Kais ab, geht an den Toiletten und dem Hafenbüro vorbei, jetzt ist das Mekka nahe, zum Ship's sind es nur noch zwanzig Schritte, zum Breaker's oder zu Tony's gut dreißig. Er geht langsam, weiß, dass alle auf ihn warten.

Mittagszeit. Drei Schiffe neben der *Rebel*, auf der anderen Seite des Anlegestegs streichen Männer ein Ringwadenschiff aus Holz an. Der Rumpf wird rot und grün, die Kajüte gelb.

»Hey, Cody!«, ruft ein großer stämmiger Kerl an Bord.

Ein schlaksiger blonder Typ mit gequälter Miene und zu Indianerzöpfen geflochtenen Haaren dreht sich um. Nikephoros sitzt auf dem Lukendeckel des Frachtraums. Als ich vorbeigehe, hebt er die Hand. Auf dem nächsten Kutter richtet ein einzelner Mann die Leinen her. In der Ecke eine vergessene leere Bierflasche auf einem rostzerfressenen Eisenrand. Die ehemals weiße, jetzt von dem Regen und der Zeit grau verfärbte Farbe blättert in breiten Streifen ab. Der Name ist halb weg. *Destiny*, gelingt es mir zu entziffern.

»Guten Tag«, begrüße ich den Mann.

Hinter ihm stapeln sich volle Kübel, mitten zwischen verstreuten abgewickelten Tauen, einem Plastikeimer mit grünlichem Wasser darin, fettigen Lappen, aufgeschlitzten Cola-Dosen.

»Hallo«, sagt der Mann.

Er arbeitet schnell. Mechanisch schnappt er sich einen Haken aus dem linken Kübel, macht ein Stück Salzhering daran fest, legt ihn in den Kübel zu seiner Rechten, die Leine ist in kleinen, regelmäßigen Kreisen angeordnet, einer halb über dem anderen, die Haken liegen schön flach. Den Blick hält er auf seine Arbeit gerichtet. Augenringe, ein müdes, schweres Gesicht, leicht hängende Schultern. Er sieht seinem Schiff ähnlich. Beide sind verbraucht. Im Radio laufen dieselben Lieder wie in den letzten Tagen. Die Beatles. »Summertime«. In der Sonne kneife ich die Augen zusammen.

»Ein schönes Schiff haben Sie da«, sage ich.

»Und gut seetauglich«, antwortet der Mann, »außer, dass es mal einen frischen Anstrich gebrauchen könnte und noch eine Menge anderer Dinge. Aber es fehlt eben am Geld.«

»*Take me, take me to sail away*«, heißt es in dem Lied, nimm mich mit und segle mit mir davon. Ich betrachte die breiten, robusten Schiffsseiten.

»Stimmt«, antworte ich, »aber es ist trotzdem schön. Fischen Sie auch Heilbutt?«

»Ja, aber mit 'nem andern Schiff. Das hier würde es nicht schaffen. Irgendwann mal vielleicht. Aber dann brauche ich einen Matrosen. Wenn du sie magst, meine *Destiny*, nehme ich dich auf Fischfang mit.«

»Oh, ja«, sage ich.

Ich warte noch das Ende des Stückes ab, die Liedzeilen steigen auf und verwehen. Die Sonne fällt mir und dem Mann ins Gesicht. Das Lied ist zu Ende, etwas zerbricht.

»Ich muss los, auf Wiedersehen«, sage ich.

Er nickt mir zu.

Jude trinkt einen Kaffee auf dem Hinterdeck. Ich spüre seinen Blick, der auf mir ruht, als ich über die Reling der *Rebel* steige. Seine gelben Augen funkeln eisig, als wäre er wütend. Er wendet sich ab und spuckt aus. Sein Gesicht verschwindet im Schatten seiner Kapuze. Ich schaue zu Boden.

Manchmal kommt Jason abends vorbei. Wir arbeiten noch lange, wenn alle anderen schon aufgehört haben.

»Hey, Lili, bist du immer noch nicht fertig? Ich wollte dich zu einem Eis abholen, oder Popcorn oder White Russians.«

»Ein anderes Mal, Jason, wir sind noch nicht fertig.«

Dann geht er wieder, ganz enttäuscht. Er wirkt sehr jung, wie er so zwischen den liegenden Schiffen langsam davongeht, über die verlassene Anlegestelle und den Steg zum Kai hinauf. Über ihm der Himmel. Der schwarze Steg und der Himmel. Es sieht aus, als würde er den Himmel erklimmen.

Dave macht sich über mich lustig.

»Schau mal, da kommt dein Freund.«

Der Kapitän ebenfalls.

»Sieh an, dein Jason kommt vorbei.«

Die Nacht bricht herein. Der Himmel ist schwefelfarben

geworden. Für den sechsundzwanzigsten Juni ist Wind vorhergesagt.

»Wie immer«, sagt Adam. »Jedes Mal, wenn die Heilbuttsaison losgeht, müssen wir dran glauben, immer gibt es Sturmwarnung und gehen Schiffe unter.«

Wir fahren morgen raus. Die Vorräte sind aufgefüllt. Bevor die Fangzeit beginnt, werden wir zwei Tage auf hoher See verbringen. Am Abend steht Jason wieder vor der *Rebel*, wieder einmal geht er allein davon. Jude spuckt über die Reling.

»Macht euren Kübel fertig, dann könnt ihr aufhören«, sagt der Kapitän.

Jude dreht sich zu mir um. Er deutet mit dem Kinn auf Jason, der in den orangenfarbenen Himmel hinaufsteigt.

»Is he your boyfriend?«

Er spricht leise, sein Blick ist streng.

Wir fahren durch die enge Hafenausfahrt, kommen an den ersten Bojen vorbei. Es ist so schön inmitten all dieser Schreie. Im Hafen war die Sonne fast schon lauwarm, doch kaum haben wir den Schutz der Mole verlassen, bekommen wir Gänsehaut an den Armen, und unsere Haare wehen uns ins Gesicht, ich bin ganz entzückt vom Algenduft, diesem herben und kräftigen Parfüm, das mich auf die hohe See ruft. Die Lachsalven der verrückten Möwen schwellen zu einem Crescendo an. Wir passieren die weißen Tanks der Treibstoffdocks. Die Männer räumen vorn an Deck auf. Simon und ich stecken zusammen mit drei Studenten, die Ian für einen Tag angeheuert hat, Köder an die Leinen. Bald erreichen wir die Konservenfabriken, werden langsamer. Der Kapitän vollführt ein kunstvolles Manöver, um sich zwischen die *Midnight Sun* und die *Topaz* zu rangieren. Die Jungs vertäuen die *Rebel* an den von schmutzigem Schaum umgebenen Dalben. Ein mexikanischer Arbeiter an Land schreit etwas herüber und dirigiert uns zu einem gigantischen Plastikschlauch. Dave schlüpft in sein Ölzeug und springt in den Frachtraum. Jude trägt den Schlauch in seine Richtung, bis Dave ihn ergreift. »Okay«, schreit er. Darauf spuckt der Schlauch mehrere Tonnen zerstoßenes Eis in den Frachtraum, und Dave verteilt es sorgfältig in alle Ecken. Es sieht aus, als würde er mitten in einem Schneegestöber stecken.

Wir laden die Vorräte an Bord, die Safeway uns bis zum Ponton gebracht hat. Dave jubelt, als er den großen Haufen vorbereiteter Langleinen sieht. Mit stolzgeschwellter Brust nimmt Simon die Rechnung des Lieferanten in Empfang. Ein Mann mittleren Alters steigt an Bord und wirft seine Tasche aufs Deck.

»Hi, Jungs. Ich bin Joey, der neue Matrose für diese Fangzeit.«

Er geht in die Kajüte, sein Gepäck abladen. Jude holt gerade Zigaretten. Der Kapitän telefoniert, bestimmt mit Oklahoma. Jesse raucht im Maschinenraum einen Joint. Ich drehe Runden auf dem Deck, weiß nichts mit mir anzufangen.

»Hoffentlich kriegen wir ihn voll, diesen Frachtraum. Hoffentlich erwischen wir sie, diese Mistviecher«, sagt Dave.

»Hoffentlich wird nicht so viel geschrien«, antworte ich.

Er lacht. Jude ist wieder da. Kurz darauf springt der Kapitän an Bord.

»Ab gehts, Jungs. Macht die Leinen los!«

Neun Uhr abends. Die Stadt entfernt sich. Das Sonnenlicht fällt aufs Deck, färbt die Grenze zwischen dem Himmel und den grünen Bergen golden, auch den weißen Sand der weit entfernten Strände im Süden.

»Eines Tages gehe ich dorthin«, denke ich laut. »Mit meiner Umhängetasche und einem Schlafsack als einzigem Gepäck. Nach dem Fischen, nach Point Barrow ist das dann dran.«

»Dann nimm besser auch was zum Schießen mit. Für die Bären.«

Joey steht neben mir. Er lächelt freundlich. Ich mustere den gedrungenen Mann, der den Kopf zwischen die Schultern gezogen hat, wie um seine Kraft besser sammeln zu können, seine tiefliegenden schwarzen Mandelaugen mit den dicken Tränensäcken.

»Im Sommer sind die Grizzlybär-Weibchen echt gefährlich. Einmal, als ich auf Wildjagd war …« Er schweigt kurz, fährt dann fort: »Ich stamme von der Insel, aus Akhiok, einem kleinen Ort im Süden, ich kenne die Berge wie meine Westentasche. Es wäre gefährlich, alleine loszuziehen, besonders, weil du's noch nie gemacht hast. Wenn du willst, komme ich mit. Dann zeige ich dir, wie und vor allem wo man schießen kann. Wenn ein Bär auf dich zukommt, darfst du keinen Fehler machen. Zielst du auf seinen Schädel, dann wars das für dich.«

»Aha«, sage ich.

»War sie nicht zu hart, deine erste Kohlenfisch-Saison?«

»Am härtesten ist der Krabbenfang, sagt man doch.«

»Stimmt. In einem Jahr habe ich mal sieben Leute aus meiner Familie verloren. Alle auf unterschiedlichen Schiffen. Auf der Beringsee.«

»Vielleicht fahre ich diesen Winter mit. Der Kapitän nimmt mich an Bord, wenn er die Saison macht«, sage ich leise.

Joey bleibt still, schaut eine ganze Weile in die Ferne.

»Ich will für dich hoffen, dass nichts draus wird. Diese Hölle wünsche ich keinem an den Hals«, flüstert er.

»Aber andere machen's doch auch. Sogar Frauen. Warum nicht ich?«

»Weil du klein bist, weil du keine Ahnung davon hast und weil du es nicht machen musst. Hoffentlich bleibt dieser dämliche Kapitän in Oklahoma … Der soll sich doch zum Teufel scheren!«

»Klingt nicht so, als würdest du ihn mögen.«

»Er ist ein Idiot. Er weiß weder, was er tut, noch was er sagt.«

Die anderen trinken einen Kaffee in der Kombüse. Joey gibt mir eine Zigarette.

»Wie hats dich hierher verschlagen?«

»Ich weiß nicht, ich bin weggegangen. Oder doch, ich habs mal gewusst, natürlich hab ich das. Eine Sache wusste ich, nämlich, dass es hier anders wäre. Der Ozean, das ist eine saubere Sache, habe ich mir gesagt.«

Die *Rebel* ist bereits am Buskin River und an der Womens Bay vorbei, eine trunkene Möwe zieht Kreise im Licht.

»Vielleicht wollte ich auch kämpfen. Um was Kraftvolles und Schönes«, fahre ich fort, während ich den Vogel beobachte. »Ich setze mein Leben aufs Spiel, das ist schon klar, aber wenigstens habe ich dann wirklich gelebt. Außerdem träume ich davon, ans Ende der Welt zu gehen, herauszufinden, wo die Grenze ist, wo sie aufhört.«

»Und dann?«

»Dann, wenn ich am Ende bin, springe ich.«

»Und dann?«

»Dann fliege ich.«

»Du wirst nie fliegen, du wirst sterben.«

»Werde ich das?«

»Genau das kann dir hier passieren, schneller, als du denkst. Dieses Land macht es einem nicht leicht.«

Ich schaue zur Küste mit ihren verschwimmenden Konturen, auf den leuchtenden Ozean, seufze. Mit einer sanften Stimme, einer Art Singsang, spricht er weiter.

»Ich habe eine Gitarre. Wenn ich zu viel getrunken habe,

spiele ich in den Bars. Ich arbeite mit Holz und Leder, gerbe, so, wie mans früher gemacht hat. Ich hab mir Lederklamotten genäht. Manchmal, wenn ich betrunken bin und mit meiner Gitarre in den Bars singe, ziehe ich sie an. Dann hält man mich für einen verrückten Indianer. Einen dreckigen Indianer-Nigger.«

Ians Stimme dringt aus dem Steuerhaus. Er mault. Die anderen kommen an Deck zurück. Wir bauen die Langleinen wieder auf und machen uns an die Arbeit. Die See ist schon rau, als wir das Kap von Chiniak Bay passieren. Sie wird immer rauer. So weit das Auge reicht, sind weiße Schaumkronen auf den Wellen zu sehen.

Jude starrt aufs Meer. Unter seinen buschigen Brauen funkelt sein Blick golden. Seit zwei Tagen ist er nüchtern. Seine Züge haben wieder den kraftvollen Ausdruck des großen Seemannes angenommen, der er ist. Der Motor der *Rebel* dreht sich nur langsam. Wir richten die Leinen auf dem Achterdeck her, im regelmäßigen Hin und Her des Seegangs. Eine kräftige Brise bläst uns ins Gesicht. Die übers Deck rollenden Wellen klingen nach Unendlichkeit.

»Wenn wir das ganze Schiff vollkriegen, kommen wir glatt auf fünfzigtausend Pfund.«

»Und zusammen mit dem zweiten kleinen Frachtraum bringen wir es sogar fast auf hunderttausend! Mal achtzig Cent pro Pfund …«

»Der Preis steht noch nicht fest, er könnte viel höher liegen. In der Fabrik habe ich gehört, dass …«

Simon hat sich zu ihnen gesellt. Er ist selbstsicherer geworden, seit Ian ihn auch für diese letzte Fahrt angeheuert hat.

»Wie viel bekommst du, Simon? Den halben Anteil?«

»Ja, den halben.«

»Und ich?«

Das frage ich Simon.

»Du? Bestimmt genauso viel wie ich, frag doch den Kapitän.«

»Die werden mir doch hoffentlich nicht nur ein Viertel geben?«

Simon verzieht nur unwissend das Gesicht.

»Ich glaube nicht. Kommt das vor?«

Klar kommt das vor, denke ich im Stillen.

»Und, Simon? Gibts heute Abend wieder Reis?«

»Ich hab Büchsen mit *beef stew* genommen, dann geht es schneller.«

»Dosenfutter? Und dann auch noch *beef stew*? Da bin ich aber enttäuscht, mir wäre dein angebrannter Reis lieber gewesen.«

Simon lächelt gezwungen. Ich schaue zur Küste. In der Bucht ist ein blaues Schiff vor Anker gegangen.

»Wir haben Nachbarn bekommen«, sage ich.

»Das ist Adam, hast du die *Anna* nicht wiedererkannt?«

Ich lasse den Marlspieker fallen und winke zu ihm herüber. Eine winzige Gestalt antwortet mir. Der Himmel zieht sich zu. Ihr Schiff verschwindet im Nebel, und wir bekommen einen Regenguss ab.

Die *Rebel* hat starke Schlagseite. Eine besonders schwere Erschütterung wirft mich gegen eine Metallstrebe, der Kübel, den ich gerade wegräumen wollte, hat mich aus dem Gleichgewicht gebracht. Ich stütze mich an der Strebe ab, will mich wieder aufrichten, doch die Langleine zieht mich mit sich.

Ich habe mir den Oberkörper geprellt, krümme mich zusammen, als ich es plötzlich knacken höre. Ich verziehe das Gesicht vor Schmerzen, versuche, die Tränen zu unterdrücken. Es gelingt mir nicht. Jude und Dave beobachten die Szene mit unbeteiligter Miene, vielleicht sogar vorwurfsvoll: Wenn ich nicht seefest bin, habe ich an Bord nichts verloren. Ich stehe wieder auf. Simon macht sich Sorgen. Ich will mit den Achseln zucken, höre aber mittendrin auf, weil es wehtut.

»So 'n Scheiß. Bestimmt hab ich mir eine Rippe gebrochen.«

»Gebrochen? Woher willst du das denn wissen?«

»Ich spüre es.«

Die Zeit für den Startschuss naht. Es ist fast zwölf Uhr mittags. Jeder hat seinen Posten bezogen. Ian steht am Ruder, klebt mit dem Ohr am Radio, wo der Countdown läuft. Auf der Laufbrücke hält Simon die Markierungsbojen wurfbereit. Dave steht reglos an der Reling, um den Arm hat er die ersten Schlaufen der Ankerleine, die gleich auf die Bojen folgen werden, der Anker ist in seiner Reichweite. Ich habe Jude geholfen, die Langleinen zu beschweren und miteinander zu verknoten, wir sind gerade fertig geworden. Ich stehe direkt hinter Dave, bereit, ihm den Rest der Ankerleine in die Hand zu drücken. Wir sprechen nicht mehr. Nervös umklammere ich das kleine rote Messer an meinem Gürtel. Mir krampft sich der Magen zusammen vor Angst. Plötzlich dringt ein Schrei aus dem Ruderhaus.

»*Let it go!*«

Los gehts. Simon wirft die Markierungsbojen aus, Dave kippt den Anker über Bord und wirft die Schlaufen der Ankerleine hinterher, ich reiche ihm die nächsten, die Seilschlaufen versinken im Wasser. Es folgt die erste Langleine … Und weiter gehts. Über uns fliegt ein Schwarm Möwen. Wir werfen drei Langleinen direkt hintereinander aus. Eine vierte an einer anderen Stelle. Unter lautem Jubelgeschrei von Dave und Jesse sind die Leinen ins Wasser gegangen. Ian schickt uns rein.

»Stärkt euch erst mal, gleich gehts rund.«

Wir stärken uns, sind uns sicher, dass wir Glück haben werden. Ein letztes Mal gehe ich zu dem langen Dünnen im Steuerhaus, der blasser und ausgemergelter ist denn je.

»Da bist du ja wieder«, sagt er, »lange isses her. An Land war zu viel zu tun. Ich bin ganz verrückt geworden. Und du ziehst ja abends gern durch die Bars.«

»Nicht nur. Ich bin auch gerne im Park Baranov, esse Eis bei McDonald's oder gehe einfach nur in der Stadt spazieren.«

Er lächelt, blickt wie immer in die Ferne.

»Es läuft nicht gut mit meiner Frau. Wir sind in Trennung. Sie will sich scheiden lassen. Vielleicht ist es besser so. Zwei hübsche Kinder habe ich. Einen elfjährigen Jungen und ein neunjähriges Mädchen.«

Ich traue mich nicht zu antworten. Wir schauen auf das Meer, wie es leuchtet.

»Da braut sich was zusammen, oder?«

»Ja. Um Mitternacht stecken wir mittendrin.«

»Warum ist beim Heilbuttfang immer schweres Wetter?«

»Woher soll ich das denn wissen? Du laberst heute aber auch nur lauter Mist. Ich hab doch keinen direkten Draht nach oben!«

»Stimmt, ja, ich bin doof«, flüstere ich. »Darf ich die Heilbutte auch ausnehmen?«

»Das musst du mit den Jungs abstimmen. Vielleicht schießt du auch die Langleinen auf. Oder Simon. In jedem Fall gibts genug zu tun.«

»Ich will so gern lernen, wie man sie ausnimmt. Die Männer erzählen die ganze Zeit davon, dass sie die besten und die schnellsten sind. Ich will herausfinden, ob ich auch unschlagbar werden kann. Außerdem bringt mir das dann was fürs nächste Mal.«

»Ich hab eine hübsche Kleine«, fährt der Kapitän fort. »Ich könnte das Sorgerecht einfordern. Ihre Mutter wäre einverstanden, wenn ich ein gutes Kindermädchen finde. Hast du Lust, mit mir zu fischen? In Hawaii?«

»In Hawaii nicht, nein. In Alaska.«

Um Mitternacht setzen wir die letzten Langleinen aus. Die ersten haben wir schon wieder eingeholt. Die Fische machen sich rar. Die Schwärme sind weitergezogen. Wir holen ein paar einzelne Heilbutte aus dem Wasser. Jude hievt sie mit dem Gaff an Deck, sie schlagen mit ihrer gewaltigen Schwanzflosse durch die Nachtluft. Manche sind größer als ich. Die flachen, glatten Riesen zucken. Aus runden Augen, beide auf der dunklen Oberseite, starren sie uns verblüfft an. Jude macht die jüngsten Fische ab und wirft sie ins Wasser zurück. Oft sind sie schon tot, wenn sie von den Wellen gewiegt abtreiben, ehe sie langsam untergehen. Es sieht aus, als würden sie sich im schwarzen Wasser auflösen.

Glänzende Fische zappeln an den Haken, grün-goldene Kabeljaue, dunkelrote Stachelköpfe, aber auch Seeanemonen und riesige Seesterne.

»Kohlenfisch, Kabeljau und Stachelköpfe könnt ihr behalten!«

Simon sitzt auf einem Kübel unterm Block und schießt die Langleinen auf. Jude beugt sich über die Reling, achtet darauf, wie die Leine aus dem Wasser kommt, zieht den Heilbutt mit dem Gaff an Bord, sobald dieser zu sehen ist, wirft sich mit durchgedrücktem Rücken, zusammengebissenen Zähnen und klatschnassem Gesicht ins Zeug. Er hievt den Fisch an Bord, löst ihn mit einer kleinen Drehung vom Haken. Joey, Dave und Jesse kehlen die Fische und nehmen sie aus. Ich schabe die aufgeschlitzten Bäuche aus, spüle das Blut ab. In dem Rhythmus, in dem Simon die Kübel mit den um ihren Fang erleichterten Leinen füllt, trage ich diese weg und tausche sie gegen leere Kübel aus. Ein brennender Schmerz durchzuckt mich jedes Mal, wenn ich mich bücke, um die vollen Kübel hochzuheben, sie ans andere Ende des Decks zu wuchten, torkelnd, weil das Schiff so schlingert. Innereien, Köderfetzen und halb pflanzliche Lebewesen rutschen auf dem Deck von einer Seite zur anderen.

Aber es ist kein guter Fang. Kaum sind die Langleinen eingeholt, müssen wir sie wieder mit Ködern bestücken. Das Meer behandelt uns schlecht. Unsere Füße sind eiskalt. Auf dem Achterdeck arbeiten wir ohne ein Wort, mit eingezogenem Kopf, die Arme dicht am Körper. Wir tun alles ganz automatisch, schwingen im Rhythmus des Schlingerns. Das raue, langsame und repetitive Tosen der Wellen … Irgendwann schlafe ich ein, während ich weiter Köder an die Haken stecke. Ich träume von Fischen und von der Mitternachtssonne. Daves Lachen weckt mich wieder auf.

»Du schläfst ja mit offenen Augen, Lili!«

Ich strecke mich.

»Ich habe geträumt, arbeite aber trotzdem!«

Mir gegenüber steht Jude. Er gibt mir eine Zigarette. Ein beinahe zärtliches Lächeln hellt sein von der Kälte gerötetes Gesicht auf, seine gesprungenen Lippen unter dem struppigen Bart, in dem sich ein bisschen Rotz verfangen hat. Ian stellt sich zu uns. Die Zeit drängt. Dave macht sich Sorgen.

»Die Fangzeit für den Kohlenfisch ist vorbei, und dabei haben wir schon einen ganzen Haufen. Ich weiß ja, dass wir das dürfen, aber trotzdem …«

»Mach dir keinen Kopf«, sagt Ian, »wir sind noch locker innerhalb der Fangquote. Wir dürfen viel mehr fangen!«

»Da bin ich mir nicht so sicher«, sagt Dave leise, »meiner Meinung nach haben wir schon zu viel.«

Jude verschwindet kurz in der Kombüse, kommt mit einem Becher Kaffee für mich zurück. Gut dreißig Langleinen können wieder zu Wasser gelassen werden.

»Es reicht«, sagt Ian. »Räumt das Deck auf. Macht euch bereit. Wir setzen die nächste Langleine aus. Und holen die vorigen wieder rein.«

Zwei Uhr morgens. Das Blatt hat sich gewendet. Endlich lässt sich der Heilbutt blicken.

»Stopp!«, brüllt Simon. »Ich hab einen Haken in der Hand.«

Der Kapitän lässt sich Zeit beim Anhalten der Leine. Er sieht entnervt aus.

»Sonst noch was?«

Rasch holt Simon den Haken heraus, der in seinem Handschuh steckt. Es blutet ein bisschen. Er hat einen Riesenschreck bekommen. Ian lässt den Motor des Spills wieder an. Mit verängstigter Miene schnappt Simon sich die Leine.

»Die Sache hatte wohl buchstäblich einen Haken, was?«, sagt Jesse hämisch.

Jude sagt auch ein paar Worte im selben Ton. Dave lächelt. Ich tausche den vollen Kübel aus, will Simon mit einem Lächeln aufmuntern. Er sieht mich nicht. Meine Rippe tut weh. Joey hat Judes Aufgabe übernommen. Er beugt sich über das schwarze, aufgewühlte Wasser und hievt die herrlichen Ungetüme an Bord. Durch das Gewicht der schweren Leiber bohrt sich ihnen der Haken bei jedem Ruck noch tiefer in die fleischigen, halb geöffneten Lippen; sie biegen und krümmen sich in wütenden Zuckungen. Schließlich fallen sie an Deck, in das blutige Wasser, den Schaum und die Innereien. Joey macht sich nicht die Mühe, die Jungfische zu verschonen. Er harpuniert sie trotzdem, um sie leichter vom Haken lösen zu können. Ihr Maul ist abgerissen, ehe sie wieder in den Wellen verschwinden.

Die anderen Heilbutte ersticken fast an Deck. Die Männer schließen die dicksten in die Arme, um sie besser auf den Tisch wuchten zu können. Die Fische leisten Widerstand, sträuben sich. Die Männer schnauben, die Ungetüme landen schließlich doch auf dem Tisch, wehren sich immer noch. Ihr wildes Schlagen mit der Schwanzflosse bespritzt uns mit Blut. Dann wird das Messer in der Fischkehle versenkt, die Männer schneiden die Kiemenhaut auf, fahren mit dem Messer rasch in die zweite Haut, die die Innereien vom Rest des Körpers trennt, dann greifen sie zu, reißen Eingeweide und Kiemen, die sich als Ganzes ablösen lassen, heraus. Sie werfen sie ins Meer und schieben mir die zuckenden Bäuche zu. Bleibt mir nur noch, die beiden mit einer weißlichen Haut umhüllten Kugeln ganz unten aus dem Bauch zu holen. Wieder ist mein Gesicht mit Blut und schleimiger Gischt bedeckt. Jesse sieht mich an, sagt etwas und lacht. Jude schaut hoch. Er zuckt auf eine Weise die Achseln, die mir verächtlich vorkommt. Meine Rippe schmerzt. Mir ist kalt. Ich will nach Kodiak zurück. Joey versetzt mich in Angst und Schrecken, gestern noch war er sanftmütig, erzählte mir von den Tieren und den Wäldern, sagte traurig: »Ich, der Indianer-Nigger«, und jetzt führt er sich auf wie der letzte Barbar. Es gilt, so schnell wie möglich zu töten. Zeit ist Geld, Fische sind Dollars, und wenn ein Seestern, oft größer als meine beiden aneinandergelegten Hände, an Bord geholt wird, landet er schlaff auf unserem Tisch, er hängt am Haken fest, saugt gierig daran, und Joey zerschmettert ihn an einer Metallstrebe.

Manchmal werden kleine Stachelköpfe im Spill zerquetscht oder zwischen den Metallrändern zerfetzt, an denen die Leine entlangläuft. Wenn sie in meiner Reichweite sind, werfe ich sie ins Meer zurück, mit einer raschen, lächerlichen Geste, die ich vor den anderen zu verbergen versuche, vor meinen Männern, den Meinen, Killern auf großer Fahrt – diese Söldner, diese Barbaren, die mir Angst machen, die auf diesem riesigen Schlachthof zu Bestien werden, Bäuche aufschlitzen, dazu der Motorenlärm, das Wüten des Ozeans. Später habe ich dafür keine Zeit und auch keine Energie mehr. Ich fürchte mich vor den gelben Augen, vor dem Kapitän, der brüllen wird, vor den Männern, diesen stämmigen, kräftigen Männern, die mit solchem Geschick ihre Messer in die weißen Bäuche versenken.

Dave bittet mich um den Wetzstein.

»Der Kübel ist gleich voll«, antworte ich.

Er schreit mich an.

»Tu, was ich dir sage!«

Verblüfft, erschreckt, empört blicke ich ihn an. Ich hasse dich, denke ich, oh, wie ich dich hasse! Ich habe das verzweifelte Gefühl, dass er mich hintergangen hat. Er, Dave, ein Mann wie die anderen, ein Mann, der Befehle gibt und der will, dass ich ihm auf der Stelle gehorche, einer von denen, die mir meine Koje geklaut haben und die mich nachts, wenn sie Wache gehalten haben, zu ihren Füßen haben schlafen lassen, die mir nicht erlaubt haben zu lernen, wie man Heilbutte ausnimmt, die derartig schreien, dass ich zittere, die mich mit einem Wort des Trostes dazu bewegen, sie blind zu lieben. Die mir vielleicht nicht mal einen halben Anteil bezahlen werden. Ich bringe ihm den Wetzstein, überreiche ihn mit gesenktem Kopf.

»Danke, Lili«, sagt er, als hätte er mir verziehen.

»Lili! Ein Fisch im Spill! Was machst du denn, verdammt noch mal?«, brüllt der Kapitän.

Ich kehle die roten Stachelköpfe, schiebe sie nach links, wo sie in den Frachtraum rutschen. Auf dem Tisch schlägt ein Heilbuttherz im Flutlicht. Wird es noch lange schlagen, wenn ich es zusammen mit dem Blut und den Gedärmen wegwerfe? Vielleicht sollte ich es ins Meer werfen. Es fühlt sich an, als würde es nie mehr hell werden … Erst hat mich die Anspannung zerschlagen, jetzt lähmt sie mich. Jude nimmt wieder Joeys Platz ein, der an meine Seite zurückkommt. Ich sehe einen Knoten an der Langleine, der ihr Ende ankündigt, schnappe mir einen leeren Kübel, tausche ihn gegen den vollen aus, löse den Schotstek. In dem Kübel, den ich gerade hochheben will, hängen noch Fischmäuler an den Haken. Joey nimmt ihn mir aus der Hand.

»Das ist zu schwer für dich!«

Ich sehe ihn erst überrascht, dann misstrauisch an, schüttle den Kopf und nehme ihm den Kübel wieder weg.

Endlich bricht der Tag an. Nur noch neun Stunden. Um Punkt zwölf Uhr mittags muss die letzte Markierungsboje wieder an Bord sein. Die letzte Leine holen wir in einem Höllentempo ein, werfen die Fische in einem wüsten Durcheinander auf das Deck, es ist ein einziges blutiges Chaos. Mitten zwischen den zertretenen Seesternen und den *idiot fishes* mit ihren hervorquellenden Augen, in den schweren Ausdünstungen, die die Innereien verbreiten, nehmen die Männer die Fische weiter aus. Ich versuche, einen der Riesen auf den Tisch zu hieven. Er ist sehr groß und schwer, leistet erbittert Widerstand, und ich rutsche mit ihm übers Deck. Denn loslassen tue ich nicht. Meine Rippe tut so weh, dass ich heulen möchte vor Schmerzen. Zusammen baden wir in den Innereien. Mein erster Zweikampf mit einem Heilbutt, eine Umarmung in Blut und Gischt. Mit aller Kraft klammere ich mich an ihn und umschlinge ihn noch fester. Seine Kräfte lassen nach. Die Männer haben ihn gekehlt, bald wird er tot sein. Schon bebt er nur noch ein bisschen. Ich schiebe eine Hand in die Kieme, er schließt sie wieder, verletzt mich durch den Handschuh hindurch. Es gelingt mir, ihn auf den Tisch zu legen. Er rührt sich nicht mehr. Er ist sehr glatt, der schönste Fisch, den ich je gesehen habe. Ich nehme mir ein Messer, versenke es in den Kiemen, ahme die Gesten der Männer nach.

Jetzt habe ich also meinen ersten Heilbutt ausgenommen. Ich wasche seinen weißen Bauch. Sein herausgetrenntes Herz liegt auf dem Tisch, es schlägt noch. Ich zögere, schlucke es dann doch hinunter, dieses Herz, das sich nicht entscheiden kann zu sterben. Im Warmen, in meinem Inneren das einsame Herz.

Ian schubst mich zur Seite.

»Weg mit dir, schieb mir die Fische zu!«

Jude hebt den Kopf, wirft mir einen eiskalten Blick zu. Mir kommen die Tränen. Ich schnäuze mich zwischen den Fingern. Joey, der Killer, ist ganz in der Nähe. Unsere Blicke treffen sich, ich lasse ihn nicht aus den Augen.

»Bald geschafft, Lili. Lass dich nicht unterkriegen«, sagt er mit einem Lächeln.

Wir laden die letzten Fische in den Frachtraum. Jude und ich nehmen den Kohlenfisch aus. Mit dem Besen fege ich den Abfall zu den Luken. Der Kapitän schnappt sich den Schlauch, spritzt das Deck kräftig ab. Ich bin ihm im Weg. Ohne mich überhaupt wahrzunehmen, spritzt er auch mich nass. Er sieht erschöpft aus.

»Achtzehntausend, vielleicht.«

»Viel mehr! Mindestens fünfundzwanzigtausend.«

»Wetten, es sind zwanzigtausend?«

Wir essen Rührei und Kidneybohnen, Simon hat sie gemacht, während wir das Deck geschrubbt haben. Ich habe mir das Gesicht nicht abgewaschen. Der Kapitän teilt die Wachen ein. Ich trinke meinen Kaffee aus, schaue niemanden an. Dann stehe ich auf und gehe in die Kajüte. Ich ziehe meine Stiefel aus, stelle sie in eine warme Ecke. Meine Koje. Ich lege mich hin, kehre dem Rest des Schiffs den Rücken zu, rolle mich zusammen. Jetzt bin ich genauso ein Killer wie die anderen auch, ich habe meinem ersten Heilbutt den Bauch aufgeschlitzt. Ich habe sogar sein noch lebendes Herz gegessen. Jetzt bin ich diejenige, die tötet. Das Salz frisst sich in mein Gesicht, meine Haare sind ganz hart, vom Blut zu Strähnen verklebt. Unter meinem barocken Helm schlafe ich ein, mit glühenden Wangen, ein bisschen getrocknetes Blut im Mundwinkel.

Simon versucht, mich zu wecken. Es ist neun Uhr abends. Ich habe geschlafen wie ein Stein. Er muss mich lange rütteln. In meinem Kopf ist eine große Leere. Ich brauche lange, bis es mir wieder einfällt – mein Name, wo ich bin und warum. Ich setze mich auf. Die Schmerzen in meiner Seite rufen mir meine Rippe in Erinnerung, meine großen, tauben Hände, meinen zerschundenen Körper. Ich gehe in die Kombüse, wärme den Kaffee auf, schnappe mir einen Schokoriegel aus der Schublade. Durch das Bullauge in der Tür werfe ich einen Blick hinaus. Die Langleinen sind gut vertäut. Ein Kübel rutscht von rechts nach links über Deck, zusammen mit dem Meerwasser, das durch die Speigaten abfließt und schließlich die Farben der Nacht wegwäscht. Bei jeder Erschütterung knarzen Talje und Spill, obwohl sie gut befestigt sind, mit einem wütenden Ruck, jedes Mal, wenn der Kutter eine Welle reitet. Ob andere in den letzten vierundzwanzig Stunden Schiffbruch erlitten haben? Die Abendsonne bricht durch die Wolken, trifft auf die Klinge eines Messers und blendet mich. Ich kratze mich an der Wange. Meine Mundwinkel ziehen und brennen. Vorhin sagte Dave: »So sieht also ein *french kiss* aus? Du machst mir Angst.« Alle lachten über meinen blutverschmierten Mund. Nur ich nicht.

Ich steige die Treppe zum Steuerhaus hinauf. Joey sitzt vor

den Bildschirmen. Vor uns die Sonne. Ein Kormoran hat sich auf den Steven gesetzt.

»Ich überlasse dir gleich den Platz«, sagt er. »Ich habe die Sichtweite eingestellt. Simon hat keine Ahnung.«

»Ich habe auch keine Ahnung. Aber wir können trotzdem Wache halten. Wir schlafen nämlich nicht ein, weißt du.«

»Ich weiß. Manchmal sind die Greenhorns am besten, sie haben nur keine Erfahrung, dafür braucht man einfach Zeit. Und jemanden, der es einem erklärt. Ich zeige es dir, es ist ganz leicht.«

Ich höre ihm zu, versuche zu begreifen. Wie konnte aus dem Joey der vergangenen Nacht dieser geduldige, gütige Mann werden, dessen Blick in die Ferne schweift, über die Wellen. Schließlich gebe ich es auf, ich bin zu müde.

»Und deine Rippe?«, fragt Joey. »Simon hat erzählt, dass du dir eine Rippe gebrochen hast?«

»Vielleicht. Das ist mir schon mal passiert. Aber vielleicht auch nicht. Es hat sich nur so angehört … In zwei Wochen tut es nicht mehr so weh. Sags nicht weiter. Sonst will mich keiner mehr, wenn ich mich ständig verletze.«

»Du musst besser für dich sorgen«, sagt er leise und wiegt mit dem Kopf. »So was macht man nicht, Schmerzen geheimhalten. Ich sag so was normalerweise nicht, aber heute Nacht hast du mir gar nicht gefallen. Als du die Kübel getragen hast, hättest du fast geweint, aber du hättest es nie zugegeben. Frauen auf dem Schiff, weißt du, da war ich immer dagegen. Aber ohne je mit einer Frau gefischt zu haben. Es ist eine Männerwelt, Arbeit für Männer – außerdem kann man dann nicht mal mehr in Ruhe vom Deck pissen, sondern muss sich was einfallen lassen, um nicht gesehen zu werden. Aber eine Frau wie dich, die arbeitet wie ein Kerl, vierundzwanzig Stunden hintereinander ohne zu mosern, so eine habe ich gerne an Bord.«

Mitten in der Nacht werden wir in Kodiak ankommen. Ich werde hören, wie der Motor einen Gang heruntergeschaltet wird, werde Dave und Jude aufstehen, den Kapitän schreien hören, dann noch einmal den Motor, der noch mehr verlangsamt, beinahe ausgeht, ehe er zum Anlegen wieder loslegt.

»Bleib liegen«, wird mir Dave sagen, wenn er sieht, wie ich mich in der Koje aufsetze, bereit, wieder an Deck zu gehen.

Dann wird sich alles beruhigen. Stille. Gerade einmal ein sanftes Wiegen. Erleichterung. Ich weiß, dass ich die Männer in wenigen Stunden ihrem bleiernen Schlaf überlassen und in den Morgen hineingehen werde, wieder frei.

Ich träume immer noch vom Fischen, als ich aufwache, von Heilbutten, die ich umarme, um sie besser kehlen zu können, von Leinen, die davongleiten und uns abhauen. Im strahlenden Licht an Deck wache ich ganz auf. Es ist die Zeit der Fähre mit ihrem Signal. Über das feuchte Holz des Pontons renne ich in Richtung Gebirge. Ich habe mir die barbarische Farbe, die Kriegsbemalung meiner ersten Jagd nach Heilbutt immer noch nicht vom Gesicht gewaschen. Ich spüle sie beim Waschbecken im Hafen ab. Als ich mich hinhocke, durchzuckt mich ein brennender Stich. Das Wasser sprudelt aus dem Hahn und läuft über meine Unterarme. Ich stehe wieder auf und schüttle mich, trockne mich mit der saubersten Ecke meines Sweatshirts ab. Mir gegenüber liegt ein bunt bemaltes Schiff – *Kayodie*. Ein paar leere Getränkedosen kullern übers Deck. Ich renne über die Kais, setze mich auf eine Bank, betrachte die schlafende Flotte. Ab und zu läuft ein Schiff durch die enge Hafeneinfahrt ein. Noch sind nicht alle wieder da. Die *Mar del Norte* hat gerade die Boje passiert. Es sieht aus, als wäre sie voll beladen, sie fährt nur langsam.

In der Bar laufe ich Jason über den Weg. Seit dem Mittag ist es voll in der dunklen Kneipe. Die Männer grölen herum und betrinken sich, ihre zerschundenen Hände auf der Holztheke. Ihre geschwollenen Finger spielen mit einem Glas oder einer Zigarette, kneten eine Kugel Tabak, ehe sie sie sich in den Mund schieben. Alle erzählen dasselbe. Dass sie gut waren und den Frachtraum vollbekommen haben. Die Warteschlange vor den Fabriken ist so lang, dass man sich auf eine Liste setzen lassen muss, um seinen Fang zu löschen. Also schätzen sie, raten, trinken noch eine Runde. Angeblich ist ein Kutter untergegangen, weil der Fang zu gut war ... Im Frachtraum war kein Platz mehr, das ganze Deck voller Heilbutt, und es kamen immer noch mehr an Bord. Um fünf Uhr morgens hätte die Küstenwache ein Notsignal empfangen. Bis sie dort ankamen, war der Kutter schon gesunken, die Männer trieben in ihren Überlebensanzügen im Meer. Was für Idioten, diese Typen von der Küstenwache, was für ein Vollidiot der Kapitän ... Alle machen sich lustig.

Tequilas werden auf das Wohl der Schiffe getrunken. Fieberhaft berichtet Jason von seiner Nacht, von der Morgendämmerung bei starkem Wellengang und mitten im Blut, er spricht schnell, die Wörter sprudeln nur so aus ihm heraus, seine Augen unter den buschigen orangefarbenen Brauen glühen, sie schauen in die Ferne, in die röteste Ecke der Bar hinter dem Billardtisch vielleicht. Wir bestellen wieder White Russians, dann Rum für ihn, den Freibeuter, und Wodka für mich. Zum Schluss bin ich betrunken. Ich kehre zum Schiff zurück, es ist stockfinster. Ich versuche, gerade zu gehen. Bloß nicht ins Hafenbecken fallen. Dann würde ich bestimmt krank werden, bei all den schlecht gewordenen Ködern, die da reingepfeffert wurden. Die *Rebel* ist verlassen. Ich schmiere mir ein Brot und koche mir sehr starken Kaffee, trinke die ganze Kanne aus. Draußen lachen die anderen und machen einen drauf. Meine Müdigkeit ist weg, ich ziehe wieder los. Diesmal kann ich gerade gehen. Ich muss die Stadt rot anmalen. Jetzt bin ich ein echter Fischer.

Wir machen uns wieder an die Arbeit. Die Langleinen müssen gesäubert, repariert und für die nächste Saison weggeräumt werden. Die Köder sind an den Haken verrottet. Mit jedem weiteren Tag zersetzen sie sich mehr, gleiten uns zwischen den Fingern durch und lösen sich auf. Nachts träume ich von einem schmutzig grauen Ozean, der Wind weht, wir stoßen uns an schmierigen Wänden, die dieselbe grünliche Farbe haben wie die Köder, rutschen in einer stinkenden Pampe aus. Sie füllt das ganze Schiff aus. Wir fallen rein wie ins Heilbutt-Blut. Es ist kein schönes Scharlachrot mehr, mit dem unsere Wangen verschmiert sind und das unsere Stirn aufleuchten lässt, sondern der morbide Schleim der ansteigenden und uns belagernden Flut, der Schleim der kleinen, vergeblich gestorbenen Tintenfische.

Jude kommt betrunken zurück. Ich höre ihn in der Kombüse herumpoltern, Teller und Besteck in die Hand nehmen, den Kühlschrank öffnen. Dinge fallen zu Boden. Er selbst auch mehrmals. Ein unterdrückter Fluch. Später lässt er sich in seine Koje fallen. Er hustet. Seine Hustenattacken sind wie

Schreie. Seltsames Japsen, das mich aus dem Schlaf reißt. Ich habe Angst, er könnte nachts sterben, an seinem heiseren Gebrüll ersticken.

Er steht immer als Letzter auf. Dave und Simon gehen ihn wecken.

»Geh du hin«, bittet mich der lange Dünne eines Tages.

Entgeistert schaue ich ihn an, schüttle langsam den Kopf.

»Nein, nicht ich«, flüstere ich.

Ich flüchte an Deck und mache mich an die Arbeit. Jude kommt zu uns, seine geröteten Augen scheinen unseren Blicken auszuweichen. Auf seinem Gesicht sind noch die Abdrücke seines Kopfkissens zu sehen. Er zündet sich eine Zigarette an, hustet.

»Du musst damit aufhören, Alter, sonst machst du's nicht mehr lange«, versucht Dave es mit einem Scherz.

Jude wirft ihm einen bösen Blick zu.

»Ich hör auf, wenn ich krepiert bin.«

»Das kann nicht mehr lange dauern, stimmt's, Lili?«

Ian stürmt wieder herbei.

»In vier Tagen löschen wir unseren Fang, Jungs!«, ruft er. »Endlich hat die Fabrik bestimmt, wann wir dran sind. Und dann wissen wir, wie viel wir gemacht haben. Der Preis ist noch ein paar Cent in die Höhe geklettert, aber nicht so viel, wie ich gehofft hatte. Diese verdammten Dreckskerle werden uns immer irgendwie verarschen.«

»Hast du dich auch nach der Fangquote für Kohlenfisch erkundigt?«, fragt Dave.

»Hör doch auf, damit zu nerven! Ich hab dir schon gesagt, dass wir locker im grünen Bereich sind.«

Der Kapitän rennt wieder weg. Leise wechseln Jude und Dave ein paar Worte.

»Eine Woche ist er dann im Frachtraum, der Fisch. Und jetz sag mir nicht, dass das Eis so lange hält.«

»Der schwimmt schon langsam in seinem eigenen Saft. Ich würde ihn jedenfalls lieber nicht essen.«

Simon und ich sagen nichts.

Murphy wartet auf einer Bank an dem Platz. Ein kleiner grauhaariger Mann sitzt neben ihm.

»Setz dich doch kurz zu uns, Lili, uns ist langweilig. Geht die Arbeit gut voran?«

»Nein«, sage ich.

Aus dem Breaker's dröhnt laute Musik. Die Tür steht offen. Typen sind reingegangen. Ich meine, Jason zu erkennen, schaue Murphy an.

»Ich stelle dir meinen Freund vor, Stephen, einen großen Wissenschaftler.«

»Physiker«, korrigiert ihn der kleine Mann.

Ich setze mich zu ihnen auf die Bank. Der Wind hat gedreht. Der Geruch der Konservenfabriken weht aufs Meer hinaus. Es riecht wieder nach Bäumen und Blättern, nach den roten und gelben Blumen im Beet.

Ich esse Eis und trinke Bier. Auch White Russians, Tequila und Wodka. Wir arbeiten von frühmorgens bis spätabends, wenn die Anleger längst verlassen sind. Es ist Sommer.

»In Alaska wächst das größte Gemüse der Welt«, sagt Dave. »Besonders im Norden, wo das Licht bis Mitte August fast unverändert bleibt.«

»Ich sollte zum Point Barrow gehen, solange es hell ist«, antworte ich.

Dem Kapitän geht es nicht gut. Simon ist in Gedanken schon bei seinem Studium, das bald wieder losgeht. Er möchte weg, sobald der Fang gelöscht ist. Das will Ian nicht.

»Du musst mitkommen, wenn wir mit dem Schleppnetz herumfahren und versuchen, die verlorenen Leinen wiederzufinden. Bis wir das nicht versucht haben, ist es nicht wirklich vorbei. Außerdem wirst auch du einen Teil erstatten müssen, falls sie verloren sind.«

Jason schaut beim Schiff vorbei, jeden Abend lädt er mich in die Bars ein oder auf einen Spaziergang im Hafen, am Kai entlang, auf eine Parkbank, der Wind in den Masten, die Möwen, die tief über unsere Köpfe hinwegfliegen, der Geruch nach Schlick und der nach Popcorn, wenn wir am Kino vorbeikommen – ich kaufe mir eine Tüte –, der Gestank nach fauligem Fisch kurz vor der Landungsstelle der Fähre, wenn der Wind von Südosten weht.

»Immer noch bei der Arbeit? Hast du Lust, was mit mir zu trinken und Popcorn essen zu gehen, wenn du fertig bist?«

Er zieht wieder weiter und erwartet mich irgendwo, bei Tony's, im Ship's oder auf der Bank vor dem B and B, und spielt auf seiner Mundharmonika, die er erst seit drei Tagen hat, mit einem traurigen, abwesenden Blick, herunterhängenden Mundwinkeln. Manchmal setzt sich einer neben ihn. Ein Typ mit einer selbst geschnitzten Hirtenflöte, einem dichten Bart, langem gelblichen Haar unter einem Käppi in den Farben irgendeiner Hockeymannschaft. Kreuz und quer fährt er auf seinem phänomenalen Mountainbike durch die Stadt, spielt Flöte.

Der dicke Murphy schaut auch wieder beim Schiff vorbei. Er spricht einen Augenblick mit Jude. Dann dreht er sich zu mir um und lacht über meine roten Wangen. Jude wirft mir einen langen Blick zu, ohne jede Freundlichkeit, und spuckt ins Wasser.

»Ich war nicht auf See«, sagt Murphy. »Hab mich zur Ruhe gesetzt. Tagsüber hänge ich am Hafen herum, finde ein bisschen Arbeit auf den Schiffen, verdiene mir ein kleines Trinkgeld. Dann gehe ich zum Platz, treffe mich mit Kumpels. Wir schauen uns die Leute an, die vorbeikommen. Es geht uns gut. Abends das *shelter* und die Suppe … Was will man mehr?«

Jude gibt nur knappe Antworten. Die Typen auf dem bunten Schiff haben die Musik voll aufgedreht. Man hört sie ihre Dosen öffnen.

»Davon kriegt man ja Durst«, sagt Jude mit seiner tiefen Stimme.

»Ich bringe dich an eine Stelle, wo du noch nie warst«, sagt Jason am nächsten Tag. »Eine Stelle in Kodiak, an die nie jemand denkt, die aber trotzdem atemberaubend schön ist. Du bist die Erste, der ich sie zeige, aber du musst mir schwören, niemandem davon zu erzählen.«

Also schwöre ich. Wir gehen los, kaufen noch Zigaretten im Supermarkt. Rasch entfernen wir uns aus der Stadt. Wir folgen der Tagura Road, kommen an der Schiffswerft vorbei. Ich pflücke Lachsbeeren im Straßengraben. Jason schenkt mir eine Handvoll. Dann gelangen wir unter die Brücke, die Long Island mit der Stadt und dem kleinen Heimathafen in der Dog Bay verbindet. Jason bleibt stehen, hebt den Kopf.

»Da wären wir.«

Verständnislos schaue ich ihn an.

»Komm.«

Er kraxelt die grasbewachsene Böschung hinauf, hält sich an der Felswand fest und zieht sich zu den ersten Stahlträgern hoch. Ich folge ihm. Wir befinden uns in der Stahlkonstruktion der Brücke. Er geht einen schmalen Balken entlang, unter unseren Füßen können wir durch ein Gitter den Himmel sehen. Ich folge ihm. Wir halten uns gut am Geländer an beiden Seiten fest. Mein Magen zieht sich immer mehr zusammen, je höher wir steigen und je größer die Leere unter uns wird. Jetzt befinden wir uns genau unterhalb der Straße, die am Meeresarm entlangführt, kurz darauf sind wir überm Wasser, unter uns schweben Möwen durch die Luft und stürzen sich kreischend in die Tiefe, über uns wird das Dröhnen der Autos immer lauter. Der Wind weht kräftig, mir ist, als ob er immer stärker wird. Ich folge Jason, starre auf meine Füße hinunter und in die Leere unter ihnen, mit so fest zusammengebissenen Zähnen, dass mein Kiefer schmerzt. Mitten unter der Brücke bleibt er stehen, bedeutet mir, mich zu setzen. Unsere Beine baumeln in der Luft. Das dunkle Wasser in der Tiefe wirkt bedrohlich kompakt. Es bewegt sich langsam, wogt regelmäßig hin und her, als würde es atmen, den riesigen Atem aus dem Bauch des Meeres.

Jason muss brüllen, damit ich ihn verstehen kann.

»Manchmal komme ich hier spätabends her, wenn ich zum Schiff zurückgehe. Gestern zum Beispiel.«

Er holt seine Mundharmonika heraus und spielt eine zusammenhanglose Melodie, der Wind verweht sie. Ich gebe ihm eine Zigarette. Wir rauchen, versuchen nicht mehr zu sprechen. Mein Herz rast vor Schwindel und vor Ekstase.

Als wir umkehren, habe ich das Gefühl von weit her zurückzukommen. Ich war mit Jason, dem Hobbit, zusammen, wir sind oben in der Luft spaziert, über den Vögeln. Der Wind wollte uns mitnehmen. Vor dem Standbild des verschollenen Seemanns verlässt er mich. Ich gehe am Kai entlang bis zur *Rebel*. Im Hafen ist es Nacht geworden. Ich denke an die, die nicht dabei waren, sondern in einer kantigen Welt geblieben sind, mit den Füßen an den Boden gefesselt, daran, wie sie ihre ganze menschliche Last schleppen müssen. Sie tun mir leid. Ihnen allen – sogar dem größten Seemann – möchte ich erzählen, dass ich gerade hoch über den Möwen war. Aber Jason hat mich schwören lassen zu schweigen, also sage ich nichts.

Der Wind ist wieder stärker geworden. Er weht aus Japan herüber, sagt Dave. Die Vögel über dem Hafen fliegen tief. Die Arbeit zieht sich in die Länge. Oben auf den Bergen muss es sehr schön sein. Ich würde gern hinaufgehen. Auf den Schiffen um uns herum wird eine Crew nach der anderen fertig. Die Männer gehen in die Bars oder nach Hawaii. Sie bereiten den Lachsfang vor oder packen ihre Tasche für Juneau, Bristol Bay, Dutch. Aber nicht wir. Unsere Ladung Heilbutte wartet noch im Frachtraum, die Langleinen verfaulen weiter an Deck.

»Ich bin total blank«, sagt Jude. »Und der Kapitän kriegt die Krise, wenn ich ihn um Vorschuss bitte, vielleicht hat er Angst, dass ich ihm am Ende Geld schulde.«

»Darauf wird es hinauslaufen, wenn du ihn jeden Tag anhaust. Ich bin auch pleite, aber ich glaube nicht, dass er uns den Kohlenfisch und den Heilbutt getrennt bezahlen wird. Und solange wir die Ladung nicht gelöscht haben, Alter …«, sage ich.

»Hey, Lili«, sagt Joey, »hast du schon gehört, dass du für den Lachsfang auf der *Rebel* bleiben sollst? Andy hat es heute Morgen mit Gordon besprochen, dem nächsten Kapitän. Mich hat er auch angeheuert.«

»Da könnt ihr es ruhig angehen lassen!«, ruft Dave. »Als Tender! Du hast ja ein sagenhaftes Schwein. Da bekommst du Tagessätze ohne Abzüge für Essen und Treibstoff – netto. Hundert bis hundertfünfzig Dollar pro Tag, um die Ringwadenschiffe zu bevorraten. Du bringst ihnen Eis, quatschst mit gut aussehenden Typen. Legst dich aufs Ohr, bis das nächste Schiff bei euch Stopp macht, und gegen Abend pumpt ihr ihnen die Fische ab. Mitten in der Nacht fährt man dann solchen Schiffen wie der *Alaskan Spirit* oder der *Guardian* entgegen, ich weiß ja nicht, ob du die schon mal gesehen hast, ziemliche Ungetüme, aber sagenhaft schön. Auf einem der beiden war ich mal auf Krabbenfang – und die nehmen euch dann den Fisch ab.«

»Aha«, sage ich nur.

Ich denke an die Mitternachtssonne und daran, wie ich am Ende der Welt sitzen würde, die Beine über der tiefblauen arktischen Leere baumeln ließe, Eis essen und eine Zigarette rauchen würde und die leuchtende Kugel betrachten, die über den Himmel wandert und den Horizont berührt, ohne je unterzugehen.

»Eine kleine Runde nach Abercrombie mit einem Sechserpack Bier, das wäre ’ne feine Sache.«

»Ja, vorausgesetzt, man kann sich das Sechserpack leisten.«

»Abercrombie?«

»Sag bloß, du warst noch nie in Abercrombie, Lili? Das musst du dir eines Tages ansehen. Sagenhaft tolle Sonnenaufgänge von der Klippe aus!«

»Vielleicht kenne ichs ja doch. Aber für den Sonnenaufgang ist es ein bisschen spät.«

»Stimmt. Aber Bier würde noch gehen.«

Ein schleimiges Stück Köder bleibt mir an den Fingern kleben. Mir fällt der Scheck ein, den ich von Andy bekommen habe.

»Und wenn ich Geld hole, damit wir das Bier bezahlen können, fahren wir dann nach Abercrombie?«

Die Jungs hören mich nicht. Ich ziehe die Handschuhe aus.

»Ich geh mal kurz zur Bank und komme dann wieder.«

Ich renne über die Anleger. Die Typen auf dem bunt bemalten Schiff rufen mir etwas zu, ich winke ihnen. Mit meiner schmutzigen Hand halte ich den Scheck gut fest. Ich nehme die Arkaden. Bei Tony's steht die Tür offen, lautes Stimmengewirr dringt heraus. Ein Mann kommt mir entgegen.

»Hallo, Adam!«

»Trink einen Kaffee mit mir, Lili, ich lade dich ein.«

»Ich bin gerade auf dem Weg zur Bank, einen Scheck einlösen. Aber ich bin mir nicht sicher, ob sie ihn nehmen, wenn der Kapitän nicht dabei ist.«

»Hier werden sie ihn dir abnehmen. Die Besitzerin ist eine gute Bekannte von mir.«

»Mach die Tür hinter dir zu!«

Susie öffnet ihren Safe. Hier klingt das Gejohle der Männer leiser. Mit einem breiten Lächeln reicht sie mir zwei Scheine.

»Du hast Glück, heute habe ich Cash da.«

Ich kehre zu Adam an der Theke zurück.

»Das ist mindestens mein fünfter Kaffee«, sagt er.

»Du kriegst noch einen Herzkasper, Adam.«

»Man muss ja mal aus seiner Höhle rauskommen. Wann kommst du mich mal besuchen?«

»Wenn wir nicht mehr arbeiten«, antworte ich.

Meine Beine unter der Theke werden ungeduldig. Die Jungs denken bestimmt, dass ich mich mit der Kohle aus dem Staub gemacht habe.

»Was hast du dann hier zu suchen, wenn du eigentlich arbeiten solltest?«

»Ich muss eine Besorgung für die Jungs machen. Sie brauchen Kohle.«

»Wieder für Bier?«

»Ja.«

Ich lache, schäme mich ein bisschen.

»Die haben alle ein Alkoholproblem, diese Typen.«

Ich hebe den Kopf, schaue Adam an. Bekümmert sieht er sich im Lokal um.

»Was macht deine zweite Bude? Es dauert wohl noch eine Weile, bevor du sie bauen kannst?«, frage ich ihn freundlich.

»Ja, ein bisschen«, antwortet er matt.

Er hat aufgehört zu lächeln.

Wir sind alle vier in Daves Truck gestiegen. Simon und ich quetschen uns hinten auf der winzigen Bank zusammen, hinter den Sitzen. Kleine Plätze für halbe Portionen. Die großen, breitschultrigen Männer pflanzen sich vorne hin. Wir fahren zum großen *liquor store* im Safeway. Die Jungs stehen zwischen all den Flaschen herum, trauen sich nicht, sich für irgendetwas zu entscheiden.

Im Truck öffnen wir das Bier. Ich habe Durst, und es ist schönes Wetter. Der Wind weht zu den offenen Fensterscheiben herein. Die Schotterpiste vor uns führt durch den Wald. Noch ein Dutzend Meilen, dann hört der Weg auf. Ein großes Tor, »Abercrombie« steht darauf. Dave parkt den Truck, der zwischen den dunklen Fichten sehr rot leuchtet. Wir gehen zur Steilküste. Am liebsten würden wir es uns ersparen, diese ganzen Böschungen hinaufzuklettern, und uns jetzt schon ins Gras fallen und mit Bier vollaufen lassen. Doch Dave will uns an eine Stelle zwischen Himmel und Felsen führen. Vor uns glitzert der Ozean. Das Meer atmet seinen großen, langsamen Atem. Vögel fliegen vorbei, lassen sich vom Aufwind über den Felsen treiben. Ihre schrillen Schreie mischen sich mit dem Krachen der Wellen gegen den Stein.

Jude, in eine Felsnische gekauert, öffnet seine Flasche, Simon hat sich in einiger Entfernung vom Rand hingesetzt. Ich zögere. Dave sitzt dem Meer gegenüber, mit zurückgelegtem Kopf, die Hände auf dem Rücken, als wollte er spüren, wie geschmeidig er ist. Er lacht.

»Warum lachst du, Dave?«

Er dreht sich um.

»Siehst du das Kajak da hinten, rechts vom Felsen? Der Typ kann echt nicht manövrieren, morgen ist er bestimmt immer noch nicht vom Fleck gekommen. Ich habe auch ein

Kajak. Manchmal, mit meiner Freundin … Aber warte mal, lass uns erst mal einen Schluck trinken.«

Da setze ich mich neben ihn. Ich mag seine Kajakgeschichten.

»Als Kind bin ich auch Kajak gefahren. Zusammen mit meinem Bruder in den Wäldern. Mehrere Tage sind wir weggeblieben. Meine Mutter wurde ganz wahnsinnig. Wir hatten unser eigenes Kajak, ein altes, verrottetes Ding, wegen dem wir ein paar Mal fast ertrunken wären.«

Das erzählt Jude. Mit ganz leiser Stimme. Man muss die Ohren aufsperren, um ihn im Geschrei der Eissturmvögel und im Getöse der Wellen zu hören. Er nimmt noch einen Schluck Rum, seine Augen sind schon gerötet, sein Gesicht auch. In diesem Licht fallen die Äderchen auf seinen Lidern mehr auf. Seine Schultern sind ihm zu schwer geworden, er lässt sie hängen. Ich schaue weg. Er schweigt und blickt in die Ferne. Simon erzählt irgendetwas, doch ich höre ihn nicht. Ich betrachte den Horizont, der sich rot färbt. Die große Kupferscheibe des Abends legt sich auf den Ozean. Ich denke ans Point Barrow.

Wir haben uns im Mecca wiedergetroffen. Jason kommt zu uns und fragt mich feierlich, ob ich beim Taschenkrebs-Fang sein Matrose sein will. Dave drückt mir liebevoll die Schulter. Eine Band baut die Musikanlage auf.

In der dunkelsten Ecke der Bar sitzt Jude und trinkt. Ich trete zu ihm, in einer schummrigen Kneipe macht er mir weniger Angst. Der Boden schwankt unter meinen Füßen, als ich an der Theke vorbeigehe, Männer lachen, ich lache mit. Sie bieten mir etwas zu trinken an. Ich erzähle ihnen, dass ich Seefahrerin bin, auf Fischfang gehe. Sie sind von der Küstenwache, wünschen mir, bei guter Gesundheit zu bleiben. Ich fürchte mich nicht mehr vor der Einwanderungsbehörde. Die Band beginnt zu spielen. Die Sängerin ist ganz in Leder gekleidet, ein schwarzer, ultrakurzer Rock klebt ihr an den Schenkeln. Ich habe Lust zu tanzen und bis zum Morgengrauen zu trinken. Ich wiege mich an der Theke, den Rhythmus der Wellen in den Hüften.

»Wir könnten tanzen«, sage ich zu Jude. »Tanzt du gerne?«

Er sieht mich entgeistert an. Dann lacht er kurz – ein lachender Jude.

»Ach, weißt du … Als ich jung war …«

»Du bist nicht alt.«

Ein unbeholfenes Lächeln. Ich habe ihn in Verlegenheit gebracht.

»Ich bin sechsunddreißig«, sagt er leise.

»Na also.«

»Aber ich tanze nicht mehr.«

»Wie dumm von mir, bestimmt findest du's idiotisch, so rumzuzappeln.«

Er lacht wieder.

»Es ist nicht idiotisch. Früher mochte ich das sehr gerne. Aber heute trinke ich, wenn ich in einer Bar bin. Dafür sind Bars da, oder?«

»Ja«, sage ich und schnappe mir eine Zigarette.

Er zündet sie mir an.

»Danke. Woher kommst du?«

»Pennsylvania. In der Nähe von New York.«

»Am anderen Ende der *states.*«

»Ich war überall, in allen Bundesstaaten.«

»Hast du da nicht gefischt?«

»Ich bin seit acht Jahren in Alaska. Davor habe ich in den Wäldern gearbeitet. Meistens. Wir sind mit meinem Vater mit. Wir sind lange zusammen rumgezogen, haben uns unterwegs Jobs gesucht, auf dem Bau, alles Mögliche, aber vor allem als Holzfäller. Wir waren nicht gerade reich, aber für Motelzimmer und Kneipen hat es gereicht, und manchmal auch, um Mädchen kommen zu lassen. Ja, wir hatten eine gute Zeit. Jahrelang ging das so, von einem Bundesstaat zum nächsten, von einer Bar zur nächsten, von einem Motel zum nächsten.«

»Wie hat es dich dann nach Alaska verschlagen?«

»Wir haben uns getrennt. Dann hat mein Vater in der Nähe von Seward einen Job gefunden. Bauarbeiten im Wald. Er hat mich zu sich geholt, und ich hab mich anheuern lassen. Und seither nicht mehr aufgehört.«

»Du hast also kein echtes Zuhause?«

Er lacht, unbeteiligt diesmal und nicht fröhlich.

»Nein. Auf dem Meer ist es der Kutter. An Land, manchmal, ein Motelzimmer. Kneipen. Das reicht doch, findest du nicht?«

Dann verstummt Jude wieder, starrt auf seinem Barhocker zusammengesunken ins Leere, auf die Bedienung, die Flaschen an der Wand, in die Dunkelheit der Bar, scheint mich nicht mehr wahrzunehmen. Wieder zündet er sich eine Zigarette an, wird von einem heftigen Hustenanfall geschüttelt, hinterher ist er ganz außer sich, rot angelaufen, kurzatmig, mit glänzenden Augen. Für einen Moment ist er wieder der große Seemann, breitschultrig, mit geweiteter Brust, sein kräftiges Becken wiegt sich im Rhythmus der Wellen. Doch dann sinkt er wieder in sich zusammen, greift sich sein Glas, leert es in einem Zug – und bestellt ein neues.

»Wir dachten schon, wir hätten dich verloren«, sagt Dave, als ich zurückkomme und mich wieder neben sie an die Theke stelle.

Und dann unterhält er sich weiter mit Jason, der sich über die Fangquoten ereifert. Ich habe Lust zum Kutter zurückzugehen. In der blauen Nacht allein an Deck zu sein. Ich habe keine Lust mehr zu lachen. Die vielen Zigaretten haben einen bitteren Geschmack in meinem Mund hinterlassen. Ich lasse den Blick durch den Raum schweifen. Nichts als betrunkenes Fleisch. Genauso wie ich. Ich habe das Voranschreiten des Abends auf dem Wasser im Hafen verpasst, den langsamen, unmerklichen Anbruch der Nacht.

»Ich geh zurück«, sage ich mit einem Blick auf Jude.

Ich hoffe, dass er herüberschaut. Doch er hat mich vergessen. Er trinkt, weiter nichts. Ich komme mir sagenhaft dumm vor. Für einen Moment ist die Welt wie eine Wüste: Allein zum Schiff zurückkehren, mich schlafen legen, um morgen wieder aufzustehen und von vorn anzufangen, all das übersteigt meine Kräfte. Aber was bleibt mir anderes übrig? Ich kratze mein auf der Theke herumliegendes Kleingeld zusammen, schiebe die Zigaretten in den Stiefel. Dann packt mich jemand von hinten an den Schultern, schüttelt mich, als wollte er mich rückwärts zu Boden werfen.

»Du?« Ich lache laut los. »Was hast du denn hier zu suchen?«

»Ich hatte Durst. Bestell dir was, ich lade dich ein.«

Der lange Dünne. Er lacht, ganz stolz auf die Überraschung, die er uns bereitet hat, glücklich, als käme er von sehr weit her, nach einer langen Abwesenheit, halb verdurstet und zehn Jahre jünger. Dave gibt einen verblüfften Schrei von sich, Jude dreht sich um, ein Lächeln huscht über sein Gesicht, Simon prostet ihm zu. Wir freuen uns, dass er endlich bei uns ist. Vergessen sind die Anonymen Alkoholiker, der unausgesprochene Respekt trotz der Scherze, wenn er von den Treffen zurückkam. Einer nach dem anderen bieten wir ihm etwas zu trinken an. Wir wollen ihm wirklich eine Freude machen, als Dank dafür, dass er gekommen ist.

Ich vergesse, dass ich eigentlich zurückgehen wollte, Judes Anwesenheit zieht mich nicht mehr an, stößt mich aber auch nicht ab, noch bringt sie mich aus der Fassung. Alles ist wieder einfach. Es geht nur noch darum, zu lachen und zu trinken und sich im Strudel mitreißen zu lassen, mit dem langen Dünnen, der jubelt, grölt, trinkt, entfesselt wie zu der Zeit, als er sich benommen hat wie ein Schwein.

Jemand tippt mir auf die Schulter – »Hallo, Lili!« –, und ich habe keine Zeit mich umzudrehen, weil Ian schon aufgesprungen ist, mit geballten Fäusten.

»Nimm deine Dreckpfoten weg … Lass sie in Ruhe, siehst du nicht, dass sie mit ihrer Crew zusammen ist? Ich muss dir sicher helfen, damit du das kapierst, oder?«, blafft er.

»Aber das ist Mattis«, schreie ich, »hör auf, er ist mein Freund!«

Mattis, der mich zu angebranntem Popcorn und Bier eingeladen hat, der geweint hat, als er »Mother Ocean« hörte, während ich im Hafen umhergeirrt bin und auf mein Schiff gewartet habe … Mattis bleibt einen Augenblick stehen, mit halb offenem Mund, versucht noch zu lächeln, bringt stammelnd ein paar Worte hervor, sein breites Gesicht überrascht und verletzt, wie immer mit Tränen in den Augen, flatternden Lidern. Der Kapitän macht noch einen Schritt auf ihn zu, drohend. Da weicht er zurück und verzieht sich zwischen die anderen Trinker.

»Aber das war doch Mattis, warum hast du das gemacht?«

»Zum Teufel mit Mattis und allen anderen Dreckskerlen, die dich begrabschen wollen, solange ich mit dir hier bin. Na komm, trink schon aus, ich habe Durst. Dasselbe noch mal!«, ruft er der Bedienung zu. »Ein Gin Tonic und ein Rainier!«

Ich trinke mein Bier aus und halte der Bedienung mein Glas hin, damit sie es wieder vollschenkt. Die Theke bekommt Schlagseite. Als ich anfange, mein Glas doppelt zu sehen, will ich weg.

»Du hast zu viel getrunken. Im Hafen wirst du noch ins Wasser fallen. Bleib noch ein bisschen, dann gehen wir zusammen.«

»Nein, ich gehe jetzt zurück. Ich passe auf. Ich werde schon nicht fallen.«

»Warte auf uns. Der Laden macht sowieso bald dicht. Außerdem ist es gefährlich, ganz alleine um diese Zeit, da sind nur Suffköppe unterwegs. Die sind zu allem fähig.«

»Ich gehe. Auf dem Rückweg bin ich immer alleine und gar nicht so selten betrunken. Mir ist noch nie was passiert.«

»Ich begleite dich.«

Ich entferne mich aus dem Gedränge. Der Wind hat sich gelegt. Mich fröstelt. Es ist angenehm. Die Luft ist klar und kalt. Ich stehe oben auf dem Treppenabsatz des Mecca. Der Kapitän verabschiedet sich. Goldene Lichtsäulen spiegeln sich in dem nur leicht gekräuselten schwarzen Wasser des Hafens. Der dunkle Umriss des Berges hebt sich vom Himmel ab, der Barometer Mountain in der Ferne ist noch mit

Schnee bedeckt. Ein Vogel schreit. Ian öffnet die Tür, dann steht er neben mir.

»Ich bin gar nicht so besoffen«, sage ich. »Die kalte Luft tut mir gut. Bleib ruhig da.«

Er gibt mir einen leichten Schubs, ich falle am Fuß der Treppe der Länge nach auf den Boden. Es ist hoch.

»Lili«, ruft er, »oh, entschuldige, Lili.«

Er eilt zu mir, kniet sich hin, um mich, den auf dem Asphalt ausgebreiteten Spatzen, hochzuheben. Vor lauter Lachen komme ich nicht gleich auf die Beine.

»Scheißrippe!«, bringe ich gerade noch so hervor.

Zwischen den bewegten Spiegelungen auf dem Wasser und dem reglosen Himmel, einem dunklen Moiréstoff und einem nachtblauen Diamanten, kehren wir zur *Rebel* zurück.

»Da siehst du mal, wie leicht man hinfällt, um diese Uhrzeit ersäuft ständig irgendeiner, der zu viel intus hat«, sagt er ernst. »Man verliert das Gleichgewicht und stirbt. Ich musste dich wirklich zurückbringen.«

Der rutschige Ponton schwankt ein bisschen. Unsere Schritte hallen dumpf auf dem feuchten Holz. Ehrfürchtig betrachte ich das Wasser.

»Ich aber nicht«, sage ich. »Ich kann schwimmen. Wenn ich ins Wasser falle, schwimme ich ans Ufer.«

»Tust du nicht, du würdest sterben. Außerdem kann man nie wissen. Wenn du unterwegs irgendein Arschloch triffst …«

»Es ist doch gar niemand mehr auf der Straße.«

»Macht nix. Dann erst recht. Das könnte jemand ausnutzen.«

Wir hören einen Schiffsmotor. Die *Arnie* läuft aus.

»Ich schubse dich auch nicht mehr, versprochen. Hast du dir wirklich nicht wehgetan?«

»Nein, nein, wir haben doch schön gelacht.«

»Im Mecca denken sie bestimmt, dass ich dich absichtlich geschubst habe. Das gefällt mir nicht.«

Er runzelt die Stirn.

»Du brauchst doch nur zurückzugehen, um ihnen zu sagen, dass es nicht stimmt.«

»So ist das.«

»Warum bist du heute Abend überhaupt in die Kneipe gekommen?«

»Weil ich Lust drauf hatte. Das darf ich doch, oder? Ich bin doch nicht mit den Anonymen Alkoholikern verheiratet. Findest du, dass ich ein Arschloch bin?«

»Nein. Ich fand es nicht schön, dich jeden Abend allein auf dem Schiff zu lassen. Aber warum trinken wir überhaupt?«

»Weil wir Arschlöcher sind.«

»Ja, aber warum?«

»Du gehst mir auf den Geist, Lili, ich kriege wieder Durst.«

In der Kombüse brennt noch Licht. Die weiße Neonlampe blendet uns, als wir hineingehen.

Ich seufze. »Wir haben nicht mal gegessen. Was soll's. Dann eben morgen.«

Er macht sich über mich lustig. Wir sitzen uns gegenüber, schauen uns an. Die Fangzeit ist vorbei. Zusammen haben wir hart gearbeitet. Er hat sich an seine Rolle als Kapitän gehalten und geschrien, wenn es nötig war. Ich habe mich an meine Rolle gehalten, die eines Greenhorns, und die Regeln an Bord befolgt. Er streckt den Arm aus, will mich zurückhalten. Ich hebe die Hand, streiche ihm mit den Fingerspitzen über die Wange. Schnell legt er seine Lippen auf meine. Da rücke ich von ihm ab.

»Ich geh schlafen«, sage ich.

Er zieht wieder los. Ich gehe ins Bett, lache, bis sich alles dreht, ein Schwindel, der sich bis in die Körpermitte fortsetzt. Der Schlaf kommt wie ein Keulenschlag.

Wir werden vom Gebrüll des Reeders geweckt. Wir setzen uns auf, völlig benebelt, mein Kopf fühlt sich an, als würde jemand wie besessen darauf herumhämmern. Ohne ein Wort stehen wir auf, rempeln uns in der kleinen Kajüte gegenseitig an. Wir suchen unsere Socken, Baumwollhosen, Sweatshirts, fühlen uns schuldig, wie schlechte Soldaten, die im Schlaf überrascht werden, wenn sie doch gerade an die Front sollen. Schnell wärmt jemand den Kaffee auf, dann gehen wir an Deck, die Tassen in der Hand. Andy musste den langen Dünnen wecken. Er tut mir leid. Die Sonne scheint auf die Anleger. Jude zündet sich eine Zigarette an und spuckt die Nacht laut aus. Ich halte mich fern. Simon klagt über Migräne.

»Der Preis für den gestrigen Abend«, sagt Dave.

Er geht ans andere Ende des Decks, pinkelt, reibt sich gähnend die Augen. Ich helfe Simon, die Kübel auf den Tisch zu stellen. Mühsam machen wir uns an die Arbeit. Die Stille wird nur von Räuspern, Husten, Spucken, Judes unterdrückten Flüchen unterbrochen.

»Der spinnt doch, uns so zu wecken«, sage ich, »wir sind doch hier zu Hause.«

Dave zuckt die Achseln.

»Wir sind bei ihm zu Hause, da darf er machen, was er will. Und er hat es eilig, seinen Kutter zurückzubekommen. Er muss ihn zum Tender umrüsten.«

Ich vergesse Andy. Ich habe Bauchweh.

»Ich hab Hunger«, sage ich, »ich fühle mich ganz ausgehöhlt.«

Der Kapitän erscheint. Ich werde rot, schaue auf meinen Kübel hinunter und konzentriere mich aufs Spleißen.

»Na, Jungs«, ruft er. »Alles in Ordnung? Ich habe ja verdammte Kopfschmerzen heute Morgen, einen Wahnsinnskater«, verkündet er jedem, der es hören will.

Bestimmt trägt seine Stimme bis ans andere Ende des Anlegers. Aber er hat gute Laune.

»Und du, Lili? Gehts dir besser als gestern Nacht?«

Meine Wangen glühen. Meine zitternde Hand kämpft mit einer Litze, die ich durch einen Spleiß zu schieben versuche. Als ich den Kopf hebe, sehe ich ihn lachen.

»Mann, die Lili, das ist mir eine.«

Die Jungs schauen zu mir herüber.

»Ihr glaubt gar nicht, was passiert ist, als ich sie gestern Abend zurückgebracht habe.«

Dave lächelt, zeigt grinsend seine weißen Zähne. Der gelbe Blick liegt auf mir. Simon wartet.

»Mann, ich war doch besoffen!«, sage ich verzweifelt.

»Ich wollte sie küssen.«

Dave freut sich. »Und? Was ist passiert? Hättest du sie fast rumgekriegt? Oder hast du sie rumgekriegt?«

»Ich wollte sie küssen … Sie sieht ja nicht so aus, aber sie ist eine ganz Wilde. Sie hat mir ganz schön eine geknallt!«

Ich atme auf. Spöttisch lächelt der lange Dünne mir zu. Ich lächle zurück. Dave prustet los. »Unsere kleine Frenchie«, sagt er. Jude sieht mich mit respektvollem Erstaunen an. Simon ist das wurscht.

Der Kapitän ist los, um mit Oklahoma zu telefonieren. Ob er seiner Frau alles erzählen wird? Dass er das Versprechen, das er den Anonymen Alkoholikern gegeben hat, gebrochen hat, sich hat volllaufen lassen und mich zum Schluss geküsst hat? Na ja, was heißt schon geküsst … Auf dem Nachbarschiff dröhnt das Radio. Andy taucht wieder auf. Zusammen mit einem kleinen, dicklichen Mann. Aus seinem Mondgesicht unter dem tief in die Stirn gezogenen Filzhut gucken uns leuchtend blaue, kugelrunde und weit auseinanderstehende Augen an.

»Hallo, Gordy«, sagt Dave. »Du übernimmst also das Kommando auf der *Rebel*?«

Gordon nickt mit seinem runden Kopf, gibt mir die Hand. Seine Wangen sind rosig geworden. Er lächelt mir liebenswürdig zu.

»Willst du die Tendering-Saison mit mir machen?«

Die Sache ist abgemacht. Gordy trippelt wieder weg, die vergissmeinnichtblauen Augen unter dem schwarzen Filzhut. Ich gehe doch noch nicht zum Point Barrow.

Fast schon Mittag. Bald Essenszeit, denke ich. Jude hustet. Dave gähnt. Unser Kater verzieht sich allmählich.

»Jetzt können wir gleich wieder von vorne anfangen«, sagt Simon.

»Ich nicht, meine Freundin ist heute Abend wieder da«, antwortet Dave.

Jude schweigt.

»Ich habe Hunger«, sage ich seufzend.

Der Kapitän ist zurückgekommen, noch aufgedrehter als sonst. Er hat gerade Andy in der Bank getroffen, der ihn gefragt hat, wie es ihm geht.

»Schrecklich!«, hat Ian in der ganzen Bank herumgegrölt, »ich hab mich gestern Nacht abgeschossen!«

Daraufhin hätten alle so getan, als hätten sie nichts gehört, und Andy hätte bloß geschaudert, ohne ein Wort zu sagen. Noch ein Ehemaliger der Anonymen Alkoholiker, der Andy. Der lange Dünne freut sich. Er sagt, er hätte beim Westmark, dem Hotel mit Bar hinter dem Hafen, einen Zwischenstopp eingelegt. Dem Glanz seiner Augen nach zu urteilen, hat er dort bestimmt ein paar Gin Tonic getrunken. Er redet wie ein Wasserfall und will uns helfen, die Langleinen zu säubern. Wir räumen ihm einen Platz am Tisch frei. Dann wiederholt er seine Geschichte von »Lili, der ganz Wilden«. Die anderen ödet sie an, doch er lässt nicht locker. Dann ändert sich sein Ton.

»Du willst bestimmt einen Typen mit mehr Kohle?«, sagt er und sieht mir dabei in die Augen. »Mehr Kohle und mehr Muckis?«

Ich zucke nur mit den Achseln.

»Das wirds sein«, murmle ich wütend.

Ich werfe meine Handschuhe auf den Tisch und gehe mir einen Kaffee holen. In der Kombüse fängt er mich ab.

»Ich habe darüber nachgedacht, Lili, wenn du willst, können wir heiraten.«

Es ist ein langer, dünner Kerl, der da mit mir spricht, ein blasser Jugendlicher mit zerschundenem Gesicht. Seine Augen erwarten eine Antwort. Sie glänzen so stark, dass sie feucht aussehen. Ich mustere ihn. Was habe ich nur wieder angerichtet, frage ich mich.

»Ich will nicht heiraten. Du hast eine Frau und Kinder. Du wirst nach Oklahoma zurückgehen, und ich gehe zum Point Barrow.«

In diesem Moment kommt Jude herein, wirft uns einen misstrauischen Blick zu.

»Darf ich durch?«

Ich gehe zurück an Deck. Den Kaffee habe ich vergessen. Die Sonne blendet mich. Meine Laune könnte besser sein. Die Männer sind wieder bei ihren Schätzungen, wie viel Heilbutt wir gefangen haben. Heute Abend wird die Ladung gelöscht.

»Wie machen wir das heute Abend?«, fragt Simon.

»Jude, Joey und ich übernehmen alles«, antwortet Dave. »Es ist unsere Sache. Wenn wir fertig sind, braucht ihr bloß den Frachtraum sauber zu machen, zu desinfizieren und bis in die kleinsten Ecken zu schrubben. Aber den Löwenanteil der Arbeit erledigen wir.«

Simon senkt den Blick. Dann sehen wir uns an.

»Wir sind ja auch nur Greenhorns«, sage ich ihm.

Er lächelt ein bisschen bitter.

»Genau! Kleine Greenhorns, halbe Portionen.«

Am Nachmittag kommt Mattis vorbei. Er ist betrunken. Alle arbeiten. Auf dem Ponton schwankt er von einer Seite zur anderen.

»Wo isser denn, euer Scheißkapitän, dieser Wichser?«, fragt er Jude, der ihm am nächsten steht, grölend. »Hol ihn mal! Wenn er sich hertraut. Dann werden wir ja sehen, wer von uns beiden der Stärkere ist.«

Der Kapitän ist da und hat ihn gehört. Er kommt aus seiner dunklen Ecke und reckt den Hals in seine Richtung.

»Du hast nach mir gefragt?«

»Ey, du *motherfucker*, gestern hast du auf so 'ne Art mit mir gesprochen, wie dus nicht hättest tun sollen. Und dann auch noch in aller Öffentlichkeit. Mach das noch ein Mal, und ich polier sie dir, deine hübsche kleine Nervensägen-Fresse.«

Er schreit immer noch, als er sich torkelnd über den Ponton entfernt.

Judes Kiefer hat sich angespannt.

»Hat sich ja angehört wie eine Drohung, an deiner Stelle würde ich mir das nicht bieten lassen.«

»Recht hat er«, sagt Jesse, »so darf er nicht mit dir umspringen, der Drecksack.«

Ian wirft die Handschuhe an Deck, steigt über die Reling, springt an Land, und der kleine Jesse hüpft ihm hinterher, um die langen, dünnen Beine einzuholen. Simon lacht. Dave sagt gar nichts.

»Hoffentlich werfen sie ihn nicht ins Hafenbecken«, flüstere ich Dave zu. »Er hat gar nichts gemacht, der Mattis, und eigentlich hat er sogar recht.«

»Stimmt«, antwortet Dave düster, »echte Arschlöcher, ja, eine beknackte Männergeschichte. Aber mach dir keinen Kopf, die schmeißen ihn schon nicht ins Wasser, nicht am helllichten Tag, dafür sind zu viele Leute da.«

Fünf Minuten später sind die beiden wieder zurück. Sie grinsen. Ich traue mich nicht zu fragen, ob sie ihn umgebracht haben. Jesse geht wieder rein und setzt sein Nickerchen fort.

»Ich hab für heute genug gearbeitet«, verkündet Ian, »ich hau ab. Um Mitternacht löschen wir die Ladung, Jungs. Um elf muss das Schiff bei den Konservenfabriken sein. Also seid um neun wieder hier.«

Dave bricht ebenfalls auf: »Ich hab eine Verabredung, es

geht um einen Job.« Simon legt sich wieder schlafen. Jude und ich bleiben allein vor den Langleinen sitzen. Wortlos machen wir weiter. Da kommt Joey, zusammen mit einem anderen Mann.

»Arbeitet ihr immer noch? Wir sind schon lange fertig!«, sagt der Mann. »Wenn ihr euch wenigstens ordentlich die Taschen gefüllt hättet …«

Jude antwortet nicht. Der Typ ist von Kopf bis Fuß neu eingekleidet, er zieht ein Bündel Geldscheine aus der Tasche und wedelt kurz damit herum, einen selbstgefälligen Ausdruck im glatt rasierten Gesicht. Er mustert mich von oben bis unten.

»Eine Tussi.«

Er gibt mir eine Hand, ich zerquetsche sie in meiner.

»Und kräftig dazu! Na los, kommt mit, ich schmeiß heute Abend 'ne Runde bei Tony's. Heute saufe ich mir die Hucke voll.«

Jude wirft seine Handschuhe auf den Tisch.

»Das kann nicht schaden.«

Ich sehe ihnen hinterher, und Joey dreht sich zu mir um.

»Kommst du nicht mit?«

»Darf ich?«

»Na klar! Wenn dieser Depp meint, dass er uns einlädt, dann gilt das auch für dich.«

Die anderen gehen voraus. Wir folgen ihnen. Ich sehe Mattis vor dem *Kayodie* stehen, vielleicht noch ein bisschen betrunkener als vorhin, er winkt mir mit beiden Armen zu. Einen Moment bin ich erleichtert: Sie haben ihn doch nicht ins Hafenbecken geworfen. Zur Antwort wedle ich unauffällig mit der Hand, aus der Ferne, ich habe keine Lust, dass das

Theater wieder von vorn losgeht. Und ich will die spendierte Runde nicht verpassen.

In der Bar herrscht ein unbeschreibliches Chaos. Das Ende der Saison. Die Männer sind völlig entnervt. Sie sind schon zu lange an Land, wissen nicht, wohin mit all der Kraft, die sich seit ihrer letzten Fahrt aufs Meer angestaut hat. Heute Abend heult nicht Jimmy Bennett aus der Jukebox, sondern die Doors und AC/DC brüllen. Joey war schon ein bisschen betrunken, als er auf der *Rebel* aufgetaucht ist, an der Theke gibt er sich den Rest, bleibt hartnäckig mit finsterem Ausdruck über sein Bud gebeugt, zupft langsam das Etikett ab. Ich gebe mir Mühe beim Trinken meiner Biere. Kaum habe ich eines geschafft, bringt man mir das nächste. Mir ist langweilig. Die Bedienung stellt einen Whisky vor mich – jemand gibt ihn mir aus. Also muss ich ihn trinken. Neben mir versucht einer, sich mit mir zu unterhalten. Keine Chance, sich zu verstehen. Er gibt auf. Auf der anderen Seite vertraut mir Joey mit schleppender Stimme seinen Kummer an: »Ein Indianer-Nigger … Nichts als ein dreckiger Indianer-Nigger …« Obskure Litanei. Er schüttet immer mehr Alkohol in sich rein, setzt seinen Monolog fort. Als die Bedienung nicht sofort reagiert, wird er wütend. Falls er nicht umkippt, bevor es Zeit ist, zur *Rebel* zurückzugehen, um die Ladung zu löschen, wird er heute Abend nichts anderes mehr sein als ein wütender, aufsässiger, dreckiger Indianer-Nigger. In Verwirrung.

Ich schaue auf die Uhr an der Wand, stehe auf.

»Danke«, sage ich zu dem Mann, der uns eingeladen hat.

Joey will mich zurückhalten: Schon hat er mir ein neues Bier bestellt.

»Nein, Joey, wir sollen um neun am Kutter sein. Ich gehe.«

Er schläft fast an der Theke ein, murmelt noch: »Indianer-Nigger.«

Ich bin fast draußen, da ruft Jude mich zurück.

»Warte, ich gehe mit dir. Sonst komme ich hier nie mehr weg.«

Mühsam steht er auf. Er schwankt leicht. Ich warte auf ihn. Es fällt ihm schwer, zur Tür zu kommen.

Draußen ist es hell. Ich habe einen bitteren Geschmack im Mund. Tabak und Bier. Jude spuckt für zwei aus. Fast wäre er gestürzt. Ich strecke den Arm aus und helfe ihm, sich wieder aufzurichten. Sein Gesicht ist sehr rot, nur wenige Gläser, und schon ist er sehr viel älter geworden. Ich traue mich nicht mehr, ihn anzusehen, denn ich fürchte mich vor seinem starren, dumpfen Blick, seinen weichen Lippen, dem halb geöffneten Mund, den teigigen Zügen, der Haut, die wie gekocht aussieht, zerfurcht von unendlich vielen kleinen Fältchen und lila Äderchen.

»Na los«, sage ich. Ich gehe nur langsam. Um die Straße zu überqueren, habe ich ihn am Arm genommen. Er lässt sich führen wie ein schläfriges Kind. Wir gehen den Kai entlang, ich habe ihn immer noch untergehakt. Bald wird die Sonne hinter dem Berg untergehen. Möwen fliegen vorbei, machen sich lustig. Viel weiter oben ignorieren uns zwei Adler und drehen sich um die eigene Achse. Und wir schleppen uns auf dem Asphalt dahin. Auf der Höhe der weißen Bank will er sich setzen.

»Eine rauchen, dann gehen wir weiter«, sagt er.

Wir setzen uns der Flottille gegenüber hin. Er zündet sich eine Zigarette an.

»Gib mir auch eine, bitte, ich hab keine mehr.«

Er sieht mich mit einem erstaunten Auge an, als würde er gerade erst merken, dass ich da bin.

»Aber dafür gibst du mir einen Kuss.«

»Nein.«

»Doch.«

Ich zögere einen Moment, drücke ihm dann rasch die Lippen auf den Mund.

»Besser.«

Ich wiederhole das Ganze. Mit einer schweren Hand hält er meinen Kopf fest, küsst mich. Er schmeckt nach Whisky und Tabak. Ich weiche zurück. Er lehnt sich an die Rückenlehne, schließt die Augen, atmet schwer. Ich wage nicht, ihn an die Zigarette zu erinnern. Da hinten, auf dem hellen Wasser im Hafen, der imposante Rumpf der *Rebel*, schwarz mit einem gelben Streifen. Sicher erwartet man uns schon an Bord.

Jude öffnet die Augen und versucht sich aufzurichten.

»Lass uns ins Motel gehen«, sagt er sanft.

Ich betrachte ihn, die Augenlider, die sich unwillkürlich schließen, den Kopf, der ihm auf die Brust gesunken ist.

»Wir müssen auf den Kutter zurück, Jude, wir fahren bald los, zur Konservenfabrik.«

»Lass uns ins Motel gehen«, wiederholt er träge und monoton.

Mir scheint, dass er mich gar nicht hört.

»Mach, was du willst, ich gehe auf die *Rebel* zurück.«

»Warte … Sag mir erst mal … Bist du eigentlich eine Frau?«

Ich zucke zusammen, starre ihn einen Moment verständnislos an.

»Warum fragst du mich das? Ich sehe doch nicht aus wie ein Kerl. Ich habe keinen Bart, keine Muskeln wie ihr. So was haben die anderen noch nie gesagt. Die haben es kapiert. Und überhaupt habe ich ein leises Stimmchen. Das niemand hört.«

»Ich weiß ja nicht … Man weiß ja nicht mal, ob du Brüste hast. Ich hab sie jedenfalls noch nie gesehen. Vielleicht bist du ja ein ganz junger Kerl.«

Ich schaue zum Himmel, auf das schmutzige Wasser voller zerbeulter Bierdosen, eine große Wodkaflasche treibt direkt vor unseren Augen.

»Antworte mir, bist du wirklich eine Frau?«

»Ich glaub schon«, flüstere ich. »In meinem Reisepass steht jedenfalls: Geschlecht ›weiblich‹.«

»Lass uns ins Motel gehen, dann weiß ich es.«

»Mach, was du willst, Jude, ich gehe auf die *Rebel.*«

»Wir können ja erst ins Motel gehen, und dann …«

»Ich bin müde. Wenn wir nicht aufpassen, kommen wir zu spät. Bis nachher.«

»Warte, ich komme mit dir«, sagt er schwerfällig, »wir gehen zum Schiff, du legst dich auf meine Koje, und ich lege mich auf dich.«

Ich stehe auf, gehe ein paar Schritte. Dann drehe ich mich um. Er hat sich nicht von der Stelle gerührt. Ich kehre zu ihm zurück, nehme ihn beim Arm.

»Komm schon, sonst sind wir zu spät, und dann gibt es Ärger.«

Ich lasse ihn nicht mehr los, bis wir beim Ponton sind. Ganz langsam gehen wir den Steg hinunter, jemand kommt uns entgegen, lächelt, ich bleibe ernst. Dann lasse ich Judes Arm los, die *Rebel* ist nur noch ein paar Meter entfernt. Zwei Typen steigen aus der *Arnie*, dem alten *tugboat*, das jede

Nacht ausläuft und im Morgengrauen zurückkommt. Jude bleibt stehen. Mit zitternden Beinen baut er sich vor den Typen auf und versperrt ihnen den Weg. Seine Augen schleudern Blitze.

»Hey, ihr zwei. Wo ist denn euer verdammter Kapitän, dieser verfluchte Hurensohn, der mir die *Arnie* vor der Nase weggeschnappt hat, kurz bevor ich sie bekommen hätte?«, bringt er mühsam mit einem unverständlichen Knurren hervor.

Die beiden lachen.

»Bestimmt in der Stadt, da, wo du herkommst. Wir richten es ihm aus.«

Jude greift sich durch die dünne Baumwollhose in den Schritt.

»Sagt ihm … Dass ich ihm sage … *Suck my dick!*«

Ich gehe weiter zum Schiff. Die anderen sind in der Kombüse, machen sich gerade Sandwiches. Der Kapitän ist noch nicht da. Dave lächelt, als ich eintrete.

»Da bist du ja. Nicht zu betrunken? Und Jude?«

Ich deute in Richtung Deck.

»Der müsste auch gleich kommen.«

Vom Deck her erklingt ein dumpfes Poltern, lautes Gefluche, ein Kübel scheppert über den Boden.

»Bestimmt er.«

Wir finden ihn bewusstlos, zusammengebrochen zwischen der Proviantkammer und einem Haufen Kübel. Dave rüttelt ihn kräftig.

»Wach auf, Alter, deinen Rausch kannst du später ausschlafen. Heute Abend wird die Ladung gelöscht.«

»Kaffee? Willst du Kaffee?«, frage ich laut.

Er öffnet die Augen, scheint zu nicken. Ich eile in die Kombüse, wärme den Kaffee in der Mikrowelle auf. Dann gehe ich mit der dampfenden Tasse wieder an Deck.

»Aufwachen«, schreit Dave, »trink das, und beweg deinen Arsch, bevor der Kapitän kommt.«

Jude hat die Augen wieder geschlossen, wir schaffen es nicht mehr, ihn aus seinem komaähnlichen Zustand zu holen.

Ian ist da. Ich drehe mich um, die Tasse, mit der ich nichts mehr anzufangen weiß, in der Hand.

»Er ist hingefallen«, sagt Dave.

Wir schweigen. Der lange Dünne ist blass geworden, auch er bleibt eine Weile stumm. Sein *long-liner*, seine rechte Hand, sein Vertrauensmann auf dem Kutter liegt erschlagen an Deck. Jude öffnet die Augen. Sein Blick festigt sich wieder, seine Pupillen weiten sich, ein Schreck durchzuckt sie. Er versucht sich aufzurichten, ihre Blicke sind ineinander verhakt, Judes panisch und beschämt, Ians furchtbar hilflos. Zu einem anderen Zeitpunkt hätte er ihm vielleicht nur auf die Schulter geklopft, jetzt aber gilt es, als Kapitän aufzutreten. Er schimpft herum – ohne jede Überzeugung – und schickt ihn in seine Koje, seinen Rausch ausschlafen. Jude steht auf. Den Kopf zwischen den Schultern, mit krummen Rücken geht er in die Kajüte, er torkelt kaum.

Ian dreht sich zu mir um. Ein klägliches Lächeln.

»Da siehst du mal, was Alkohol anrichtet…«, sagt er. »Aber was soll's, wir kriegen das schon hin, oder?«

Wortlos geht der Kapitän ins Ruderhaus und setzt sich mit Blick auf den Hafen hin. Wir haben zwei Stunden gewartet. Jude ist immer noch nicht wieder aufgestanden. Da übernimmt Ian das Kommando. Wir machen den Kutter los. Es ist Mitternacht, und wir verlassen die Reede. Weder Dave noch Simon ist es gelungen, Jude zu wecken. Joey ist betrunken, kann sich aber auf den Beinen halten. Da sieht Dave Simon und mich an.

»Tut mir leid, Jungs, aber ihr müsst uns helfen. Geht in den Laderaum runter, und gebt uns den Heilbutt raus, einen nach dem anderen, weil die Öffnung zu klein ist, um die *brailers* der Fabrik reinzukriegen. Joey und ich erledigen dann den Rest an Deck.«

Es ist kalt. Wir vertäuen das Schiff an den Holzpollern – wir sind die Einzigen –, sicher löschen wir unsere Ladung als Letzte. Der Kapitän geht an Land. Wir schlüpfen in unser Ölzeug, räumen das Deck frei. Simon und ich springen in den Frachtraum. Das Eis ist geschmolzen. Wir waten darin herum und rutschen zwischen den Fischen aus, in dem kalten, blutigen Wasser, das uns sofort in die Stiefel läuft. Als ich husten muss, macht sich meine Rippe wieder bemerkbar. Ich schaue erst zu Simon, dann auf diese vielen Tonnen Fisch, und jeden müssen wir einzeln hinausgeben. Auch er sieht eingeschüchtert aus. Dann lächeln wir. Was bleibt uns anderes übrig?

Ein Fabrikarbeiter wirft uns von der Anlegestelle aus ein engmaschiges viereckiges Netz zu, Dave und Joey breiten es an Deck aus. Wir werfen die Kohlenfische raus, sie legen sie aufs Netz. Als der Haufen groß genug ist, wird das Jolltau herabgelassen. Die Jungs machen die Ecken des Netzes daran fest, treten zurück, während das Netz samt Inhalt auf den Fabrikkai gehievt und dort gewogen wird. Nach dem Kohlenfisch ist der Kabeljau dran, dann die Stachelköpfe, die armen *idiot fishes* mit den Glubschaugen. Obwohl sie so lange im Frachtraum gelegen haben, ist ihre Zunge immer noch geschwollen.

Kurze Pause. Joey zündet Zigaretten an, gibt uns beiden eine. Als ich versuche, sie zu fassen zu bekommen, rutsche ich in den Heilbutten aus, falle der Länge nach hin. Wir lachen ein bisschen. Ich weiß nicht mehr, ob mir nach Lachen oder nach Weinen ist. Was soll's, es macht sowieso keinen Unterschied. Dave reicht uns süße eiskalte Cola. Er spricht mit einem Arbeiter, seine Miene verfinstert sich.

»*Bad news*«, sagt er.

»Was ist?«, fragt Simon.

»Wir haben uns wirklich strafbar gemacht, die Fangquote für den Kohlenfisch lag bei vier Prozent vom Heilbuttfang. Wenn wir tatsächlich neunzehntausend Pfund Heilbutt gefischt haben und tausendzweihundertachtzig Pfund Kohlenfisch, sind wir dran. Dann müssen wir blechen.«

»Und was heißt das?«, fragt Simon.

»Das heißt, dass du vielleicht nicht mal genug ausbezahlt kriegst, um dich bei Tony zu besaufen. So, und jetzt könnt ihr mit dem Heilbutt loslegen. Passt gut auf, steckt ihnen den Haken immer nur in den Kopf und nicht in den Körper. Wir wollen nicht auch noch Strafe zahlen, weil der Heilbutt an Wert verloren hat.«

Das Wasser kriecht uns unters Ölzeug. Es läuft uns von den Knöcheln über die Arme, rinnt bis unter die Achseln. Bald sind wir völlig durchnässt. Wir harpunieren die Riesenfische, müssen uns oft, obwohl es rutschig ist, mit aller Kraft dagegenstemmen, um sie aus der wogenden Masse zu befreien. Dave und Joey beugen sich so weit wie möglich über uns, um an das Gaff zu kommen und den Heilbutt an Deck zu hieven.

»Deine Rippe tut dir weh, oder?«

»Ein bisschen.«

Ich ringe mir ein Lächeln ab, doch mir stehen die Tränen in den Augen, mein ganzes Gesicht ist wieder mit blutigem Schleim bedeckt. Simon hat sich verändert: Seine blassen, ausgezehrten Züge unter dem tropfnassen Haar haben sich gefestigt. Als der betrunkene Joey ihn beim Zurückwerfen des Gaffs fast verletzt, wehrt er sich lautstark, obwohl Joey fast zwanzig Jahre älter ist. Ich sehe mir das erstaunt an: Bald wird Simon ein Mann sein, bereit, anderen zuzufügen, was er selbst hat erdulden müssen.

Wir sind seit Stunden im Frachtraum. Langsam nimmt die Anzahl der Fische ab. Als ich völlig durchgefroren bin, rufe ich mir den friedlich schlafenden Jude in Erinnerung, und die Wut verleiht mir neue Kraft. Ich hebe den Kopf, gebe Dave mit ausgestrecktem Arm den Gaffhaken mit einem Heilbutt und bemerke dabei den langen Dünnen, der uns vom Anleger aus beobachtet. Er lacht über seine beiden Neulinge, die von Gischt und Schmutzwasser triefen, deren Haare ihnen in steif gewordenen Strähnen an der Stirn kleben. Er schreit irgendetwas. Die Arbeiter lachen. Ich beiße die Zähne zusammen, lächle. Diese verdammte Rippe, denke ich, dieser Scheißkapitän. Und wieder bin ich unverwundbar.

Über unseren Köpfen verblasst die Nacht. Ian legt sich schlafen. Wir haben über zwanzigtausend Pfund aus dem Laderaum geholt, und der Morgen graut. Die letzten, dicksten Fische werden mithilfe der Talje hochgeholt. Dave gibt uns die Leiter herunter, damit wir wieder an Deck steigen können. Simon und ich sehen uns an. Wir grinsen, die Arbeit ist erledigt. Jetzt muss nur noch der Frachtraum gesäubert werden.

»Das mache ich«, sagt Dave, »geht ihr euch ruhig aufwärmen.«

Kurz darauf bricht der Tag an. Joey weckt den Kapitän, und wir machen die Leinen los. Ich huste nicht mehr. Die Luft ist herb, rau. Eine leichte, frostige Brise kommt auf, als der Kutter sich in Bewegung setzt. Im Hafen in der Ferne schläft alles noch, die Flotte liegt reglos in ihrer Perlmuttschatulle. Zwischen Himmel und Meer kommen zwei Ringwadenschiffe auf uns zu. Ihre schlanken Masten heben sich schwarz vom seidigen Morgengrauen über dem diesigen Wasser ab.

Die *Rebel* ist vertäut. Simon gibt mir eine Zigarette. Unter seinen glänzenden Augen hat er sehr dunkle Ringe. Dave kommt auf uns zu. Er lächelt nicht mehr, gibt uns beiden einem nach dem anderen die Hand.

»Gut gemacht, Jungs. Vielen Dank.«

Joey, der aus den beiseitegelegten Fischen Filets herauslöst, Simon und ich sind als Einzige noch an Deck. Wir haben Hunger – sollen wir etwas essen?

Das Wasser plätschert an den Rumpf, die Reede liegt reglos in ihrem Opalschlaf. Endlich sind alle in der Kajüte. Ich bin allein mit den Vögeln und dem herben Geruch der Flut. Durch die verlassenen Straßen rennen … Doch ich gehe zurück, hole mir meinen Schlafsack aus der Kajüte. Stickig ist es dort, es riecht nach Schweiß, nach feuchter Kleidung, die am Körper trocknet, nach dem strengen Gestank der Stiefel und Strümpfe, der sich mit den Ausdünstungen von Alkohol vermischt. Jude atmet schwer. Ich will nicht mehr hören, wie er im Tiefschlaf um Luft ringt und droht zu ersticken. Das Licht am Himmel blendet mich, als ich ins Steuerhaus gehe. Wie ganz am Anfang finde ich meinen Platz auf dem feuchten Boden wieder. Meine Salzhaube ist inzwischen getrocknet. Ich schlafe auf der Stelle ein, die Stirn an meinen schmutzigen Stiefeln, spüre das sanfte Ziehen der Maske aus Schleim und Blut, die von meinem Gesicht abblättert, rieche sie. Die Sonne geht auf. Mir tanzen goldbraune Flecken unter den geschlossenen Lidern.

Zwei Stunden schlafe ich. Dann setze ich mich auf. Alles tut weh. Stille. Die Männer schlafen. Ich habe immer noch Zeit, durch die Straßen zu rennen. Ich rolle meinen Schlafsack zusammen, lege ihn in die Ecke. Dann gehe ich in die Kombüse hinunter. Joeys Messer liegt noch auf dem Tisch, ein bisschen Blut ist auf der Klinge getrocknet. Ich spüle mir rasch das Gesicht unter dem Wasserhahn ab, entwirre mein Haar so gut ich kann mit den Fingern. Als ich gerade hinausgehen will, erblicke ich jemanden im dunklen Gang. Jude. Ich wende mich ab.

»Ich gehe draußen einen Kaffee trinken«, sage ich.

Er traut sich nicht, mich anzusehen. Das stimmt mich milde.

»Guten Tag«, füge ich hinzu.

Er antwortet nicht. Ich trete zur Tür.

»Kann ich mitkommen?«

»Wenn du willst«, flüstere ich.

Die Kais sind verlassen. Ohne ein Wort gehen wir nebeneinanderher.

»Habt ihr mich gestern wirklich nicht wach bekommen?«, fragt er auf einmal.

»Wir haben getan, was wir konnten. Du wolltest nicht einmal einen Kaffee. Außerdem hätte der sowieso nicht geholfen. Nicht mal um Mitternacht haben Dave und Simon es geschafft, dich zu irgendetwas zu bewegen. Dabei haben sie es echt versucht …«

Schweigend senkt Jude den Kopf. Wir kommen zum Hafenamt. Drei Raben streiten sich auf dem Müllcontainer um ein Stück Abfall.

»Der Kapitän war sicher stinkwütend. Was hat er gesagt?«

»Nicht viel. Er hat dich ins Bett geschickt. Es war ganz klar, dass du nichts auf die Reihe kriegen würdest.«

»Sicher, fehlt nur noch, dass du mir sagst, er hat mir freundlich auf die Schulter geklopft.«

»Geschimpft hat er nicht, nein, aber er hat ganz komisch geguckt und mir gesagt: ›Da siehst du mal, was Alkohol anrichtet.‹ Dann ist er ins Steuerhaus hoch.«

Wir kommen zu der Bank, auf der wir gestern gesessen haben. Ich werde rot. Er hat wohl alles vergessen. Also glaubt er immer noch, dass ich keine Frau bin? … Ich halte mich sehr gerade und strecke die Brust raus, die aber trotzdem unsichtbar bleibt.

»Und wie lief es für euch?«

»Normal. Simon und ich sind in den Laderaum runter. Wir haben Dave und Joey die Fische gegeben. Bestimmt hat es länger gedauert, als wenn du da gewesen wärst, aber niemand hat rumgemault, und es hat auch kein anderes Schiff gewartet.«

Er geht mit gesenktem Kopf neben mir her, beschämt. Gegenüber der Reede sehe ich die Sonne. Wir kommen an den Bars vorbei, unter den Arkaden. Ich habe keine Angst mehr vor ihm.

»Es wird nicht mehr vorkommen«, murmelt er mit dumpfer Stimme, »nie mehr.«

Wir trinken unseren Kaffee in der Sonne, am einzigen Tisch des kleinen Cafés. Er lädt mich dazu ein, wie ein Mann eine Frau einlädt. Wir trinken ihn zu schnell, verbrennen uns die Zunge, weil wir nicht mehr wissen, was wir sagen sollen. Wir hemmen uns gegenseitig, sind wie zwei dämliche dunkelrote *idiot fishes*. Der dicke Murphy hilft uns über unsere Befangenheit hinweg. Er kommt zu uns rüber, wiegt seinen riesenhaften Körper. Das Heim von Bruder Francis lässt seine Schützlinge wieder auf die Stadt los. Murphy hat sich aufgemacht, um den Tag zu erkunden. Schon an der Straßenecke hellt sich sein Gesicht auf. Er sieht uns einen nach dem anderen an, seine Augen funkeln belustigt.

»Hey, Jude, Lili! Schon auf den Beinen?«

Der kleine Stuhl ächzt, als er sich mit seinem ganzen Gewicht darauf fallen lässt. Beide Männer lächeln. Jude richtet sich wieder auf und bläht die Brust. Ich werde wieder klein und rot. Murphy kramt in seiner Tasche nach Kleingeld.

»Ich gebe euch einen Kaffee aus! Willst du ein Stück Kuchen, Lili?«

Ich traue mich nicht, Ja zu sagen, nicht in Anwesenheit dieser großen Männer, die nur von Whisky und Crack zu leben scheinen. Murphy erhebt sich, der Stuhl richtet sich wieder auf, er wackelt mit seinem dicken Hintern und betritt das Café.

»Er ist ein sehr alter Freund«, sagt Jude.

»Ich weiß. Er hat mir von dir erzählt.«

Jude mustert mich lange Zeit. Er runzelt die Stirn. Dann fängt er sich wieder und senkt den Blick. Tatsächlich hat er nicht das Recht, sich wie ein Macho aufzuführen, jedenfalls nicht nach der gestrigen Nacht.

»Ja«, sagt er dann und zündet sich eine Zigarette an.

»Bleibst du auf der *Rebel*?«

»Den Sommer über bevorratet sie andere Kutter, das ist nichts für mich.«

»Ja, aber diesen Winter auf der Beringsee, beim Kabeljaufang mit Fischfallen und hinterher beim Krabbenfang?«

»Ich weiß noch nicht. Wenn ich in der Nähe bin, wenn Ian die *Rebel* wieder führt und wenn er mich noch haben will. Dann ja, glaube ich. Die *Rebel* ist ein gutes Schiff, und Ian ist kein schlechter Kapitän.«

Murphy kommt mit den Kaffees zurück. Wieder erhellt ein Lächeln sein Gesicht. Er wendet sich an mich.

»Ein guter Kerl ist er, Jude, ›der große Jude‹. Du kannst ihm ruhig vertrauen.«

Jude lacht verlegen. Ich werde erneut knallrot. Dann nimmt Murphy meine Hände in seine.

»Solche Pranken, verdammte Kacke, so was habe ich echt noch nie bei einer Frau gesehen. Schau mal, Jude, die sind genauso breit wie meine und richtig schwielig. Aber überall hast du Verletzungen, lauter Schnitte, trägst du nie Handschuhe?«

»Doch, doch, tue ich, aber ich tausche sie nicht bei jedem neuen Loch aus.«

»Man muss sich um sie kümmern, Jude. Du arbeitest doch mit ihr zusammen, kümmere dich ein bisschen um sie. Das ist wie bei diesem Teil, das sie da in die Hand bekommen hat. Da hätte sie dran glauben können, und ihr habt nichts gesehen?«

»Halt die Klappe, Murphy, ich hab ihr immerhin jeden Morgen Tabletten gegeben. Und ich bin zum Kapitän gegangen, damit sie nicht weiterarbeitet.«

»Vielleicht sollten wir lieber wieder los«, sage ich leise.

Wir stehen auf. Murphy zwinkert uns zu. Jetzt hält sich Jude kerzengerade.

Ohne ein Wort kehren wir zum Kutter zurück. Jude sucht Ian, um sich bei ihm zu entschuldigen: Er ist weg. Dave und Simon sind noch nicht ganz wach und schauen uns übellaunig an. Wir schnappen uns die Kübel, machen uns an die Arbeit. Der Kaffee in der Stadt ist weit weg, Jude und ich gehen wieder auf Distanz. Simon und Dave ziehen die Langleinen aufs Oberdeck und setzen sich in die Sonne zum Arbeiten. Wir bleiben im Schatten unter dem Windschutz. Seit er seinen Rausch ausgeschlafen hat, ist Jude nicht sehr stolz auf sich. Ich sehe ihn oft Pause machen und seinen Handschuh ausziehen, die Hand an den Mund legen, darauf pusten, sie kneten. Er verzieht das stark gerötete Gesicht auf mitleiderregende Weise, saugt an seinen Fingern.

»Tut dir was weh?«

»Diese verdammten Finger … Das ist manchmal so. Bestimmt sind sie mir in dem einen Winter erfroren, als ich auf diesem Trawler gefischt habe. Es tut oft weh, aber heute ist es noch schlimmer als sonst.«

Dave springt an Deck, ein schöner Athlet, der wieder ganz bei Kräften ist. Er strahlt in der Sonne, die auf die Laufbrücke fällt.

»Hat Lili dir gesagt, wie viel wir gefangen haben?«

»Nichts hat sie gesagt, außer, dass ich ihren Kaffee nicht trinken wollte und dass du mich ganz umsonst geschüttelt hast wie ein Wilder.«

»Zweiundzwanzigtausend Pfund waren es, du hattest recht. Aber beim Kohlenfisch gibt's weniger gute Neuigkeiten. Und da hatte ich recht.«

»Ach ja?«

»Echt Scheiße. Wir müssen Strafe zahlen. Vier Prozent vom Fang, mehr nicht.«

»Und wie hoch ist sie, die Strafe?«

»Mindestens fünftausend Dollar, soviel ich weiß. Wird direkt von unserem Anteil abgezogen.«

»Dann haben wir mit den Kohlenfischen und weil wir die Langleinen verloren haben in der ganzen Saison keinen Cent verdient, und du lachst auch noch. Seit zwei Jahren schufte ich wie ein Berserker, und es springt nichts bei raus.«

Ich gehe zu Dave in die Kombüse, ein Sandwich essen.

»Jude gehts gar nicht gut, oder? Wegen gestern Abend?«, fragt er mich.

»Bestimmt auch, ja. Außerdem tut ihm die Hand weh. Er sagt, dass ihm mal die Finger abgefroren sind.«

»Der soll ins Krankenhaus gehen. Heute Nachmittag müssen wir die restlichen Köder in die Fabrik zurückbringen, außerdem das ganze Eis klein hacken und aus dem kleinen Laderaum rausverfrachten. Wenn ihm die Hand mal abgefroren ist, schafft er das nie. Und solcher Schwachsinn kann ernste Folgen haben.«

»Ja, vielleicht kriegt er Wundbrand«, antworte ich.

Ian fährt ihn ins Krankenhaus. Kurze Zeit später sind sie zurück. Der Kapitän schreit rum, dass wir schnell zur Konservenfabrik sollen. Jude hat keinen Wundbrand. Ich hole ihm die Beruhigungsmittel mit Codein, die ich unter meinem Kopfkissen aufbewahre. Er nimmt drei auf einmal und trinkt dazu einen Schluck aus dem Flachmann, den er aus seiner Umhängetasche geholt hat.

Simon und ich haben zusammen zweiundzwanzigtausend Pfund Fisch von Hand ausgeladen und kaum zwei Stunden geschlafen. Jetzt knie ich im Laderaum und hacke das Eis mit dem Pickel klein. Ich bin nicht müde, vielleicht nie mehr, vielleicht genügt es ja, es mit aller Kraft zu wollen, und dann wird man nie wieder müde. Wir holen die Kisten mit Köder heraus, sie zerfallen uns in den Händen. Die kleinen weichen, glitschigen Lebewesen verschwinden in dem trüben Wasser im Frachtraum. Der Kapitän mault herum.

»Dafür können wir doch nichts«, sage ich leise.

Wir waten durch die brackige Brühe, das geschmolzene Eis, die zerfallenen Kartons, um die Tintenfische einzusammeln. Unsere Handschuhe sind zerlöchert. Jude macht immer öfter Pause. Er verzieht das Gesicht, als würde er weinen.

»Lass nur«, sage ich, »wir sind genug, um das ohne dich zu schaffen.«

Doch er gibt nicht nach. Dave schmeißt die Pumpe an, um das Wasser loszuwerden. Am Boden und an den Seiten hat sich wieder Eis gebildet. Ich nehme Jude den Pickel aus der Hand.

»Lass mich machen!«, sage ich lauter.

Er zögert kurz, dann geht er an Deck. Bald bin nur noch ich da unten, hacke wie besessen auf den letzten Eiskrusten herum. Die Kälte schürft mir die Finger auf, es fühlt sich an, als würde mir jemand die Nägel ausreißen.

»Komm da raus, Lili! Wir sind fertig.«

Von oben rufen sie nach mir. Doch ich will nicht mehr aufhören. Ich habe viel zu viel Kraft.

»Komm was essen, Lili!«

Ich stecke den Kopf aus meinem finsteren Loch. Draußen die Sonne. Ich blinzele. Der Kapitän, Dave, Jude und Simon stehen über mir um die Öffnung herum. Ich mustere sie alle vier, einen nach dem anderen, muss lachen, bekomme einen Lachanfall, am liebsten würde ich mich rücklings in den Sommerhimmel fallen lassen. Ich schließe die Augen. Als ich sie wieder öffne, haben sich die Männer nicht von der Stelle gerührt. Sie betrachten mich immer überraschter und, wie es scheint, immer zärtlicher.

»Na, Lili, was ist denn da unten so witzig?«

Ian und Dave packen mich jeder an einem Handgelenk und ziehen mit aller Kraft. Wieder lache ich los, während ich in die Lüfte steige.

»Ich fliege!«

Wir lösen die Halteleinen. Die *Rebel* nimmt Fahrt auf. Ich setze mich auf die Fersen und lehne mich an das Schanzkleid. Die Sonne funkelt auf dem Wasser und wärmt mir die Haut.

Unter der weichen Baumwollhose, die früher einmal weiß war und eng anliegt, wie eine zweite Haut, sind meine Beine muskulös. Sie spüren die Wärme des Sommers. Ich schließe die Augen. Als ich sie wieder öffne, hockt Jude ein paar Meter von mir entfernt. Meine langen Schenkel sind Frauenschenkel, ich könnte schwören, dass er das begriffen hat.

»Tut gut, die Sonne«, sagt er.

Seit wir wieder im Hafen sind, ist das Wetter umgeschlagen. Es nieselt. Von Westen her kommt Nebel auf, schon hat er den Berg erreicht, und jetzt kommt er auf uns zu. Die Kais lösen sich nach und nach auf. Ian ist wieder weg. Wir machen uns erneut an die Arbeit.

»Ich wette, wir sind die Letzten, die noch arbeiten.«

»Gut möglich.«

»Wie viele Hauptleinen fehlen noch?«

»Um die dreißig.«

»Das ist nicht viel.«

»Nee, aber machen muss man's.«

»Stimmts, dass wir morgen mit dem Schleppnetz nach den Leinen suchen wollen?«

»Ja. Da schuften wir wieder ganz umsonst. Sollte mich wundern, wenn wir irgendwas finden.«

»Ich kann jedenfalls meine Freundin nicht nach Hawaii einladen, so viel steht fest«, sagt Dave.

»Nein, diesmal nicht. Ich bekomme den anderthalbfachen Anteil, und du?«, fragt Jude, der eine Pause macht, das Bein an die Brust gezogen, die Ferse auf dem Tisch abgestützt, und die Arme frierend um den Körper schlingt.

»Genau wie du. Dabei bin ich nicht mal ein echter *longliner*, sondern Krabbenfischer.«

»Man merkt aber keinen Unterschied.«

Mir wird das Herz ganz schwer, Kummer drückt mich zu Boden, mir ist gerade klar geworden, dass es nicht ewig dauern wird, sondern überhaupt nicht mehr lange, das Leben an Bord, mit den Männern, auf dem Kutter. Bald wird alles vorbei sein, und dann stehe ich auf der Straße, einsam und verlassen. Der Tag nimmt kein Ende. Simon gähnt. Im Zwielicht unter dem Windschutz sieht er grau aus. Der Abend wird wohl niemals kommen.

»Mann, und am Ende reichts gerade mal für meinen Rückflug«, sagt er.

»Steht es wirklich fest, dass du nur den halben Anteil bekommst?«

»Das hat Ian beim Anheuern gesagt.«

»Und ich kriege vielleicht nur einen viertel Anteil«, sage ich.

»Das wäre ungerecht«, sagt Dave. »Du hast genauso viel geschuftet wie wir und bist außerdem Wache gegangen.«

»Ja«, sage ich, »es wäre ungerecht.«

»Beim Heilbuttfang jedenfalls. Über den Kohlenfisch will ich ja nichts gesagt haben.«

Simon sagt nichts. Jude sitzt schweigend am Tischende. Ich lege meine Köder hin, meinen Marlspieker und schaue sie an.

»Ich bin eine billige Arbeitskraft, oder?«

»Das habe ich nicht gesagt, um dich zu ärgern, Lili.«

Plötzlich erschlägt mich die Müdigkeit. Ich habe mich getäuscht, ich bin doch nicht unverwundbar.

»Ein Taschengeld wird man mir geben. Meine Hände, die den Männern Angst machen, sind wohl nicht die Hände einer Arbeiterin, was? Warum habt ihr mir gesagt, dass ich schnell und gut arbeite, und warum wollen Gordon und Jason mich auf ihrem Kutter haben? Etwa, weil ich so wenig koste?«

»Das will ich damit nicht sagen, Lili.«

Ich werfe meine Handschuhe auf den Tisch, gehe in die Kombüse. Ich löse meine Haare und bürste sie lange. Sie legen sich in Wellen auf meinen Rücken. Ich gehe in die Kajüte, nehme mir meine Dollars und ziehe ein anderes Sweatshirt an – meinen Lieblingspulli, *Fly till you die* steht hinten drauf. Dann gehe ich wieder raus, an den Männern vorbei, mit erhobenem Kopf, mein offenes Haar in einer wilden Mähne. Ohne sie eines Blickes zu würdigen, verlasse ich sie. Der Regen tut gut. Mein Herz ist schwer. Sollen sie doch ohne mich arbeiten. In meinen grünen Stiefeln, in denen ich mich riesengroß fühle, spaziere ich über den Kai.

Bei Tony trinke ich zwei Bier hintereinander. Dann gehe ich wieder hinaus, durch die Arkaden zum Ship's, die alte Bar ist brechend voll. Ich drängele mich zur großen, vor Dreck starrenden Theke durch, neben eine unbewegte alte Indianerin, die vor einem kleinen Schnapsglas sitzt. Männer grölen Lieder vom Meer. Andere beugen sich über ihr Glas, man kann ihr Gesicht nicht sehen. Es ist so dunkel, dass die Bilder der nackten Frauen kaum zu erkennen sind, sie lösen sich vor dem Hintergrund der dunklen Wände auf.

Die Bedienung kommt zu mir. Sie trägt wieder sehr grellen Lidschatten in ihrem gequälten Gesicht. Wir lächeln uns zu, sie hat mich erkannt.

»Ein Rainier, bitte.«

Sie gibt es mir aus, zusammen mit einem kleinen Schnaps, den ich nicht mag und auf ex trinken muss, bevor sie mir noch einmal dasselbe nachschenkt.

»Komm zu mir«, sagt sie dann, »manchmal muss man aus dieser Männerwelt raus. Von denen kriegst du nichts geschenkt, nachdem sie dir deine ganze Kraft geraubt haben, um sie in Dollars zu verwandeln, und deinen Hintern dazu benutzt haben, sich was Gutes zu tun. Es sind keine Softies, das kannst du mir glauben.«

»Die werden mir einen viertel Anteil bezahlen.«

Sie platzt schier vor Wut.

»Das gibts doch gar nicht, ein viertel Anteil, die Schweinepriester, ich habs dir doch gesagt, was für Dumpfbacken. Das darfst du dir nicht gefallen lassen. Wenn du deine Arbeit nicht gut gemacht hättest, wärst du auf der Stelle rausgeflogen. Nimm dich in Acht. Denen darf man nicht über den Weg trauen. Und vor allem sollen sie die Finger von dir lassen.«

»Ich hab keine Angst, ich kann mich gut zur Wehr setzen.«

Die Kerle haben Durst und schreien nach Drinks. Sie zwinkert mir noch einmal zu, ehe sie mich verlässt. Ein Mann kommt näher und zeigt auf einen freien Barhocker.

»Darf ich?«, sagt er. »Bist du Indianerin?«

»Nein«, antworte ich, »aber du darfst dich trotzdem setzen.«

»Ich dachte, du bist eine Indianerin, als ich dich morgens vorbeigehen sah, eine kleine Indianerin aus einem Nachbarort, die auf einem der Ringwadenschiffe am Anlegesteg Lachs gefangen hat.«

Er spricht mit einer tiefen, sanften Stimme, in einem melodischen und beinahe überraschten Tonfall, als wäre er Tausende von Meilen von hier entfernt. Seinen Stiefeln, den Händen und Schultern und dem wettergegerbten Gesicht nach zu urteilen ist er Fischer. Er erzählt, dass er an Bord des großen roten Schiffs beim Hafenmeister gegenüber arbeitet, der *Inuit Lady*. Dass er dieses Jahr und auch die drei vergangenen Winter enorm geschuftet hat, für seine Frau, die in Hawaii leben will. Jetzt ist sie dort. Aber er muss wohl immer weiterarbeiten, unaufhörlich, um den Kredit für das Haus abzustottern, das er niemals sieht, das er nicht einmal sehen möchte, weil sein Leben im hohen Norden stattfindet und nicht an einem Strand in einem Land voller Sonne und Faulenzerei. Sein Leben, das waren die Wälder.

Seine Geschichte erzählt er in einem traurigen Singsang, im langsamen Rhythmus einer Klage. Er ist ein bisschen betrunken.

»Ich war so glücklich, als ich Trapper war. Ja, da war ich glücklich. Lange Tage im Wald, in der Stille und in Schnee und Kälte. So glücklich war ich«, sagt er noch.

Und das wiederholt er endlos, seine Klage geht in eine untröstliche Litanei über, ähnlich einem Seufzer. Er schaut vor sich hin, sein Blick schweift ins Leere, in die Dunkelheit der Bar, über die rauchgeschwängerte Luft hinweg. Vielleicht sieht er ja wieder die hohen Bäume, geht durch den unter seinen Schneeschuhen knirschenden Schnee, und oben in den Wipfeln pfeift der Wind wie ein durch die unermessliche Weite der Wälder gedämpftes Nebelhorn.

»Dann musst du dorthin zurück.«

Er dreht sich zu mir um, explodiert, plötzlich ist er verzweifelt und kurz davor, in Tränen auszubrechen.

»Du hast aber auch gar nichts verstanden! Das Haus muss abbezahlt werden. Wegen meiner Frau! Und ich muss es für sie bezahlen, die Raten für ihre Bude. Immer wieder muss ich mir dieses Elend antun. Vielleicht bis an mein Lebensende. Die Beringsee im Winter… Du weißt gar nicht, was es bedeutet, du kennst es nicht, dieses Elend. Weil es nämlich ein Elend ist, die gefrierende Gischt und das Eis, das man ständig zertrümmern muss, weil man sonst verreckt, man macht sich kaputt, verliert seine Kumpel.«

»Oh, das tut mir leid«, murmele ich.

Er beruhigt sich wieder.

»Willst du nicht mit mir in die Wälder?«

Die alte Indianerin lächelt mir zu, durch den blauen Rauch ihrer Zigarette, an der sie mit spitzen Lippen zieht. Die Männer, halb im Stehen auf ihren Hockern, brüllen. Die Bedienung, die gleich die erste ablösen wird, kippt ihren Whisky auf ex herunter und bestellt sich schnell einen neuen. Ich trinke mein Bier aus, bekomme Lust zu rennen.

»Ich heiße Ben«, sagt der Fischer, als ich aufstehe.

»Tschüss, Ben. Ich bin Lili.«

Ich verlasse die Bar. Es ist dunkel und regnet immer noch. Ich überquere die Straße, stehe wieder auf dem Kai. Ein Mann biegt bei der Taxizentrale um die Ecke. Humpelnd kommt er auf mich zu. Ich erkenne ihn, denn ich habe ihn oft auf dem Platz gesehen, auf einer Bank, auf der er sitzt und wartet, dass der Tag vergeht. Manchmal ist er betrunken, aber heute Abend nicht. Er bleibt direkt vor mir stehen, sieht mich mit seinen dunklen Augen an, zwei schwarzen Brunnen, mit dem Blick eines Ertrinkenden. Ich kann ihn kaum verstehen. Er gibt abgehackte, gutturale Laute von sich in einer Sprache, die ich nicht kenne. Hilflos breite ich die Arme aus. Er zuckt die Achseln und setzt seinen Weg fort.

Ich komme zur *Rebel*. Dort ist nur noch Jude, er bindet

Mundschnüre an Deck. Ich schenke mir lauwarmen Kaffee ein, setze mich an den Tisch. Ich seufze. Vor mir liegt ein kleiner Haufen dünner weißer Schnüre. Ich habe nichts anderes zu tun, also mache ich mich daran, ebenfalls Mundschnüre zu binden. Betrunken bin ich nicht, doch plötzlich bin ich erschlagen vor Müdigkeit und kann mich nicht von der Stelle rühren. Die Augen fallen mir fast zu.

»Draußen wird es so langsam kalt.«

Jude kommt herein, setzt sich an den Tisch.

»Ich wäre fast eingeschlafen, du hast mich geweckt.«

Wir machen mit den Mundschnüren weiter.

»Deine werden zu klein«, sagt er.

»Nein.«

»Doch. Schau mal. Ach nein, du hast ja recht.«

»Sind alle anderen ausgegangen?«, frage ich.

»Sieht so aus.«

»Ich war in der Bar«, erzähle ich weiter.

»Aha.«

»Ich hab ein paar Bier getrunken, lauter Leute getroffen.«

»Du darfst nicht mit allen reden. Hier gibts eine Menge mieser Typen.«

»Nicht nur hier. Ich weiß, wie das ist. Da, wo ich herkomme, gibt es die auch. Ich hab mit Sandy gesprochen, der Bedienung im Ship's. Sie hat mir sogar angeboten, bei ihr zu übernachten.«

»Nimm dich in Acht. In ihrer Bude gibts eine Menge Dope. Und sie ist lesbisch.«

»Vielleicht auch nicht«, sage ich leise. »Außerdem ist das ja nicht schlimm.«

Bestimmt hat Jude draußen gefroren, er setzt sich dicht

neben mich. Sein Bein klebt an meinem. Er räuspert sich, zögert, dann stammelt er mit seiner tiefen Stimme ein bisschen, den Blick seiner gelben Augen auf die Schlaufe in seinen Händen gerichtet.

»Sollen wir uns nicht heute Abend ein Motelzimmer nehmen, um mal vom Kutter wegzukommen? Auf Dauer erstickt es einen, das Leben an Bord. Bloß, um mal auf andere Gedanken zu kommen, ausgiebig zu duschen, vielleicht sogar zu baden, fernzusehen, zu entspannen, oder was auch immer …«

»Was auch immer, genau«, sage ich lachend.

Mein Lachen bringt ihn aus dem Konzept. Trotzdem lässt er nicht locker. Sein Bein liegt schwer an meinem. In diesem Moment kommt Ian herein. Er ist betrunken.

»Komm zu mir, Lili«, schreit er, »ich muss mit dir reden. Komm ins Steuerhaus.«

Ich folge ihm. Die Pupillen seiner blassen, feuchten Augen sind geweitet, sein Gesicht ist blutleer.

»Ich hab mit Oklahoma telefoniert, meiner Frau alles erzählt. Wir haben uns geeinigt. Wir trennen uns. Sie nimmt ein Kind, ich das andere. Wir können heiraten, Lili. Dann gehen wir nach Hawaii. Ich habe genug Kohle auf der Bank, um uns einen Kutter zu kaufen. Und dann wird im Warmen gefischt.«

Ich weiche bis zur Treppe zurück.

»Nein«, sage ich, »nein, ich will nicht heiraten, ich will nicht deine Frau sein, eine Frau, du hast doch schon eine. Ich will in Alaska bleiben.«

Ich tue dem langen Dünnen weh, dem Mann, der mir eines Tages sagte: »Leidenschaft ist doch was Feines«, lange bevor ich an Bord der *Rebel* gegangen bin. Ich gehe die Treppe wieder hinunter. Er folgt mir, versucht, mich zurückzuhalten. Die Kombüse ist verlassen. Jude ist weg. Der Durst, sicher. Der lange Dünne folgt mir bis zur Kajüte, will mit mir hinein, ich schubse ihn zurück.

»Lili«, sagt er, »Lili, warte.«

Wenn das so weitergeht, kommen mir bald die Tränen – wenn er mich noch lange mit seinem Hundeblick ansieht –, dann bin ich diejenige, die weint. Ich schubse ihn weg, spüre seine Rippen unter meinen Händen. Zum letzten Mal, bevor er hinausgeht, sehe ich sein leidendes Gesicht – ein großes verzweifeltes Kind. Heute Abend bin ich schuld, wenn er so viel Gin Tonic trinkt, dass er sich auf dem Boden herumwälzt. Ich verkrieche mich tief in der Kajüte, meiner Höhle, und ziehe mir den Schlafsack über die Ohren. Ich habe zehn Tonnen Fisch entladen, habe mit dem Pickel gegen das Eis im Frachtraum gekämpft, bin aufmüpfig geworden und durch die Bars gezogen, habe einen traurigen Trapper getroffen. Mein Kapitän will mit mir zum Fischen nach Hawaii und Jude will mit mir ins Motel. Manosque-die-Messer lauert mir immer noch auf. Ganz schön viel für ein und denselben Tag. Die Männer sind wieder in die Kneipen zurückgekehrt. Ich höre das Wasser an den Schiffsrumpf schlagen.

Mittag. Wir warten auf den Kapitän. Er ist verspätet und wieder betrunken. Er wirkt erschöpft. Die Männer sagen nichts, senken nur betreten den Kopf. Wir machen die Leinen los. Die *Rebel* verlässt den Hafen. Dave und Jude geben sich ein Zeichen.

»Ja. Besser isses, wenn er schläft. Er ist müde.«

Mehr sagen sie nicht. Behutsam schicken sie ihn ins Bett. Jude und Dave lösen sich ab, um den Kutter dorthin zu lenken, wohin die verlorenen Langleinen abgetrieben sein könnten.

Das Meer ist still, es funkelt. Die letzten Langleinen reparieren wir unter freiem Himmel, auf dem Oberdeck. Der Windschutz aus Aluminium ist schon vor der Abfahrt abgebaut worden. Mithilfe des Jolltaus hatte Jude einen Haufen Kübel vom Deck abgeladen, sein Gesicht war tiefrot, das Licht, das sich im Wasser des Hafenbeckens widerspiegelte, blendete ihn. Ich kam aus der Stadt zurück. Jason war bei mir. Er schenkte mir eine Mundharmonika. Ich betrachtete den einen und den anderen, dachte an die Sonne nachts am Point Barrow.

»Kommst du mit mir auf der *Milky Way* fischen?«, fragte Jason.

Ich zögerte. Keine Ahnung.

»Dann sind wir die Zigeuner des Meeres«, hatte er noch gesagt, »und du bringst mir bei, Feuer zu spucken, ich werde Schmuggler, und wir ziehen von einem Hafen zum nächsten. Dann trinken wir wie echte Piraten, und du tanzt auf der Theke, während ich Mundharmonika spiele.«

Wir arbeiten in der prallen Sonne. Sie leckt an unseren Wangen, verbrennt uns die Stirn, trocknet unsere Lippen aus. Sie verschlingt unsere Gesichter. Simon summt vor sich hin. Der unerschütterliche Jude ist ganz in seine Langleinen vertieft. Auf den Felsen liegen Seehunde.

»Ich wünschte, ich wäre ein Seehund, der sich in der Sonne wärmt«, sage ich laut.

Simon und Jude lachen.

Über vierundzwanzig Stunden ziehen wir einen mit einer zweihundert Faden langen Leine verbundenen Dragganker durch das Wasser, in dem wir gefischt haben. Die Langleinen bleiben verschwunden. Ian kommt zu uns an Deck. Seit er wieder wach ist, ist er frostig. Endlich hat er mich vergessen. Ausradiert, Lili. Ich bin bloß noch ein Matrose, dem er schreiend Befehle erteilt.

»Wir setzen die Suche weiter im Osten fort«, verkündet er.

Das heißt also, dass wir uns noch weiter von Kodiak entfernen. Simon wird ganz blass.

»Aber du hast doch gesagt… Und mein Flugzeug?«

»Glaubst du, dass man so auf Fischfang geht?«, kontert der Kapitän sofort. »Seine acht Stunden runterreißt und dann nach Hause geht, die Füße unter den Tisch streckt und sich vor die Glotze hockt? Glaubst du wirklich, dass wir diesen ganzen Diesel umsonst verschleudert haben? Dass wir die Suche aufgeben, obwohl die Leinen vielleicht nur ein paar Meilen entfernt sind… und dass wir dann blechen, um sie zu ersetzen, obwohl wir geschuftet haben wie Tiere? Eine kleine Runde auf dem Meer drehen und so viel Brennstoff verpulvern, um rechtzeitig für den Flieger des jungen Herrn zurück zu sein? Dann darfst du beim nächsten Mal nicht anheuern, Kleiner, dann bleib lieber zu Hause in Kalifornien«, blafft er ihn an.

Zum ersten Mal lässt sich Simon nicht einschüchtern. Blass vor Wut und mit zusammengebissenen Zähnen richtet er sich auf. Er kann sich gerade noch beherrschen.

»Du hast es mir versprochen, als ich das Ticket gekauft habe. Das war die Bedingung, unter der ich mitgekommen bin. Du hast mir dein Wort gegeben«, sagt er mit tonloser Stimme.

Ian mault herum und weicht ihm aus. Dave im Steuerhaus

hat nichts gesehen. Jude ist nicht da. Er sieht nichts, hört nichts, wird nichts sagen. Plötzlich habe ich nur Verachtung für den langen Dünnen übrig, für seine Rolle des Herrn und Meisters an Bord, für Jude, das Schweigen und die Gehässigkeit dieser starken, allmächtigen Männer, wenn es hart auf hart kommt, die Männer, die es uns zeigen mit ihrer Erfahrung, mit diesem mysteriösen Wissen, das sich hinter ihren verschlossenen Gesichtern verbirgt, dem Donnern ihrer Stimme. Einem Schweigen, das teils aus Gleichgültigkeit und teils aus Unterwerfung besteht.

Die beiden Greenhorns schenken sich ein mattes Lächeln. Der Kapitän ist im Ruderhaus verschwunden. Simon gehört dem Kutter, solange er an Bord ist. Was hat ihn das vergessen lassen? Der Stolz, weil er die ganze *load* Heilbutt ausgeladen hat, die Tatsache, dass er für eine Nacht in den Stand eines Jude erhoben wurde, oder Daves männlicher Händedruck am Morgen? Er starrt in die Ferne, ein Hauch von Angst verbirgt sich ganz hinten in seinen blauen Augen, er unterdrückt ihn mit Mühe, um nicht ganz davon überwältigt zu werden. Helfen kann ich ihm nicht. Ich gebe ihm eine Zigarette. Schweigend, ohne die Arbeit zu unterbrechen, rauchen wir. Mein Blick wandert zu Jude und weigert sich, ihn zu sehen. Ich schaue zum Himmel. Wann gehe ich endlich zum Point Barrow?

Am nächsten Tag bleibt gleich beim ersten Versuch eine Langleine am Dragganker hängen. Gleich darauf die nächste. Die Stimmung löst sich. Ian verspricht Simon, ihm ein neues Flugticket zu besorgen. Wir säubern die letzten Langleinen. Die Kübel sind ordentlich rechts und links vom Deck aufgeräumt. Wir machen sie gut fest. Heute gibt es zum Abendessen Heilbutt, den Jude auf einem improvisierten Grill brutzelt. Wir legen uns schlafen. Jude ruft uns, als alles fertig ist. Er ist von der Sonne verbrannt, stärker als vom Alkohol, der seine Nächte durchzieht.

Wir kehren zurück. Die Berge sind nicht mehr grün, sondern zartlila. Geschmeidige Weidenröschen wiegen sich in Wellen unter Adlern im Tiefflug. Jason sagt, dass es seine Lieblingsblumen sind. Uns bleibt nur noch wenig gemeinsame Zeit an Bord. Schon sind die Männer mit den Gedanken woanders. Ian hat nie wieder davon gesprochen, zusammen auf der Beringsee zu fischen. Schüchtern frage ich ihn danach. Er antwortet ausweichend, sagt schließlich in versöhnlichem Ton:

»Ich gehe nach Oklahoma zurück. Mal sehen. Vielleicht …«

Wir bekommen unseren Lohn ausbezahlt.

»Noch nie habe ich für so wenig Geld gearbeitet«, sagt Dave, ehe er hinzufügt: »Egal, das gleiche ich dann im Winter aus, beim Krabbenfang.«

Und er lacht.

Simon nimmt den erstbesten Flieger nach San Diego. Jude steckt seinen Scheck ein und geht ohne ein Wort davon.

Ich habe keinen viertel Anteil bekommen, sondern einen halben. Genug für ein gutes Paar Schuhe. Es gibt welche im Ausverkauf. Red Wing. »Die Besten«, sagt Jason, der nichts anderes trägt, außer er hat Fischerstiefel an. Mir bleiben ein paar zerknitterte Scheine, die ich sorgsam zusammen mit meinen Papieren, klebrigen Bonbons und der Kautabakdose unter mein Kopfkissen lege. Dann geht alles sehr schnell.

Der grosse Seemann

Diese Fangzeit ist zu Ende. Alle verlassen das Schiff. Ich habe einen Platz an Bord für die nächste. Gerade haben wir den Windschutz aus Aluminium vom Deck abgebaut, Jude, der große Seemann, hat den Kran bedient, ein Bier in der Hand und Schweiß auf der Stirn, sein Gesicht sehr rot.

Ich gehe die Kais entlang. Davor habe ich den Laderaum für den Fisch fertig geputzt, während Joey die Stufen zum Steuerhaus mit Stahlwolle geschrubbt hat. Mit meinen schönen Red Wing an den Füßen schreite ich kräftig aus, stolz darauf, wie meine Schritte auf dem Asphalt klingen. Es ist gutes Wetter. Ich habe Hunger. Soll ich im Supermarkt an der Ecke schnell einen Kaffee trinken und ein Brötchen essen? Plötzlich werde ich von panischer Angst erfasst. Was, wenn sie sich schon aus dem Staub gemacht haben? Alle? Das wäre mein Tod. Die Erinnerung stellt sich in Wellen ein. Ich bin von sehr, sehr weit weg gekommen, ganz allein, ich will, dass ein Schiff mich adoptiert – das habe ich in der großen, windigen Stille meiner ersten Nächte auf dem Boden im Holzhaus gemurmelt, den Blick in den dunklen Himmel gerichtet – die Nacht in Alaska und der wilde Wind und ich mittendrin, dachte ich da, bis ich einschlief –, ich will, dass ein Schiff mich adoptiert. Und dann habe ich angeheuert, habe mein Schiff gefunden, das schwärzer ist als die schwärzeste Nacht. Die Männer an Bord waren hart und kräftig, haben mir meine Koje weggenommen, mein Gepäck und meinen Schlafsack auf den Boden geworfen, haben herumgeschrien, ich hatte Angst, sie waren hart und sie waren stark, aber auch gut, so gut zu mir, alle waren wie der liebe Gott für mich, die ich zu ihnen aufsah. Ich habe einen Kutter geheiratet, ihm mein Leben geschenkt.

Ich renne. Verrückt bin ich, die Möwen sind weiße Garben, die Klänge des Hafens, die tiefen Stimmen der Männer, das Surren eines Mastlifts und das vor dem strahlend blauen Himmel, über den ein Adler fliegt, emporschwebende Jolltau, die Farben, die mir Ohrfeigen verpassen, und die Windböen … An Bord der *Rebel* ist keiner mehr. Das Deck ist leer und verlassen. Die Öljacken, die immer unter dem Vorsprung des Oberdecks hingen, sind alle verschwunden. Außer meiner. Einer schlechten, abgetragenen und zerlöcherten gelb-orangen Öljacke von der Heilsarmee. Erstarrt bleibe ich im blendenden Licht an Deck stehen, schaue auf die leeren Haken. Die Fangzeit ist zu Ende. Die Männer haben sich aus dem Staub gemacht. Und ich bin nicht mal tot. Ich stürze zur Kajüte. Leere Kojen, ein einsamer Strumpf liegt noch auf dem Boden. Sonst nichts. Oder doch: mein Schlafsack, die rasch zusammengelegten Klamotten neben einem dreckigen Kopfkissen. Sie haben sich aus dem Staub gemacht. Und wir haben uns nicht mal verabschiedet. Fassungslos lasse ich mich auf eine Koje fallen. Verwaist bin ich. Ich will, dass mich ein Schiff adoptiert, habe ich vor zwei Monaten – einer Ewigkeit – geflüstert, ganz zu Anfang dieses Abenteuers. Und jetzt ist es zu Ende. Ich habe ihm meine ganze Kraft gegeben, hätte ihm sogar mein Leben geschenkt. Ich habe in der Wärme der schlafenden Männer geschlafen. Ihnen habe ich gehört, mein Herz war ganz bei ihnen.

Joey taucht in der Tür auf und kneift seine Indianeraugen zu noch schmaleren Schlitzen zusammen.

»Was machst du denn hier im Dunkeln?«

Er hat ein Budweiser in der einen, eine Zigarette in der anderen Hand. Seinem frohen Blick nach zu urteilen, dem Funkeln seiner Augäpfel im dunklen Gesicht, hat er schon eine Menge intus.

»Sind sie weg?«

»Alle abgehauen! Du hast doch wohl nicht gedacht, dass sie bis Weihnachten hierbleiben? Ich habe noch die Kajüte sauber gemacht und den Herd geputzt. Jetzt warte ich auf Gordon, damit er mir sagt, wann wir anfangen, das Schiff umzurüsten … Die Tanks für Wasser und Treibstoff, die Lebensmittelvorräte … Aber bleib doch nicht da im Dunkeln, Lili, komm an Deck und trink ein Bier mit mir, Gordon ist noch nicht da. Außerdem haben wir eine Pause verdient.«

Ich stehe auf und gehe mit ihm. Joey nimmt eine Packung Bier aus dem Kühlschrank. Das Licht draußen blendet mich. Er gibt mir seine Zigaretten.

»Nimm. Du kannst dir immer eine nehmen, du brauchst nicht zu fragen.«

»Danke, Joey. Wann geht die Fangzeit los?«

»In einer Woche laufen wir wieder aus. Die Fangzeit für Lachs hat schon vor einer Weile angefangen, aber noch gibt es nicht viel Arbeit für uns, jedenfalls nicht genug, um den Kutter mit dem, was die Ringwadenschiffe jeden Abend liefern, voll zu kriegen.«

Er sieht mich freundlich an.

»Du wirst schon sehen, es wird ganz entspannt. Ganz was andres als die Arbeit, die du gerade geleistet hast. Ein fester

Tagessatz, und das drei Monate lang … Im September bist du reich, kannst dich in die Sonne absetzen.«

»Und wenn ich Gordon sage, dass ich nicht mehr will? Ich traue mir gar nichts mehr zu, glaube ich, ich will nur noch zum Point Barrow. Glaubst du, er nimmt es mir übel, wenn ich aussteige?«, wispere ich leise, fast stöhnend.

Joey sieht mich entgeistert an.

»Aber Lili … Eine Fangzeit als Tender auf diesem Kutter, das lehnt man nicht ab. Was willst du bloß dort?«

»Das Ende der Welt sehen.«

»Die Erde ist rund, Lili. Es gibt kein Ende. Gar nichts hast du da verloren, das haben wir dir schon gesagt. Ein verlassenes Land, unglückliche Leute, das ganze Jahr lang besoffen oder drauf oder beides, die alle von Welfare oder vom Heizkostenzuschuss leben und davon träumen, woanders zu sein, Eskimos, die alles verloren haben, ihre Würde allem voran, und die mit dir einfach kurzen Prozess machen. Überhaupt, wie willst du da hinkommen? Mit deinem Lohn kannst du dir jedenfalls kein Flugticket leisten.«

»Ich kann doch trampen.«

»Gleich hinter Fairbanks hört die Straße auf, du wirst dabei noch draufgehen, und das alles nur, um dieses kleine Stück Fels zu sehen, das bald zugefroren sein wird.«

»Nach der Straße kommt die Piste für die Laster, die die Pipeline versorgen.«

»Du spinnst, und außerdem bist du total übermüdet. Was du brauchst, ist ein Bier und ein paar Tage Ruhe. Seit zwei Monaten arbeitest du Tag und Nacht, oder jedenfalls fast. Du hast genauso viel gearbeitet wie Kerle, die doppelt so kräftig sind wie du und diese Arbeit schon ihr ganzes Leben lang machen. Ich schenke ihn dir, deinen *day off*, auf der Stelle. Vor morgen passiert hier sowieso nichts. Ich sage Gordon Bescheid, dass ich dich weggeschickt habe. Das versteht er schon, er ist ein guter Chef, du wirst schon sehen, er mault nie rum. Und er weiß, was er macht.«

»Ja«, sage ich, »danke, Joey.«

Wir trinken ein Bier und rauchen. Gordon kommt nicht. Also gehe ich an Land. Ich spaziere die Kais entlang, vorbei an der Konservenfabrik von Western Alaska, die in der ganzen Stadt ihren ekelerregenden Geruch verbreitet – das Wetter schlägt um. Danach kommt der Fähranleger. Die *Tustumena* liegt vor Anker. Ich sehe den Menschen zu, die die hohe Landungsbrücke hinaufgehen. Dann setze ich meinen Weg über die Tagura Road fort. Kurz vor der Schiffswerft ruft mich jemand. Ich drehe mich um. Zwei Silhouetten werfen schwarze Schatten auf die weiße Straße. Eine ist sehr massig und scheint sich von rechts nach links zu wiegen, die andere ist länger und hat einen rötlichen Schopf, der im Licht wie ein goldener Helm flammt. Sie kommen auf mich zu.

Ich erkenne Murphy. Den anderen habe ich schon mal auf dem Platz gesehen. Ich warte. Die Sonne wärmt mir den Nacken.

»Wir haben dich gesucht«, sagt Murphy und holt Luft.

»Mich?«

»Wir haben was für dich.«

Murphy streckt mir die Hand entgegen. Auf seinem dicken Handteller, zwischen den gespreizten Fingern, die rundlich sind wie die eines Riesenbabys, liegt eine kleine schwarzrot gestreifte Schachtel. Sein Kumpel zieht eine Gemme aus nachgemachtem Perlmutt aus der Tasche.

»Oh! Vielen Dank«, sage ich. »Warum?«

»Ach, wir wollen dir einfach nur was schenken«, antwortet Murphy und verzieht das von dem Marsch erhitzte Gesicht zu einem gutmütigen Lächeln.

»Aber warum?«

»Weil wir dich gerne mögen, weiter nichts. Wir freuen uns, dass du da bist.«

Sie gehen wieder weg, wie sie gekommen sind. Erneut bin ich allein auf der Straße. Ich streichele das polierte Holz, lege den Schmuckstein in die Schachtel. Ich habe Hunger, gehe in die Stadt zurück. Die Straßen sind voller Menschen, die Fangschiffe sind eingelaufen. Die Türen der Bars stehen sperrangelweit offen, als gäbe es drinnen nicht genügend Luft. Rufe, Gelächter, entfesselte, wilde Yee-haws, und manchmal dringt das Läuten einer Glocke aus den dunklen Höhlen. Wie gern würde ich in diese finsteren Zufluchtsorte, in diese Raubtierkäfige hineingehen. Doch ich traue mich nicht mehr, beschleunige den Schritt, wenn ich daran vorbeikomme. Die anderen haben sich aus dem Staub gemacht, ohne sich von mir zu verabschieden, ohne dass wir zusammen die Stadt rot angemalt haben. Dabei hatten sie es mir versprochen. Vor lauter Traurigkeit möchte ich am liebsten sterben. Ich habe Lust auf Popcorn und biege beim *liquor store* um die Ecke.

Plötzlich stehen wir uns gegenüber. Jude. Der große Seemann. Erneut ist die ganze schöne Urgewalt eines Fischers, die er auf dem Meer an sich hat, verschwunden, er lässt die Schultern hängen. Sein Schritt ist unsicher, als befände er sich in einem fremden Land, wüsste nicht, wie und wohin er gehen soll, mit dunkelrotem Gesicht, zögerlichem Blick. Der Löwe des Meeres ist wieder zu einem schwerfälligen Bären geworden.

»Alle sind weg«, stammle ich.

»Ja«, antwortet er. »Eine schlechte Fangzeit. Höchste Zeit für was anderes.«

»Ach so.«

»Wohin gehst du?«

»Ich … Ich wollte mir gerade Popcorn kaufen.«

Er lächelt leise. Dann schließt er die Augen, als hätte er Angst, holt tief Luft und streckt die Brust heraus. Langsam wischt er sich mit der Hand über die Stirn.

»Darf ich dich auf einen Drink einladen?«

»Ja«, sage ich. Wir gehen in die Bar direkt neben dem *liquor store*. In der plötzlichen Dunkelheit, dem Geschrei, dem Rauch bleiben wir einen Augenblick unentschlossen stehen. Dann steuert er auf die Theke zu, und ich folge ihm. Zwei Barhocker sind noch frei. In aller Eile kippen wir ein Bier runter. Vielleicht haben wir Angst, wissen nicht, was wir sagen sollen. Wir haben das Schiff verlassen, sind beide nicht mehr Teil eines Ganzen.

»Lass uns hier weggehen«, sagt er.

Draußen das Licht, der Wind, die Leute und der *liquor store*, den er betritt. Er geht auf direktem Weg auf die vielen Canadian Whisky zu, schnappt sich blindlings eine 0,3-Liter-Flasche – sie ist aus Plastik. Ohne anzuhalten geht er hinten im Laden zu einem Getränkekühlschrank, öffnet die Glastür und greift nach einem Zwölferpack eisgekühltem Rainier. Das alles in weniger als einer Minute. Die dicke Frau an der Kasse wendet ihm ihr bleiches, schweres Gesicht zu, ehe sie mich lange Zeit mustert. Was denkt sie? Sie macht mir Angst. Ich werde rot. Dann gehen wir wieder nach draußen.

»Hast du Lust auf ein Bier? In der Sonne. Ich mag Bars eigentlich nicht so. Zu laut, zu rauchig. Und zu teuer.«

»Ja«, sage ich.

»Was sagst du? Deine Stimme habe ich noch nie richtig verstehen können. Und kaum je gehört.«

»Ja«, sage ich etwas lauter.

Wir lassen die Bars hinter uns, nehmen die Straße zur Fähre. Wir schweigen. Die Sonne brennt uns ins Gesicht. Ebbe. Der Geruch nach leicht abgestandenem Wasser vermischt sich mit den strengen Ausdünstungen, die aus den Schornsteinen der Konservenfabrik kommen.

»Es stinkt«, sagt er.

»Ich mag sogar diesen Geruch.«

Er wirft mir einen scharfen, überraschten Blick zu.

»Eines Tages will ich die Fähre nehmen«, füge ich hinzu.

»Ich nehme sie in knapp einer Woche. Freunde von mir wohnen in Anchorage. Vielleicht kann ich ja dort anheuern. Oder in Hawaii.«

»Hawaii?«

»Da lebt mein Bruder. Auf der großen Insel zusammen mit seiner Frau, dieser blöden Tussi. Ich will im Südpazifik fischen.«

»Und ich will zum Point Barrow.«

»Ja, das habe ich schon auf dem Kutter gehört. Was hast du nur da oben zu suchen? Und wie willst du da überhaupt hinkommen?«

»Trampen.«

»Du weißt nicht, worauf du dich einlässt.«

»Ich hab keine Angst.«

»Du wirst nicht heil ankommen. Ich kenne die Sorte Menschen, die du unterwegs treffen wirst, ganz alleine auf der verlassenen Piste. Ich habe viele Jahre in Nome gelebt, einem ganz ähnlichen Ort. Alkohol und Drogen. Um Recht und Gesetz schert sich da keiner. Vor einem der eisige Ozean, hinter einem Hunderte von Meilen Wald und dahinter ein kahles Gebirge, das Ende der Welt. Glaubst du, dass du das alleine schaffst?«

»Vielleicht sollte ich mir eine Waffe kaufen.«

»Kannst du damit umgehen?«

»Nein.«

Wo ich herkomme, kann man auch sterben, denke ich.

»Ich will trotzdem hin«, sage ich mit immer leiser werdender Stimme.

Wieder sieht er mich mit seinen gelben Augen an.

»*Are you a runaway?*«, fragt er leise.

»Ich glaube nicht.«

Wir gehen am Wasser entlang. Es funkelt in der Sonne. Der kleine Hafen, kaum mehr als ein Holzanleger zwischen einigen wenigen wartenden Fischkuttern. Ich weiß nicht, ob ich noch weiter mit ihm gehen soll. Er wirkt schwerfällig und müde, bitter vielleicht, das Meer, das echte, ist so weit entfernt, die hohe See und der Seemann, der darauf blickt, so weit von uns. Stattdessen zu viele Menschen auf der Straße, das Chaos in den Bars und dieser Mann, der matt dahingeht, mit seiner bierschweren Tasche. Dennoch gehe ich weiter.

Bald gibt es keine Häuser mehr, auch keine Schiffe, gar nichts, nur ein riesiges brachliegendes Gelände voller verrosteter, kaputter Fangkörbe, verbogenem Blech, das sich im leuchtend grünen Gras und den blasslila Weidenröschen übereinanderstapelt, Aluminiumplatten, zerrissenen Spiegelnetzen und vergammelten Schleppnetzen. Er bleibt stehen, schnäuzt sich mit den Fingern und spuckt ganz weit. Noch einmal fährt er sich langsam, verlegen, mit der Hand über die schweißnasse Stirn. Ein schüchternes Lächeln.

»Wir könnten uns hinsetzen. Am Ufer ist es sauber.«

»Ja«, sage ich.

Wir setzen uns hinter ein paar Fangkörbe. Vor uns liegt die Fahrrinne, immer wieder einmal kommt ein Schiff vorbei. Ich denke, dass sie uns sicher sehen, unsere dunkelroten, aus dem Gras herauslugenden Gesichter, und sich über diese beiden Leuchtfeuer zwischen dem ganzen Schrott wundern, dicht neben der großen Bogenbrücke, die uns mit der Dog Bay verbindet.

»Wir sind ja fast unter der Brücke«, sage ich mit erstickter Stimme.

Er antwortet nicht. Es gibt nichts zu antworten. Dann öffnet er ein Bier und hält es mir hin. Er zündet sich eine Zigarette an, wird von Husten geschüttelt, spuckt weit aus, mit dem sehr kraftvollen Atem des Mannes, den ich kenne, des Mannes, der das Meer anbrüllt.

Wir trinken das ganze Bier aus. Schnell, weil wir nicht wissen, was wir sagen sollen. Uns ist zu warm. Als das Bier alle ist, haben unsere Hände, unsere Münder nichts mehr zu tun. Unbeholfen streckt er den Arm zu mir aus, legt ihn mir um die Schultern, zieht mich an sich.

Die Sonne brennt ihm ins Gesicht. Er liegt im Gras. Ich betrachte das Licht in seinen gelben Augen, die roten Fäden in seiner Iris, seine schweren Lider, die zarten Äderchen unter der verbrannten Haut, dann schließe ich die Augen. Fest, ganz fest küsse ich diesen Mund, der warm und lebendig ist auf meinem. Er brennt unter mir. Ich bin klein und geschmeidig und woge auf ihm. Dann richtet er sich auf, lässt sich auf mich fallen. Er lastet mit seinem ganzen Gewicht auf mir und seufzt. Lächelnd. »Mein Gott«, sagt er, »mein Gott.«

Wir gehen die weiße Straße entlang, mit feuerroten Wangen unter dem azurblauen Himmel. Nachdem er sich auf mich gewälzt hatte, richtete er sich wieder auf.

»Wir können nicht hierbleiben. Wenn uns jemand sieht … Lass uns ins Motel gehen, willst du?«

Wir setzen uns wieder auf. Ich wische mir seine Spucke von den Lippen. Er zählt die zerknitterten Scheine in seinen Hosentaschen.

»Es reicht nicht.«

Dann dreht er sich zu mir um.

»Wenn du es mir auslegst, gebe ich es dir gleich heute Abend zurück«, sagt er verlegen.

Ich krame in meinen Taschen, finde einunddreißig Dollar.

»Reicht das fürs Motel?«

Er sieht mich liebevoll an, lacht leise.

»Na, du gehst aber nicht oft hin. Natürlich nicht. Aber ich kenne jemanden beim kleinen Hafen. Vorhin habe ich seinen Kutter gesehen, lass uns zu ihm gehen.«

Der Mann ist da, streng, sehr groß und aufrecht auf dem Deck seines kleinen, für die Schleppnetzfischerei ausgerüsteten Ringwadenkutters. Sein graues Haar, von einem verwaschenen blauen Tuch zusammengehalten, fällt ihm über die Schultern. Ein Windstoß, und es weht in seinen langen Bart. Ohne zu lächeln sieht er uns entgegen. Mit einem Blick wie aus weißem Stahl, ohne mit der Wimper zu zucken. Leise wechselt Jude ein paar Worte mit ihm. Ich trete zur Seite, meine Wangen glühen immer mehr. Vom Bier und weil ich mich schäme. Der Mann zückt sein Portemonnaie und gibt ihm einen Schein.

»Reicht das?«

Wie eine Bronzestatue sieht er aus, als er uns, reglos in der Sonne stehend, hinterherschaut, die knorrigen Arme vor der hageren Brust verschränkt, mit seinem silbernen Haar, das sich mit dem Flug fahler Vögel vermischt. Schweigend gehen wir nebeneinanderher.

»Ich möchte gerne Popcorn haben. Ich habe solchen Hunger«, flüstere ich, als wir am Kino vorbeikommen.

Er geht hinein und verlangt die größte Tüte. Da fällt mir der Whisky in seiner Tasche ein. Er kommt wieder heraus.

»Nimmt der nicht den Geschmack von Plastik an, der Whisky?«

»Er ist nicht dafür gemacht, lange zu halten, dieser Whisky. Der hat gar keine Zeit, den Geschmack der Flasche anzunehmen.«

Dann lächelt er.

Und wir kommen zum Motel. In der Stadt gibt es zwei.

»Warum nicht das andere?«, frage ich. »Das Star?«

»Ins Star gehe ich manchmal mit Kumpels. Zu zehnt in ein Zimmer, und dann lassen wir es krachen. Das Shelikof's ist ganz was anderes.«

Die Frauen an der Rezeption machen mir ein bisschen Angst. Ich habe es eilig, im Zimmer zu sein, schnell, schnell weg von all diesen Menschen. Im Zimmer friere ich plötzlich. Die großen Arme schließen sich um mich. Die rauen Hände umrahmen mein Gesicht. Die Wand an meinem Rücken ist kalt. Die *runaway* ist gefangen. Fast hätte mich das zum Weinen gebracht. Er zieht mir den Pulli, das T-Shirt aus. Ich klammere mich an seinen Kopf, den zerzausten Schopf, den starken Nacken. Ich betrachte ihn, unterdrücke ein Schluchzen. Sanft schiebt er mich zum Bett. Dann ist er sehr warm und gut.

»*Tell me a story*«, flüstert er. Seine Stimme ist tief und träge, gedämpft, fast heiser. Er faucht – »erzähle mir eine Geschichte«.

Später öffnet er die Flasche mit den Zähnen, er liegt immer noch auf mir, trinkt einen Schluck.

»Willst du auch?«, fragt er leise.

»Ja«, sage ich noch leiser.

Er legt die Flasche noch einmal an die Lippen, beugt sich über mich. In seinem Kuss ein Schluck Alkohol, brennender Bernstein, der mich erstickt. Dann kommt er wieder in mich, seine goldenen Augen lassen mich nicht mehr los, sie dringen und dringen immer weiter in mich ein, bis meine Seele brennt.

Er schläft, und ich mustere ihn. Überrascht und verlegen. Langsam hebt und senkt sich die schwere, sehr blasse Brust. Lockiges, fast rötliches Haar auf seinem breiten Torso. Plötzlich wird er von einem Hustenanfall geschüttelt, der die Stille im Zimmer zerreißt. Ein furchtbares Brüllen, von dem er nicht einmal aufwacht. Ich mache mich ganz klein im Bett, verkrieche mich unter der Decke. Ein echter Löwe schläft da neben mir. Mit halb geschlossenen Lidern, angehaltenem Atem, beobachte ich ihn. Draußen verändert sich um diese Zeit die Farbe, der Geruch im Hafen, während die Flut steigt. Der Abendwind. Die Möwen. Mich draußen herumtreiben. Ich habe Hunger, lege mir die Hand auf den sehr leeren und hohlen Bauch, den spitzen Rippenbogen. Auf dem Nachttisch das Popcorn. Verstohlen strecke ich die Hand danach aus, stecke mir fünf weiße Blütenknospen gleichzeitig in den Mund. Sie knirschen zwischen meinen Zähnen. Der Geschmack von Butter, die Salzkörner auf meiner Zunge. Die gelben Augen öffnen sich. Ich zucke zusammen, schlucke das ganze Popcorn auf einmal runter und lächle verwirrt. Ein Arm legt sich schwer um meine Schultern. Er kommt wieder zu sich, und zu mir. Mit seinen dicken Fingern streicht er mir über die Wange.

»Du bist das Beste, was mir seit Langem passiert ist.«

Ich denke an die Kais und die Möwen. In der Abendluft herumrennen.

»Ich war so lange schon mit keiner Frau mehr zusammen.«

Seine Hand löst sich von meiner Wange und greift nach der Flasche auf dem Nachttisch. Er setzt sich auf und trinkt einen großen Schluck, hustet.

»Willst du?«

»Ja. Nein. Einen kleinen Schluck.«

Der Alkohol ist zu stark. Ich mag keinen Whisky.

»Sehen wir uns wieder?«, fragt er.

Ich muss an die Möwen denken, die ganze Zeit.

»Ich weiß nicht. Du fährst doch bald weg, und ich habe angeheuert. Die *Rebel* läuft aus, sobald die Lachse da sind.«

»Wir können uns trotzdem wiedersehen. Du kannst sogar mit mir kommen.«

»Auf die Fähre? Nach Anchorage?«

»Nach Anchorage und nach Hawaii. Überallhin.«

»Und aufs Point Barrow verzichten?«, frage ich leise und lache.

»Und aufs Point Barrow verzichten.«

Er greift nach den Zigaretten, zündet mir eine an.

»Danke«, sage ich.

Bald wird es im Hafen dunkel sein. Schon hat der Himmel, den ich durchs Fenster beobachte, seinen Glanz verloren. Vielleicht erwartet mich Gordon auf dem Kutter. Vielleicht hat er auf mich gewartet. Eine große Erschöpfung legt sich mir ums Herz. Ich habe keine Lust mehr anzuheuern. Ich bin müde und will mir selbst gehören. Um zum Point Barrow zu gehen oder auf den Kais herumzurennen.

»Lässt du mich auch wieder ziehen?«, flüstere ich.

Er hat mich nicht gehört.

»Lässt du mich auch wieder ziehen? Ich mag es, frei zu sein, dort hinzugehen, wo ich hinwill. Ich will nichts anderes, als dass man mich ziehen lässt.«

»Ja«, sagt er, »ja, natürlich.«

Ich hebe den Blick, den ich gesenkt hatte, während ich immer schneller geredet habe, hole tief Luft.

»Ich bin nicht so eine, die den Männern hinterherrennt, will ich damit sagen, Männer sind mir scheißegal, aber meine Freiheit brauche ich, sonst haue ich ab. Ich haue sowieso ab. Ich kann es nicht ändern. Es macht mich ganz wahnsinnig, wenn man mich zwingt, irgendwo zu bleiben, in einem Bett, einem Haus, dann werde ich zu einem schlechten Menschen. Unerträglich. Ein Heimchen am Herd zu sein ist nichts für mich. Ich will, dass man mich ziehen lässt.«

»Können wir uns wiedersehen?«

»Ja«, hauche ich. »Vielleicht.«

Da lädt er mich für den nächsten Abend ins Restaurant ein. Er lässt mich ziehen – diesmal noch. Und ich renne zum Hafen. Es ist noch nicht Nacht. Die Möwen, der Abendwind, der fade Geruch der Ebbe, der schwerere, schmutzigere Geruch der Fabrik. Irgendwelche Kerle kommen torkelnd aus einer Bar. Am Ende der Straße ruft mich Murphy. Ich renne auf ihn zu. Er strahlt mich mit all seinen kaputten Zähnen an. Ich bin ganz außer Atem, schnappe nach Luft und muss lachen.

»Du musst atmen, Lili. Wovor bist du auf der Flucht?«

Ich lache ein letztes Mal auf, lege mir den Handrücken auf den Mund.

»Was ist mit Jude? Ist er schon runter vom Schiff? Und was treibt er jetzt?«

Raben stürzen sich auf den Metallcontainer, in den die Supermarktangestellten gerade den Abfall des heutigen Tages geworfen haben. Ich antworte nicht, schaue zu Boden, zum Himmel hoch, auf den Müllcontainer, der sich vom Denkmal des verschollenen Seemannes abhebt.

»So viele Raben«, sage ich.

Da lässt Murphy mich ziehen.

Die *Rebel* ist verlassen. Lauter leere Dosen stehen auf dem Tisch in der Kombüse. Der Aschenbecher quillt über. Joey hat seine *Penthouse*-Ausgabe liegen gelassen.

Gordon gibt mir diese Woche frei. Wir können also wieder ins Motel gehen. Ins Star, weil das nicht so teuer ist. »Komm am Nachmittag«, hat Jude gesagt. Das lange Gebäude aus

Sperrholzplatten liegt auf gleicher Höhe wie die Straße. Staubwolken haben graue Schlieren auf der weißen Fassade hinterlassen. Vor einer Tür, die einen Spalt breit geöffnet ist, erkenne ich sein Duffle Bag. Rasch schaue ich zur Rezeption, sie ist nicht besetzt. Ich stoße die Tür auf. Murphy ist auch da, lümmelt in einem Kunstledersessel herum. Draußen war ihm langweilig. Jude auf dem Sofa. Beide Männer hocken vorm Fernseher, in einer dichten Rauchwolke. Murphy hat eine Büchse Spam geöffnet, schmiert es zusammen mit Mayonnaise auf eine Scheibe Toastbrot. Er nuckelt an einer Cola, weil er, wieder einmal, aufgehört hat zu trinken.

»Alkohol macht mich zu einem bösen Menschen«, sagt er.

»Und Crack?«, fragt der große Seemann spöttisch.

»Crack ist noch schlimmer. Aber das kann ich mir im Moment sowieso nicht leisten.«

Weil ich irgendwann gesagt habe, dass ich Wodka mag, hat Jude einen dreiviertel Liter gekauft. Er trinkt aus der Flasche, mischt den Wodka manchmal mit der Cola, die er Murphy wegnimmt. Murphy freut sich, kommentiert den Film.

»Klar ist es dämlich«, sagt er, »diese gut aussehenden Miezen mit ihren Knackärschen, großen Titten und nichts im Hirn, den stinkreichen Typen und den fetten Villen. Aber es ist mal was anderes als der Platz und das *shelter*. Das *shelter* ist okay, für dich wärs das Paradies, weil es kaum Frauen gibt. Eine Bude mit dreißig Betten für dich ganz allein. Aber bei den Männern stinkt es nach Schweißfüßen, und geschnarcht wird auch, nachts da mit vierzig Mann in einem Schlafsaal. Ab und zu würde ich ja gern nach Anchorage fahren, meine Kinder und Enkel besuchen.«

»Bist du Opa, Murphy?«

Murphy lacht.

»Dreiundvierzig Jahre und acht Enkel. Manchmal gehe ich sie besuchen. Dann wohne ich bei einem der Kinder oder gehe ins Bean's Café. Da ist es auch okay, das Essen ist nicht schlecht. Selbst wenn da noch hundert Mal mehr Leute sind als im *shelter*, gibt's genug Schlafplätze für alle. Außerdem ist es in Anchorage leichter, einen Job auf dem Bau zu finden.«

Er steckt sich ein riesiges Stück Brot in den Mund. Mit finsterer Miene starrt Jude auf den Fernseher. Murphy trinkt einen Schluck Cola, um das Ganze hinunterzuspülen.

»Das ist mein eigentlicher Beruf, der Bau. Hier gehe ich manchmal zum Fischen, weil es mir guttut, wegen dem Crack und allem anderen, außerdem ist es ein Leichtes für mich anzuheuern, auf einem großen Schiff, einem für echte Kerle, passend zu meiner Größe und Kraft.«

»Du hast Murphy noch nicht gesehen, wenn er sich ärgert.«

»Genau, und das ist auch gut so, da raste ich aus und das bei meinem Gewicht…«

Ich habe Pizza mitgebracht. Der große Seemann ist eingeschnappt: Ich habe mich draußen auf der Straße herumgetrieben. Er beißt in die Pizza, spuckt sie angewidert aus.

»Aus welchem Mülleimer hast du die denn gefischt?«

Murphy sieht mich sanftmütig an.

»So solltest du nicht mit Lili reden.«

Ich senke den Blick, knete und streichele lange Zeit meine geschundenen Hände. Der Blick des großen Seemannes lodert. Er sieht mich an, macht sich über mich lustig. Er weist Murphy auf meine geschwollenen Hände hin, die breiter sind als die vieler Männer, meine außergewöhnlichen Pranken.

»Welcher Mann möchte denn von denen gestreichelt werden?«, sagt er zu ihm. »Kannst du mir das mal sagen?«

Arglos lacht Murphy. Der Fernseher dröhnt. Ich schweige, verschränke die Finger und löse sie wieder, damit sie endlich stillhalten. Und dabei hat er doch gestern noch gesagt, dass er sie immer spüren möchte, meine Hände. Ich denke an die Möwen. Den lauen Nachmittag auf der Straße, den Glanz des Wassers um die Schiffe. Die beiden Männer essen und trinken, manchmal hustet einer der beiden und spuckt in eine leere Büchse.

»Ich hab was vergessen«, sage ich.

Der große Seemann dreht sich zu mir um, sein Gesicht leuchtet rotbraun in dem schummrigen Zimmer. Bisher war er abweisend, jetzt wird er wütend.

»Is eben so«, sage ich.

»Wenn du sie anmaulst, kommt sie nicht zurück«, sagt Murphy und leckt die Mayonnaise vom Löffel.

Er lächelt mir zu. Der große Seemann sagt nichts. Er nimmt einen großen Schluck Wodka direkt aus der Flasche, zündet sich noch eine Zigarette an. Zornig starrt er auf den Fernseher, ignoriert uns beide. Ich stehe auf. Kurz vor der Tür ruft er mich.

»Aber du kommst zurück, oder?«

Dieser besorgte Ton in seiner rauen Stimme. Ich drehe mich um. Sein gelber Blick flackert. Jude ist in sich zusammengesunken, Angst in den Augen. Eine stumme Bitte. Verlegen senke ich den Blick, schaue wieder hoch, zu Murphy, dem unschuldigen, dicken Murphy in seinem Sessel, mit dem offenen Mund voller Brot und Mayonnaise, der sich über den Film amüsiert. Ich möchte vor Jude auf die Knie fallen, seine

Beine öffnen, meine Stirn an seine Schenkel pressen, sein Gesicht in diese beiden Hände nehmen, über die er sich lustig gemacht hat.

»Ja, ich komme wieder«, sage ich.

Auf der Schwelle schwanke ich zwischen der dicken Luft im Zimmer und der strahlenden Sonne draußen. Bald laufe ich. Auf den Baranov Park, die Lachsbeersträucher und die Johannisbeeren verzichte ich, darauf, mich ins Gras zu legen, auf das raue Krächzen der Raben in den enorm hohen Baumkronen. Bei den Anlegestellen trinke ich auf die Schnelle einen Kaffee. Dieser Mann raubt mir mein Leben, und das ist ungerecht.

Atemlos komme ich zurück. Murphy lächelt. Der andere würdigt mich keines Blickes. Der Fernseher läuft immer noch. Das Frühstücksfleisch ist alle, bleiben nur noch Brot und Mayonnaise. Es ist nicht mehr dieselbe Serie, aber immer noch dasselbe Geschrei. Aus meiner Tasche hole ich Schokoriegel, damit mir verziehen wird. Ich setze mich auf den schmutzigen Teppich, warte zusammengesunken ab. Ich denke daran, dass der große Seemann bald abreist. Und dass ich wieder anheuere.

Eine Hand legt sich auf meinen Nacken. Ich senke die Lider. Der Klammergriff wird fester, ich krümme mich zusammen. Er tut mir weh.

»Komm zu mir«, flüstert er.

Was tut er mir bloß an, denke ich verzweifelt. Ich drehe mich zu ihm. »Was tust du mir nur an …« Seine Stimme wird sanfter. Der Samt seiner gebrochenen Stimme.

»Komm, lass uns in die Badewanne gehen.«

Murphy ist auf dem Bett daneben eingeschlafen. Oder er tut so.

»*Tell me a story*. Du bist die Frau, die ich lieben möchte, für immer. Erzähl mir eine Geschichte, bitte.«

Er tut mir so gut, wird mir noch mehr Gutes tun.

»Was wünschst du dir, was könnte ich dir schenken, damit du noch glücklicher bist?«

»Ich bin glücklich, ich brauche nichts weiter. Du tust mir gut.«

Weil er nicht lockerlässt, weil er mir keine Ruhe lässt, weil er nicht aufhören würde, mich zum Stöhnen zu bringen, solange ich nicht antworte, verberge ich das Gesicht in seiner feuchten Achsel, die stark nach Salz und nach Meer riecht, das salzige Nass des großen Seemannes auf meinen Lippen. Ich, der Matrose mit der unförmigen Kleidung, verschmiert vom Blut, den Innereien und dem Schaum der Fische, antworte.

»Frauenkleidung hätte ich gerne … Das, was eine echte Frau trägt«, flüstere ich.

Er versteht nicht.

»Ich wünsche mir eine Strapscorsage«, wispere ich.

Er lacht.

»Es ist hübsch«, sage ich leise, »und es ist ein Geheimnis. Darin fühlt man sich noch nackter.«

Er runzelt die Stirn.

»Hast du so was oft getragen?«

»Ein Mal. Ich war so schön darin. Niemand wusste es. Ich habe mich wie eine Königin gefühlt unter meinen Klamotten von der Heilsarmee.«

»Kommst du mit mir nach Anchorage?«

»Ja.«

»Und nach Hawaii?«

»Ich kann nicht. Ich muss bald auf die *Rebel* zurück.«

»Du kommst also mit. Anchorage ... eine Strapscorsage ... das Motel ...«

Jedes Wort wird von einem tiefen und langsamen Stoß begleitet.

»*Do you still like me?*«, fragt er.

Die Fähre röhrt. Und wir sind drauf. Der große Seemann ist wie verwandelt. In abgewetzter Lederjacke und runtergetretenen Cowboystiefeln, aber immerhin sind sie geputzt. Seine Fischerstiefel, die Xtratuf, stecken in seinem riesigen Duffle Bag zu seinen Füßen. Über der Schulter eine verschlissene Tasche, um die Flasche zu verstecken, an Bord ist Alkohol verboten, in der Hand hält er einen Plastikbeutel, einen Müllbeutel voller Fischfilets, Heilbutt von unserem letzten Fang für seine Freunde in Anchorage.

»Mehr nimmst du nicht mit?«, fragt er. »Und was ist mit deinen Fischerstiefeln?«

»Die brauche ich nicht. In ein paar Tagen bin ich wieder da.«

Wir hatten uns auf der Fähre verabredet. An Deck und in den Gängen sind lauter Studenten, Besucher aus den *lower forty-eight*, die eine Fangzeit lang auf Abenteuer waren und in den Konservenfabriken gearbeitet haben. Es regnet. Wir finden einen Platz unter dem Windschutz an Deck. Auf dem Boden sitzend sehen wir zu, wie Kodiak sich von uns entfernt. Bald holt der große Seemann seine Flasche hervor. Ein mickriger junger Mann wirft uns einen empörten Blick zu. Richtig wütend wird er, als das Wasser schmilzt und der Fisch auftaut: Die Tasche hat ein Loch, und die Flüssigkeit läuft bis zu seinem Gepäck. Doch der große Seemann ignoriert ihn. Ich zupfe ihn am Ärmel.

»Der freut sich nicht gerade, der Typ, er wird nass.«

»Soll er sich doch woandershin setzen.«

»Woanders gibt's keinen Platz mehr.«

»Tut mir leid für ihn. Die Flasche scheint ihn auch zu stören. Aber er hat hier sowieso nichts zu suchen. Keine Gegend für ihn, wenn ihm schon beim Anblick einer Flasche ganz anders wird.«

Dann bekommt er Hunger, und wir gehen ins Restaurant. Der große Seemann hat einen Riesenhunger. Er bestellt eine doppelte Portion Rindergulasch. Wir trinken Wein. Es ist warm. Der Speisesaal ist klein. Das zu grelle Neonlicht und der Resopaltisch blenden mich. Jude läuft so rot an, als würde er ersticken. Wir gehen wieder hinaus, es ist dunkel geworden. Die Leute haben sich schon hingelegt. Auf den Liegesitzen unter dem Windschutz ist kein Platz mehr. Er zieht mich weiter an Deck.

»Komm, legen wir uns dahin«, sagt er.

Wir breiten meinen Schlafsack auf dem Boden aus. Von der Gischt ist alles feucht.

»Leg dich hin.«

Dann breitet er seinen großen Schlafsack über mich, legt sich hin. Neben seinem Kopf die Umhängetasche mit der Flasche. Er zieht mich an sich. Über uns der Himmel. Die Wolken ziehen über den weißen Mond, so weiß und so glatt, er sieht aus wie ein Gesicht. Die Sterne flackern. Manchmal kitzelt uns der Regen ein bisschen an der Stirn. Die anderen liegen geschützt da, wie eine schlafende Herde. Wir nicht. Wir, wir reiten den Kamm der schwarzen Welle, im kühlen Sprühregen. Der große Seemann zieht mich an sich, wir lieben uns unter dem Schlafsack. Ich lache, als er wegrutscht, der Wind fährt mir unter den Rücken.

»Ich möchte gern schlafen, bitte«, flehe ich ihn mit ganz leiser Stimme an.

Doch der große Seemann ist nie müde. Schließlich weine ich ein bisschen, da küsst er mich und tätschelt mir den Hintern. Er seufzt. Dann schnappt er sich die Flasche, trinkt einen letzten Schluck und sieht sich die Sterne an. Er zählt sie auf. Der heisere Klang der Wörter mischt sich unter das Hin und Her des Seegangs. Dann rollt da nur noch die Welle seines Atems in seiner Brust, auf der meine Stirn liegt.

Das Deck ist verlassen, die Fähre unbeweglich. Als wir aufwachen, hat sie längst angelegt. Die Sonne steht hoch am Himmel. Rasch rollen wir unsere Schlafsäcke zusammen. Ich lache.

Wir gehen in Richtung Stadt – Seward. Es ist sehr schönes Wetter, und wir haben Hunger. Die letzten Reisenden schwärmen unten am Landungsplatz aus. Wir folgen der einzigen, schnurgeraden, von niedrigen Häusern gesäumten Straße, die sich vom Meer entfernt und zwischen den Bäumen hindurch tief in den Wald hineinführt. Wir nehmen mit dem erstbesten Café vorlieb. Vor dem Eingang lässt Jude sein Duffle Bag schwer zu Boden fallen.

»Lass uns was essen!«

Wir finden einen Tisch am Fenster. Ich setze mich. Zwei Tische weiter wendet sich der kleine Student ab, den wir auf der Fähre gestört haben. Er steht auf und entfernt sich, als der große Seemann ihm die mittlerweile völlig flach gewordene Tasche mit den Heilbutten vor die Füße wirft. Eine kleine, pausbäckige Frau bringt uns Kaffee, auf ihrer Schürze schmiegt sich ein großes rosafarbenes Herz an ihren runden Bauch.

»Ich nehme das große Frühstück, mit allem.«

»Und ich die Pancakes.«

»Was machen wir jetzt, Jude? Fahren wir mit dem Bus nach Anchorage?«

»Ich rufe Elijah und Allison an. Dann holen sie uns ab.«

»Elijah? Allison?«

»Meine Freunde. Ich habe ihnen Bescheid gesagt. Sie erwarten uns.«

»Aber ich dachte …«

»Was?«

»Dass wir zwei ganz alleine nach Anchorage gehen.«

»Na, tun wir doch, oder?«

Ich laufe geradeaus, auf die Bäume zu. Vielleicht in den tiefen Wald hinein. Der Park ist groß. Bei der ersten Bank bleibe ich stehen, hole eine Zigarette heraus. Meine Kehle ist wie zugeschnürt. Ich hätte die Insel nicht verlassen sollen. Den Kutter. Und jetzt gehen wir zu irgendwelchen Leuten. In ein Haus. Und lassen uns in einem Netz fangen. Über mir zittert eine große dunkle Fichte. Ich lutsche an einer Nadel, die auf den Steintisch vor mir gefallen ist. Ein kleines Stechen im Hals, als ich sie hinunterschlucke.

Ein Mann setzt sich neben mich. Ich habe ihn nicht kommen hören. Er stellt eine Bierpackung auf den Tisch.

»Willst du eins?«

Ich sehe hoch, der Mann mustert mich. Seine dunklen

Augen, leicht schräg, sehen aus wie zwei feuchte Fische, seine schwarzen Haare wie Algen.

»Nein, danke.«

»Hast du eine Zigarette für mich?«

Ich halte ihm die Packung hin.

»Woher kommst du?«

Ich deute vage in Richtung Mole, zur blendendweißen Landungsbrücke hin, zum funkelnden Wasser.

»Von der Fähre.«

»Wohin gehst du?«

»Nach Anchorage … Ich weiß nicht.«

»*Are you a runaway?*«

Der große Seemann kommt zu mir. Er wirft meinem Nebenmann einen tödlichen Blick zu. Der Indianer mit den Fischaugen haut mit seinem Bier ab.

»Reg dich nicht auf«, sagt er. »Wir gehen schon noch nach Anchorage, wir beide, und nur wir beide. Aber ich kann es mir nicht leisten, fünf Tage lang ins Motel zu gehen.«

»Ja«, sage ich, »klar. Ich kanns mir auch nicht leisten.«

»Die sind in Ordnung, meine Freunde. Ich steige immer bei ihnen ab. Elijah und ich kennen uns seit unserer Kindheit. Wir sind nicht denselben Weg gegangen, aber das macht nichts. Sie wissen, wer ich bin, und es stört sie nicht.«

»Ja.«

»Ein echtes Haus tut manchmal gut, findest du nicht?«

»Ich weiß nicht.«

»Na komm, wir müssen los, sie sind bald da.«

»Aber erst musst du mich küssen. Nachher gehts nicht mehr.«

Wir wanken die Straße entlang. Er in seiner alten, abgewetzten Lederjacke, ich in meinem Blouson von der Heilsarmee. Wie man aus dem Meer auftauchen kann, so tauchen wir aus dem Wald auf. Ich will mich nicht geschlagen geben. Er auch nicht.

Doch bald sind sie da. Das weiße Auto parkt auf der Böschung. Elijah steigt als Erster aus, ein glattes Gesicht, blaue Augen unter einem weißblonden Haarhelm. Er umarmt den großen Seemann. Jude erwidert die Umarmung ein bisschen steif und linkisch, beide lachen. Dann steigt Allison aus dem Auto. Mit einer Hand hält sie ihren kastanienbraunen Haarschopf zusammen, den der Wind zerzausen möchte. Ein Lächeln. Sie ist hübsch.

Beide staunen über die Begleitung des großen Seemannes. Sicher hatten sie eine vollbusige Bedienung oder Tänzerin aus einer Bar erwartet, oder eine Fischerin mit hoher, lauter Stimme. Aber sicher nicht diesen Wildfang mit seinem mit dem Messer gestutzten Haar, der aussieht wie ein kleines Mädchen. Zögerlich bleibe ich in der ausgewaschenen Carhartt-Jacke stehen, meinem ganzen Stolz. Sie flattert um mich herum wie eine Flagge. Meine Hände verstecke ich in den ausgebeulten Taschen. Jude sieht mich ohne jede Freundlichkeit an. Hinter ihnen sehe ich den großen schwarzen Wald. Wir steigen ins Auto. Auf der Rückbank mache ich mich ganz klein. Ich bin stumm geworden.

In Anchorage stellt sich heraus, dass der große Seemann mich angelogen hat. Es gibt weder eine Strapscorsage für mich noch ein Motelzimmer, das wir drei Tage lang nicht verlassen müssen. Elijah und Allison sind jung und schön.

Sie haben ein Haus, einen weißen Pavillon mit blauen Rollos inmitten anderer weißer Pavillons, einen Hund und ein sechs Monate altes Baby. Und wir, wo kommen wir her, frage ich mich bei ihrem Anblick, während ich drei Tage auf einem Stuhl, einem Sofa, einem Sessel sitze, drei Tage lang sitzen, schweigsam, immer schweigsamer und trauriger. Die Worte kehren nicht zu mir zurück, da kann man nichts machen. Ich will weg hier. Ob die *Rebel* auf mich wartet? Ich will wieder aufs Meer.

Ich versuche, Allison zu helfen. Beim Ausräumen des Geschirrspülers fällt mir ein Glas herunter und zerbricht.

»Setz dich doch«, sagt sie, »du bist im Urlaub.«

Die Männer sitzen vor dem Fernseher, auf dem schönen Ledersofa, und reden. Elijah wirft mir einen freundlichen Blick zu.

»Komm doch zu uns.«

Ich setze mich. Die Tage sind lang. Ununterbrochen muss ich sitzen. Erst auf dem Sofa, dann auf einem Stuhl am Tisch. Allison versucht, mich in ein Gespräch zu verwickeln. Meine Stimme versagt, ich stottere. In Gedanken bei der *Rebel*, zähle ich die Stunden.

Morgens, als alle noch schlafen, öffne ich lautlos die Terrassentür und schleiche mich hinaus. Ich setze mich auf den kurz geschnittenen Rasen, betrachte den Rosenstrauch vor mir, das Eingangstor, den milchigen Himmel. Hin und wieder fliegen Vögel vorbei. Drecksbiester, denke ich, die habens ja so gut. Sie können nämlich fliegen. Mein Blick kehrt zum Eingangstor zurück, zusammen mit dem Bedürfnis, allein über die Anlegestellen zu rennen, schwebend in der Klarheit des noch leeren Morgens, niemand in der Nähe.

An einem Abend gehen Elijah und Allison aus. Ratlos stehen wir uns gegenüber. Draußen ist schönes Wetter.

»Lass uns rausgehen«, sage ich.

Wir spazieren durch die Reihen von Häusern, die alle weiß sind, jedes einzelne. Die Luft ist mild. Die schnurgeraden Straßen verlaufen exakt parallel, sie haben keinen Namen: nur Zahlen. Wir biegen um die Ecke. Die Querstraßen sehen genauso aus. Aber die haben Buchstaben. Ein Schwarm Wildgänse fliegt über uns hinweg. Ich hebe den Kopf. Ihre tiefen, heiseren Rufe erklingen in dem von der Abendsonne golden gefärbten Himmel. Jude hat meine Hand genommen. Wir spazieren durchs Labyrinth.

»Elijah und Allison sind nett«, sage ich. »Aber wann werden wir zwei alleine sein?«

Die Wildgänse sind vorübergeflogen. Der Himmel ist wieder leer. Der große Seemann antwortet nicht. Als wir lange genug durch die Straßen spaziert sind, kehren wir zum Haus zurück.

Jude schaltet den Fernseher ein, gibt mir ein Bier. Ich setze mich auf den roten Teppich. Er kommt zu mir, drückt mich zu Boden. Dann legt er sich auf mich. Das große Kupfer der Mitternacht leuchtet zum Fenster herein, erhellt das Schlachtfeld seines Gesichtes. Bald liege ich nackt und weiß auf dem roten Teppich. Die Tränen kommen. Und auch die Lust, wie eine große Kälte. Die milchige Haut seiner breiten Schultern. Was ist nur mit mir los, denke ich, in meinem Inneren bin ich wie erfroren. Er küsst mich. Ich nehme sein Gesicht in die Hände. Sein Kiefer und seine Wangen bewegen sich beim Küssen. Als würde er immer noch trinken.

Sie kommen früher zurück als vorgesehen. Wir haben sie nicht aufschließen hören. Jude neben mir.

»Um schlafen zu können, musste ich immer schon völlig erledigt sein«, sagt er leise.

Ruckartig setze ich mich auf. Schon hat Jude mich mit seiner Jacke bedeckt. Sie bekommen einen Schreck. Elijah läuft dunkelrot an, Allison wird ganz blass. Das Baby in ihren Armen schläft. Dann lachen sie ein bisschen. Der große Seemann steht nackt mitten im Wohnzimmer. Ich blicke auf den Teppich hinunter. Sein großer, sehr weißer Fuß, der in der roten Wolle verschwindet, scheint mir noch ungehöriger als sein stämmiger nackter Körper vor dem Himmel draußen, sein steifer Schaft, der aus seinem gelockten, im Licht der Mitternachtssonne fast rötlichen Schamhaar ragt, eine feurige Truhe für dieses Geschlecht, das er sich nicht einmal mehr Mühe gibt zu verbergen. Allison wendet den Blick ab, räuspert sich.

»Sollen wir nicht schlafen gehen?«

Der große Seemann ist sauer auf mich. Wir trauen uns nicht mehr, uns anzusehen. Die einzigen Glücklichen sind die beiden, dieses Pärchen mit dem Hund und dem Kleinkind. Wir haben nichts, gar nichts.

»Ich fürchte mich vor Häusern«, sage ich irgendwann, »vor den Wänden, den Kindern der anderen, dem Glück schöner Menschen, die Geld haben. Lass uns doch bitte hier weggehen.«

Trotzdem bleiben wir da. Wenn wir uns lieben, ist es fürchterlich und traurig. Seine schönen Augen verbrennen mich und treiben mich zur Verzweiflung. Er ist einsamer denn je, einsamer als der Mann, der auf dem Meer gebrüllt hat. Bald wird er eifersüchtig. Er wird wahnsinnig vor Kummer, als ich ihn eines Nachts verlasse und auf dem Sofa schlafe. Er bedrängt mich, warum und was hast du gemacht und wohin bist du gegangen? Schwöre mir, dass du nicht bei ihnen warst, weder bei ihm noch bei ihr. Wo warst du denn und warum?

»Du hast gehustet, so sehr, dass es klang, als würdest du schreien. Mir war zu warm, du hast mich erstickt. Ich wollte dicht beim Garten schlafen. Draußen sein. Da habe ich die Terrassentür geöffnet, um die Nachtluft zu riechen. Ich will weggehen, weit weg von hier.«

Wir sind in dem kleinen Zimmer, aus dem ich nachts geflüchtet bin, als er im Schlaf brüllend diesen Husten hustet, der ihm die Brust zerreißt. Und ich ganz allein in meiner Schlaflosigkeit, mit meiner immer größer werdenden Angst, ich hatte einen Löwen geheiratet, jetzt schon verschlang er meine Nächte, eines Tages würde er mich ebenfalls verschlingen. Er legt sich auf mich und wird mich nicht mehr ziehen lassen. Er dringt in mich ein, fast schon brutal, er will, dass ich schreie, dass ich krepiere, ich, die *runaway*. Mich für immer bei sich behalten. Sein rot gewordenes Gesicht entflammt sich über mir, er stöhnt lange, rau und zerrissen ist sein Ächzen, ein Schluchzer.

Schweigend gehen wir durch die Straßen. Ein Tag der Verwirrung. Wir haben das schöne Haus verlassen. Die Vorstadt von Anchorage zieht sich, grau und schmutzig im Regen. Spenard: triste, eintönige Häuserfronten entlang der ganzen geraden Avenue, nur unterbrochen von der grellen Neonbeleuchtung eines Autohändlers, dem leeren Gelände um eine Lagerhalle, dem Leuchten eines Getränkekiosks. Er hat Durst, denke ich. Seine Flasche ist längst leer. Wir haben unser Zeug in einem billigen Motel zurückgelassen, grau und öde wie alles andere hier. Aber eine Zufluchtsstätte, immerhin. Ein Zuhause für die Nacht. Und jetzt ziehen wir durch die Gegend. Rote und grüne Neonbeleuchtung an der Straßenecke – eine Bar. Jude richtet sich wieder auf und beschleunigt den Schritt.

Das PJ's. Ein bis zur Taille nacktes Mädchen öffnet uns die Tür, nimmt uns die tropfnassen Jacken ab. Sie lächelt uns zu. Wir dringen in die Höhle ein. Ein paar Männer sitzen im Dämmerlicht. Wir finden einen Tisch. Ein anderes Mädchen, in einer Strapscorsage, kommt und nimmt die Bestellung entgegen. Wodka und Bier. Rosa Strapse halten schwarze Strümpfe, die sich straff über ihre langen, fleischigen Beine spannen. Ein kleiner String in Form eines lila Schmetterlings schimmert auf ihrem geschwollenen, glatten Schamhügel. Auf der Bühne schwingt eine dickliche Frau die Hüften, die Hand auf einem der Strapse, den sie langsam löst. Ihr riesiger, sehr roter Mund sieht aus, als würde er das Mikro küssen. Sie singt und stöhnt mit einer heiseren, melodischen Stimme. Fasziniert verfolge ich ihr Treiben. Der große Seemann hat den Wodka in einem Zug leer getrunken. Er gibt die nächste Bestellung auf. Nach stundenlangem Schweigen spricht er endlich wieder mit mir.

»Bist du zum ersten Mal in einer Bar mit Tänzerinnen?«

»Ja.«

»Ist es dir unangenehm?«

»Nein.«

Die Mädchen rennen von einem Tisch zum anderen, ihre

Brüste bewegen sich mit, und die drehenden Spotlichter werfen goldene Reflexe auf ihre rot, blau, schwarz bestrumpften Beine. Sie lachen. Er hatte mich beeindrucken wollen. Er versucht es erneut und ruft die Bedienung. Leise flüstert er ihr ein paar Worte zu, deutet auf einen Schein, legt ihn auf den Tisch. Sie zwinkert mir zu und stellt ihr Tablett ab. Dann zieht sie sich vollständig aus, langsam, sieht dabei aber nicht ihn an, sondern mich: Sie lächelt mir zu wie einer Schwester. Ihr Becken bewegt sich hin und her, ruckweise, zuerst träge, dann immer schneller. Schlangenhafte Wellen gehen über ihren Rücken, von den runden Schultern hinunter zu den beweglichen Lenden, Zuckungen laufen über ihre Schenkel. Als sie nackt ist – es dauert nicht allzu lange –, nimmt sie den Schein an sich.

»Danke«, sagt sie zum großen Seemann, »wollt ihr noch etwas trinken?«

Er gibt mir noch einen Wodka aus und kauft mir ein T-Shirt mit dem Namen der Bar darauf. Wir gehen wieder. Nebel ist aufgekommen. Mir ist kalt. Die Avenue will kein Ende nehmen, es gibt nur noch Regen und Autos. Ich greife nach seiner Hand. Dieses traurige Umherirren hat uns versöhnt. Ein *liquor store* unterwegs: Er bevorratet sich wieder mit einer 0,3-Liter-Flasche Wodka.

»Ich habe Hunger«, sagt er. »Hast du Lust auf eine Pizza?«

An der nächsten Ecke springt uns eine jämmerliche Cafeteria in die Augen. Wir überqueren die Straße. Jude öffnet die Tür, ein gelangweiltes Mädchen wirft uns einen ausdruckslosen Blick zu. Gähnend nimmt sie die Bestellung entgegen, streicht sich eine triste Strähne aus dem Gesicht, setzt sich wieder, wartet. Da gehen wir wieder nach draußen, setzen uns auf den feuchten Gehweg, warten auf die Pizza. Der Regen rinnt uns übers Gesicht. Er zündet sich eine Zigarette an, das trübe, schmutzige Licht des bleiernen Himmels lastet auf seinen müden, vom Alkohol zerfressenen Zügen – ein Himmel des Elends –, uns ist so kalt. Zum ersten Mal seit Langem spricht er wirklich mit mir.

»*Where is home?*«, sagt er. Die Flasche lugt aus seiner Umhängetasche. Er spuckt zu seinen Füßen aus, schnäuzt sich mit den Fingern.

»Wo ist es, mein Zuhause?«, fährt er fort. »Ich habe nichts, ziehe von einem Schiff zum nächsten, vom Hafen in Kodiak zu dem in Dutch. Keine Frau, keine Kinder, kein Haus. Ein Motelzimmer, wenn ich es mir leisten kann. Aber selbst Tiere haben einen Bau.«

Er lässt die Schultern hängen, matte Strähnen fallen ihm ins gerötete Gesicht, die großporige Haut eines Mannes, der zu viel trinkt. Er holt die Flasche hervor und nimmt einen Schluck, hält mir den Wodka hin.

Er hustet ausgiebig. Als er endlich wieder Luft bekommt, zündet er sich die nächste Camel an. Die Bedienung ruft uns, und wir reagieren nicht einmal.

»Ich bin müde, weißt du, so müde.«

Der Mann ohne Bau erwartet keine Antwort. Ich schweige. Die Welt erdrückt ihn, eine eisige Wüste, unerbittlich zu den Verzweifelten wie das fahle Licht des vergehenden Tages, es lässt sein Gesicht, das Gesicht eines Besessenen, hässlich erscheinen, kleinmütig. Da, auf diesem Stück tropfnassem Gehweg, spüre ich es, ein diffuses Schaudern auf meinem Rücken, eine Welle, leicht wie ein Hauch – meine Flügel, die nie weg waren. Auch ich irre umher, aber nicht auf dieselbe Weise wie er.

Wir nehmen die Pizza und gehen weiter die graue Avenue entlang. Es regnet immer noch. Die Pappschachtel weicht uns in den Händen auf. Es wird immer kälter und kälter. Doch keine Angst: Das Motel ist nicht mehr weit, leuchtend rote Lichter an der nächsten Kreuzung, eine kleine gelbe Mondsichel aus Neon flackert im Nebel.

Wir treten ein, ziehen die Tür hinter uns zu, und das Elend ist vorbei, wir sind zu Hause, ziehen die Vorhänge zu und schließen den schmutzigen Himmel draußen aus. Wir schlüpfen unter die Decke, nehmen uns in dem weißen Bett in die Arme. Endlich sehe ich ihn lächeln, dieses erste schüchterne und ungläubige Lächeln.

»Du machst mir Angst«, flüstert er.

Seine Stirn fällt auf meine Brust, er bleibt lange so liegen, ich horche, das Klopfen seines Herzens, das gedämpfte Rauschen des Verkehrs auf der Avenue, der Regen, morgen bin ich weg.

»Morgen bist du weg«, sagt er leise, als hätte er meine Gedanken gelesen.

»Ja.«

»Ich kann dich nicht bitten, bei mir zu bleiben. Ich habe dir nichts zu bieten.«

»Ich verlange nichts. Jeder muss für sich selbst sorgen.«

»Frauen haben Bequemlichkeit gern, ein Haus.«

»Ich nicht. Ich will im Freien leben.«

»Aber ich. Mir würde es gefallen.«

»Und was ist mit dem Fischen?«

»Das rettet mir das Leben. Es ist das Einzige, was stark genug ist, um mich von all dem fernzuhalten« – eine vage Geste –, »aber mir ein Haus bauen, ja, doch, es würde mir gefallen. Und wir würden ein Kind haben und es Jude nennen.«

»Mit mir hast du nicht gerade die Frau erwischt, von der ein Mann träumt.«

»Ich habe schon lange nicht mehr daran geglaubt, dass ich überhaupt noch eine treffe.«

»Ich bin eine *runaway*, ein streunendes Tier, ich kann mich nicht ändern. Am Ende werde ich in einem *shelter* landen.«

»Lass uns heiraten.«

»Ich will wieder aufs Meer.«

Er drückt mich an sich.

»Lass uns heiraten, und dann fischen wir zusammen.«

»Ich will nicht mehr an Land sein. Lieber noch ertrinken, glaube ich.«

Er setzt sich auf, greift nach der Flasche, ohne mich loszulassen. Seine Brust presst sich für einen Moment an mein Gesicht.

»Willst du einen Schluck Wodka?«

»Nein … Doch. Wir trinken zu viel, zusammen.«

»Ich trinke die ganze Zeit, aber du, du trinkst doch kaum.«

Er nimmt einen Schluck und flößt mir etwas ein. Ich muss husten, lache. Seine Augen leuchten im Dunkeln. Ich sehe den Glanz seiner Zähne in seinem geöffneten Mund, als auch er lacht.

»Lass uns jetzt schlafen.«

»Ja, schlafen wir.«

Jemand von der Rezeption klopft um fünf Uhr morgens an die Tür. Schon ist die Verschnaufpause vorbei, ich muss wieder in die Welt hinaus, nach draußen, auf die Straße. Sanft löse ich mich aus seinen großen Armen.

»Schlaf«, sage ich, »ich muss los.«

»Ich komme dich besuchen«, sagt er. »Ich schreibe dir aus Hawaii und warte auf dich. Für immer.«

Anchorage liegt im Nebel. Mein Flieger steigt in den bedeckten Himmel auf. Doch sobald wir höher kommen, ist es Sommer. Ich werde nicht mehr nach Anchorage zurückkehren. Der große Seemann schläft noch, in die lauwarme Mulde gekuschelt, die ich im Bett hinterlassen habe. Mir bleibt der Geruch seiner Haut. Die Stewardess bringt mir Kaffee und ein Cookie. Ein paar Typen vor mir wollen schon Bier. Sie reden über Dutch und über ein Schiff, das untergegangen sein soll. Der Flieger taucht zur Insel von Kodiak hinab. Meine Kehle schnürt sich zu, endlich bin ich wieder am Meer. Als ich die großen Kutter wiedersehe, die sich auf der Reede ausruhen, und den von kleinen Bötchen und ihrem schaumigen Kielwasser gesprenkelten Ozean, wird mir plötzlich klar, dass ich zurückkommen musste. Mein Herzschlag beschleunigt sich, denn bald gehe ich wieder auf Fischfang.

In der winzig kleinen Flughafenhalle hole ich mir meine Tasche zu Füßen des ausgestopften Grizzlybären ab. Dicke Männer in Stiefeln schnappen sich ihre. Ich gehe hinaus. Sonne. Es ist noch früh am Morgen. Ich laufe die verlassene Straße entlang, hebe den Daumen. Ein Taxi bleibt stehen. Der Fahrer beugt sich hinüber, um die Tür zu öffnen.

»Ich fahre in die Stadt zurück«, sagt er. »Die Fahrt ist schon bezahlt. Ich nehme dich mit.«

Ich steige ein, stelle mein spärliches Gepäck neben meine

Füße. Der kleine Mann ist alterslos, er hat einen mickrigen, blassen Vogelkopf, hellgraue Augen, eine sehr hohe, etwas heisere Stimme. Er gibt mir eine Zigarette. Seine Hände sind zart und durchscheinend, als wären sie aus Glas.

Wir fahren am Meer entlang. Bis zur Station der Küstenwache ist die Straße gerade. Kein einziger Baum, die Erde ist schwarz und karg. Dann kommen Gibson Cove und die ersten Baumwollsträucher. Wir fahren weiter. Der lichte Wald verdichtet sich. Zu meiner Rechten die Treibstoffdocks und die stillen Riesen, die bei den ersten Konservenfabriken vor Anker liegen. Ihr Anblick tut meiner Seele weh, mein Bauch krampft sich zusammen, sie rufen mich genauso laut wie Jude. Die *Topaz* ist zurück. Die *Lady Aleutian* und die *Saga* haben sich, seit ich weg bin, nicht vom Fleck gerührt.

Der Fahrer spricht schnell und viel: Edward, geboren und groß geworden in Arizona, nach Kodiak hat ihn eine Reihe von Zufällen und Unwägbarkeiten verschlagen. Der Aschenbecher quillt über. Auf der Rückbank ein Durcheinander von Büchern. Das Funkgerät unterbricht ihn, er wird zu einer Fahrt gerufen.

»Komm heute Abend zu Tony's, dann lade ich dich auf einen Drink ein«, sagt er, als er mich beim ersten Landesteg absetzt, wo ein großer zerzauster Kerl ihn erwartet, in Jogginghose und Sweatshirt, beide gleich abgerissen, einen Müllbeutel über der Schulter.

Das Deck der *Rebel* ist verlassen. Die Sonne steht hoch am Himmel. Ich gehe zur Dog Bay. Mitten auf der Brücke beuge ich mich übers Geländer. Unter mir die Möwen, das dunkelblaue Wasser, das sich in tiefen und langsamen Wellenbewegungen voranschiebt. Um Jude nachzuahmen, spucke ich hinunter. Dann setze ich meinen Weg fort. Die tiefen Wälder von Long Island breiten sich schwarz vor mir aus, der mit Schäfchenwolken betupfte Himmel ist strahlend blau. Ich komme zum kleinen Hafen, gehe ein paar Schritte und schließe die Augen, der Geruch des Wassers mischt sich unter den des dichten Waldes auf der anderen Straßenseite. Lange atme ich den Duft ein, bis mich die Müdigkeit ganz benommen macht, plötzlich fühle ich mich federleicht.

Ich gehe zur *Milky Way* weiter. Kein Ton. Jason schläft sicher noch. Da lege ich mich aufs Deck. Das Holz wärmt mir den Rücken. Wasser plätschert an den Rumpf. Ganz oben am Mast starrt ein künstlicher Rabe zum Berg. Die Luft riecht nach Algen und Muscheln. Als ich gerade fast einschlafe, tritt Jason aus der Kajüte, zerzaust, das Gesicht noch ganz verquollen vom Schlaf.

Gordon sitzt am Tisch in der Kombüse, einen Becher Kaffee zwischen den dicklichen Fingern. Er neigt den Kopf, lächelt, als ich eintrete. Eine Frau begrüßt mich mit einem knappen Nicken und geht hinaus.

»Das ist Diana«, sagt Gordon rasch – dann hüstelt er. »Wars schön in Anchorage?«

»Ja. Aber es tut gut, wieder hier zu sein.«

Er räuspert sich.

»Ich habe schlechte Neuigkeiten, Lili. Es tut mir wirklich sehr leid. Die Versicherung will nicht für deinen Unfall auf dem Kutter aufkommen. Und jetzt möchte Andy dich nicht mehr haben für diese Fangzeit. Er glaubt, dass deine Papiere nicht in Ordnung sind. Zu riskant«, sagt er.

Der kleine Mann stammelt eine Entschuldigung nach der

anderen, die aufgesperrten Augen auf seine verschränkten Hände gerichtet.

»Ich kann wirklich nichts dafür.«

Der vergissmeinnichtblaue Blick legt sich auf mich. Er ist so klar wie der eines Kindes.

»Aber du kannst ruhig an Bord bleiben, solange die *Rebel* im Hafen liegt.«

Ich finde Jason in der Bar, ein Pint Guinness in der Hand.

»Weißt du was, Jason? Wir können zusammen auf Fischfang gehen!«

Da jubelt Jason. Er wirft sein Käppi in die Luft und brüllt ein wildes Yee-haw heraus.

»Das muss gefeiert werden, Matrose! Heute Abend malen wir die Stadt rot an. Zwei Tequila für mich, zwei!«

Ich denke an den großen Seemann. Was wird er sagen, was wird er tun, wenn er das erfährt? Das Schiff versenken?

»Jason«, flüstere ich, »*I'm in trouble.*«

Von einer *runaway* wie mir macht sich Jason aufs Schlimmste gefasst.

»Ich habe einen Freund, einen großen, sehr großen Seemann«, sage ich und hole tief Luft, fahre in einem leiseren Ton fort: »Er ist schrecklich eifersüchtig. Wenn er uns zusammen sieht, will er uns vielleicht umbringen.«

Unter den hochgezogenen Brauen rollt Jason wie verrückt mit den Augen.

»Und wo ist er, dein Freund?«

»In Anchorage. Und dann in Hawaii.«

Er bricht in lautes Gelächter aus und bestellt zwei weitere Tequila, Wodka, Rum und White Russians.

»Dann sind wir die Verrückten des Meeres«, verkündet er, kerzengerade auf seinem Stuhl, »wann bringst du mir bei, Feuer zu spucken? Wann werden wir endlich Schmuggler und besaufen uns in allen Häfen Alaskas?«

Ich kehre zur *Rebel* zurück, das Wasser im Hafen glitzert und tanzt. Sofort gehe ich in meine Koje, verkrieche mich darin und falle in Tiefschlaf. Als ich am nächsten Morgen aufwache, hat Joey mich mit seinem Schlafsack zugedeckt.

Es ist sehr schönes Wetter. Ich fresse wie ein Scheunendrescher. Jason und ich streichen die *Milky Way* neu. Am Abend klettern wir manchmal das Mastwerk hinauf. Wir lassen die Beine in der Luft baumeln und tun so, als hätten wir Angst. Der Wind brüllt, wenn er in die Brückenbögen fährt, darunter strömt das Meer hindurch. Uns dreht sich der Kopf. Seeschwalben streifen uns beinahe. Im Sturzflug sinken sie schrill schreiend hinab. Ihre näselnden, hohen Rufe vereinigen sich mit den Schluchzern der großen silbernen Möwen. Als wir wieder auf dem Boden stehen, mit klopfendem Herzen und geweiteten Pupillen, erfasst uns ein Schwindel. Dann gehen wir Rum und Wodka trinken. Aber eigentlich ist mir ein unschuldiger Milchshake lieber: »Wie als ich klein war«, sage ich zu Jason.

Heute haben wir die *Milky Way* zum großen Hafen gefahren. Wir sind am Kai vor Anker gegangen, an der Stelle, wo die Schiffe bei Ebbe kielgeholt werden. Als das Wasser sich zurückgezogen hat, schaben wir die Algen und Entenmuscheln vom Rumpf und tragen eine neue Schicht Antifouling auf. Wir waten durch den Schlick. Möwen kreisen am Himmel, die Wolken ziehen zur offenen See. Die Flut kehrt fast zu schnell zurück. Alles tanzt, fliegt und rollt in goldenen Fontänen heran. Und wir, wir sind von Kopf bis Fuß orange und schwarz, voller Antifouling-Zeug, sogar unsere Haare sind klebrig von der Farbe und dem Schlick. Da geht Murphy vorbei und winkt mir zu.

»Hast du Neuigkeiten von Jude?«, ruft er.

Ich schaue zu ihm hoch und stolpere über den *gril*. Dann lande ich im Schlick und kann vor lauter Lachen nicht mehr aufstehen.

»Es geht ihm gut!«, sage ich, als ich mich wieder etwas beruhigt habe. »Er ist immer noch in Anchorage, und sobald ich genug Geld habe, fahre ich zu ihm nach Hawaii!«

Vögel fliegen über Murphy hinweg, seine dunkle Silhouette mit dem strahlenden Gesicht, eine riesige Sonnenblume, hebt sich vom Himmel ab. Die Sonne tupft mir goldene Flecken unter die Lider. Schon reicht uns das Meer bis zu den Knöcheln. Zeit, wieder an Bord zu gehen.

Wir warten aufs Wasser, um wieder losfahren zu können. Jason zeigt mir eine Glasboje, die über seiner Koje hängt.

»Sie ist uralt, aus dem letzten Jahrhundert vielleicht. Oder aus dem Krieg, ich weiß nicht. Sie kommt aus Japan. Sie hat schon Dutzende von Jahren auf dem Meer getrieben, als ich sie fand. Wenn wir auf Fischfang gehen, finden wir bestimmt noch mehr. An den Stränden in der Bucht von Uganik und die gesamte Westküste hinunter, in Rocky Point, Karluk, Ikolik …«

»Oh ja«, sage ich verträumt und berühre die unregelmäßige bläuliche Kugel mit den im mundgeblasenen Glas eingeschlossenen Luftblasen. »Ich wäre so gern eine Boje.«

»Halte mich, halte mich ganz fest.« Der Mann mit dem entstellten Antlitz, einem Gesicht wie Steinzeug, der immer irgendwo zwischen dem Platz und den öffentlichen Toiletten herumhängt, klammert sich an mich. Mit aller Kraft nehme ich ihn in die Arme.

»Danke«, sagt er – und geht seiner Wege.

Ich treffe Murphy. Er kommt gerade aus dem McDonald's, einen Hamburger in der Hand.

»Arbeitest du immer noch?«

»Klar, Murphy, wir gehen doch Ende des Monats auf Taschenkrebsfang.«

»Du arbeitest zu viel, Lili, machs wie ich, nimm dir frei. Zieh ins *shelter*, da kriegst du jeden Abend einen Futternapf, kannst duschen und hast einen Schlafsaal fast für dich allein. Nimm dir frei, geh duschen, zieh dir ein Kleid an und betrink dich mal ordentlich!«

Ich lache.

»Weißt du was, mein Kapitän wartet auf mich, ich sollte nicht so trödeln.«

Seither schreit Murphy immer, wenn er mich sieht, in voller Lautstärke:

»Na? Hast du dich endlich mal ordentlich betrunken?«

»Noch nicht!«, schreie ich zurück, quer über die Straße und die Kais.

Die *Milky Way* ist neu gestrichen. Jason wartet auf seine Fangkörbe. Die nicht kommen. Die *Rebel* läuft wieder aus. Ich lasse mich auf der *Lively June* nieder. Von der Werft an der Tagura Road aus schlendere ich müßig herum; auf der Höhe des Baranov Parks schiebe ich mich zwischen die schwarzen Johannisbeeren. Manchmal schlafe ich hinter einem Strauch ein, unter der großen Zeder oder der riesigen Hemlocktanne. Immer weckt mich anhaltendes heiseres Krächzen, von den Raben, die im Kreis um mich auf den Rot-Erlen sitzen. Ich will sie dazu bringen, mir aus der Hand zu fressen, doch sie mögen kein Popcorn. Also stehe ich wieder auf und gehe zum Fähranleger, setze mich dorthin und schaue den vorüberfahrenden Schiffen zu. Der große Seemann ist immer noch bei Elijah und Allison in Anchorage, im schönen Haus mit dem roten Wollteppich. Ich rufe ihn jeden Abend von der Telefonzelle am Hafen aus an. Seine strenge Stimme am Telefon.

»Schläfst du alleine?«

Ich lache.

»Natürlich!«

Er glaubt mir nur halb.

»Hm«, macht er, »sicher springen am Hafen alle jungen Hunde um dich herum.«

»Ich gehe vielleicht mit Jason auf Taschenkrebsfang.«

»Mit wem?«

»Einem Typen von der *Venturous*, der einen Matrosen gesucht hat.«

»Gehst du in die Kneipen?«

»Nicht oft. Ich geh lieber zu McDonald's, Eis essen.«

»Kommst du mit nach Hawaii?«

»Hey *kid*!«

Es hupt hinter meinem Rücken. Ich sitze auf meiner Lieblingsbank, von der aus man den ganzen Hafen überblickt, und zähle mein letztes Geld. Ich drehe mich um. Es ist John, in einem alten Pick-up, der früher einmal weiß war. Er ruft zum offenen Fenster heraus.

»Ich brauche dich morgen. Du musst mir helfen, einen Graben für ein Abwasserrohr auszuheben. Zwanzig Dollar pro Tag, passt dir das?«

»Ja«, antworte ich.

»Fahrt ihr bald aufs Meer?«

»Ich weiß nicht. Jason wartet immer noch auf seine Reusen.«

»Morgen früh um sieben hole ich dich ab.«

Er fährt weiter zum B and B, wo der Truck ächzend zum Stehen kommt. In einer großen Staubwolke steigt er aus. Der Nachmittag ist fast warm. Ein Typ mit einem Bäuchlein und Hängeschultern geht am Kai entlang, auf meiner Höhe angekommen, verlangsamt er den Schritt.

»Darf ich?«, fragt er leise und zeigt auf die Bank.

Er reißt seine runden Äuglein auf, sein kleiner, schlaffer Mund deutet ein Lächeln an, glatte, farblose Strähnen hängen ihm ins Gesicht, er sieht aus wie ein verwelktes Kind.

»Ja«, sage ich.

Der Mann setzt sich neben mich. Schweigend betrachten wir die Reede. Die Flotte von Ringwadenschiffen ist fast vollzählig, doch die Lachse lassen auf sich warten. Die Fangzeit ist für drei Tage unterbrochen.

»Hier, nimm das«, sagt er kaum hörbar und drückt mir ein paar zerknitterte Zettel in die Hand.

Darauf steht der kleine Mann schon wieder, entfernt sich rasch. Es sind drei Lebensmittelgutscheine, und ich springe auf, will ihm hinterhergehen, doch er ist schon bei der Taxizentrale um die Ecke verschwunden.

John hat mich morgens mit einer Schaufel, einer Wasserwaage, einem Zollstock und einem Berg Kies zurückgelassen, nachdem er das Gelände rasch mit einem Mini-Löffelbagger bearbeitet hatte. Ich bräuchte das Ganze nur noch zu nivellieren. Auf einer Länge von fast hundert Metern. Abends kommt er zurück. Der Graben ist eingeebnet, das Abwasserrohr kann gelegt werden. Mir fallen die Augen vor Erschöpfung zu. Auch seine Augen fallen zu, sein Blick ist verschwommen. Er riecht stark nach Whisky. Nachdem er mir die zwanzig Dollar gegeben hat, rülpst er laut und sagt, ich solle am nächsten Morgen um sieben Uhr bei der Schiffswerft an der Tagura Road sein.

Sein Schiff liegt immer noch im Trockendock, seit er letzten Monat diesen Felsen gerammt hat. Da hatte John wohl zu viel getrunken. Ich besprenkle den Rumpf des winzig kleinen Holzschoners mit Wasser, damit die Planken sich nicht zusammenziehen, die Kalfaterung nicht reißt. Ich kratze, schleife, trage den Lack und die Farbe neu auf. Die *Morgan* ist ein sagenhaft schönes Schiff. Sechsundzwanzig Fuß, ein schlanker Kiel, damit man im Tiefen navigieren kann, der Rumpf rund wie der Bauch eines kleinen Mädchens, um Stürmen standzuhalten, und zum Steven hin läuft er anmutig spitz zu.

»Es ist das seetüchtigste Schiff, das ich je hatte. Es wurde in dem Jahr gebaut, als Charles Lindbergh über den Atlantik geflogen ist, 1927, kannst du dir das vorstellen? Und es ist immer noch wie neu«, erzählt John stolz.

Ich striegle den Kiel, als wäre er ein großes Pferd. Dann gehe ich hinein, trinke in der Kajüte aus geöltem Holz einen Kaffee und setze mich auf den Kapitänsstuhl. Ich lege die

Hände auf das antike Steuerrad aus der Zeit von Lindberghs Flug, hinter mir röhrt der kleine gusseiserne Ofen, mein Blick fällt auf den Kartentisch, auf die ausgerollten, braungefleckten Karten – sind es Kaffeeflecken? Dann arbeite ich weiter.

Manchmal höre ich die Fähre tuten, laufe los, um sie vorbeifahren zu sehen. Eines Abends, als ich die Arbeit auf der *Morgan* gerade beendet habe, will ich sie einholen. Ich war spät dran. Beim Hinuntersteigen der Leiter wäre ich fast ausgerutscht. Schnell laufe ich zum Ufer, doch da passiert sie schon die Bojen der Fahrrinne. Ich sehe sie gerade noch verschwinden. Lange Zeit winke ich, doch mein Gruß gilt nur noch dem Meer. Die *Tustumena* ist wieder ausgelaufen und entfernt sich immer weiter von mir. Ich gehe zurück. Es ist zweiundzwanzig Uhr, am Straßenrand werfen alte Trucks goldene Schatten in die milde Abendsonne.

Eines Morgens, als ich gerade oben auf dem Mast bin, in der alten Weste voller Farbkleckse, die Jason mir geschenkt hat, schaue ich hinunter, und da ist er, der große Seemann, er ist gekommen, um mich nach Honolulu zu entführen. Er hat die frühe Fähre genommen. Und John lässt mich gehen.

»Geh nur, Kid, nimm dir ein paar Tage frei. Peggy hat uns Regen vorhergesagt, dann brauchst du das Schiff nicht mehr zu befeuchten, und streichen kann man dann auch nicht.«

Wir lassen die kleine Schiffswerft von Tagura hinter uns, nehmen den Kiesweg zwischen den Böschungen mit den Buschwindröschen und den blühenden Lachsbeersträuchern, den Haufen verrosteter Fangkörbe, den zerrissenen Spiegelnetzen, einem ausgeweideten alten Truck, einem verfallenen, von Dornen überwucherten Schiff. Es ist sehr schön, aber noch kühl, die Luft duftet nach Schlamm, Erde und dem undeutlicheren Geruch nach vermoderndem Holz und Rost. Der große Seemann ist ganz rot und unbeholfen, ich tanze an seiner Seite, sein Raubtierblick streift meine nackten Schultern. Er nimmt meine Hand, bleibt stehen.

Die Brücke zur Dog Bay, die großen Betonbögen über dem Gelände, wo wir einmal waren, mit ganz roten Gesichtern im Gras, unter dem azurblauen Himmel. Als wir in die Stadt kommen, kehren wir in der ersten Bar ein. Wir trinken Bier, und er geht zur Toilette, kotzen. Dann kommt er zurück, versucht es noch einmal, doch das Bier bleibt nicht drinnen.

»Komm, nehmen wir uns ein Zimmer.«

Wir kaufen uns Canadian Whisky und Wodka im *liquor store*, Zigaretten, Obstsaft und ice cream im Supermarkt. Danach gehen wir wieder zu Shelikof's, weil es schöner ist. Die Frauen an der Rezeption schüchtern mich nicht mehr so ein. Im Zimmer fällt die Sonne auf den Bettüberwurf. Sofort bekomme ich Hunger. Da füttert er mich mit Eis und tränkt mich, während er auf mir liegt und mir die Beine wie einen Schraubstock um die Taille schlingt. Er füttert mich wie eine Vogelmutter. Das Eis tropft vom Löffel, als er ihn auf meinen Mund zu bewegt, und läuft mir den Hals hinunter.

»Hui, ist das kalt«, sage ich.

Er leckt das Eis auf, die Hitze seiner Zunge auf der kalten Haut ist angenehm. Hinterher bin ich von oben bis unten beschmiert, und die Laken sind klebrig. Er öffnet die Flasche mit den Zähnen und nimmt einen Schluck, küsst mich, der Wodka fließt mir zwischen die Lippen. Ich lache und verschlucke mich.

»*You are mine*«, sagt er.

Wir schlafen. Immer wieder und nicht sehr lange. Wenn

er aufwacht, macht er den Fernseher an. Nimmt sich eine Zigarette. Er greift nach der Flasche und trinkt einen Schluck. Meine Augen sind geschlossen. Ich tue so, als würde ich schlafen, höre seinen tiefen Seufzer, wie immer, wenn er getrunken hat. Es ist, als wäre ich in ihm. Der große Körper ist neben mir zur Ruhe gekommen wie ein anlegendes Schiff, einer der mythischen Titanen, die beim Treibstoffdock vor Anker liegen. Aber ich mag kein Fernsehen. Dann möchte ich am liebsten fliehen, als hätte er mich in die Falle gelockt, möchte die Kais entlangrennen, bis ich ganz außer Atem bin. Wenn ich mich traue, bitte ich ihn, den Fernseher auszuschalten.

»Verstehst du, nach einer Weile fühlt es sich an, als wären diese Menschen und ihre Stimmen mit uns im Zimmer, und ich, ich will mit dir alleine sein.«

Dann schaltet er den Fernseher aus. Schaltet ihn gleich darauf wieder ein. Er kann nicht anders. Ich schaue zum Fenster hinaus, denke an den Wind, die Schiffe im Hafen, die Vögel, die Farben des Himmels. Ich spüre, dass mein trotziger Körper rennen möchte. Ich langweile mich ein bisschen, aber auch das ist gut. Er schmiegt sich an mich und füttert mich wieder. Er hat sehr schöne, saftige kalifornische Nektarinen gekauft, Brot, Hühnchen. Davon gibt er mir ein Stück.

»Das Hühnchen ist so zart, dass man die Knochen fast mitessen könnte. Und es ist nicht mal teuer«, sagt er.

Der Nektarinensaft läuft mir übers Kinn, am Hals entlang, auf meinen blassen Oberkörper und bis zum Rippenbogen hinunter. Wie eine gute Katzenmutter leckt er mich ab und putzt mich. Seine raue Zunge gibt sich bei meinen Brüsten besondere Mühe. Es kitzelt. Ich lache.

Er erzählt mir eine Geschichte.

»Da, wo ich früher angeln war, gab es einen Fluss. Die Bäume warfen tanzende goldene Blatt-Schatten aufs Wasser. Unter den Weiden war es stockdunkel. Wir waren noch klein … Da hat mein Bruder ein altes Kajak gefunden. Mit dem sind wir losgefahren. Eine Decke unten im Kajak, eine alte Konservendose, verrostet, weil so oft darin Kaffee gekocht worden war, ein Stück Brot, eine Dose Kidneybohnen, falls wir mal nichts fangen. Streichhölzer. Ich hatte ein Messer dabei, dessen Griff ich geschnitzt hatte. Einen kleinen Totempfahl mit einem Rabenkopf am Ende. Damit habe ich die Forellen aufgeschlitzt. Ihr leuchtend rotes Blut rann über die Klinge und verfärbte auch meinen Raben rot. Es war schön. Wenn der Abend hereinbrach, machten wir ein Feuer. Mein Bruder holte das Holz, ich bereitete die Forellen zu. Und kümmerte mich ums Feuer: Ich war der Ältere. Dann kam die Nacht. Ich lehrte meinen Bruder die Sterne. Da gab es auch Eulen … Vom Schlagen ihrer Flügel, wenn sie aufflogen, bekam mein Bruder Angst, und dann war da der tiefe Ruf des Uhus, kurze, trockene Schreie, andere, die schriller und klagender klangen. Und wieder andere wie traurige, eintönige Lieder, so traurig … Eines Tages kam mein Bruder mit einer Flasche an. Es war alter Whisky, ein dreiviertel Liter, Fusel, den mein Vater in seinem Truck vergessen hatte. War an dem Tag wohl zu besoffen, um dran zu denken, mein Vater. Wir haben ihn unter dem Sternenhimmel getrunken. Es war herrlich. Danach mussten wir beide kotzen. Fast wäre die Decke verbrannt. Und ich bin in den Fluss gefallen. Es war kalt. Wir haben uns geschworen, dass wir diesen Scheiß nie mehr anrühren.«

Ich lache. Er setzt sich auf, runzelt die Stirn, wir liegen auf dem Bett, die Laken haben ice-cream-Flecken.

»Mach dich nicht lustig. Wir haben mindestens zwei Jahre lang die Finger davon gelassen. Ich war zwölf Jahre, er elf. Hinterher war es nicht mehr dasselbe … Hinterher fing es mit den Mädchen an, mit den County-Bällen, aus denen Tanzpartys wurden, und hinterher kamen die Kneipen … Und immer noch Mädchen. Dann wollten wir Männer sein. Kein Fluss mehr, keine Sterne, aus und vorbei.«

Ich schaue durchs Fenster zum Himmel, denke an den Fluss mit seinem schwarzen Wasser, an die goldenen Blätter, die auf ihm tanzen.

Er lächelt vor sich hin.

»Ich bin im Wald aufgewachsen, weißt du. Es war schön. Mein Bruder und ich sind zusammen losgezogen. Meine Mutter wartete auf uns. Tage und Nächte hintereinander. Wir kamen immer ausgehungert zurück, voller Schlamm und Kratzer, am helllichten Morgen oder abends, wenn sich der Schatten über die Wälder legte – dieses Schaudern auf der Haut –, die Stirn sonnenverbrannt, von Dornen zerkratzt, wie ein Glorienschein. Junge Löwen waren wir.«

Mit seiner tiefen Stimme fährt er fort, fast seufzend.

»Dann kam das Bier … Aus und vorbei wars, wir haben uns in den Bars herumgetrieben und sind den Mädchen hinterhergerannt. Danach bin ich mit meinem Vater durch die Lande gezogen. Wir haben als Holzfäller gejobbt. Wieder Wälder, aber es war nicht dasselbe. Wir zogen von einer Stadt zur nächsten, vom platten Land zu irgendeinem Provinznest, von Tavernen zu Bars, von Maine bis Tennessee, von Arizona über Kalifornien nach Montana. Weite Wälder in Oregon, die diesige Pazifikküste. Wir haben gesoffen wie die Bekloppten. Bars, das war unser Leben. Und harte Arbeit, die einen umbringt. Wir sind vom Barackenlager ins Motel gewandert, vom Motel in die Notschlafstelle, von der Notschlafstelle ins Barackenlager. Und so sind Motelzimmer zu meinem Zuhause geworden.«

Er lächelt.

»Manchmal haben wir Mädchen kommen lassen, wenn wir unseren Lohn kassiert und ein Zimmer hatten. Und nicht schon alles versoffen hatten. Einmal haben wir die Nacht im Knast um die Ecke verbracht: Wir hatten uns miteinander geprügelt. Um eine Tänzerin.«

»Das Meer hat mich gerettet«, sagt er. »Ich habe achtundzwanzig Jahre in einer Tour gesoffen. Von den Wäldern meiner Kindheit bis zu denen in Alaska, immer war ich betrunken. Und dann habe ich angeheuert. Hier. Es hat mir gefallen. Wie wahnsinnig. Und seither kann ich mich nur noch besaufen, wenn ich an Land bin. Auch wie wahnsinnig.«

Der große Seemann erzählt noch, in dieser Sommernacht im hohen Norden von Alaska, in dem um zehn Uhr abends vom großen Kupfer vergoldeten Zimmer, er liegt da, sieht mich mit seinem verbrannten Gesicht an, sagt, mit seiner tiefen, trägen, ein bisschen belegten, fast heiseren Stimme – da sagt er: »Um schlafen zu können, musste ich immer schon völlig erledigt sein, immer. Vom Alkohol, vom Sex oder von der Arbeit.«

Der Abend kommt. Wir duschen. Er ist sehr groß, wie er da vor mir steht. Ich wasche ihn – die mächtigen Arme, die tiefe, dunkle Achselhöhle, seine Brust, die rosafarbenen Blüten der

Brustwarzen, versteckt unter der rötlichen Behaarung, die sich nach unten fortsetzt, sich auf dem vorgewölbten Magen zu einem schmalen Strich verjüngt, auf seinem Bauch zurückkehrt und schließlich in der dunklen Mulde der Schenkel wuchert, wo das seltsame Tier haust, das ich voller Respekt und mit einem Anflug von Angst wasche: Es wird unter meinen Fingern lebendig. Dann sein fester Po, die weißen Marmorsäulen der Beine, diese Füße, die mich immer an den roten Wollteppich erinnern – ich muss mir das Lachen verkneifen. Meine Hände gleiten über seinen Körper, steigen wieder zum Anker der Schultern hinauf, an den ich mich für einen Moment hänge. Die schattige Furche des Nackens zwischen den mächtigen Sehnen, den Halteleinen seines Halses, er schließt die Augen. Und lächelt. Ich schäume die Seife in seinem Bart auf, streiche mit den Fingern über die schweren Lider, die buschigen Augenbrauenbögen, die hohe Stirn. Dann ist er an der Reihe: Seine breiten Hände seifen meinen Rücken lange ein, meinen kleinen, festen Hintern, meine Füße, sanfter. Zum Schluss die Haare. Durch den starken Strahl schäumt das Shampoo über, pikt mich in den Augen. Er küsst mich – es schmeckt nach Seife. Ich lache.

Als die Nacht hereingebrochen ist, gehen wir hinaus. Nicht weit. Wir spazieren zum Hafen, setzen uns unter das Denkmal des auf See verschollenen Fischers. Unterwegs hat er Whisky – oder Wodka – nachgekauft. Oder Rum. Vielleicht sogar dieses Hühnchen, das so zart ist, dass man selbst die Knochen essen könnte. Kaffeepulver, für die Maschine im Zimmer. Kekse für mich. Wir betrachten die Schiffe auf der Reede. Er sagt etwas. Ich drehe mich zu ihm, sein Gesicht verschwindet halb im Schatten des steinernen Fischers. Er schenkt mir einen Drink ein. Ich lache … Dann hebe ich den Kopf und betrachte lange das Standbild: Seine Züge sind von Salz und Wind ganz angefressen. Da fällt mir diese Frau ein, auf einem Strand am Ärmelkanal, die dem Horizont dieselbe Maske zuwandte, zersetzt vom Meer, dem Wind, den Qualen des Wartens.

»Schau mal, Jude, der auf See verschollene Fischer hat gar kein Gesicht mehr.«

»Stimmt.«

»In Frankreich habe ich mal ein Denkmal gesehen, von einer Fischersfrau, die auf ihren Mann wartete. Ihr Gesicht war genauso zerfressen.«

Jude lacht bitter auf.

»Hier in der Gegend haben's die Frauen nicht so mit dem Warten. Wenn sie die Schnauze voll haben, hauen sie ab, nach Hawaii oder mit einem anderen Typen. Oder beides.«

»Warum sagst du das? Außerdem haust doch du nach Hawaii ab und nicht ich.«

»Und würdest du auf mich warten?«

»Nein, natürlich nicht! Ich würde auf Fischfang gehen. Mit dir oder ohne dich. Mir würde es auch gar nicht gefallen, wenn jemand an Land auf mich wartet.«

»Aha, da siehst du mal.«

»Du verstehst nicht. Es ist nicht dasselbe! Weil ich nämlich kein Haus will, ich will mehr, ich will ein Leben! Ich will losgehen und genauso raus aufs Meer wie ihr. Deshalb warte ich nicht. Nein, ich warte nicht. Ich renne. Und ihr geht ja auch los, ihr rennt die ganze Zeit. Ich will auch auf dem Meer sein und nicht in Hawaii.«

»Kommst du nicht nach Hawaii?«

»Doch, Jude. Irgendwann. Aber davor muss ich noch mal auf Fischfang gehen.«

Er sagt nichts mehr. Schüchtern rutsche ich näher zu ihm und schaue zum dunklen Horizont. Langsam fährt er mir mit dem Finger über die Wange. Wir gehen zurück. Er schaltet den Fernseher ein. Schaltet ihn aus. Schaltet ihn wieder ein.

Diesen halb wachen Zustand hat er von seinem Leben als Seemann beibehalten, immer. Zerstückelte Nächte. Er schläft zwei Stunden. Drei Stunden. Dann steht er auf, zündet sich eine Zigarette an. Er wandert ein bisschen herum, dreht eine Runde im Zimmer, setzt sich vor den Fernseher, den er leise wieder einschaltet – oder ans Fenster. Er raucht, greift nach der Flasche auf dem Nachttisch. Er schaut. Zum Mond – wenn er da ist –, zum Himmel – immer. Zum Meer, das er hinter den Häusern erahnt.

Sein drängender Atem an meiner Schläfe weckt mich ganz und gar. Sein großer Körper legt sich wieder auf mich. Ein glühend heißer Mantel. Der flimmernde Schein des Fernsehers, den er so leise wie möglich gestellt hat, huscht über sein über mich gebeugtes Gesicht, spielt mit seiner unebenen Haut. Seine gedämpfte Stimme in der Dunkelheit.

»*Tell me a story …*«

Und wieder erzählt er.

»Da gab es diesen Seetaucher – bestimmt waren es mehrere, aber für uns war es *der* Seetaucher. Du weißt schon, diese Schwimmvögel mit den großen Flügeln. Da gab es diesen See, wo wir gefischt haben, wenn wir weiter kamen als nur bis zum Fluss. Der Himmel und das Wasser … Alles war riesig. Da haben wir sehr schöne Karpfen gefangen. Auch

Welse, Seesaiblinge und Schlammfische. Wir hatten Angst, wenn wir dort waren. Erstens war es weit weg, und das Kajak lief immer wieder voll Wasser. Ein ganz schönes Schrottding. Und wenn Wind aufkam … Wir haben richtig Glück gehabt, weißt du. Die Nacht war sehr viel größer, wenn wir es bis dahin schafften. Wir schliefen am Ufer. Ich machte Feuer. Mein Bruder holte Holz. Ich bereitete den Fisch zu. Das übliche Ritual. Wenn ich daran zurückdenke, dann war das der Anfang vom Meer. Dort, auf diesem See, hat sie ihren Anfang genommen, die große Sehnsucht nach dem Ozean. Aber das wusste ich noch nicht. Natürlich nicht, ich wusste ja noch gar nichts.«

Er stützt sich auf dem Ellbogen ab, öffnet die Flasche mit den Zähnen, trinkt einen Schluck. Ich spüre seinen warmen Atem, rieche den Duft des Whiskys, als er mich wieder an sich zieht.

»Da war dieser Seetaucher«, fuhr er fort, »diese Seetaucher. Sie schrien nachts. Manchmal war es eine Art höhnisches Lachen, das uns vor Schreck erstarren ließ, vor allem, wenn der Mond auf den See fiel und die Schatten der Bäume darauf tanzten. Dann schwebten diese markerschütternden klagenden Schreie, die ins Ernste kippten, übers Wasser, und es war tief und schwarz, das Wasser, und die Schreie erhoben sich zum Mond wie irres Gelächter. Dann drückten wir uns unter der Decke aneinander, schworen uns, gleich bei Tagesanbruch abzuhauen. Und morgens war da am Ufer nur dieser Haufen von Zweigen, aus denen nachts die Rufe aufgestiegen waren – das Nest des Seetauchers, aus dem jetzt lächerliches, leises Maunzen kam, über das wir selber lachen mussten. Manchmal, wenn ich die Augen schließe, höre ich diese Schreie wieder. Und bekomme Gänsehaut. Dann läuft mir wieder derselbe Schauder den Rücken hinunter.«

»Und deine Mutter?«

Er lacht traurig auf.

»Die hat ganz schön unter uns gelitten. Ich denke, dass sie sich jetzt, wo wir ausgezogen sind, ausruht. Aber mein Vater kümmert sich um mich. Er hat aufgehört zu trinken und möchte, dass ich auch damit aufhöre, aber er spricht nicht davon. Und ich will das auch gar nicht. Wenn es mir echt dreckig geht, schickt er mir ein bisschen Kohle. Einmal hat er mir einen Schlafsack geschenkt, einen verdammt guten, bestimmt hat er dafür ganz schön geblutet. Das war, als ich mich im Winter in Anchorage auf der Straße herumtrieb.«

»Bist du nicht ins Bean's Café gegangen?«

»Selten. Nur manchmal wegen der Suppe. Aber danach bin ich gleich wieder gegangen. Ich war noch nie ein Herdentier. Mir war es lieber im Park zu schlafen, zusammen mit anderen *bums*. Oder allein. Dann habe ich mir ein Loch in den Schnee gegraben. In dem Schlafsack war mir nie kalt. Es ging mir gut.«

Ich schmiege mich an ihn, bin mit ihm zusammen unter dem Schnee. Ich wickle meine Beine um seine. Uns ist nicht mehr kalt.

»In einem Jahr, in dem ich nicht gefischt habe, wollte ich mir mal ein Haus bauen. Mein Vater hatte dieses Stück Wald für wenig Geld ergattert. Ich hatte eine gute Fangzeit auf dem Kutter hinter mir. Wie ein Besessener habe ich gearbeitet. Mit der Hütte ging es gut voran. Aber dann kam der Winter.

Durch den Schnee konnte ich nicht mehr weg. Aber ich hatte mich mit Alkohol eingedeckt. Ich war immer schon vorausschauend«, sagt er. »Wochen später hat man mich wiedergefunden, halb tot.«

»Halb tot? Warum?«

Keine Antwort. Er zündet sich eine Zigarette an.

»Wenn man sich mit dem Monster einsperrt …«, flüstert er dann.

Doch nach drei Tagen müssen wir schließlich wieder aufstehen.

»Ich breche heute Abend auf«, sagt er. »Komm mit mir.«

»Davor will ich aber auf Taschenkrebsfang gehen.«

»Wer ist er, dieser Jason?«

»Ein ganz junger Typ mit einem eigenen kleinen Kutter. Du hast ihn bestimmt vorbeigehen sehen, als wir im Hafen auf der *Rebel* gearbeitet haben. Er kam manchmal abends vorbei. Es ist das erste Mal, dass er alleine auf Fischfang geht und selber der Kapitän ist.«

»Schläfst du mit ihm?«

»Niemals! Ich will bloß wieder aufs Meer.«

»Komm doch mit mir nach Hawaii, dann lassen wir uns in Honolulu anheuern.«

»Noch nicht. Ich will noch nicht aus Alaska weg.«

»Heirate mich.«

Wir gehen zu den Anlegern, schauen uns um. Zum ersten Mal trage ich mein langes Haar offen. Ich bin stolz, neben dem großen Seemann herzugehen, mit offenem Haar, einem Frauenschopf im Wind. Auch er ist stolz.

»Sprich mit mir«, sage ich ihm. »Sonst fühle ich mich so alleine.«

Seine tiefe Stimme tut mir sofort gut. Also spricht er, langsam.

»Ich will, dass du immer bei mir bist.«

Es ist schön, und es ist gut. Wir sind allein am Strand. Es nieselt ganz leicht. Alles, die ganze Welt ist grau. Die Vögel und ihre Rufe haben sich im Dunst aufgelöst. Uns ist kalt. Trotzdem versuchen wir, uns auf dem nassen Sand, zwischen zwei schwarzen Felsen, zu lieben.

»Sprich mit mir. Sonst fühle ich mich so allein«, sage ich wieder.

Er liegt auf mir, bewegt sich langsam, der Regen läuft uns in die Augen, die Felsen tun mir an den Rippen weh, unsere Anziehsachen sind uns im Weg.

»Ich fühle mich auch einsam«, sagt er – dann lacht er ein bisschen. »Versucht haben wir es jedenfalls.«

Wir müssen schnell zurückgehen, weil die Flut gestiegen ist. Bald wird der Durchgang, den wir genommen haben, abgeschnitten sein. Wir setzen uns auf einen Baumstamm, zwischen dem Strand und dem Weg. Er holt die Flasche Wodka, die Packung ice cream aus seiner Umhängetasche. Dann mixt er mir einen Drink mit Eis obenauf. Er gibt mir seinen Walkman zum Musikhören. Tom Waits. Manchmal beugt er sich zu mir, um mithören zu können – *We sail tonight for Singapore.*

Ein Typ geht an uns vorbei. Er grüßt uns zaghaft.

»Was hat der denn hier zu suchen?«, sagt der große Seemann sanft. »Es ist unser Strand.«

»Ja. Vielleicht sollten wir ihn deshalb umbringen.«

»Komm mit nach Hawaii.«

»Noch nicht, nicht heute Abend, ich möchte auf Krabbenfang gehen.«

»Pass gut auf dich auf.«

»Ja«, sage ich.

»Und geh nicht zum Point Barrow.«

»Noch nicht.«

»Und wenn du nicht mehr auf dem Schiff schlafen kannst, wenn Gordy die *Lively June* wieder braucht, dann geh ins *shelter*. Dort bist du in Sicherheit.«

»Keine Sorge, ich finde schon immer irgendeine alte Karre, in der ich schlafen kann. Am Rand vom Strand stehen lauter verlassene Laster, in der Nähe der Heilsarmee.«

»Du spinnst. Ich sollte nicht weggehen. Ich sollte lieber hierbleiben und dir ein Kind machen.«

Ich lache leise.

»Warum solltest du mir ein Kind machen wollen?«

»Damit du dich von abgewrackten Karren fernhältst.«

Wir warten auf die Fähre. Es ist schon lange Nacht, schon seit wir am großen Strand im Dunst gewartet haben. Wir verkriechen uns in sein Auto, ein altes Wrack, das hinter dem *shelter* steht und sich nie mehr von der Stelle bewegt. Er hat mir seine breiten Hände ums Gesicht gelegt. In dem grellen weißen Licht der Straßenlampe betrachte ich sein aufgedunsenes Gesicht, seine rotbraune, großporige Haut, seine Augen, diese feuchten Edelsteine. Ich finde ihn schön. Für mich ist er der Schönste und Größte, Leidenschaftlichste von allen. Er will, dass ich ihn noch einmal liebe. Nie bekommt er genug von Liebe, Sex, Alkohol.

»Nein«, flüstere ich, »nein, man könnte uns sehen, hier im alten Auto neben dem *shelter*, mitten im Schlamm.«

Er lässt nicht locker. Da liebe ich ihn mit dem Mund. Zum Schluss weine ich. Ihm tut das gut. Er sieht die Tränen in meinen Augen.

»Bist du sauer auf mich?«, fragt er und drückt mich an sich.

»Nein. Warum sollte ich?«

Er nimmt mein Gesicht wieder in die Hände. Seine gelben Augen blicken mich forschend an.

»Es tut mir leid«, wiederhole ich.

»Geh zum *shelter*«, sagt er in der Dunkelheit. »Frag nach Jude. Meinem Vater. Er ist der Verwalter. Sein Name ist Jude. Halte ihn auf dem Laufenden, was du treibst. Dann sagt er es mir. Und er kann dir erzählen, was ich tue, falls die Briefe nicht ankommen.«

»Jude, so wie du?«

»Ja. Jude wie ich. Und ich bleibe dann eine Weile mit meinem Bruder in Hawaii. An Land. Ich suche so lange einen Job. Und warte auf dich.«

»Lebt dein Bruder immer dort?«

»Zum Teil. Jude hat eine Bude auf der großen Insel. Er arbeitet auf dem Bau. Im Augenblick ist er auf einer Baustelle in Kawai. Da gehe ich hin.«

»Dein Bruder heißt Jude? Er auch?«

»Ja, er auch.«

»Ihr heißt also alle Jude?«

Er lacht mit seiner tiefen Stimme, ein leises Fauchen, drückt mich an sich, trinkt noch einen Schluck Whisky.

»Ich heiße Jude Michael. Aber mir ist es lieber, Jude genannt zu werden. Und zusammen machen wir dann noch einen kleinen Jude.«

Es regnet wieder. Das Wasser strömt in kleinen Rinnsalen über die Windschutzscheibe. Endlich verbergen uns die irrsinnigen Bäche vor den Blicken der seltenen Passanten.

Jude zündet sich wieder eine Zigarette an.

»Es ist lange her«, sagt er. »Mein Großvater war Holzfäller in South Carolina. Es ging ihm sehr schlecht, ein Baum war auf ihn gefallen. Sicher würde er sterben. Da hat meine Großmutter, die noch jung war, zum heiligen Jude gebetet. Sie hat ihm geschworen, dass alle Nachfahren seinen Namen tragen würden, falls ihr Mann überlebt. Jeden Tag hat sie Kerzen angezündet. Und er hat überlebt.«

»Und die Frauen, heißen die Judith?«

Er nimmt einen Schluck, küsst mich, seine schwieligen Hände liegen an meinen Schläfen.

»Seither hat es nicht so viele Frauen gegeben.«

Die Fähre dröhnt durch die Nacht. Schon lange. Wir müssen los. Er nimmt seinen Seesack, wirft ihn über die Schultern. Der Regen fällt uns auf die Stirn, kühl und leicht. Der Wind weht ihm seine dunklen Locken vor die Augen. Sein Gesicht ist triefend nass. Mir fällt ein Bild ein, das ich als Kind gesehen habe, vielleicht die Kinder Kains, die im Sturm auf der Flucht sind.

»Du siehst aus wie jemand auf einem uralten Bild«, sage ich.

»Sisyphus?«

»Vielleicht auch, ja.«

Jude Michael Lynch, vielleicht Sisyphus, von der Welt erdrückt, von Zorn und Leidenschaft, Alkohol, Salz und Erschöpfung verbrannt. Oder dieser andere, dem bis ans Ende aller Zeiten die Leber von einem Adler weggefressen wird, weil er den Menschen das Feuer gebracht hat. Ich weiß es nicht mehr, aber im Grunde ist es auch egal, er ist alle zusammen.

Wir kommen zur Fähre, warten im Nieselregen, der sich unter die Gischt mischt. Die Frau, die unten am Landungssteg die Tickets einsammelt, fragt, ob er Alkohol in seiner Tasche hat. »Nein, natürlich nicht«, antwortet er.

»Geh jetzt zurück«, sagt er.

»Ich will noch ein bisschen bleiben.«

Da küsst er mich sehr schnell und sehr stark.

»Du bist das Beste, was mir seit Langem passiert ist.«

»Das hast du mir schon mal gesagt«, entgegne ich leise.

»Und ich werde es noch öfter wiederholen. Dir wird kalt. Wo hast du dein Tuch?«

Ich strecke ihm mein Gesicht und das runtergerutschte Tuch entgegen. Der Wind weht. Er knotet es wieder fest. Ich würde ihm wieder und wieder das Gesicht entgegenstrecken, doch schon tutet die Fähre. Noch einmal verabschieden wir uns.

»Wir sollten heiraten.«

»Ja. Vielleicht hast du recht«, antworte ich.

»Wir heiraten, und dann gehen wir diesen Winter nach Dutch Harbor und heuern dort an.«

Ich gehe im feinen Nieselregen zurück. Später höre ich von meiner Koje aus die Fähre, sie heult in der Nacht. Mir fällt ein, dass ich vergessen habe, ihm seinen Zopf zu machen, einen kleinen Zopf, den er mich gebeten hatte, ihm zu flechten.

Frühmorgens bin ich hinausgegangen. Der Himmel hatte aufgeklart. Es ist schönes Wetter. Ich gehe zur Taxizentrale. Dahinter ist ein Waschraum, eine Frau kommt heraus, gefolgt von einem Mann, beide sind in schmutzige alte Überzieher eingepackt. Sie gehen Hand in Hand. Die Frau wirkt sehr jung. Sie hat runde rotbraune Wangen unter dem schwarzen Haar, das ihr in zerzausten Strähnen ins Gesicht fällt, und gelbe Schmiere um den Mund. Vielleicht hat sie sich ja erbrochen. Um ein Haar wäre sie gestürzt. Der Mann fängt sie auf und zieht sie fest an sich.

»Und jetzt bleibst du hier«, schimpft er freundlich, »lass mich gehen, und halte dich gut an mir fest. Ja, so.«

Sie lacht und lässt sich mit halb geschlossenen Augen von ihm führen. Als hätte er eine Stoffpuppe in den Armen. Der Mann hebt den Kopf. Aus seinem rauen, angeschwollenen Gesicht lugen seine Augen heraus, der klare, leuchtende Blick seiner smaragdgrünen, von kleinen roten Äderchen umgebenen Augäpfel legt sich auf mich.

»Was macht mein Freund Jude? Gehts ihm gut?«

»Ja. Er ist in Anchorage. Und bald in Hawaii, ich fahre dann auch zu ihm.«

»Grüß ihn von uns. Sid und Lena, richte ihm das aus.«

Sie torkeln weiter, zwei schwarze Skarabäen, deren Silhouetten sich zwischen dem Himmel und dem klaren Wasser im Hafenbecken abheben. Langsam gehen sie am Kai entlang, bleiben stehen, scheinen zu zögern, wanken einen Moment, richten sich wieder auf, gehen weiter, vielleicht zum Platz.

Die Vögel rufen einander, stoßen merkwürdige Schreie aus. Fische springen aus dem Wasser, Seeotter, Kleine Tümmler tanzen um den Kutter, sie jagen sich und treffen in irisierenden Fontänen aufeinander. Wir sind zwischen Himmel und Meer wie in einer Umarmung. Jason brüllt, ununterbrochen brüllt er, denn er hat Angst. Noch nie war er Kapitän. Er nimmt es mir übel, dass ich beim kleinsten Befehl renne, springe, dass mein Gesicht rot ist vor Anstrengung, wenn ich den Anker gegen die Strömung einhole. Er hat von einer leichtfüßigen, anmutigen Fee an Deck geträumt, von der Feuerspuckerin. Er hat geträumt, dass wir zwei schöne und verrückte Piraten sein würden, die besten Fischer der Uganik Bay und bald von ganz Alaska. Doch ich teile seine Koje nicht mit ihm, und der Krebsfang ist miserabel. Jede Nacht fürchtet er, dass der Anker ins Rutschen kommt. Ich schweige und laufe. Sobald die Schimpfkanonaden wieder losgehen, mache ich einfach irgendwas.

»Mach es doch mit Style, verdammt noch mal!«, brüllt er, als ich die *Milky Way* an den Pollern der Konservenfabrik von Uganik festmachen soll.

Ich habe keinen Style, wenn ich Angst habe, würde ich am liebsten antworten.

Die Wasserpumpe schwächelt: Wir müssen das Gehäuse ununterbrochen nachfüllen. Innerhalb kürzester Zeit haben wir kein Süßwasser mehr. Wir werfen alle leeren Behälter, die an Bord sind, ins Kanu, Töpfe, Flaschen, Kaffeekanne, und paddeln zur kleinen grünen Bucht, wo ein Bach fließt. Dort füllen wir die Behälter auf. In der Terror Bay gibt die Wasserpumpe definitiv den Geist auf. Jason brüllt nicht mehr, er ist kurz davor, in Tränen auszubrechen.

»Ich koche uns einen Kaffee, Jason, dann sehen wir weiter.«

Ein rotschwarzer Tender liegt in der Bucht vor Anker. Die *Midnight Sun*. Wieder steigen wir ins Kanu. Die drei Mann an Bord sehen uns mit mildem Erstaunen näher kommen. Wir sind verstört und wissen nicht weiter. Jason bleibt beinahe stumm, ich bringe stammelnd ein paar Worte hervor, die kein Mensch versteht. Der Kapitän kommt aus dem Ruderhaus, ein sehr gütiger Mann, der uns hilft. Eine dunkle Mähne und ein dichter Bart, darunter ein von Falten zerfurchtes Gesicht; wie er da auf uns zukommt, hat er Ähnlichkeit mit einem Bären. Jason fasst sich wieder.

»Das trifft sich gut, die *Midnight Sun* ist vollgeladen. Heute Abend löschen wir unsere Ladung in der Stadt«, sagt der Mann, »aber morgen kommen wir schon wieder zurück. Auf dem Weg können wir die Pumpe mitnehmen. Aber kommt doch erst mal rein«, fügt er hinzu.

Er kocht uns einen Kaffee, holt Kekse raus, gibt uns was zu essen.

»Darf ich mal das Funkgerät benutzen, um das Ersatzteil zu bestellen?«

»Natürlich.«

»Vielen Dank. Trinken Sie einen Schluck für uns mit, wenn Sie in Kodiak sind«, sagt Jason, bevor er ins Steuerhaus geht.

»Von Kneipen habe ich die Schnauze voll«, sagt der Mann und schenkt mir Kaffee nach.

»Trinken Sie nicht mehr?«

»Ich wäre tot, wenn ich noch trinken würde. Ich war lang genug auf der Straße, hab in meiner eigenen Pisse und Kotze gelegen wie ein armes Würmchen. Diese Zeiten sind vorbei.«

Der leidenschaftliche Blick des Mannes liegt auf mir. Er lächelt.

»Nimm dir noch einen Keks.«

Er erzählt uns von Gott. Als wir wieder gehen, ist es sehr spät. Der Kapitän begleitet uns an Deck. Es ist Vollmond. Und in der Terror Bay habe ich fast das Gefühl, ihn zu spüren, seinen Gott. Langsam kommt ein Ringwadenschiff auf die *Midnight Sun* zu, der rote Süllrand liegt tief im Wasser.

»Die *Kasukuak Girl* ist ja heute Abend verdammt voll. Der nehme ich als Letztes die Fracht ab«, sagt er uns. »Danach muss ich los, damit ich noch ohne Probleme bei Flut durch die Whale Passage komme. Morgen bin ich wieder da. Mit dem Ersatzteil.«

Er öffnet den Lukendeckel, angelt einen Lachs vom schaumigen Wasser und dem geschmolzenen Eis an der Oberfläche, reicht ihn mir.

Jason gibt voll Gas. Mit gerunzelter Stirn unter seinem fransigen Bandana, die Zähne zusammengebissen, rast er dahin. Das Kanu gleitet durch die eiskalte Nacht, über das schwarze, im Mondlicht schimmernde Wasser. Zurück auf dem Kutter legt er sich ohne ein Wort schlafen. Ich knie an Deck, beiße kräftig in den rohen roten Lachs, wie ein glückliches Tier. Der Rogensack zerplatzt mir im Mund, ich löse eine sämige Meeresfrucht nach der anderen mit der Zunge ab, die Kügelchen zergehen mir im Mund. Der Mond strahlt aufs Deck. Die *Kasukuak Girl* liegt unweit von uns vor Anker. Auf der Laufbrücke flackert die rote Glut einer Zigarette.

»Ich möchte zum Strand, Jason, vielleicht finde ich ja eine japanische Glasboje.«

Die Sonne steht schon hoch am Himmel. Wir haben schweigend gefrühstückt. Jason spricht nicht mehr mit mir, seit ich seine dünnen Arme, die mich an einem Abend in seine Koje ziehen wollten, abgewehrt habe.

»An Land gibt es Grizzlybären.«

»Ich passe schon auf.«

Also bringt mich Jason ans Ufer. Er gibt mir ein Horn.

»Blas hinein, wenn du zurückkommen willst oder wenn es ein Problem gibt. Ich komme, sobald ich das Signal höre.«

Das Kanu legt wieder ab. Ich gehe am Ufer entlang. Der Strand liegt voller Treibholz. Es ist sehr schön und glatt, vom Meer und von der Zeit gebleicht, doch blaue Glaskugeln, die jahrelang durch die Fluten getrieben sind, gibt es nicht. Also mache ich mich auf die Suche nach den Bären. Ich schaue hinter die Brombeer- und Lachsbeersträucher. Da entdecke ich einen Adler, der mit zerschmettertem Kopf auf dem Sand liegt, die ausgebreiteten Flügel voller getrocknetem Schlamm. Plötzlich sticht es mich in den Bauch, wie ein Messer, eine brennende Klinge, ich verliere das Gleichgewicht. Mit Tränen in den Augen falle ich neben dem halb zersetzten Adler auf die Knie. Es gelingt mir gerade noch, ins Horn zu blasen, um Jason zu rufen.

Die *Midnight Sun* ist mit der neuen Wasserpumpe zurück. Doch weder die Tabletten noch die Gebete des wohlwollenden Kapitäns noch Jasons Kräutertees helfen mir. Ich krümme mich auf meiner Koje vor Schmerzen. Am nächsten Morgen werde ich evakuiert. Das kleine Wasserflugzeug, das Jason über das VHF-Funkgerät gerufen hat, landet in der Bucht. Ich kauere mich auf den Sitz neben dem Piloten zusammen, presse die Hände auf den Bauch, schaue auf die Bildschirme und in den Himmel, während ich von Meeswürmern zerfressen werde. Ich denke an all die Fische, die ich erstochen habe, alle, die als Köder gedient haben. So viele noch zuckende weiße Bäuche habe ich aufgeschlitzt, so viele umgebracht, dass ich dafür bezahlen muss. Der Himmel strömt ins Cockpit. Oder strömen wir in den Himmel?

Das Krankenhaus behält mich nicht da. Eine Vergiftung, sagen sie. Es geht vorbei. Also kehre ich trauriger und ärmer denn je zur *Lively June* zurück. Die *Rebel* liegt am Kai. Auf dem Weg spricht Gordy mich an. Sie haben Stress. Ich fahre wieder mit ihnen los. Davor schaffe ich es noch, in die Stadt zu gehen: Postlagernd liegt da ein Brief des großen Seemannes für mich. Er ist in Hawaii, wartet am Strand auf mich. Er trinkt Rum und Budweiser, hat sich mit einem Typen angefreundet, mit dem er sich die Lebensmittelgutscheine und das Bier teilt. Gestern Nacht ist jemand direkt neben ihrem Zelt abgestochen worden. Trotz der Lebensmittelgutscheine hat der große Seemann Hunger. Komm zu mir, schreibt er noch, dann hätte ich zwar natürlich Angst um dich, mit all den brünstigen Männern hier, die saufen und am Strand hausen, aber schließlich weiß ich auch nicht, was du mit den *young dogs* von Kodiak treibst. Komm, Lili, komm. Dann machen wir es endlich, unser ice cream baby.

Zehn Tage auf der *Rebel*. Jede Nacht bin ich damit beschäftigt, den Ringwadenschiffen ihren Lachsfang abzunehmen. Eine Frau an Bord, Diana. Sie ist schön, oft führt sie das Schiff. Eine wilde Frau. »Wir Frauen dürfen keinen Fehler machen, wenn wir akzeptiert werden wollen«, erklärt sie mir unerbittlich. »Wir müssen die Besten sein.« Für meinen zögerlichen Ton hat sie nur Verachtung übrig. Doch als Sturm aufkommt, einmal sogar mit fünfzig Knoten, verschwindet sie in der Kajüte, verkriecht sich tief in ihre Koje. Die Seekrankheit hat sie umgehauen. Ich setze mich im Steuerhaus neben Joey. Weiße Vögel kreisen langsam im Schein der Lichter am Mast. Wir reiten auf der schwarzen Welle. Joey bringt mir bei, die Schalthebel zu bedienen. Das ist gut.

Manchmal, am Nachmittag, wenn die Schiffe auf Fischfang sind, steigt Joey ins Kanu und rudert an den Strand. Die großen Wälder von Afognak und Shuyak dehnen sich bis in die Ferne aus, weit hinter die schwarzen Klippen zwischen den Fichten. Ich traue mich nicht zu fragen, ob er mich mitnimmt. Also zieht er allein los. Und immer bringt er seltsame und schöne Dinge mit zurück, im Gesicht den Ernst und das Leuchten dessen, der seine Kindheit in den Wäldern verbracht hat. Ein Hirschgeweih oder Adlerfedern, vom Wasser polierte Äste, so abgeschliffen, dass nur noch pure Kurven übrig sind, die Essenz des Baumes. Eines Tages findet er einen riesigen harten Pilz, den er erst trocknen und dann anmalen und schnitzen will.

Nach Sonnenuntergang machen wir uns an die Arbeit. Diana und die Männer schreien herum. Ich habe ständig Angst. Ich bin im Exil, denke ich. An diesem Tag schlafen alle, das Deck ist sonnenüberflutet. Ich liege in meiner Koje, mit offenen Augen im Halbdunkel, denke an die Tender in der Nacht, an die, die am Vorabend in Perenosa Bay gewartet haben. Den anderen, die es nicht mit eigenen Augen gesehen haben, kann man das nicht erzählen, nicht erklären – die großen Tender in der Nacht, diese riesigen Stahlungetüme mit den nach Leben und Tod und Saga klingenden Namen … Mit ihren röhrenden Motoren, den knarrenden Spills, den orangefarbenen Männern, die sich im Wind abrackern, mit tropfnassem Gesicht im Flutlicht, ein seltsamer und ergreifender Film, der sich auf dem schwarzen Wasser widerspiegelt. Nein, man kann es nicht erzählen. Wer würde es schon verstehen?

Eines Tages kehren wir zum Hafen zurück. Mir ist kalt bis ins Mark. Ich möchte gern denken: *Lets go home.* Aber *there is no home.* Nie mehr. Ich habe Albträume. Dann laufen wir wieder aus, und ich stürze in den Frachtraum, Tausende von Lachsen, die im Schmutzwasser treiben, eine Brühe aus Schleim und Blut – Viekoda Bay. Wir flitzen durch die Nacht zur Izhut Bay, wo andere Schiffe auf uns warten, um ihren Fang loszuwerden und weiterfischen zu können. In der Nacht fahren wir weiter.

Die Insel hat mich in ihre schwarzen Felsarme geschlossen. Ich finde die *Lively June* wieder, den Schlüssel unter dem Rand der Laufbrücke, den Geruch nach Schiffsdiesel und nassem Ölzeug. Im Waschsalon lerne ich einen Mann kennen, der Golf spielt und roten Lachs fischt. Mit meinem schmerzenden Bein humple ich zu seinem Schiff, der *Jenny.* Er kocht Kaffee und macht Popcorn. Hinterher geht es mir besser. Ich gehe wieder weg, zur Post. Der Angestellte gibt mir einen Brief, ich erkenne die große Schrift. Der abgegriffene Umschlag ist mit einer Art schwarzer Paste zugeklebt – Teer? Ich laufe zum Park Baranov, unter die große Zeder. Dort lege ich mich hin, öffne Judes Brief, der zerknittert ist und Gras- und Bierflecken hat wie der letzte. Ich lese. Wolken ziehen über den hohen Sommerhimmel. Ich schlafe ein, träume, dass ich an Bord eines Schiffes bin. Mitten im Sturm. Wellen brechen über meinem unbedeckten Kopf zusammen. Sie sind eisig. In riesige Öljacken eingemummte Männer arbeiten an meiner Seite, es sind die gesichtslosen Männer aus Ians Film. Und da bin ich, halb nackt, und wate durch das graue Wasser, das mir bald schon bis zur Taille reicht. Ich fürchte mich nicht. Nicht vor der Müdigkeit, nicht vor der Kälte. Die Männer sind zufrieden mit mir, und ich leiste gute Arbeit. Ich bin eine große Seefahrerin geworden. Als ich aufwache, scheint mir die Sonne durch die Zweige ins Gesicht. Ich setze mich auf. Flecken von Lupinen tanzen vor dem kleinen Museum Baranov. Ich gehe zur Straße, überquere sie. Mir gegenüber blaues Wasser und die Fähre: Abends wird sie nach Dutch Harbor zurückkehren. Ich könnte nach Dutch fahren, denke ich, und dort für den Krabbenfang anheuern. Aber es ist nicht die richtige Zeit dafür. Und was könnte ich schon mit diesem kranken Bein an Bord machen? Ich bin im Exil, denke ich wieder. Dann kehre ich zur *Lively June* zurück, packe meine Tasche. Ich setze mich auf den Klappstuhl im Steuerhaus und warte.

John klopft an die Scheibe, ich erkenne sein mageres, blasses Gesicht hinterm Fenster, die hellen Augen unter den geschwollenen, zerknitterten Lidern, die er ab und zu zusammenkneift, als täte ihm das Licht weh. Ich öffne. Sein strichdünner Mund verzieht sich zu einem fast verlegenen

Lächeln. Der Blaumann flattert um seine knochigen Glieder, er setzt sich eine fürchterlich schmutzige Kappe aufs strähnige strohblonde Haar.

»Dir geht es wohl nicht gut?«, sagt er beim Hereinkommen.

Ich bitte ihn, sich zu setzen. Zufällig habe ich gerade Kaffee gekocht. Ich gebe ihm eine Zigarette, und er spuckt seinen Priem in den Mülleimer.

»Zieh doch für eine Weile zu mir. Ich habe ein Haus in Bell's Flat, zwanzig Meilen von hier. Dann mach ich dir Pflanzenwickel, und dein Bein heilt ganz schnell.«

»Nein danke, John, ich bleibe lieber im Hafen.«

»Manchmal schreibe ich politische Pamphlete, weißt du. Dann kannst du mir sagen, was du davon hältst.«

»Worüber schreibst du, John?«

»Übers Leben.«

»Zeig sie mir mal irgendwann.«

Er winkt ab, sein Mund verzieht sich erneut zu einer bitteren Falte.

»Ich brauche wieder deine Hilfe«, sagte er dann leicht spöttisch, »so bald wie möglich, sobald es deinem Bein besser geht. Ich muss mich um ein paar Gärten kümmern, noch einen Abwassergraben ausheben, und die *Morgan* muss ab und zu befeuchtet werden. Es ist nicht mehr so trocken, das Holz ist noch ziemlich nass, und die kalfaterten Fugen sind nicht gerissen, aber trotzdem wärs besser. Außerdem muss das Deck noch mit Leinöl gestrichen werden.«

»Sobald ich kann. Langsam bin ich echt blank. Ich warte auf einen Scheck von Andy, aber bei ihm dauert es immer ewig.«

»Ich kann dir nicht mehr geben als beim letzten Mal, du verstehst, wegen den Arbeiten auf der *Morgan* und der Fangzeit, die ich verpasst habe. Da muss ich bei zwanzig Dollar am Tag bleiben.«

»Mit zwanzig Dollar kann ich wenigstens essen und ein bisschen was zur Seite legen.«

»Hast du schon gehört, dass die Fischerei auf den Heilbutt in einem Monat wieder eröffnet wird? Vierundzwanzig Stunden nonstop.«

»Ja.«

»Vielleicht kannst du ja auf einem guten Kutter anheuern, jetzt, wo du schon auf Kohlenfisch und auf Heilbutt gefischt hast. Da kannst du einen Haufen Geld verdienen.«

»Ich weiß nicht, ob ich mich überhaupt wieder aufs Meer traue. Immer passiert mir was. Beim nächsten Mal gehe ich womöglich über Bord.«

Er lacht.

»Das geht allen so, alle haben Unfälle beim Fischen.«

»Und gehst du denn auf Heilbuttfang?«, frage ich ihn.

»Ich weiß nicht. Vierundzwanzig Stunden am Stück, das war noch nie so meins, eine einzige Hetze. Großer Konkurrenzkampf, und es findet sich immer ein Arschloch, das untergeht, weil er mehr fangen will, als sein Schiff tragen kann.«

»Um mitmachen zu können, müsste mein Bein erst mal wieder gesund sein. Niemand will eine Behinderte an Bord.«

»Ja«, sagt er. »Aber wenn du zu mir ziehst, mache ich dir Pflanzenwickel, und du bist sofort wieder fit.«

»Ich will nicht von hier weg.«

»Hättest du nicht Lust, mit mir auf Heilbuttfang zu gehen? Ich gebe dir einen guten Anteil. Halbe-halbe. Meine

Fangquote liegt bei sechstausend Pfund. Und das bei über einem Dollar je Pfund. Ich kenne da so geheime Stellen für Heilbutt. Dann kümmerst du dich um die Ausrüstung, bestückst die Langleinen, bringst sie wieder in Ordnung, sorgst dafür, dass der Frachtraum für die Fische und das Eis picobello sind, und ich übernehme den Rest. Das Schiff führen und den Fisch finden.«

»Mal sehen. Wenn mein Bein wieder in Ordnung ist.«

Er steht auf.

»Hast du nicht noch eine Zigarette für mich? Ich muss an die Arbeit, in einen Garten, das mag ich gerne, die Gärten. Und damit verdiene ich genauso viel wie beim Fischen.«

John ist wieder gegangen. Das Wasser plätschert an den Schiffsrumpf. Im Schatten des Kutters ist es dunkel und angenehm. Endlos flitzen Fliegen über die Scheiben des Aufbaus, auf der Suche nach dem Ausgang. Manchmal fange ich eine und lasse sie frei. Doch sie kommen immer wieder zurück. Und dann sterben sie. Das quält mich. Ich wende mich ab und schaue auf die sonnigen Anlegestellen. Dann denke ich, dass es Zeit ist, mir einen Gürtel zu nähen, einen geheimen Ledergürtel, der sich an meinen Bauch und meinen Rücken schmiegt wie eine zweite Haut und an den ich dann ein Messer hänge, einen sehr spitzen Dolch in einer Scheide, die ich mir selbst nähen werde.

Diese Idee habe ich von Lucy, die ich eines Sommers unter der starken Sonne von Okanagan getroffen habe. Lucy war Indianerin, und sie war meine Freundin. Unsere roten Wangen an jenem Tag, ihr blaues Auge, ihr Lachen und die bunte Umhängetasche, die mir auf dem Rücken auf- und abhüpfte, vor uns eine weiße Straße, Säulenkakteen, die Wüste. »Er bringt mich um, wenn ich mit dir abhaue«, hatte sie lachend gesagt. »Außerdem würde er mir viel zu sehr fehlen. Aber du musst dir ein Messer schnitzen, ein eigenes, denn wir sind wie die Tiere, wir müssen unsere eigene Haut retten.«

Ich fange mit dem Gürtel an, packe dann meinen Malkasten aus. Ich skizziere und male geflügelte Menschen, Meerjungfrauen, den großen Seemann im Schatten und mich, wie ich mich an seinen Schenkel schmiege. Vielleicht gehe ich doch auf Heilbuttfang. Und wenn wir genug gefischt haben, mache ich mich auf nach Hawaii.

Ich gehe hinaus. Ins blendend helle Licht. Schlendere über den verlassenen Anleger. Auf dem bunt bemalten Schiff kommt der große Blonde mit dem nervösen Gesicht aus der Kajüte. Er macht mir ein Zeichen, lädt mich an Bord ein. Ich steige über die Reling und setze mich auf den Lukendeckel.

»Hi, ich bin Cody«, sagt er.

»Und ich Lili. Was bedeutet Kayodie?«

»Coyote. Ein besonderes Tier für die Crow-Indianer, so ähnlich wie der Rabe, er hat übernatürliche Kräfte und ist wahnsinnig intelligent. Er ist immer da, der Coyote, mitten unter uns, aber immer hat er ein anderes Gesicht.«

»Ein schöner Name für ein Schiff.«

»Ja. Ich seh dich humpeln, seit du wieder da bist. Ich hab ein Mittel, das dir guttun müsste. Pferde werden damit eingerieben. Es hilft gegen alles.«

Er geht wieder in die Kajüte, kramt in einer Schachtel. Dann kommt er zurück und gibt mir einen kleinen Tiegel mit einer durchsichtigen Salbe.

»Achtung, es ist sehr stark. Wasch dir hinterher die Hände.«

»Vielen Dank.«

»Ich mache regelmäßig Heilungskurse bei einem Indianerstamm im Süden von Arizona«, fährt er fort. »Eines Tages bin ich Medizinmann.«

»Ach so. Und gehst du zurzeit nicht auf Fischfang?«

»Ich hab ein paar Wochen auf Lachs gefischt. Lief nicht so gut. Dann hatten wir eine Panne nach der anderen, erst ist die Hydraulik verreckt, dann sind wir am Felsgrund hängen geblieben und haben uns das Netz zerfetzt, und schließlich hat uns Nikephoros unterwegs verlassen, obwohl er die ganze Fangzeit bleiben wollte.«

»Oh«, sage ich. »Das ist ja schade.«

»Und du?«

»Ich warte hier, bis es mir wieder besser geht, dann will ich noch mal aufs Meer. Hoffentlich klappts. Ich habe noch nicht so viel Erfahrung, aber jeder fängt mal an, oder? Danach gehe ich eine Weile nach Hawaii, wenn ich kann.«

»Was hast du da vor?«

»Jemanden wiedersehen.«

»Aha«, sagt er.

Wir schweigen einen Moment. Das Licht tanzt auf dem Wasser.

»Bist du schon lange hier?«, frage ich ihn dann.

»Ich bin nach Vietnam hergekommen. Oder nein, das stimmt nicht, ich hab mich ganz schön rumgetrieben, bevor ich in Kodiak gelandet bin. Zusammen mit einem Kumpel habe ich nördlich von Fairbanks gearbeitet, wir haben Goldlagerstätten erkundet. Als wir uns nicht mehr verstanden haben, bin ich kreuz und quer rumgereist und schließlich hier gelandet.«

»Warst du schon mal auf Krabbenfang?«

»Nein, nie. Das überlasse ich anderen.«

»Ach so. Woher kommst du?«

»Aus Vietnam«, sagt er – und sein Blick flackert erst, wird dann seltsam starr, dann korrigiert er sich. »Oder nein, das war vorher … Und hinterher.«

»Ach so. Wo bist du geboren?«

Er scheint zu zögern, schaut mich überrascht an.

»Ich bin geboren … Irgendwo im Osten, glaube ich, zwischen Texas und New Mexico. Willst du ein Bier?«

»Nein, nein«, antworte ich, »ich hab zu tun.«

Die Flut kehrt zurück, und mit ihr kommen die Brise und die Vögel. Ich schaue zu den Kais hoch, während ich den Steg hinaufsteige. Die Holzhäuser mit ihren Fensterläden scheinen mich von den Hügeln aus zu beobachten. Das Café ist weiß von der Sonne. Darüber die grünen Berge mit ihrer Flut von Blüten. An Tischen auf dem schwarzen, asphaltierten Gehsteig sitzen die hübschen Bedienungen, die mich nicht mögen – warum nur –, rauchen und lachen laut. Ihr schönes Haar glänzt in dem Licht, das das Hafenbecken reflektiert. Ich humpele vorbei, gehe und gehe immer weiter, meide den Platz und die Bars. Beim Fähranleger setze ich mich hin. Vor mir das blaue Wasser der Fahrrinne, in der Ferne die Wälder von Long Island.

Die *Rebel* ist in den Hafen zurückgekehrt. Es ist spät. Die Patina von Altgold schimmert am Himmel. Ich treffe Joey auf dem Ponton. Seine düstere Miene erhellt sich einen Moment, ein Funkeln in den tief liegenden schwarzen Augen unter den buschigen Brauen.

»Wir haben nichts mehr zu futtern«, erzählt er mir lachend, »ich schaue gerade, ob ich was auftreiben kann, bevor ich dann Durst kriege.«

Also gebe ich ihm Fischsuppe mit, ich habe sie gerade mit den Lachsköpfen zubereitet, die Scrim mir geschenkt hat. Augen treiben obenauf. Mir schmecken sie. Sie gehören dazu.

Am nächsten Tag kommt Joey wieder vorbei. Es regnet. Feiner Nieselregen. Im Nebel klingen die Schreie der Möwen traurig. Er klopft ans Fenster. Ich sitze im Dunkeln, beobachte die Fliegen auf den Scheiben des Aufbaus.

»Ich nehme dich mit, ein Bier trinken. Bei diesem Scheißwetter kann man nichts anderes machen.«

»Hat dir die Suppe geschmeckt?«

Joey lächelt vielsagend, sagt aber nichts. Bestimmt hat Diana die Augen nicht gemocht, und er genauso wenig, Indianer hin oder her. Ich schnappe mir einen Pulli und folge ihm.

Es ist noch früh. Das Tony's hat gerade erst aufgemacht. Wir setzen uns an die Theke, und Joey bestellt zwei Bud. Uns gegenüber trinkt ein weißhaariger Mann mit Susi Kaffee. Er trägt einen Wollanzug und einen weichen Filzhut. Ich erkenne ihn, es ist der Mann, der vor zwei Monaten gegenüber der *Rebel* Langleinen bestückt hat, während die Beatles davon sangen, aufs Meer zu fahren. Er spielt im Dunkeln Flipper.

»Hallo, Ryan«, grüßt Joey in seine Richtung.

»Heißt er Ryan?«, sage ich. »Er hat ein schönes Schiff.«

»Die *Destiny*? Ja, früher war es ein wunderschöner Schoner, aber heute ist sie vergammelt. Eines Tages werden sie noch zusammen untergehen, Ryan und sein Schiff. Im Hafen.«

»Kann er sie denn nicht reparieren?«

»Ryan ist müde. Außer seinem Bier und seinem Flipper …«

Ein Typ kommt herein, mit irrem Blick, sein kahler Schädel glänzt vom Regen. Ein fransiger Bart reicht ihm bis zur Taille. Susi steht auf und zeigt ihm die Tür. Erst protestiert er noch, doch dann geht er wieder hinaus, mittlerweile gießt es in Strömen.

Joey gibt mir eine Zigarette. Dann erzählt er mir von den Wäldern. Er hat die Sommer auf den Tendern so gern, sagt er, weil er dann Zeit hat, das Schiff zu verlassen und an Land zu gehen. Dort findet er seine Kindheit wieder, sie nistet in den tiefen Wäldern, verbirgt sich unter der nach Moschus duftenden Erde der Insel. Damals war er zwölf Jahre alt und hatte einen Karabiner, sein Leben lag vor ihm, zusammen mit allen Wäldern, Bergen und Himmeln der Welt, offen wie ein riesiges, unberührtes Territorium, das ihm ganz allein gehörte.

»Alle Kinder von hier kennen das. Dort wachsen sie zu Männern heran.«

»Und die Frauen?«

»Über die Frauen weiß ich nichts, sicher sind es weniger. Das hängt davon ab … Meine alten Tanten sind draußen aufgewachsen. Meine Mutter vielleicht auch, ich habe sie nie gefragt. Ihre Kindheit ging mich nichts an.«

»Ich habe mich auch immer gern herumgetrieben.«

»Aha, siehst du? Aber später hört es auf, es muss aufhören, man muss erwachsen werden, Lili, dafür gibt es dann das Bier, die Arbeit, eine feste Beziehung. Und die eigenen Kinder, die man bekommt, treiben sich dann auch draußen herum, in den Wäldern, bis auch sie sie eines Tages hinter sich lassen.«

»Im Tausch gegen Bier und den ganzen Rest? Warum hören wir auf, uns in den Wäldern herumzutreiben, und tauschen die Wildnis gegen die Bars, das Dope und den ganzen anderen Mist ein, der nicht gut für uns ist?«

»Ich weiß nicht, es ist nun mal so. Um nicht vor Langeweile zu sterben, nehme ich an, vor Langeweile oder vor Verzweiflung. Außerdem gibt es da das Tier in uns. Das müssen wir bändigen. Wenn man es erschlägt, geht's einem besser.«

Ich trinke einen großen Schluck Bier, seufze. Ja, ja, das Tier.

»Aber warum?«, frage ich noch einmal. »Warum muss es immer vorbei sein, das schöne Herumrennen im Wald und in den Bergen?«

»Weil es so ist. So ist das Leben. Sorgen. Alles wird im Lauf der Jahre schwächer.«

»Nein, nicht immer.«

»Doch. Trink noch ein Bier, und mach nicht so 'n Gesicht. Bei dir wird es genauso sein wie bei allen anderen, du wirst schon sehen. Bald treibst du dich woanders herum als im Hafen und auf den Schiffen. Eines Tages holt dich das Leben ein.«

»Nein, nicht mich. Niemals. Ich werde auf Fischfang gehen. Und auf Krabbenfang, eines Tages.«

»Nimm dich in Acht.«

»Wovor?«

»Vor allem. Vor dem Leben, hier und überall.«

Wir trinken viel Bier. Der Mann mit dem weichen Filzhut rührt sich nicht von der Stelle. Er steigt von Kaffee auf Bloody Mary um. Ryan eist sich vom Flipper los und stellt sich an die Theke, wo er mit missmutiger Miene trinkt. Zwei nach Ködern und Salz riechende Kerle geben sich lautstark gegenseitig Jägermeister Shots aus. Joey lässt die Schultern hängen. Sein schwarzer, trauriger Blick begegnet meinem.

»Was willst du überhaupt? Erst hast du vom Point Barrow geredet, aus total unverständlichen Gründen, und jetzt bist du vom Krabbenfang besessen. Und manchmal erzählst du was von Hawaii, wegen einem Typen, nehme ich an. Sollte mich wundern, wenn du auf Frauen stehst.«

»Erstens möchte ich fischen. Ich will immer und immer wieder völlig fertig sein, damit nichts mich mehr aufhält, wie ... wie ein gespanntes Seil, genau, das nicht nachlassen darf, so straff gespannt, dass es kurz davor ist zu reißen. Danach Hawaii ... Und dann eines Tages Point Barrow.«

»Die Fischerei. Ihr seid doch alle gleich, ihr alle, die ihr wie die Erleuchteten hier einfallt. Für mich ist es mein Land, ich kenne nichts anderes, nie war ich weiter weg als Fairbanks. Ich will nicht das Unmögliche. Nur leben und meine Kinder großziehen. Auf dieser Insel bin ich zu Hause! Aber ich bin ja nur ein Idiot, ein dreckiger Indianer-Nigger.«

»Nein, Joey, hör auf damit, sag das nicht.«

Mittlerweile ist die Kneipe voll. Und wir, wir haben Wurzeln geschlagen, mit unseren Hintern auf den Barhockern, die Ellbogen fest auf die harte Holztheke gepflanzt. Der weißhaarige Mann ist immer noch da, uns gegenüber. Ich lächle ihn an, er hebt den Arm, als wären wir zwei Matrosen, die sich von Deck aus begrüßen. Joey redet weiter, seine Stimme ist schleppend.

»Du hast also dein Land verlassen, um auf Abenteuerjagd zu gehen.«

»Ich bin einfach weggegangen, weiter nichts.«

»Pff! Zu Tausenden seid ihr, und ihr kommt seit über einem Jahrhundert her. Die Ersten waren noch wilde Kerle. Ihr nicht. Ihr seid hier, um etwas zu suchen, das man gar nicht finden kann. Eine Sicherheit? Nein, nicht mal, weil ihr ja anscheinend den Tod sucht, jedenfalls wollt ihr ihm begegnen. Ihr sucht … Eine Gewissheit vielleicht … Etwas, das stark genug ist, um eure Ängste zu bekämpfen, eure Schmerzen, eure Vergangenheit – das die Welt retten soll, und vor allem euch selbst.«

Mit halb geschlossenen Lidern nimmt er einen langen Schluck aus der Flasche, stellt sie auf die Theke ab, schlägt die Augen wieder auf.

»Ihr seid wie diese ganzen Soldaten, die in den Kampf ziehen, als wäre euer Leben euch nicht mehr gut genug … Als bräuchte man einen Grund zum Sterben. Oder als müsstet ihr für irgendetwas büßen.«

»Ich will nicht sterben, Joey.«

Er hat den Kopf gesenkt und murmelt vor sich hin: »Ein dreckiger Indianer-Nigger.« Ich trinke mein Bier aus, bedanke mich bei ihm. Dann gehe ich zur *Lively June* zurück. Es regnet immer noch.

Fünf Tage regnet es. Mein Bein schwillt ab. Der blaue Fleck unter der Haut verfärbt sich blasslila. Joey kommt wieder vorbei, und ich koche ihm Kaffee. Sein Ausdruck ist wieder friedlich und traurig wie sonst.

»Hab Geduld, Lili«, sagt er und schaut zum Fenster, durch das weißes, fahles Licht hereinfällt.

Draußen ist es trüb.

»Hab Geduld. Du willst immer alles und immer sofort.

In der Kneipe haben wir Unsinn geredet. Das ist manchmal so, dann rege ich mich über die Leute auf, die hierherkommen. Die echten Goldsucher waren mir fast lieber. Aber ihr, ihr sucht nach einem noch viel mächtigeren, noch reineren Metall.«

»Das sind alles ganz schön große Worte.«

»Aber im Grunde hattest du gestern vielleicht recht. Die Alten, Cody, Ryan, Bruce … Jonathan und alle anderen … Sie sind gar nicht gekommen, um den Tod zu suchen, jedenfalls nicht unbedingt. *Nature is the best nurse.* Was sie hier wiedergefunden haben, beim Fischen, diese rohe Lust zu leben, den echten Kampf mit der echten Natur … Das hätte ihnen nichts anderes geben können. Und bestimmt auch kein anderer Ort.«

»Wir kommen nicht alle aus Vietnam.«

»Nein. Erst waren da die Pioniere, dann die Gesetzlosen, die in Vergessenheit geraten wollten. Heute sind alle möglichen Leute da: die, die auf der Flucht sind vor einem Drama oder irgendeinem Scheiß, den sie gebaut haben. Und wir halsen uns alle Rebellen auf, alle Spinner dieses Planeten, die ein neues Leben anfangen wollen. Und schließlich die Träumer, wie dich.«

»Mich hat nur dieses seltsame Verlangen erwischt, am Ende des Horizonts schauen zu gehen, hinter ›*the Last Frontier*‹«, flüstere ich. »Aber manchmal glaube ich, dass es ein Traum war. Ein Traum ist. Dass nichts irgendetwas retten kann und dass Alaska auch bloß ein Hirngespinst ist.«

Joey seufzt, drückt seine Zigarette in einer leeren Sardinenbüchse aus. Plötzlich sieht er furchtbar müde aus, sicher ist er gestern noch ewig in der Bar geblieben und hat weitergetrunken, und das lässt sich deutlich an seinem Gesicht ablesen.

»Es ist kein Hirngespinst. So viel steht jedenfalls fest. Mach die Augen auf, sieh dich um.«

»Das tue ich doch – doch, das tue ich.«

»An jedem anderen Ort wären viele von euch schon tot. Oder hinter Schloss und Riegel.«

»Aber Joey, warum rennt ihr alle, warum tun wir das?«

»Alles rennt, Lili, alles ist in Bewegung. Der Ozean, die Berge, die Erde, während du auf ihr gehst. Wenn du dich auf ihr fortbewegst, scheint es so, als würde sie sich mit dir bewegen und die Welt sich von einem Tal zum nächsten entfalten, in den Bergen, dann in den Schluchten, durch die das Wasser zum Fluss strömt, der zum Meer rennt. Alles rennt, Lili. Auch die Sterne, der Tag und die Nacht, das Licht, alles rennt, und wir rennen auch. Sonst würden wir sterben.«

»Und Jude?«

»Das will ich doch hoffen, dass dein großer Seemann noch rennt. Sonst wäre er ertrunken.«

Joey geht wieder weg. Es ist Mittag. Ich habe keine Lust, ihn zum Breaker's zu begleiten. Ich liege in meiner Koje und esse eine Büchse Sardinen. Im Schiffsbauch ist es fast dunkel. Ich lausche. Der Regen plätschert regelmäßig aufs Oberdeck, ein leises Rauschen. Die ferne Klage eines Meeresvogels. Das Rumoren des Wassers am Rumpf. Ich drücke die Stirn gegen das feuchte Holz. Ein Klopfen an der Tür weckt mich. Ich bin eingeschlafen und träume noch. Mühsam schäle ich mich aus meinem Schlafsack. An Deck ist niemand. Ein junger Eissturmvogel liegt auf dem durchnässten Holz. Ein Blutstropfen perlt dort, wo seine Röhrennase sich wölbt.

»Stinklangweilig«, sagt Murphy.

»Echt, stinklangweilig ist es. Wir können ja zur Abwechslung mal nach Anchorage fahren. Dann gehe ich meine Tochter besuchen, vielleicht hat sie endlich das Buch für mich aufgetrieben. Und du kannst deine Kinder und Enkelkinder sehen. Vielleicht gibt's ja sogar neuen Nachwuchs.«

»Und dann sagen wir den Kumpels im Bean's Café mal Guten Tag.«

»Ich glaube, Sid und Lena wären dabei. Kommst du auch mit, Lili? Dann nehmen wir alle zusammen die Fähre. Heute Abend ist die *Tustumena* da.«

»Ich würde ja gerne, aber ich kann nicht«, sage ich seufzend, »Andy hat mich immer noch nicht bezahlt.«

Wir sitzen unterm Schutzdach beim Hafenamt und schauen dem Regen beim Fallen zu. Der auf See verschollene Fischer ist im Nebel verschwunden.

Ryan ruft mich, als ich am Ship's vorbeigehe.

»Trink ein Bier mit mir, Lili!«

Ich zögere. Seine Augen schimmern im selben Schiefergrau wie das Wasser im Hafen. Er ist ein schöner Mann hinter dem Vorhang aus aschfarbenem Haar um sein Gesicht.

Die dunkle Kneipe ist fast leer. Die Bedienung hat gewechselt. An der Ecke der Theke, unter den Bildern der nackten Frauen, sitzen drei alte Indianerinnen und trinken schweigend. Ryan scheint meine Anwesenheit vergessen zu haben.

»Und dein Schiff?«, frage ich ihn. »Wann fährst du damit zum Fischen?«

Es dauert lange, bis er antwortet.

»Vielleicht eines Tages«, murmelt er lakonisch.

»Ach so. Woher kommst du?«

»Vom Arsch der Welt, irgendwo in den *lower forty-eight*. Aber das ist lange her. Und ich habe es fast vergessen. Und hoffentlich werde ich die ganzen Bauerntrampel da auch noch vergessen. Und du? Was hast du hier zu suchen?«

Er sieht mich nicht an.

»Ich will hier auf Fischfang gehen.«

»Na und, das hast du doch gemacht. Wann gehst du nach Hause?«

»Äh … Ich weiß nicht. Vielleicht nie.«

»Hast du keinen Typen?«

»Nein … Jedenfalls nicht hier. Und wenn.«

»Solche wie dich wollen wir nicht haben. Unter uns geht's uns gut. Wir wollen keine Touristen, die hier eine Erfahrung machen wollen, es mit irgendwelchen Kerlen treiben und hinterher herumposaunen, was sie alles für extreme Dinge erlebt haben.«

Ich stehe auf. Mein Hocker kippt um. Ich bin ganz rot, meine Lippen zittern. Unsicher wanke ich zum Ausgang. Als ob ich betrunken wäre.

Endlich hat es aufgehört zu regnen. Murphy und Stephen sind nicht mehr da. Sid und Lena steigen langsam den Hang zum *shelter* hinauf, wo eine kleine dunkle Gruppe auf den Stufen hockt. Ich gehe über die Kais, dicht an den Wänden der Lagerhäuser entlang. Das war das letzte Mal, dass ich in eine Bar gegangen bin, denke ich. Ganz schnell kehre ich zur *Lively June* zurück, rutsche fast auf dem klatschnassen Ponton aus. Der junge Eissturmvogel ist nicht wieder zum Leben erwacht.

Ich packe die Tasche wieder, die ich am Morgen ausgepackt hatte. Point Barrow oder Hawaii, denke ich erneut. Auf den Anlegestellen schreien Männer herum. Dann das Flügelschlagen eines auffliegenden Vogels. Ich verkrieche mich in der Dunkelheit meiner Koje wie ein Tier in seinem Bau, höre den Schlepper, warte auf die Klage der Fähre. Die auf sich warten lässt. Der Schatten von Manosque-die-Messer füllt die Kajüte aus, die Erinnerung an eine andere Angst, an eine verrauchte Kneipe als einzigen Horizont, an jemanden in einer schwarzen Lederjacke und abgetretenen Cowboystiefeln, ein feuchtes und dunkles Zimmer, wie ein Grab, die Matratze, die vielleicht schimmelig geworden ist auf dem Boden. Eine Angst ist es, eine Vision wie aus einem Albtraum, vielleicht haben da schon die Würmer unter dem Körper meines Schiffbrüchigen gewimmelt, der immer noch auf mich wartet, wie er auf seine Killer gewartet hat, die Insulinspritze zwischen zwei Flaschen versteckt, der traurige kleine Hund, der darauf wartet, dass ich zurückkomme, mit gespitzten Ohren hinter der Tür aus aufgequollenem Holz, die sich nie mehr entschließt zu quietschen.

Ich wache gegen elf Uhr auf, stehe auf. Dann ziehe ich mich an, bürste mir die Haare. Mache mich reisefertig. Aber wohin sollte es gehen? Der Himmel ist kaum heller als zu der Zeit, als ich mich schlafen gelegt habe. Schließlich komme ich zu mir, lege mich wieder hin. Am nächsten Morgen ist schönes Wetter. Mir geht es besser.

Ich gehe durch die lauwarmen Straßen. Mein Bein ist schwer und schmerzt. An den Bars husche ich schnell vorüber, durchkreuze die schläfrige Stadt, vorbei am McDonald's, setze meinen Weg zur Post fort: Ich habe dem großen Seemann einen langen Brief geschrieben. Für mich ist nichts da. Ich gehe weiter, spaziere zu dem kleinen gelben Haus auf dem Anhänger, es steht immer noch zum Verkauf. Dort setze ich mich hin, ruhe mein Bein auf den Holzstufen aus. Ich träume davon, dass sie mir gehören. Dass ich ein winziges butterblumenfarbenes Haus besitze. Dann könnte ich es auf einem brachliegenden Gelände abstellen, und es wäre immer da, wenn ich vom Fischen zurückkomme. Ein schöner Gedanke, der mich ganz fröhlich stimmt. Ich stehe wieder auf und durchquere das hohe Gras, komme an Judes Autowrack vorbei, in das wir uns einmal geflüchtet haben, steige den Hang zum *shelter* hinauf. Die Tür steht offen. Rechts vom Eingang thront eine riesige Thermoskanne voll Kaffee auf einem Tisch, lauter Tassen drum herum, Zucker, ein Korb voller Kekse. Ein Mann sitzt am Schreibtisch, beugt sich über ein Register. Ich hüstele, frage nach Jude. Der Mann zieht die schwarzen Augenbrauen hoch, den Blick darunter erkenne ich. Ich werde rot. Er lacht.

»Kommst du für Jude?«

»Ja. Ich meine, für den Jude, der in Hawaii ist«, stammle ich, »aber jetzt möchte ich den Jude vom *shelter* sprechen.«

Er steht auf, lächelt. Es ist ein stämmiger Mann, die Schultern eines Holzfällers, mit einem markanten Gesicht voller Falten von der harten Arbeit und noch älteren Spuren, Narben eines exzessiven Lebens. Er hat meinen Blick auf die Thermoskanne und die Kekse bemerkt.

»Bedien dich«, sagt er. »Ich bin Judes Vater. Und du bist also Lili.«

»Ich glaube, dass er meine Briefe nicht bekommen hat.«

»Ich habe vor zwei Tagen mit ihm telefoniert. Da hat er gefragt, ob du vorbeigekommen bist. Ansonsten hat er immer noch keinen Job. Er überlegt, in Honolulu anzuheuern. Und er wartet auf dich.«

Der Mann hat dieselbe Stimme wie der große Seemann. Mir gefällt seine ledrige alte Haut sehr, es ist mir peinlich. Ich senke den Blick. Sonnenlicht überflutet die grauen Fliesen. Er geht zur Kaffeekanne, füllt eine Tasse und gibt sie mir.

»Zucker?«

»Nein, danke.«

»Einen Keks?«

»Den nehme ich gern, ja.«

Als ich die Hand zu den Cookies ausstrecke, kann er sich ein Lächeln nicht verkneifen.

»Verglichen mit dir habe ich ja Babyhände. Hast du zurzeit einen Job?«

»Vielleicht kann ich demnächst helfen, einen Graben auszuheben. Sobald es wieder geht«, antworte ich traurig. »Ich hab mich verletzt, als ich in den Frachtraum der *Rebel* gefallen bin. Außerdem hoffe ich, bei der nächsten Fangzeit auf Heilbutt mitzumachen. Und wenn ich genug Geld habe, fahre ich zu Jude.«

»Hast du einen Schlafplatz?«

»Ja. Auf der *Lively June.*«

Er lächelt erneut. Ich verstehe nicht, weshalb.

»Heißt du denn auch June?«

»Nein. Ich heiße Lili.«

»Komm zum *shelter*, wenn du irgendwelche Schwierigkeiten hast. Hier sind kaum Frauen. Es wird dir gefallen. Ein Schlafsaal und vier Duschen ganz für dich allein. Und jeden Abend was zu essen.«

»Ja, Murphy hat es mir erzählt.«

»Sobald Jude mich anruft, leite ich dir die Neuigkeiten weiter. Manchmal braucht die Post sehr lange, weißt du.«

Ein letzter Blick auf meine Hände.

»Bis bald.«

Ich gehe wieder hinaus. Die blendende Sonne und die schmale weiße Straße. Unterwegs treffe ich zwei Männer, die, ihren Seesack über der Schulter, ins Shelikof's gehen. Ich setze meinen Weg zum Hafen fort. Vor mir kommt ein Chevrolet Pick-up angefahren. Er hält mit quietschenden Bremsen. Goldfarbener Staub wirbelt auf. Andy öffnet das Fenster und ruft mich. Kurz bekomme ich einen Schreck, doch er lächelt. Mit seinem kantigen Kiefer sieht er aus wie ein fleischfressendes Raubtier.

»Hast du Arbeit? Ich suche Leute, die die *Blue Beauty* neu streichen. Dann hast du für drei Wochen ausgesorgt.«

»Wann? Wo?«

»Morgen früh um sieben, auf der Schiffswerft an der Tagura. Die *Blue Beauty* ist neben dem Trockendock aufgebockt.«

Er fährt weiter. Und wieder habe ich vergessen, ihn nach meinem Scheck zu fragen.

Ich streiche den Maschinenraum neu. Andy bezahlt mir sechs Dollar die Stunde. Die anderen bekommen zehn. Ich höre sie draußen. Sie schmirgeln den Rumpf, richten die Schiffsschraube wieder her, tauschen die von der Elektrolyse zerfressenen Zinkplatten aus. Sie unterhalten sich laut, bringen manchmal Bier mit, und dann schallt das Öffnen der Büchsen bis zu mir herein.

Später höre ich sie kaum mehr. Das Trichlorethen, mit dem ich das Fett vom Boden des Frachtraums und von den Motoren entferne, steigt mir zu Kopf. Die Farbe gibt mir den Rest. Ich wickle mir ein Tuch vor Mund und Nase. Das hilft aber nicht gegen die Dämpfe. Da bitte ich Andy um eine Schutzmaske: Er bringt mir Staubfilter. Die helfen genauso wenig. Manchmal gehe ich an Deck, um Luft zu holen. Das Licht blendet mich. Ich wanke. Unter dem Himmel, der mich unwiderstehlich anzieht, trinke ich einen Kaffee und rauche eine Zigarette. Andy hat mir versprochen, dass ich den Mast streichen darf, wenn ich schnell und gut arbeite. Ich gehe wieder in den Maschinenraum zurück, um möglichst bald fertig zu sein, bevor er jemand anderen auf den Mast schickt. Aber die anderen hauen ab. Ich bleibe als Einzige an Bord.

Eines Morgens wache ich um fünf Uhr früh von einem dumpfen Geräusch an Deck auf. Ich schlüpfe in meine Hose. Ein langer, dünner Kerl steht in der Kombüse.

»Hallo«, sagt er, »ich bin Tom. Frisch eingestellt.«

In meinen Anziehsachen lege ich mich wieder hin, unter meine leicht schmutzige Decke. Er steckt seinen Stelzvogel-Kopf zur Tür herein, fragt mich dreimal, ob ich nicht *lonely* sei.

»Bin ich nicht«, antworte ich.

Dann setze ich mich auf.

»Du bist vielleicht komisch. Entschuldige die dumme Frage, aber hast du Coke genommen?«, frage ich ihn von meiner Koje aus.

»Coke? Kennst du dich damit aus? Nein, seit mindestens zwei Wochen nicht.«

»Stimmt, ich habe keine Ahnung davon. Aber du bist einfach komisch.«

Dann schlafe ich wieder ein.

Tom hat gerade einen Monat auf Seehecht gefischt. Schlechter Fang, sagt er mit finsterer Miene. In seinem langen, ausgemergelten Gesicht wirken seine Augen mit den blasslila Augenringen, die dieselbe Farbe haben wie seine Pupillen, riesig. Er sieht erschöpft aus. Mit seinem Blick schnappt er nach mir. Sein ausgeprägter Adamsapfel bewegt sich mit, wenn er spricht, wie ein seltsamer, zwischen den Sehnen des mageren Halses gefangener Vogel. Er setzt sich auf die Reling, nervöse Zuckungen laufen über seine Beine, als könnte er jeden Moment aufs Deck springen.

»Und wieder habe ich meine Zeit verschwendet«, fährt er fort, »und keinen Cent kassiert. Es ist fast noch ein Glück, dass das Schleppnetz gerissen ist, da konnte ich mich aus dem Staub machen. Und jetzt dieser Job für Andy. Dann kann ich wenigstens ein paar Kröten verdienen, bevor ich weiterfische. Je eher, desto besser. Ich finde es an Land oft viel anstrengender, wegen dem Dope und dem *booze* … Aber wohin soll ich denn sonst mit diesem Zorn, diesem wildwütigen Etwas in mir? Ich kann es doch nur beruhigen, indem ich es zertrete. Erschöpfung. Dafür ist jedes Mittel gut. Je heftiger, desto besser.«

»Du bist also auch ein Held«, sage ich träumerisch.
Tom grinst.
»Ein Held?«
»Ja, du weißt schon, so ein mythischer Gott.«
Jetzt lacht er richtig und pufft mich in die Seite.

Tom bringt mir bei, meine Schenkel als Hebel einzusetzen und so schwere Lasten zu heben. Das üben wir auf dem Deck der *Leviathan*, unserem Nachbarschiff. Einmal schaffe ich es, eine dreihundert Kilo schwere Krabbenreuse ruckweise vom Aufbau bis zur Reling zu verschieben.

»So. Jetzt kannst du auf Krabbenfang in der *Boring sea*.«

»Warum nennst du sie die *Boring sea?*«

»Weil sie zwar unheimlich stürmisch sein kann, mit bis zu fünfzig Fuß hohen oder noch höheren Brechern, aber genauso gut kann es stinklangweilig sein, wenn Windstille herrscht, eine wahre Wüste … Man könnte sich gerade eine Kugel verpassen – *seahab* wird das auch genannt.«

»Warum *seahab*?«

»Weil man da auf Zwangsentzug ist.«

»Ach so. Glaubst du, dass ich eines Tages dabei bin? Meinst du, ich schaffe das?«

»Bleib dran, gib niemals auf, und dann schaffst du es, wie alle anderen auch.«

Eines Abends, als ich vom Baranov Park zurückkomme, sind sie zu zweit an Bord, sitzen in der Kombüse am Tisch. Der nackte Schädel eines Mannes, der Lines Kokain legt, glänzt im Neonlicht. Sein feiner geflochtener Bart verschwindet zwischen seinen Beinen. Ich erkenne den Mann wieder, der ein paar Tage zuvor aus der Bar geworfen wurde. Er rollt einen Dollarschein zusammen, snifft lange, dreht sich mit leuchtenden Augen und einem etwas irren Blick zu mir um.

»Willst du mal?«

»Nein, nein«, antworte ich, obwohl ich »Ja« denke.

»Ich habe dich oft im Hafen gesehen«, fährt er mit feurigem Blick fort. »Ich bin Blake. Und weißt du was? Ich kann dich echt zum Staunen bringen! Und sogar zum Schreien, wenn du nur mit mir kommen wolltest.«

Tom lacht. Ich setze mich zu ihnen. Die beiden Männer sprechen über Schiffe, Kapitäne und Dope. In meiner Hosentasche verbrennt mir ein Brief des großen Seemannes das Bein. Blake bietet mir kein Kokain mehr an. Er dreht einen Joint.

»Willst du mal?«

»Nein«, antworte ich verlegen, und dann kippe ich aus den Latschen.

»Was für eine Mimose bist du denn?«

Ich werde rot vor Scham.

Am nächsten Morgen öffne ich die Augen.

»*Good morning*«, sagt Tom von seiner Koje aus.

»*Good morning*«, antworte ich in meiner.

Dann gehe ich singend Kaffee kochen.

Der Schiffsrumpf ist frisch gestrichen und mit Antifouling behandelt, die Schraube funkelt in der Sonne. Tom hat auf einem anderen Trawler angeheuert. Bevor er geht, umarmt er mich. »Bis bald in Dutch, ich spendiere dir dann einen Drink im *Elbow Room*, der Lieblingsbar der Krabbenfischer«, sagt er. Ich mache allein weiter, arbeite bis tief in die Nacht. Dann spaziere ich durch die Stadt, ein bisschen verloren, bis zum B and B. Mir tut der Bauch weh, und ich habe großen Durst. Als ich die Hände auf die Theke lege, ruft die Bedienung:

»Die sind auch frisch gestrichen.«

Ich habe Farbflecken im Gesicht, meine Haare sind verklebt. Die Männer machen sich Sorgen.

»Du krepierst noch, wenn du so weitermachst. Trag lieber Handschuhe, statt dich mit Trichlorethen zu waschen. Das reinste Gift, dieses Dreckszeug.«

Ich lache und bestelle mir noch ein Bier.

Als ich mich torkelnd auf den Rückweg mache, ist es stockfinster. Mein Kopf ist ganz leicht, ich könnte die Sterne berühren. An Bord falle ich ins Bett, schlafe wie ein Stein. Um sechs Uhr morgens bin ich wieder auf. Ich trinke einen Kaffee und betrachte den Mast – bald gehört er mir –, ehe ich in den Maschinenraum zurückkehre.

Eines Morgens tut mein Bauch so weh, dass ich davon aufwache. Als ich aufstehe, dreht sich alles. Ich kann mich gerade noch an der Wand abstützen. Mittags gehe ich in die Stadt. Ich setze mich an die Beine des verschollenen Seemanns. Die Raben drehen ihre Kreise um mich herum, und ich gebe jedem ein Stück Surimi. Vor dem Café treffe ich Scrim.

»Bist du betrunken?«, fragt er.

»Nein, es ist diese Farbe«, antworte ich und reibe mir die Augen.

»Du musst damit aufhören. Sonst endest du noch als Gemüse.«

Bei dieser Vorstellung muss ich lachen. Als ich die Augen wieder öffne, ist er weg. Tränen hängen mir in den Wimpern.

Plötzlich fühle ich mich ganz verloren, bleibe wie angewurzelt auf dem Gehweg stehen. Ein Auto hält neben mir. Es ist Bryan.

»Wohin willst du?«, ruft er.

»Ich weiß nicht.«

»Steig ein!«

Ich lehne mich zurück, die Rückenlehne riecht gut nach Old-Spice-Aftershave. Er mustert mich kritisch im Rückspiegel. Ich schließe die Augen.

»Geht's dir nicht gut? Was hast du denn fürn Scheiß genommen?«

»Ich nehme keinen Scheiß, trinke nur manchmal Bier am Abend, und das nicht mal jeden Tag. Und jetzt werde ich auch noch zu spät zur Arbeit kommen. Ich muss wirklich fertig werden mit diesem Maschinenraum, wenn ich den Mast neu streichen will.«

Ich öffne die Augen wieder, als das Auto langsamer wird, sehe die *city docks* und die *Venturous*.

Mit seiner schönen Espressomaschine kocht Bryan einen Kaffee. Er gibt mir ein Cookie, deutet zur halb offenen Kajüte.

»Und jetzt legst du dich hin und schläfst eine Runde.«

»Nimmst du mich als Matrosen, wenn du auf Krabbenfang gehst?«

»Darüber reden wir später. Du musst erst mal schlafen.«

Auf dem Weg zur Schiffswerft treffe ich Andy. Er scheint nicht besonders erfreut, mich um diese Uhrzeit auf der Straße anzutreffen.

»Die Farbe macht mich ganz krank«, stammle ich. »Alles dreht sich.«

Das stimmt ihn nachgiebiger, und er gibt mir den Tag frei.

»Trink Milch. Viel Milch. Und schlaf. Aber komm morgen wieder, der Maschinenraum muss so schnell wie möglich fertig sein.«

»Darf ich danach wirklich den Mast streichen?«

Am nächsten Morgen legt ein Mann sein Bündel an Deck.

»Ich komme von weit her«, sagt er. »Andy hat mich gerade eingestellt, um das Deck neu zu streichen. Ich hoffe, da wird was draus, ich habe nämlich schon lange keine Papiere mehr. Ach so, und mein Name ist Gray.«

Und tatsächlich ist er ganz grau, vom Gesicht bis zur verschlissenen Kleidung, und ganz in sich zusammengesunken, den Kopf zwischen die breiten Schultern gezogen, sein Blick ist merkwürdig, weich wie Eis in der Sonne.

»Aber den Mast sollen Sie nicht neu streichen?«, frage ich beunruhigt.

Er wischt sich über die Stirn und antwortet nicht. Ein paar vereinzelte Haare wehen in der Brise auf. Der Mann nimmt sein Gepäck, geht in die Kajüte und wirft es auf die Koje, die im rechten Winkel zu meiner steht. Er packt ein paar Sachen aus, holt eine Bibel hervor und legt sie aufs Kopfkissen.

»Ich bin Lili«, sage ich da. »Ich streiche den Maschinenraum. Nehmen Sie sich Kaffee. Und der Mast ist übrigens für mich reserviert.«

»Schönen Abend, Gray. Ich gehe mal kurz in eine Bar. Manche hier sind gar nicht so schlecht.«

Die seltsam schimmernden blaugrauen Augen blicken mich freundlich an. Doch der große Mund verzieht sich zu einem strengen Strich.

»Da bin ich früher auch hingerannt, in die Bars. Es ist schlecht, gar nicht gut für dich. Ich weiß, was gut für dich ist.«

Die stämmige Gestalt in der Türöffnung verstellt mir den Weg nach draußen, zum schönen Abendhimmel, dem orangen Kran, dem hinter dem Trockendock funkelnden Wasser. Ich flitze los. Der Wind weht. Zwei betrunkene Frauen beschimpfen sich vor dem B and B, ihre Haare flattern in der Luft wie genervte Tiere. Ich öffne die Tür. Sie folgen mir. Hinter der Scheibe erkenne ich Dean, der an der Schiffsschraube der *Blue Beauty* gearbeitet hat. Nervös trommelt er auf die Tischecke, zappelt unruhig mit den Beinen.

»Guten Abend, Dean.«

»Ach, Lili.«

Sein Blick huscht unbehaglich von mir zum Fenster.

Heute ist Freitag, *pay day* für ihn. Ich habe ihm zweihundert Dollar geliehen, als Andy mich endlich bezahlt hatte. Bei seinem Anblick weiß ich sofort, dass er mir nichts zurückgeben kann, weder heute noch an irgendeinem anderen Tag.

»Verstehst du«, sagt er, »ich hab nur noch knapp hundert Dollar. Und ich warte grad auf jemand.«

Jemand – Crack oder Kokain? Ich zucke die Achseln und gehe hinten in die Bar. Ed, der kleine Taxifahrer, regt sich auf seinem Barhocker auf, seine Augen funkeln. Er fuchtelt mit den Armen in der Luft herum, seine Kinderhände drehen sich immer schneller, wie Kreisel.

»Ich stecke so tief in diesen ganzen Geschichten drin!«, schreit er mit schriller Stimme.

Neben ihm sitzt Ryan zusammengesunken an der Theke, und ein alter Mann mit nikotingelbem Bart und dichtem, weißem Haar, das sein schönes, ebenmäßiges Gesicht umrahmt, trinkt einen Whisky. Heute Abend bringt mir die rothaarige Joy mein Bier. Die beiden betrunkenen Frauen werfen sich von einem Ende der Bar zum anderen scheele Blicke zu. Eine der beiden sinkt neben der Jukebox zusammen, steht dann langsam wieder auf. Sie schafft es bis zur Theke, an die sie sich wie an einen Rettungsring klammert. Hinter der Brille, die sich bei ihrem Sturz total verbogen hat, schaut sie völlig verloren.

»Sie würde jedem einen blasen! Für fünf Dollar… Damit man ihr was zu trinken ausgibt«, verkündet die Frau, die noch steht, ihre hübschen grünen Augen schleudern Blitze. »Ich machs wenigstens umsonst!«

Dean und sein Dealer senken den Kopf. Dean sieht aus wie ein geschlagener Hund und wirft mir einen Blick zu, als müsste ich den Frauen verzeihen.

»Ruhe, ihr zwei«, sagt Joy mit ihrer kräftigen Stimme, »sonst setze ich euch vor die Tür!«

Der alte Mann mit dem weißen Gesicht neben mir trinkt einen Schluck. Er hält mir einen kleinen Beutel mit Dauerwurst hin.

Wir essen, ohne ein Wort zu sagen.

»Ich bin Bruce«, sagt er dann.

Dean hat sich zu mir durchgedrängelt. Der andere ist wieder weg. Ich spendiere ihm ein Bier.

»Tut mir leid, Lili, ich kann dir immer noch nichts geben, ich habe keinen Cent mehr. Und morgen gehe ich bestimmt in den Knast. Eine alte Alkoholgeschichte, die noch geregelt werden muss. Ewig rennen sie mir schon hinterher«, sagt er lachend. »Aber was soll's, dann habe ich eben Ferien.

Eine Woche Entzug. Kost und Logis frei, und das mit Fernseher.«

Er bestellt zwei Tequila. Endlich lachen wir. Zwei Männer mit tiefschwarzem Haar kommen zu uns.

»Du bist die, die in der Terror Bay einen Fisch verschlungen hat, oder?«

Ich erinnere mich an das Ringwadenschiff, das unweit der *Milky Way* vor Anker lag, in der Nacht mit dem rohen Lachs.

»Seid ihr von der *Kasukuak Girl*?«

»Rohen Fisch essen! Sie würde eine gute Squaw abgeben«, sagt der Ältere der beiden lachend.

Dean ist gegangen. Bruce und Ed, der *cabdriver* mit den Glashänden, schnauzen sich mittlerweile an. Bruce sagt, man hätte gleich zu Anfang des Krieges eine Atombombe auf Hanoi werfen sollen. Daraufhin kippt Ed sein Glas aus.

»Immer mit der Ruhe, Jungs«, schimpft Joy von der anderen Seite der Theke.

»Warum sagst du so was?«, frage ich ängstlich. »Warum eine Atombombe? So war es doch schlimm genug, oder?«

»Genau«, sagt er mit leiser Stimme, fast unhörbar, »dann wäre es wenigstens schnell gegangen. Es hätte uns das Napalm, die ganzen Gräuel und den Wahnsinn erspart, die sich ewig in die Länge gezogen haben.«

»Aber Bruce, warum muss man denn immer eine Gräueltat durch eine andere ersetzen?«

Bruce breitet mit ohnmächtiger Geste die Hände aus.

»Weil es so ist. Weil es nun mal Gräuel gibt, immer und überall.«

Ich sage nichts mehr, betrachte Bruce, der mit nachdenklichem, vielleicht leerem Blick in die Ferne schaut.

»Ich würde mein Leben dafür geben, hörst du«, flüstert er, »mein Leben würde ich dafür geben, auf der Stelle, hier an dieser Theke, wenn ich dadurch vermeiden könnte, dass ein anderer erleben muss, was ich erlebt habe. Für mich ist das Leben vorbei. Aber wenn das, was davon übrig ist, zumindest dazu dienen könnte zu verhindern, dass ein einziger anderer Mensch so etwas sehen muss und daran stirbt …«

Er dreht sich zu mir.

»Aber mit dir hat das nichts zu tun, du musst auf Fischfang gehen.«

Eine kräftige Hand legt sich mir auf die Schulter. Ich zucke zusammen und schüttle sie ab. Es ist Glenn, der Kapitän der *Leviathan*.

»Du arbeitest also für Andy, oder? Er hat mir nur Gutes über dich erzählt. Hast du Lust, die *Leviathan* neu zu streichen?«

Ein sehr großer Mann, sein Profil ist wie mit dem Messer geschnitzt, Augen wie glühende Kohlen, ein Schmiss führt von der Wange zum Augenbrauenbogen hinauf, mitten über ein Auge.

»Nein, nein, ich kann nicht.«

Seine Hüfte klebt an meiner. Ich stehe auf und schlüpfe in meine Weste.

»Wohin gehst du?«

»Schlafen. Es ist spät, ich muss morgen zeitig raus.«

»Heute Nacht bleibst du bei mir«, sagt er und hält mich am Arm fest. »So ist das.«

Ich schüttle ihn ab.

»Danke für den Drink.«

Und dann flitze ich los. Als ich am verlassenen Platz vorbeigehe, tritt Dean gerade aus dem Breaker's. Beschwingt kommt er mir entgegen.

»Ich begleite dich. Um diese Zeit sollte eine Frau nicht alleine unterwegs sein. Schon gar nicht bis zur Schiffswerft.«

Er nimmt meinen Arm. Ich schüttle ihn ab, lache mit zurückgelegtem Kopf. Ein blasser Sommernachtshimmel. Er nimmt meine beiden Hände. Wir lachen zusammen. Dann schubse ich ihn weg und gehe zurück. Auf dem ganzen Gelände der Tagura heben sich leblose Schiffe vom Meer ab. Wellen plätschern an die Felsen. Die Wracks sehen aus, als wären sie auf die sich bewegende Leinwand des Wassers aufgespießt. Auf der Straße blitzen ein paar Kronkorken. Ich muss an den Weg des kleinen Däumlings denken. Leise steige ich die Leiter hoch, klettere über die Reling, springe lautlos an Bord. Auf dem Tisch in der Kombüse liegt die aufgeschlagene Bibel. In der Kajüte atmet Gray schwer. Er schläft.

Gray streicht den Süllrand neu. Ich komme für einen Augenblick an die frische Luft.

Seine Pinselstriche sind langsam und präzise.

»Später habe ich mal ein eigenes Haus«, sagt er verträumt. »Dann streiche ich es mit dem Pinsel. Das dauert länger, aber dann wird es perfekt.«

»Schön ist es, das Rot. Schön«, summt er leise vor sich hin.

Die Morgensonne fällt ihm auf den Hals, ein Luftzug fährt durch sein schütteres graues Haar. Er arbeitet gut. Er ist geduldig. Die Farbe läuft ihm vom Pinselgriff auf die dicken Finger und verklebt ein paar schwarze Härchen. Verärgert schnalzt er, unterbricht sich einen Augenblick und betrachtet seine in der Sonne glänzenden Hände.

»Magst du Rot auch?«, fährt er fort. »Und Blutrot? Magst du das auch?«

Ich schlucke schwer, trinke meinen Kaffee aus. Dann kehre ich in meine dunkle Höhle zurück. Der Maschinenraum ist fast fertig.

Als ich mich schlafen lege, habe ich Bauchschmerzen, aber das hat nichts mit der Farbe zu tun. Dicht neben mir höre ich den schweren Atem des Mannes, der sich im Schlaf herumwälzt, und dann ein dumpfes Knurren, manchmal auch ein Stöhnen, seinen rauen Atem, wenn er träumt. Ich stehe leise auf, nehme den Schlafsack unter den Arm und gehe ins Ruderhaus. Da ist der Nachthimmel, ein paar Tropfen laufen über die Scheiben. Draußen regnet es. Auf dem Boden, dem vertrauten Fußboden, schlafe ich ein.

Andy lächelt und wirft sich in die Brust.

»Morgen knöpfst du dir den Mast vor.«

Das tue ich. Unter mir die Leere. Dann das Harte: das Deck. Dann, noch viel weiter unten, die Erde. Wenn ich danebengreife, stürze ich. Lili, ein kleiner, auf dem Asphalt zerschmetterter Pfannkuchen. Da würde Gray sich freuen, er mag doch Blut so gern. Erst muss ich alles abschleifen. Ich schlinge ein Bein um den Mast. Das gibt mir Halt. Das andere baumelt in der Luft. Ich mache mich ganz lang, um möglichst weit zu kommen, liege fast in der Waagerechten. Mir wird schwindlig. Dann gewinne ich Sicherheit, und es fühlt sich an wie angeboren, wie ein tierischer Instinkt. Mein Körper kennt das Gesetz der Kräfte, ohne dass ich einen Gedanken daran verschwenden muss. Unter mir die anderen. Die Armen, denke ich, die da unten am Boden herumkrabbeln wie die Ameisen. Ihr Armen, Armen. Ich bin oben in der Luft. Da ist es wirklich schöner. Eine junge, schmutzig graubraune Möwe beobachtet mich von der Funkantenne aus. Einen Moment schauen wir uns an. Dann mache ich weiter.

Mittag. Ich esse zusammen mit Gray. Er hat ein Stück Brot hervorgeholt, segnet es. Dann zerschneidet er es mit dem Messer. Er isst es mit Erdnussbutter und Spam. Die alte Klinge ist vom Schärfen ganz konkav geworden. Etwas Farbe für den Süllrand ist auf den Griff aus poliertem Holz gelaufen. Mit seinem kräftigen Kiefer zermalmt er wortlos das Brot. Ich habe Kaffee gekocht. Meine Handgelenke schmerzen, und ich knete sie lange Zeit. Er hebt den Blick, schaut auf seine Hände hinunter.

»Findest du, dass ich kräftige Hände habe?«, sagt er mit seiner abwesenden Stimme, dreht sie dabei träumerisch hin und her. »Ich bin mir da nicht so sicher.«

»Doch, doch, du hast starke Hände«, antworte ich. »Jedenfalls tun mir meine weh, und der ganze Rest des Körpers auch.«

»Schmerzen sind gut. Schmerzen sind so gut, nicht wahr?«

Ich zucke die Achseln und gehe weiter oben in der Luft spielen. Ich freue mich und bin stolz, da oben auf dem Mast herumzuturnen. Der Wind pfeift mir um die Ohren. Wenn ich einen Fehler mache, bin ich tot.

Der Mast ist fertig, und ich habe meine Tasche wieder gepackt. Gray entfernt sich mit seinem Bündel, eine kleine, graue und langsame Gestalt, die am Ende der Straße verschwindet, mit rundem Rücken, wie immer. Ist sein Gepäck denn so voll, seine Bibel so schwer? Einen Augenblick tut er mir leid. Die *Blue Beauty* wird wieder zu Wasser gelassen. Ich sehe dem Travellift zu, der an den Wänden des Trockendocks entlangfährt, das Schiff wird von riesigen Spanngurten gehalten, als wäre es eine Nussschale. Ganz langsam wird es auf den Boden des Docks abgesenkt. Stillwasser nach der Flut. Die *Blue Beauty* scheint bei der Berührung mit dem Meer zu neuem Leben zu erwachen. Und mir krampft sich das Herz zusammen. Ich wäre so gern ein Schiff, das wieder ins Meer gesetzt wird. Gewaltsam reiße ich mich von der Werft los. Ich fühle mich elend, bekomme Angst. Für mich ist die Arbeit vorbei. Wieder stehe ich vor dem Nichts. Der große Seemann wartet auf mich – wartet er wirklich noch? –, und wird Andy mich bezahlen? Wenn ja, wann?

Mir fällt der verlassene Truck an der Küste ein. Ich gehe durchs hohe Gras, bleibe an den Brombeerranken hängen. Die Vordertür steht offen: Ich stelle meine Tasche unter die Sitzbank und schließe die Tür. Plötzlich fühle ich mich wieder leicht: Natürlich wird Andy bezahlen, und dann fahre ich nach Hawaii. Da kehre ich zur Straße zurück, zur Stadt. Trotz der Sonne ist mir kalt. Ich streife durch die Straßen. Der große, kahle Typ mit dem Mandarinbart kommt mir entgegen.

»Hey, Lili! Darf ich dich heute zum Schreien bringen? Oder immer noch nicht?«

Ich lache ein bisschen.

»Nein, heute nicht. Mir ist langweilig, die *Blue Beauty* ist wieder im Wasser, und ich bin völlig aufgeschmissen. Ich will wieder arbeiten. Außerdem muss ich mir mein Ticket nach Hawaii verdienen.«

»Ach komm, lass uns eine Runde saufen gehen! Danach bringe ich dich zum Staunen.«

»Ich habe keine Lust, mich zu besaufen, und auch keine, mit dir zu gehen.«

Blake seufzt.

»Du enttäuschst mich, Lili. Geh zu den Kais von Western Alaska, wenn du wirklich Arbeit suchst, die Leinen der *Boreal Dawn* müssen in Ordnung gebracht werden. Sie ist gerade von den Pribilof-Inseln zurück und bricht bald Richtung Adak auf.«

Die Pribilof-Inseln und die Aleuten … Das erinnert mich an Jude, der am liebsten wieder auf Fischfang gehen möchte.

»*I've stayed on the rock too long*«, murmele ich, dieselben Worte, die Tom an einem Abend gesagt hat, als er wieder einmal völlig fertig war, abgezehrt, ein in seinen armseligen Körper eingesperrter Hampelmann, plötzlich angewidert von seinem Leben an Land, von den Kneipen, dem Dope, seinem ewigen wüsten Drang, sich zu vergessen … im Tausch gegen das Ungleichgewicht, den Wahnsinn, den Exzess.

Ich gehe weiter zu den Konservenfabriken. Die *Boreal Dawn* liegt neben der *Abigail*, die Motoren sind verstummt. Wie angewurzelt bleibe ich auf dem Kai stehen, mir bleibt die Luft weg. Ernst und still, dunkel und majestätisch liegt sie auf dem klaren Wasser am Morgen und ist so schön wie eine Kirche. Bald läuft sie wieder aus, auf Fischfang. Sie ist viel zu schön für mich schmalbrüstige kleine Frau mit den schwachen Armen. Das helle Lachen eines Typen auf dem Anlegesteg mischt sich unter die Rufe der Vögel. Mir ist nach Weinen zumute, ich fühle mich, als hätte ich den Kampf verloren. Wie immer und überall gibt es zu viele Männer, nie wird es mir gelingen, ein Leben zu führen wie sie. Und bestimmt komme ich nie auf die Beringsee. Erneut spüre ich die Erniedrigung, eine Frau zu sein, eine Frau unter Männern. Sie kehren vom Kampf zurück, ich aus den Straßen am Hafen.

Matrosen beugen sich über Metallkübel. Einer von ihnen hebt den Kopf und macht mir ein Zeichen, doch herunterzukommen.

»Hier gibt's reichlich Arbeit, wenn du ein bisschen was verdienen willst.«

An Deck dröhnt Tina Turner in voller Lautstärke. Eine wilde Freude durchzuckt mich. Ich packe das metallene Fallreep und steige zu ihnen hinunter.

Abends auf dem Rückweg hält Nikephoros mich auf. Er spendiert mir einen Drink und lädt mich auf eine Partie Billard ein. Ich spiele sehr schlecht. Da kommt ein Typ, der mir zeigen will, wie man das Queue hält. Nikephoros rastet aus, schleudert seine Bierdose quer durch den Raum. Sie streift die Messingglocke und trifft um ein Haar den Spiegel. Joy, die Indianerin, schlägt Krach. Der Mann lässt von mir ab. Nikephoros schließt die Augen und holt tief Luft. Seine Nasenflügel beben wie die Nüstern eines wild gewordenen Pferdes. Ich mache mich ganz klein und kehre zu meinem Glas Bier zurück. Vom anderen Ende der Theke lächelt Bruce mir zu.

Nikephoros beruhigt sich wieder. Er sagt, er will mir ein Boot bauen, mich seiner Mutter in Griechenland vorstellen, die mich sehr gern haben wird, garantiert, und dass wir dort übrigens heiraten werden und dann zusammenbleiben, bis dass der Tod uns scheidet – und dass er jeden umbringen wird, der sich mir gegenüber respektlos verhält.

»Griechenland…«, fährt er fort – seine schwarzen Augen sind sanft und traurig wie Samt –, »seit über zwanzig Jahren war ich nicht mehr da, und es fehlt mir immer noch genauso wie am Anfang. Diese Gerüche… wenn man über die Hänge geht und die Augen schließt… Jede Pflanze, jedes Kraut und jede Blume, die man mit dem Fuß gestreift hat, erkennt man sofort wieder, weil die Erde derartig von der Sonne verbrannt ist und alles so stark duftet.«

»Ja«, flüstere ich, »und die Zikaden.«

»Ja, auch die Zikaden, die im Licht und im Feuer der Sonne lärmen. Die Sonne, wie ein weiß glühendes Messer zwischen den Schultern.«

Inzwischen hat sich die Bar gefüllt. Mit der Besatzung der *Mar Del Norte*. Der Kutter hat guten Fang gemacht. Die Chefin läutet die Glocke. Eine Runde für alle.

»*Do you want to go to Hawaii?*«, fragt mich Nikephoros noch.

Ja, vielleicht, aber nicht mit ihm. Also verlasse ich die Bar.

Die große Thermoskanne voller Kaffee und die Kekse stehen immer noch da, als ich das *shelter* betrete. Im Eingang wirft Jude Vater mir einen durchdringenden Blick zu.

»Guten Abend, Lili. Schwer geschuftet heute? Hast du Neuigkeiten von Jude?«

Ich werde rot, auch diesmal.

»Schon eine Weile nicht mehr. In seinem letzten Brief hat er geschrieben, dass er arbeitet wie verrückt. Und ich ... Die *Blue Beauty* liegt wieder im Wasser. Ich habe bei den Konservenfabriken Leinen beködert, und auf der *Lady Aleutian* soll es in den nächsten Tagen Arbeit geben. Aber jetzt wollte ich einfach nur schauen, ob ich im *shelter* schlafen kann.«

»Keine *Lively June* mehr?«

»Doch, wenn ich will.«

Er gibt mir das Register. Ich fülle ein Formular aus. Der Tisch, drei Planken auf Böcken in einer Ecke neben dem Eingang, ist gut besetzt. Die Männer, die vor riesigen Portionen Nudeln mit Hackfleisch sitzen, rücken zusammen, damit auch noch Platz für mich ist. Da treffe ich meine Familie wieder, meine Brüder, ich bin einfach nur zu spät zum Abendessen.

»Du kommst gerade recht«, sagt mein Tischnachbar, ein klapperdürrer Kerl mit einer riesigen Hakennase und Pferdezähnen. »Aber das Essen ist kalt geworden, wärm es dir doch in der Mikrowelle auf.«

»Ich weiß nicht, wie das geht«, sage ich verlegen.

Die Männer lachen freundlich. Dann steht der müde alte Gaul auf und macht es für mich. Ich schlinge das Essen runter. Jude steht mit verschränkten Armen in der Ecke und sieht uns beim Essen zu, wohlwollend lächelnd wie ein Vater, der seine Kinderschar mustert. Denn er ist auch der Koch.

Den Kaffee trinken wir auf den Betonstufen. Vor uns zieht sich der Himmel über Mount Pillar zu, Nebelfetzen bleiben am dunklen Grün der Fichten hängen. Drei Männer mit rotbraunem Teint unterhalten sich auf Mexikanisch. Einen weiteren Kerl erkenne ich, weil ich ihn an Deck der *Guardian* gesehen habe; er setzt sich neben mich. Ich biete ihm eine Zigarette an. Er gibt mir sein Feuerzeug.

»Wo sind Sid und Lena? Und Murphy? Und der große Physiker, weißt du das?«, frage ich Jude, als wir in die Schlafsäle gehen – rechts die Männer, dicht zusammengedrängt, und ich ganz allein auf der linken Seite.

»Noch nicht aus Anchorage zurück. Es ist Sommer, das nutzen sie aus. Murphy ist bestimmt noch bei seinen Kindern. Oder im Bean's Café. Und was Stephen betrifft … Vielleicht hat er endlich sein Buch gefunden, du weißt schon, dieses Buch, das ihm helfen soll, die Relativitätstheorie abzuwandeln.«

»Ja, ich weiß, er hat mir davon erzählt.«

Drei Tage lang regnet es, es ist Herbst – *the fall*, wie sie hier sagen. Was fällt da vom Himmel? Die Blätter, das Licht. Wir? Die Sommersonne hat uns die Flügel verbrannt, und wir stürzen ab wie Ikarus. Das auf das Wasser im Hafenbecken fallende Licht verpasst mir eine Ohrfeige, ich gehe die Kais entlang, die Straßen sind verlassen. Ein Taxi wartet vor dem Waschraum am Hafen. Der Taxifahrer, ein dicker rotgesichtiger Mann, schläft mit zurückgelegtem Kopf. Ich überquere den Platz. Der fade Geruch der Konservenfabriken hängt heute schwerer in der Luft als sonst. Als würden die gewöhnlichen kleinen Häuser ihn ausschwitzen. Doch vom offenen Meer dringen kräftigere Gerüche herüber. Ob bald Wind aufkommt? Nordwind? Die Flut steigt. Auf einer Bank schnauzen sich zwei zerlumpte Kerle an. Aus der weit offenen Tür des Breaker's dringen Stimmengewirr, Rufe, das Dröhnen der Jukebox. Ich überquere die Straße, zögere, trete dann mit klopfendem Herzen ein. Ich schiebe mich ans Ende der Reihe von alten Indianerinnen, die im Dunkeln sitzen, würdevoll vor ihrem Glas Whisky. Die letzte in der Reihe begrüßt mich mit einem Nicken. Ich nicke ebenfalls. Ihr Gesicht bleibt starr. Mit den Fingerspitzen führt sie eine Zigarette zum Mund. Die Bedienung kommt hinter der riesigen hufeisenförmigen Holztheke, in die Namen geschnitzt sind, hervor zur ihr.

»Dein Taxi ist da, Elena.«

Da steht sie auf. Der dicke rotgesichtige Mann, der in seinem Taxi geschlafen hat, nimmt sie sanft beim Arm und stützt sie auf dem Weg zum Ausgang. Ihre Nachbarinnen haben sich nicht gerührt, nur genickt.

»Elena ist heute ganz schön müde«, sagt die eine.

»Wohl wahr«, antwortet die andere mild.

Ich bestelle mir ein Bud und Popcorn, nehme eine Zigarette aus der Schachtel, die ich mir in den Stiefel gesteckt habe, und sinke auf dem Barhocker in mich zusammen. Ich mache einen auf alte Indianerin. Vielleicht fallen die Männer ja darauf herein. Dann lassen sie mich wenigstens in Ruhe. Ein dicker Kerl legt mir die Pfote auf die Schulter.

»*Are you a native, girl?*«

Ich drehe mich zu ihm um.

»Nein.«

»Ich gebe dir einen aus. Rick. *Crabber* vor dem Herrn und vor allen anderen Gewalten der Schöpfung.«

»Lili. Die kleine Lili vor dem Ewigen, und eines Tages geh auch ich auf Krabbenfang in der Beringsee.«

Der Mann zuckt zusammen.

»Ich geb dir gern einen aus, aber nicht, wenn du solchen Scheiß redest. Erzähl mir was anderes. Wie dein Lachsfang war oder wie du auf Hering gefischt hast, irgendeine Geschichte über den Kutter, auf dem du arbeitest. Aber nichts über den Krabbenfang, davon hast du keine Ahnung. Da kämpfen Männer um ihr Leben. Misch du dich nicht in Männergeschichten. Dafür hast du nicht das richtige Format.«

»Ich hab eine Fangzeit Kohlenfisch auf einem Langleiner gefischt«, flüstere ich.

Rick, der *crabber*, beruhigt sich.

»Schon gut, Sweetheart, aber was willst du denn auf der Beringsee? Wofür willst du dich bestrafen?«

»Ihr macht es doch auch. Warum sollte ich es nicht dürfen?«

»Du hast Besseres zu tun. Ein eigenes Leben haben, ein Haus, heiraten, Kinder großziehen.«

»Ich habe mir mit meinem Kapitän einen Film angesehen. Diese riesigen Fangkörbe, die im Wasser schaukeln. Der brodelnde Ozean, wie im Inneren eines Vulkans, die Wellen, die aussehen wie schwarze Walzen, wie Lava, und es hört nie auf. Das hat mich gerufen. Ich will auch dabei sein. Das ist das Leben.«

Die Bedienung bringt uns zwei Bier. Rick schweigt.

»Ich will kämpfen«, hauche ich, »dem Tod gegenüberstehen. Und vielleicht zurückkommen. Wenn ich es schaffe.«

»Oder nicht zurückkommen«, flüstert er. »Es ist kein Film, auf den du da triffst, sondern die Wirklichkeit, die echte. Von der kriegst du nichts geschenkt. Sie ist gnadenlos.«

»Aber dann stehe ich aufrecht, dann bin ich doch lebendig. Dann kämpfe ich um mein Leben. Das ist das Einzige, was zählt, oder? Widerstand leisten, weitergehen, über sich hinauswachsen. Und über alles andere.«

Im Hinterzimmer gehen sich zwei Männer an den Kragen. Die Bedienung schlägt Krach. Sie beruhigen sich. Rick schaut in die Ferne, mit einem leisen Lächeln um die vollen Lippen, seufzt.

»Aus dem Grund tun wir es alle. Widerstand leisten. Um unser Leben kämpfen, und um uns herum Naturgewalten, die immer größer, immer stärker sein werden als wir. Diese Herausforderung, den ganzen Weg gehen, sterben oder überleben.«

Er dreht eine Kugel Kautabak, steckt sie sich in die Backentasche.

»Aber für dich wäre es besser, wenn du dir einen Typen angelst, im Warmen bleibst und dir diese ganzen Sachen vom Leibe hältst.«

»Dann sterbe ich aber vor Langeweile.«

»Ich würde auch eingehen, wenn ich einen Langweilerjob machen müsste.«

Er seufzt, trinkt einen Schluck Bier.

»Aber es ist kein Leben auf dem Schiff«, fährt er fort, »wo man nichts Eigenes hat, nie, und immer ausgenutzt wird, bei jedem Job, den man annimmt. Und immer muss man seine Sachen wieder packen, seine paar Habseligkeiten zusammenkratzen. Jedes Mal von Neuem anfangen. Irgendwann ist es ganz schön ermüdend, es treibt einen zur Verzweiflung und macht einen fertig.«

»Ja, man sollte einen Mittelweg finden«, sage ich, »zwischen der Sicherheit, der tödlichen Langeweile und einem zu wilden Leben.«

»Und den gibt es nicht«, antwortet er. »Es ist immer alles oder nichts.«

»Wie Alaska«, sage ich. »Entweder Licht oder Dunkelheit. Die beiden rennen sich hinterher, immer will das eine das andere besiegen, und entweder die Mitternachtssonne steht am Himmel, oder es ist den ganzen Winter lang Nacht.«

»Weißt du, dass die Griechen den hohen Norden deswegen das Land des Lichts genannt haben?«

Nikephoros sammelt mich auf der Straße auf, als ich aus der Bar komme. In einem schwarzen Van bremst er in einer großen Staubwolke vor dem Breaker's. Beide sind sagenhaft schön. Er beugt sich aus dem Fenster und ruft mich, die Meerjungfrauen auf seinen Armen wiegen sich in den schnörkeligen Wellen, wenn er die Muskeln spielen lässt.

»Komm mit, Lili, lass uns eine Runde drehen! Dann können wir dieses phänomenale Gefährt ausprobieren.«

Ich zögere.

»Ich soll bei der *Lady Aleutian* vorbeigehen, vielleicht gibt es da Arbeit, da müssen Leinen bestückt werden.«

»Ich fahr dich danach hin, nur eine kleine Runde.«

Ich steige ein. Die Musik läuft in voller Lautstärke. Er gibt mir seine Zigaretten und fährt mit quietschenden Reifen an. Ich werde in den Sitz aus violettem Kunstleder gedrückt. Wie die Besengten rasen wir durch die Stadt, fahren über drei rote Ampeln, im Slalom zwischen zwei radelnden Kindern hindurch. Nikephoros jubelt. Die Luft fegt zu den offenen Fenstern herein, er klemmt sich eine Bierbüchse zwischen die Beine, öffnet sie und gibt sie mir.

»Einen schönen Van hast du da, Nikephoros!«

»Ich komme gerade aus Acapulco zurück. Dieses Jahr habe ich viel verdient.«

»Warst du dort fischen?«

Ein dumpfes Lachen. Seine schwarzen Locken tanzen auf der gewölbten Stirn, den matten, gebräunten Wangen. Er öffnet die vollen Lippen, zeigt seine strahlend weißen Zähne.

»Das erste Mal habe ich fast noch als Kind angeheuert, mit fünfzehn, als ich aus Griechenland weg bin. Seitdem war ich ununterbrochen auf Fischfang. Auf allen sieben Weltmeeren. Da muss man schon mal Urlaub machen. In Acapulco springe ich für die Touristen von der hohen Klippe.«

Bei diesen Worten zieht er sein T-Shirt aus und wirft es auf die Rückbank. Die Tätowierungen auf seinen Armen setzen sich auf seinem Oberkörper fort. Er gibt an vor mir, lässt die Muskeln spielen, sieht mich an, lächelt. Wir lassen den Hafen hinter uns, kommen an der Küstenwache vorbei, an Sargent Creek, am Olds River und folgen der Piste weiter nach Süden.

»Wohin fahren wir, Nikephoros?«

»Ans Ende der Straße. Es gibt sowieso nur eine. Entweder man fährt nach Norden, oder man fährt nach Süden. Ich bringe dich in die Sonne. Hast du Lust auf Mexiko? Dann zeige ich dir den Felsen von Acapulco und springe für dich runter.«

»Springst du von sehr weit oben?«

Wieder lacht er.

»Hundertfünfzig Fuß, so in etwa. Das Schlimmste ist aber nicht, dass es so hoch ist, sondern dass man sich genau ausrechnen muss, wie lange man braucht, um gleichzeitig mit der Welle anzukommen. Wenn man sie nämlich verpasst, zerschellt man auf dem Fels.«

»Oh … Und ich habe mich schon stark gefühlt, als ich oben auf dem Mast war.«

Wir fahren lange. Bis zum Ende der Piste. Nikephoros parkt den Van auf einer Lichtung. Douglaskiefern mischen sich unter Fichten und Hemlocktannen. Die purpurnen Kätzchen der Rot-Erlen hängen in schweren Trauben am Wegesrand. Der Duft nach Moos und Pilzen steigt im Abendlicht auf, goldene Funken sprühen. Die Musik ist verstummt. Wir trinken noch ein Bier und rauchen. Der Wald um uns ist dicht und finster.

»Es ist so still, Nikephoros. Gibt es hier keine Vögel?«

Er hört mir nicht zu, seine Augen glänzen, einen Arm hat er um meinen Sitz gelegt, mit dem anderen streicht er sich über die schöne Brust, die haarig ist wie ein seidiger Pelz. Sein Lächeln ist vage.

»Ich sollte wieder zurück, Nikephoros. Ich muss zu diesem Schiff.«

»Willst du ein Schiff haben? Such dir eins aus, ich kauf's dir. Dann gehen wir zusammen auf Fischfang. Du bist der Kapitän, ich der Matrose.«

»Ich will zurück, los, Nikephoros, los, fahr schon.«

Mindestens dreißig Meilen bis zum Hafen. Ich spähe in den dichten Wald. Ob es hier Bären gibt? Nikephoros rührt sich nicht. Er hat sich noch eine Zigarette angezündet und legt mir die Hand auf die Schulter. Mich packt die Wut, genauso plötzlich wie heftig. Ich öffne die Tür, steige aus und knalle sie hinter mir zu. Böse kicke ich Steine auf der Piste weg. Endlich fährt der Van wieder an, er ist hinter mir.

»Hör auf zu schmollen, Lili. Los, steig wieder ein!«

»Du kannst mich mal!«, antworte ich und werfe einen Stein in den Graben.

Der Mann aus dem Süden ist verletzt. Ich höre ihn hinter mir schreien.

»*Fuck you!* Was soll das denn, Lili, komm zurück!«

Wütend stampfe ich über die Piste. Er lässt nicht locker, der Motor röhrt auf und beruhigt sich wieder, ich gehe weiter, habe Angst, dass er mich vor lauter Wut über den Haufen fährt, da überholt er mich, der Van fährt im Rückwärtsgang wieder zu mir – er wollte mir nur den Weg abschneiden. Ich schaue Nikephoros wieder an und will mit einem Mal nur noch lachen, steige wieder ein. Auch er lächelt.

»Das war nicht besonders respektvoll, was du da gemacht hast, Lili«, sagt er streng, schaut mit gerunzelter Stirn auf die Straße.

»Aber ich habe doch Respekt vor dir, Nikephoros!«

Er bedeutet mir, still zu sein, holt eine Mango aus seiner Tasche und gibt sie mir.

»Schneide sie uns bitte.«

Ich greife zu dem Messer, das ich um den Hals trage, teile die Frucht entzwei, schneide die Hälften in Rauten und reiche ihm die eine. Er lächelt, fordert mich auf, als Erste reinzubeißen. Ich schmecke das süße orangefarbene Fruchtfleisch, der Saft läuft mir übers Kinn, ich gebe ihm die Mango zurück und er beißt ebenfalls hinein, mit halb geschlossenen Augen. Schweigend fahren wir zurück. Ich sitze kerzengerade. Wir lächeln beide.

»Warum hast du die *Kayodie* verlassen?«, frage ich ihn, als wir an den Treibstofftanks vorbeikommen.

Nikephoros lacht bitter auf. Sein schön geschwungener Mund verzieht sich zu einem verächtlichen Grinsen.

»Cody hat einen totalen Schuss. Wir hatten gerade in der Bucht von Izhut gefeiert, als es losging – wieder mal ein Flashback –, er hat mich nicht mehr erkannt, meinte plötzlich, ich bin Vietnamese, und hat das Messer rausgeholt. Zu dritt konnten wir ihn kaum bändigen. Da bin ich auf den erstbesten Tender umgestiegen und abgehauen. Was hättest du an meiner Stelle gemacht?«

Es ist zu spät, um beim Schiff vorbeizuschauen, als Nikephoros mich im Hafen absetzt. Stillwasser nach der Flut. Ich gehe über den Kai zum *shelter.* Es riecht nach Schlick. Ich hebe den Kopf. Wellen am rötlichen Himmel. Ich verfolge den Gaukelflug einer Weihe. Sie fliegt sehr tief über dem Berg, dreht sich lange um die eigene Achse, landet mit den Flügeln in Form eines V am Boden. Dann verliere ich sie aus den Augen.

Die *Morgan* ist nicht mehr auf der Werft. An einem schönen Septembermorgen wurde sie wieder zu Wasser gelassen. In zwei Tagen geht es auf Heilbuttfang. Ich bestücke gerade die Langleinen mit Ködern, als John ankommt. Er hat mich nicht gesehen. Ich höre ihn leise schimpfen. Auf dem Nachbarschiff machen sich zwei Matrosen über ihn lustig.

»Hallo, John!«, rufe ich zaghaft.

Es ist ihm unangenehm. Ich lache. Da lässt er sich schwer auf den Lukendeckel fallen, fährt sich zaghaft mit der Hand über die wächserne Stirn, als versuchte er, sich zu sammeln.

»Los, gehen wir tanken«, sagt er, »danach geht's mir bestimmt wieder besser.«

Ich halte ihm den Arm hin, helfe ihm auf. Er fällt wieder um. Wir lachen. Endlich gelingt es ihm, aufzustehen und in die Kajüte zu gehen. Die Typen gegenüber machen mir ein Zeichen. John lässt den Motor an, ich räume die Kübel weg und löse die Halteleinen. Wir verlassen unseren Ankerplatz und hätten dabei um ein Haar drei Schiffsrümpfe gerammt. Die *Morgan* verlässt die Reede im Zickzack und nimmt Kurs auf die offene See. John wendet, streift die Boje. Wolken ziehen über den Himmel. Ich freue mich. Auch die Möwen sind besoffen, kreisen schreiend im Licht um die großen weißen Tanks. John hat sich wieder gefangen und legt ohne Probleme am Dock an. Aber wir sind sowieso die Einzigen. Als er endlich den Schlüssel wiedergefunden hat, entferne ich die Kappe des Treibstofftanks. Der Tankwart gibt mir den Schlauch, ich stecke den Stutzen in die Öffnung, betätige den Hebel. Mir spritzt eine Fontäne von Schiffsdiesel ins Gesicht.

»Sieht so aus, als wäre der Tank schon voll«, sagt John. »Dann tanken wir eben Wasser.«

Mit einem schmuddeligen Lappen wische ich mir das Gesicht ab. Die Wolken ziehen immer noch über die blasslila Berge. Kleine Papageientaucher fliegen tief über den Wellen. Der gedehnte Ruf der Vögel bleibt lange in der Luft hängen. Es ist schön. Wir setzen uns auf den Lukendeckel. John gibt mir ein Bier.

»Ich hatte ganz vergessen, dass ich dich so gernhab«, sagt er und rülpst. »Aber jetzt habe ich eine Frau, eine nette Freundin. Sie heißt May.«

»May, wie der Monat im Frühling?«

»Ja, genau, wie der Frühling. Aber mit uns hat das nichts zu tun: Du und ich, das ist nicht dasselbe, wir beide sind Künstler«, fährt er fort und wiegt den Kopf. »Ich möchte dir gerne Stahl schenken. Dann kannst du etwas damit erschaffen. Etwas Großes. Sehr Großes.«

»Warum Stahl, John?«

Da stöhnt er plötzlich furchtbar und fängt an zu schreien. Sein Gesicht verzieht sich zu einer schmerzhaften Grimasse. Es sieht aus, als würde er weinen. Doch dann lacht er plötzlich wieder. Und ich lache mit ihm. Er gibt mir noch ein Bier. In dem Moment bremst genau über uns ein Pick-up auf dem Anleger. Wir heben den Kopf: Eine Frau steigt aus. Ihre Haare wehen wütend im Wind. John wird blass.

»John! Bist du schon wieder besoffen. Eine Stunde gebe ich dir, um nach Hause zu kommen! Und rühr ja keinen Whisky mehr an, noch nicht mal Bier!«

Die Frau fährt so schnell weg, wie sie gekommen ist. Der Anleger liegt wieder verlassen da. John hat das Bier weggestellt. Er senkt den Kopf und lässt die Schultern hängen.

»War das May?«, frage ich ihn.

»Ja, das war May. Wie der Monat. Mach die Leinen los.«

Ich löse die Halteleinen. Wir kehren zum Hafen zurück. Um diese Zeit macht das *shelter* auf.

Gordy sieht mich den Hang hinaufsteigen. Ich komme zum *shelter*, im Radio wird eine Tsunami-Warnung herausgegeben. Dutch Harbor ist schon evakuiert worden.

»Lasst uns alle zum Mount Pilar gehen«, rufe ich, »dann sehen wir ihn kommen!«

Die Männer sind einverstanden. Jude lacht.

»Er ist noch nicht da, ihr könnt ruhig vorher noch essen.«

Eine Gruppe von Mexikanern posiert für ein Foto, mit dem Rücken zum Hafen. Mich bitten sie, mich vor sie zu stellen: Wir lächeln alle ins Objektiv, und ich stelle mir die riesige Welle hinter uns vor und wie diese ganzen Dummköpfe strahlen, während sie überrollt werden. Gordon unterbricht uns und nimmt mich zu sich nach Hause mit, wie ein unartiges Mädchen, das er in einer verbotenen Ecke erwischt hat. Bei ihm gibt es einen Teich, Bäume und ein kleines Wasserflugzeug zwischen den Seerosen.

»Ist das dein Flugzeug, Gordy?«

Aber Gordon wirkt beleidigt. Eine Libelle hat sich auf seinen Kopf gesetzt. Seine Frau bringt mich in ein ganz ordentliches Zimmer. Ich warte, bis sie eingeschlafen sind, dann fliehe ich in die Nacht. Der Wächter des *shelter* lässt mich rein, obwohl die Schließzeit schon lange vorbei ist. Die Männer schlafen in ihrem überfüllten Saal. Die Warnung ist wieder aufgehoben worden.

Seither denke ich daran, an das *shelter*, das mich und alle anderen jeden Abend um acht Uhr ruft, und es stimmt mich traurig. Dieses ganze warme Essen, das auf uns und nur auf uns wartet, die *bums*. Die fetten Sahnetorten, die Thermoskanne voller Kaffee und die Kekse, von denen man sich so viel nehmen darf, wie man will. Dazu die Duschen und das saubere Bettzeug, die warme Freundschaft der Männer, ihre rauen und zärtlichen Stimmen und ihr starker Geruch. Am Ende ist es ziemlich traurig, zu merken, wie schwach, wie zerbrechlich man ist, gerührt und entwaffnet angesichts von Lebensmitteln – dieser Überfluss, so viel Überfluss und eine solche Wärme, für mich, die ich bald eine Krabbenfischerin sein werde.

Da sage ich mir, dass es höchste Zeit ist, wieder in irgendwelchen verlassenen alten Autos zu schlafen. Aus Stolz, wegen Gordon und den anderen, wird mir wohl nichts anderes übrig bleiben.

John kommt um sechs Uhr. Da bin ich schon lange aufgestanden. Im Morgengrauen laufen wir aus. Der Hafen scheint noch zu schlafen. Doch als wir erst einmal die enge Hafenausfahrt passiert haben, sehen wir die ganzen kleinen Boote, die vor uns los sind und auf dem Ozean ausschwärmen. Nachts ist Wind aufgekommen.

In dem winzigen Ruderhaus der *Morgan* steht John vor den Anzeigen und führt das Schiff. Ich stehe neben ihm und sehe ihm schweigend zu. Wasserfontänen klatschen auf die Fensterscheiben. Vor uns kreist ein Schwarm grauer Vögel. Über Funk erzählt Peggy, wie das Wetter wird: aufkommende Windböen, zehn bis fünfzehn Fuß hohe Wellen, Nordwestwind mit einer Stärke von fünfunddreißig Knoten, der im Laufe des Tages weiter zunimmt. Danach unterhalten sich die Fischer miteinander. »Okay, roger«, sagen sie ständig.

»Ich wusste gar nicht, dass es hier so viele Rogers gibt«, sage ich zu John.

Überrascht zieht er eine Augenbraue hoch und lacht, doch ich verstehe nicht, warum. Er breitet die Karte aus.

»Da fahren wir hin. An Spruce Island vorbei, Ouzinkie Harbor, Shakmanof Point. Mittags werfen wir die Leinen aus. Dann ist Hochwasser. Wir sollten sie finden. Übernimmst du das Ruder?«

»Das hab ich noch nie gemacht. Auf der *Rebel* hatten wir

einen Joystick, und es gab den Autopiloten, vor allem für die *greens.*«

»Es ist nicht schwer. Am Anfang bestimmst du den Kurs. Und drehst erst dann das Ruder, wenn du spürst, dass du auf dem Wellenkamm bist. In diesem Moment überlässt du dich dem Schwung.«

Ich lasse den Kompass nicht aus den Augen, spüre den Antrieb der Wellen unter den hölzernen Schiffsseiten, den Druck des Gegenwindes auf den Vordersteven, den Moment, in dem die *Morgan* auf das Manöver reagiert. Am Anfang hat das Schiff gebockt, jetzt gehorcht es mir und fühlt sich unter meinen Händen lebendig an.

»Irgendwann mal werde ich ein eigenes Boot haben, John.«

Er lacht.

»Weiter so. Möchtest du ein Bier?«

»Nein, John. Nicht auf dem Meer.«

»Dann mache ich dir Kaffee.«

Ich bleibe allein am Ruder zurück. Der Bug der *Morgan* zerteilt das graue Wasser. Immer wieder wird das Deck von Wellen überspült. Wenn ich ein ice cream baby hätte, wäre ich nicht hier.

Mittag. Wir haben genug Zeit gehabt, das Meer zu erkunden. Als das Signal kommt, werfe ich die Anfangs- und die Endboje aus, dann den Anker. Die zehn ersten Langleinen gehen ohne jedes Gebrüll ins Wasser. Danach einmal das Deck abgespritzt. Und schon ist es fünf Uhr nachmittags. Wir machen Pause. Der Wind nimmt zu.

»Klar«, sagt John, »wir sind ja auf Heilbuttfang. Da kommt man nie drum rum.«

Seit dem Morgen trinkt er ein Bier nach dem anderen und

wird immer schlaffer. Ich werde härter, vibriere dem Meer entgegen wie die Schnur auf einem Bogen, immer lebendiger, immer gespannter, je näher die Zeit rückt, um die Leinen einzuholen.

John steht am Außensteuer unten am Aufbau. Die Boje taucht zwischen zwei Wellentälern auf. Ich schwinge den Bootshaken und hole sie wieder an Bord. Dann lege ich die Ankerleine ins Spill. Ich hole sie bis zum Anker ein, hieve ihn an Bord. An den ersten Langleinen hängen Kohlenfische, die schon tot sind. Wir werfen sie zurück ins Wasser. Sie schaukeln auf den Wellen und treiben mit dem Bauch nach oben davon, blasse Flecken, die allmählich im Meer verschwinden. Möwen und Eissturmvögel verfolgen uns kreischend, tauchen im Sturzflug hinab, versuchen, einen Fisch abzubekommen. Ein verrückter Wirbel da oben im Himmel, der sich immer mehr zuzieht. Ich schieße die Hauptleine auf.

Es fängt an zu nieseln. Der erste Heilbutt landet an Bord. John fängt an zu schreien, als ich ihn in der Flanke treffe.

»Hat man dir nicht beigebracht, wie man das macht? So geht der Fisch kaputt. Das Gaff muss in den Kopf! Immer nur in den Kopf! Sonst setzen sie uns in der Fabrik auf die schwarze Liste und bezahlen uns für den gesamten Fang nur noch einen herabgesetzten Preis.«

Schweigend senke ich den Kopf. Ich schäme mich.

»Doch, das weiß ich schon. Aber ich hatte Angst, ihn nicht zu erwischen.«

»Nimm wieder das Gaff und den zweiten Haken dazu. Damit kriegst du den Fisch los. Mit dem Gaff in einer Hand holst du ihn an Bord, mit der anderen machst du mit einem

Ruck eine Drehung und er fällt von ganz allein vom Haken. Ja, so ist es gut, jetzt hast du es kapiert.«

Die Heilbutte sind da. John schreit herum. Ich muss mich mit aller Macht gegen die Fische stemmen, um sie aus dem Wasser und an Bord zu bekommen. Die glatten, platten Meeresriesen schlagen wild um sich, rutschen von einer Seite zur anderen. Unaufhörlich landen sie an Deck. Mit dem Wind ist auch der Seegang stärker geworden, und die *Morgan* schlingert schwer. Zwei Heilbutte rutschen übers Schanzkleid. Ich beuge mich über die schwarze See, mit triefendem Gesicht, schweißnass. Der Anker kommt aus den Wellen, dann die Ankerleine und schließlich die Markierungsboje. John schreit vor Freude.

»Du hast es dir verdient, dein Flugticket, aber ganz locker … Und die ersten Ferientage in Hawaii dazu!«

Er verschwindet in der Kajüte, kehrt bald darauf mit einem Bier in der Hand zurück. Sein Blick ist trüb, es wird Nacht, und der Wind ist nicht abgeflaut, im Gegenteil. Mir geht durch den Kopf, dass wir genug Fische gefangen haben, dass das Meer vor Wut rast und wir Schluss machen sollten. Nicht weiter töten. Plötzlich bekomme ich ein bisschen Angst. Kurz darauf ist John betrunken. Das mag das Meer sicher auch nicht. Ich schnappe mir einen Heilbutt, beiße die Zähne zusammen, meine Haare triefen vom Salzwasser und vom Regen. Ich schließe ihn in die Arme und versuche, ihn auf den Filetiertisch zu hieven, eine quer über die Reling und den Rand des Frachtraums genagelte Holzplanke. Er ist viel zu groß für mich, rutscht mir aus den Armen, der Seegang und die sich bewegende Masse von Fischleibern an Deck, über die ich stolpere, bringen mich aus dem Gleichgewicht, wir fallen zusammen hin, doch ich lasse nicht los. Eine seltsame Umarmung mitten im Wind und den Wasserladungen, die uns in Schauern treffen.

Die *Morgan* treibt dahin. John kommt aus dem Ruderhaus. Ich knie an Deck und habe schon drei Fische ausgenommen. Er wirft die leere Bierbüchse über Bord, dreht sich zu mir um und rülpst.

»Nicht so. Du musst sie auf den Filetiertisch legen.«

»Manchmal sind sie zu schwer, John.«

»Leg sie auf den Tisch, nimm das Messer. Dann ab in den Bauch damit, bis zu den Kiemen hoch, trenne sie durch, weiter hoch. Bis zur Kiemenhaut da, auf einer Seite, dann auf der anderen. Und dann ziehst du kräftig, reißt alles raus, den Magen, die Eingeweide, alles muss mit einem Mal rauskommen. Und dann die Eier, ganz unten drin … Die gehen manchmal am schwersten. Zum Schluss brauchst du den Fisch nur noch mit dem Löffel auszuschaben. Fünf Sekunden sollte es dauern, höchstens.«

»Ich weiß, John«, sage ich leise, »ich habe schon gesehen, wie man das macht. Aber in fünf Sekunden schaffe ich es nicht.«

Er hört mich schon längst nicht mehr, weil er nämlich mit dem Heilbutt hingefallen ist. Auf allen vieren hockt er an Deck und flucht und schimpft.

»Du bist betrunken, John«, schreie ich ins Getöse der Wellen hinein.

»Ich, betrunken?«

Er steht auf.

»Dir werde ichs zeigen.«

Und schon steigt er auf die Reling hinauf, breitet die Arme

aus wie ein Schlafwandler und versucht, darauf zu balancieren, zwischen den zwei gischtnassen schwarzen Kreuzen und dem Deck. Das Schiff schlingert schwer.

»John! Komm da runter. Bitte, John!«

John schwankt von einer Seite zur anderen, verliert das Gleichgewicht, seine Arme rudern durch die Luft, er rutscht aus. Stürzt aufs Deck. Ich atme auf.

»Du darfst nicht trinken, John, nicht auf dem Meer«, sage ich mit abgehackter Stimme, »ruh dich ein bisschen aus, John, ich kümmere mich um die Fische und koche dann Kaffee. Dann trinken wir eine Tasse, John, und holen die nächsten Langleinen ein.«

John steht wieder auf, stinkwütend.

»Mein ganzes Leben bin ich schon Fischer. Mein ganzes Leben, hörst du? Und dann kommst du kleine Frenchie vom platten Land hierher und willst mir beibringen, wie man das macht?«

»Ja, John, nein, leg dich doch hin. Bitte.«

John geht wieder hinein. Wir treiben dahin.

Der Mond ist aufgegangen, scheint auf uns herab. Die blassen, zuckenden Fischleiber liegen überall auf dem Deck herum. Ihre weiße, blinde Seite ist dem Mond zugewandt. Sie scheint mit dem Seegang mitzugehen. Die Fische rutschen übers Deck, fast schon Kadaver, werden von einer Seite der *Morgan* zur anderen geschleudert. Gelegentlich lässt das zu niedrige Schanzkleid einen über Bord gehen – wenn der Heilbutt noch lebt, durchfährt ihn ein wildes Zucken, und er versucht, wieder in die Tiefe, aus der er herausgerissen wurde, zurückzukehren. Die aufgeschlitzten Fische aber werden von den mittlerweile sehr kräftigen und hohen

Wellen abgetrieben und versinken langsam, weiße, in den dunklen Fluten verschwindende Gestalten. Die, die ich erfolgreich auf die Holzplanke bekommen habe, nehme ich aus. Selbst nachdem sie aufgeschlitzt sind, zucken sie noch. Sie sollten schneller sterben, sie sollten sterben, bevor ich mit meinem Messer komme. John schläft seinen Rausch in seiner Koje aus. Oder trinkt er weiter? Und ich plansche an Deck herum. In den Haarsträhnen, die aus meiner Öljacke lugen, haben sich Fischschleim und Innereien verfangen. Ich versuche, die Heilbutte, die manchmal so groß sind wie ich, mit beiden Armen zu fassen zu kriegen – eine Hand in die Kieme getaucht, klammere ich mich mit der anderen an den glatten Leib – und sie auf den Filetiertisch zu wuchten. Sie rutschen mir weg, zucken krampfartig. Schluchzend fallen wir zu Boden. Dieser Kampf mit den Fischen, die ich umklammere und im herben Geruch nach Salz und Blut mitschleife, laugt mich aus. Wenn ich endlich einen hochbekommen habe, steche ich ihn ab, ein tiefer Stich in die Kehle, und ich schlitze ihn von der Kieme her auf, die sich über meiner Hand schließt und sie durch den Handschuh hindurch aufschrammt. Ich schlitze den großen Leib auf, der immer noch Widerstand leistet – was seltsam klingt, wie das Rascheln reißender Seide. Der Fisch wehrt sich, schlägt wütend mit dem Schwanz und bespritzt mich mit Blut. Ich lecke mir die Lippen ab, bekomme Durst, dieser salzige Geschmack … Unbarmherzig setzt das Messer seinen Weg fort, bis ganz unten in den Bauch, dann an den Wirbeln entlang wieder hinauf zur anderen Kieme. Dort angekommen, reiße ich mit einem Ruck sein ganzes Innenleben heraus und werfe es ins Meer. Die Möwen ziehen unter lautem Geschrei ihre Kreise, versuchen die Eingeweide im Flug zu erhaschen, tauchen zur Wasseroberfläche hinunter. Jetzt muss ich noch die beiden Hoden finden, zwei Eier ganz unten im Bauch, umschlossen von einer Hülle aus Knorpel und Fleisch. Dann das schwarze, kompakte Blut, das sich entlang der Wirbel angesammelt hat, ausschaben. Der Heilbutt windet sich bei jeder Berührung mit dem Schaber. Zum Schluss wälze ich ihn in den Laderaum. Manchmal fällt er zurück an Deck und verschwindet unter den anderen Fischen.

Vom Zweikampf mit den Erlegten bin ich schweißüberströmt. Das Meerwasser peitscht mir ins Gesicht, läuft mir den Hals hinunter und in die Öljacke. Der Wind dröhnt mir in den Ohren. Jetzt ist er wirklich sehr stark. Die *Morgan* verschwindet in den Wellentälern, der Mond kippt ins Wasser und taucht anschließend wieder auf. Ein umgekehrter Ozean, der Himmel steht kopf. Auf der Filetierplanke schlägt ein kleines purpurnes Herz weiter, zuckt im unerschütterlichen Schein des tanzenden Mondes, nackt und allein zwischen den Innereien und dem Blut, als wäre ihm seine Lage entgangen. Das kann ich nicht ertragen, fast hätte ich es mit den übrigen Eingeweiden ins Meer geworfen, doch nein, ich kann nicht, mein Gesicht ist verschmiert von Blut und Tränen, salziger Geschmack auf den Lippen – auch vom Blut? In meiner Verwirrung denke ich an den ersten Heilbutt, den ich an Bord der *Rebel* getötet habe: Ich greife nach dem kleinen Herz und verschlucke es – im Warmen, in mir, dieses schlagende Herz, in meinem Leben das Leben des großen Fisches, den ich gerade noch umarmt habe, um ihn besser aufschlitzen zu können. Was macht John? Ich habe Angst.

Die letzten großen Heilbutte nehme ich im Knien auf dem

Deck aus. Die schweren, halb geschlossenen Lider sehen mich entsetzt an, vielleicht. »Ist ja gut, ist ja gut«, murmele ich, während ich die Hand über den glatten Leib gleiten lasse, ich weine immer noch ein bisschen, esse das Herz des schönen Erlegten. Dann falle ich nicht mehr hin, höre auf zu schluchzen. Ich tue meine Arbeit. Die Herzen, die ich eines nach dem anderen schlucke, ballen sich in meinem Magen zu einer merkwürdigen Kugel zusammen, einer eisigen Verbrennung.

Die letzten Heilbutte sind im Frachtraum gelandet, liegen auf ihrer dunklen Seite, damit ihr Fleisch unversehrt bleibt. Ich zerstoße das Eis mit dem Pickel, um die Bäuche füllen zu können und die Fische damit zu bedecken. Dann gehe ich hinein. John liegt schnarchend auf der Bank. Ich zünde mir eine Zigarette an, koche Kaffee, wecke ihn. Es geht ihm besser. Danach fahren wir zur nächsten Markierungsboje weiter. John nimmt sich ein Bier.

Es fällt uns schwer, die blassrote Boje zwischen den Wellen zu entdecken. Ich stehe an der Reling, den Bootshaken im Anschlag, meine geschwollenen Knie stoßen im Takt mit dem Seegang gegen das harte Holz. Ich mache mich lang, um die Boje einzuholen, fast hätte ich es geschafft, doch dann entfernt John uns wieder von ihr. Beim dritten misslungenen Versuch schiebe ich ihn, ohne lange darüber nachzudenken, beiseite und stelle mich ans Außensteuer. Er geht weg. Ich richte den Schiffsbug wieder auf, ändere leicht den Kurs.

»Übernimm du wieder, John.«

Mit einer schnellen Bewegung erwische ich die Boje, schnappe mir das Bojenreep, lege es in den Block ein. Der

Wind peitscht uns ins Gesicht. Der Regen ist wieder stärker geworden, der Mond ist nicht zu sehen. Wie spät ist es nur in dieser dunklen Nacht? John ist schweigsam. Das Schiff tuckert langsam in der Verlängerung der Hauptleine. Unablässig strömen die Heilbutte an Bord. Wieder fegen sie übers Deck, verstärken die Schlagseite, kehren abrupt zu uns zurück und treffen uns in die Waden. Meine schmerzenden Knie schlagen im Takt gegen das Schanzkleid. John steht an den Hebeln. Ich ziehe die Fische an Bord. Klatschnasse Gesichter unter einem dunklen, stürmischen Himmel. Die Wolken jagen darüber hinweg, die weißen Vögel ziehen ihre Kreise und ändern kreischend den Kurs. Die Leine stockt.

»Hängen wir am Untergrund fest, John?«

Wir ändern leicht den Kurs, beugen uns beide über das schwarze Wasser, spähen auf die Strudel. Irgendetwas, ein großer farbloser Körper hat sich in der Leine verheddert. John holt sie ein. Er schafft es nur mit Mühe. Der Schwanz eines großen Fisches taucht aus den Wellen auf, es ist ein Blauhai, der sich in der Langleine verfangen hat.

»Gib mir das Gaff. Dein Messer.«

»Ein Haifisch, John. Ist es wirklich ein Hai?«

»Gib das Messer her, hab ich gesagt.«

»Was hast du vor?«

»Die Leine loskriegen, ich muss ihm den Schwanz abschneiden.«

»Stirbt er dann?«

»Er ist schon tot.«

Ich hole den Schwanz an Bord.

»Schmeiß das weg.«

»Nicht sofort.«

Langsam versinkt der leblose Körper. Die letzte Boje erscheint.

Stockfinstere Nacht. Es ist sehr spät. Oder sehr früh. Wir haben die letzten Heilbutte gesäubert. Der Frachtraum ist dreiviertel voll. Wir legen die zehn letzten Langleinen aus. Ich mache das Deck sauber.

»Hör auf, das macht das Meer für uns. Lass uns lieber was essen, ich habe einen Kohlenfisch beiseitegelegt. Komm schon.«

Unser tropfnasses Ölzeug liegt auf dem Boden. John hat den Kohlenfisch gekocht. Ich knete meine geschwollenen und komplett aufgeschürften Hände. John stochert sich mit dem Zahnstocher im Mund herum.

»Jetzt haben wir die Wahl: Entweder machen wir sofort weiter oder wir ruhen uns ein paar Stunden aus.«

»Entscheide du, John.«

»Lass uns schlafen. Zwei Stunden. Wir haben es verdient.«

Er holt eine Flasche Whisky heraus und trinkt einen Schluck, stellt die Wecker. Ich ziehe mir den Schlafsack bis über die Ohren. Das getrocknete Blut auf meinen Wangen juckt. Ich fühle mich wie gerädert. Von der Müdigkeit erschlagen. Zwei Stunden, denke ich. Zwei Stunden Zeit zu schlafen. Herrlich. Wir treiben dahin.

Ich höre die Wecker klingeln. John rührt sich nicht. Noch ein paar Minuten, denke ich, ganz kurz nur. Dann schlafe ich wieder ein. Vier Stunden schlafen wir. Ich wache als Erste auf. Der kleine Ölofen brummt auf vollen Touren. Darauf die Kanne mit einem Bodensatz Kaffee, so dickflüssig wie Teer. Ich schenke mir eine Tasse ein. Mein Gesicht glüht. Der Rest meines Körpers auch. Es ist viel zu warm. Hinter der beschlagenen Scheibe, auf die in Böen das Wasser prasselt, die Kälte und die Nacht. Ich gehe an Deck, die Wasserladungen haben es inzwischen wirklich wieder gesäubert. Die Luft ist herb, sie brennt mir eisig in der Nase, in der Lunge, auf der Haut. Anscheinend ist der Wind abgeflaut, das Schiff treibt sanft dahin. Die leeren, gut am Aufbau festgezurrten Kübel haben sich nicht von der Stelle gerührt. Bei jeder neuen Welle geht ein Beben durch den riesigen Schwanz des Blauhais, den ich an den Anker gebunden habe, eine barbarische, gespenstische Galionsfigur. Ich gehe wieder hinein, koche neuen Kaffee, muss John lange rütteln, bevor er zu sich kommt.

»Zeit aufzustehen, John.«

Arbeit auf Autopilot. Mechanische Gesten. Wind im Gesicht. Mit dem Gezeitenwechsel haben sich die Heilbutte verzogen. Hier und da ein einsamer Fisch mit leeren Augenhöhlen, die von Fischläusen wimmeln. Es ist noch kalt und dunkel. Das Wasser trifft uns immer wieder frontal, rinnt unter unsere Öljacken. Wütend zerdrückt John Seesterne am Schanzkleid. Ihre riesigen, monströsen Münder, die an den Ködern nuckeln, zerplatzen auf dem dunklen Holz. Ihr rotoranges Fleisch liegt in Fetzen auf dem ganzen Deck. Seit er wieder wach ist, spricht John kaum, sein Gesicht ist farblos, von der Müdigkeit gewaschen, seine Lippen sind zu einem bitteren Strich zusammengepresst. Manchmal hält er das Spill an, lässt den Motor im Leerlauf drehen, sieht mich genervt an.

»Wart mal kurz.«

Dann geht er in die Kajüte. Die Nacht verblasst. Am diesigen Horizont werden bald der dunkle Schatten der Küste, die finsteren und schwarzen Wälder in der Kitoi Bay im Norden zu erkennen sein. John kommt wieder heraus, ruhiger, mit verschwommenem Blick.

»Ich bin gleich wieder da, John. Jetzt geh ich mal rein.«

Die Flasche liegt auf seiner Koje, ich verstecke sie unter dem Kopfkissen.

Das Ballett der auf dem Schanzkleid gevierteilten Seesterne setzt sich fort. Erneut stoppt John die Leine und geht in die Kajüte. Diesmal bleibt er länger weg. Ich werfe einen Blick durch die Scheibe. Er hat den Whisky wiedergefunden und trinkt wie ein Wahnsinniger, mit zurückgelegtem Kopf und halb geschlossenen Augen. Ich halte es nicht mehr aus, rase hinein und reiße ihm die Flasche aus den Händen.

»Nein, John, hör auf damit, es reicht!«

Und ich werfe die Flasche ins Meer. John wird kreidebleich. Ein Rest Alkohol rinnt ihm aus dem Mund. Plötzlich geht ein Ruck durch ihn hindurch, er fängt an zu fluchen und zu schreien.

»Du blöde kleine Bauerntrine willst mir wohl das Fischen beibringen! Dumme Kuh, wie kannst du mir meine Flasche wegnehmen.«

Etwas fällt dumpf auf den Boden. Die Wellen schlagen mit einem wütenden Fauchen an den Schiffsrumpf. Ich lasse mich auf den Lukendeckel fallen. Und weine jetzt wirklich. Wir sind von allen Seiten von grünen Brechern umzingelt, sie treiben ihr Spiel mit der kleinen *Morgan*. Ich denke an den großen Seemann, wie er auf mir liegt, an seinen Löwenatem und seinen Mund, der mir zu trinken gibt, an Hawaii, das ich nicht sehen werde, an das ice cream baby, das wir nicht mehr machen werden. In der düster-grauen Morgendämmerung und im Regen schluchze ich. Der Himmel ist schwer und boshaft. Unter mir spüre ich die schönen Meeresriesen auf ihrem Eisbett, gehüllt in ihr blutiges Totentuch – der Motor schnurrt –, wir haben zu viel getötet. Die See ist zornig, der Himmel, die Götter.

Mir ist kalt, und ich bin hungrig. Also gehe ich in die Kombüse. Da kauert John mit dem Gesicht am Boden, dem Hintern in der Luft, wie die Knienden von Mekka. Aber was ist sein Mekka, was tut er da überhaupt? Schläft er etwa? Ich setze mich an den Tisch, schnappe mir das Brot, das vorhin heruntergefallen ist, beiße hinein. John stöhnt leise.

»Los, John«, flüstere ich, »wir müssen wieder an Deck, die Langleinen einholen.«

Dann kaue ich weiter auf dem Brot, als gäbe es nichts anderes auf der Welt, nichts anderes, was von Bedeutung wäre. Das Schiff treibt dahin. John stöhnt immer noch.

»Los, John.«

Ich stehe auf und gehe zu ihm, tippe ihm freundlich auf die Schulter.

»Komm, John, wir müssen die Leinen einholen.«

»Habe ich dich verloren? Ich habe dich verloren, Lili.«

»Nein, John, das hast du nicht, niemand kann mich verlieren, aber wir müssen weitermachen.«

»Ich brauche Hilfe«, schreit er, immer noch mit dem Hintern in der Luft, das Gesicht an den schmutzigen Fußboden gepresst.

Und ich kaue weiter sorgfältig auf diesem Stück Brot herum.

»Wir brauchen alle Hilfe, John, aber bitte, bitte, steh jetzt auf. Jetzt müssen wir die Langleinen an Bord holen, wir haben nur noch ein paar Stunden Zeit.«

Da richtet sich John wieder auf. Auf Knien stöhnt er ein letztes Mal lange. Ich helfe ihm beim Aufstehen und führe ihn zum Tisch, schenke ihm einen Kaffee ein, sage: »Bald ist es vorbei, John, dann fahren wir nach Kodiak zurück und ruhen uns aus, und wenn du willst, gebe ich dir sogar ein Bier im Breaker's aus.«

»Lass uns sofort aufhören. Die Langleinen durchschneiden. Es reicht. Wir fahren zurück.«

»Nein, John, wir holen alles wieder an Bord. Nur noch ein paar Stunden.«

Mittag. Die Langleinen sind alle eingeholt. Die Fangzeit ist gerade beendet. Wir fahren zurück. John überlässt mir das Ruder, macht ein Bier auf.

»Hasst du mich?«, frage ich ihn.

»Und du, hasst du mich denn nicht?«, antwortet er.

»Wenn wir das nächste Mal zusammen fischen, musst du mir erst alles beibringen. Wie man das Schiff führt, wie die Hydraulik funktioniert, der Funk, alles. Und dann kannst du so viel saufen, wie du willst. Wenn du über Bord gegangen wärst, hätte ich nichts machen können.«

Abends legt sich der Wind dann. Als wir uns den Konservenfabriken nähern, rufe ich John, er ist an Deck eingeschlafen, mit nacktem Hintern auf dem weißen Eimer, der als Klo dient. Mit Bedauern übernimmt er das Steuer wieder. Etliche Schiffe warten darauf, ihre Ladung zu löschen. Ich bereite die Halteleinen vor, hole die Fender heraus. Sanft legen wir neben der *Indian Crow* an. Die Schlange ist lang. Bestimmt kommen wir erst morgen an die Reihe. Dann bin ich schon weg und werde nie erfahren, wie viele Tonnen wir mit unserer irren Jagd auf die Heilbutte erbeutet haben. John hat seine Selbstsicherheit wiedergefunden, er hat den stechenden Blick eines Mannes an Land, eines Geschäftsmannes. Wir setzen uns an den Tisch. Er zückt sein Portemonnaie. Seine bleichen Züge lassen seine Müdigkeit deutlich erkennen. Er unterschreibt einen Scheck und reicht ihn mir.

»Ist es so okay?«

»Ja«, sage ich leise, »das passt schon.«

Dabei hatte er gesagt, wir teilen. Wir haben doch mindestens viertausend Pfund gefischt? Bestimmt noch mehr, viel mehr. Und wir sollten teilen.

»Danke, John.«

Ich steige über die Bordwand der *Indian Crow*, mein zusammengerolltes Ölzeug in einem Müllbeutel, das Deck ist verlassen, das Funkgerät steht noch an, die Tür ist weit offen. Also steige ich die Leiter hinauf und stehe auf dem Kai. Dann renne ich mit großen Schritten, meine geschmeidigen und starken Beine ziehen mich fast gegen meinen Willen hinter sich her, vor mir die Möwen, der Hafen, ich renne, der diesige Himmel und der Wind. Und der *liquor store* und die Bar, ich renne immer weiter, die *Jenny* liegt am Kai. Scrim ist zurück. Außer Atem klettere ich über die Reling und klopfe an die Scheibe. Da kommt er zu mir heraus, lächelt.

»Na, Kid, gut gefischt?«

»Schau dir meine Hände an«, sage ich.

Er nimmt meine geschwollenen Hände in seine.

»*Good girl*. Lass uns was trinken gehen, ich geb dir einen aus.«

Wir gehen ins Breaker's. Die laute Bar ist gerammelt voll. Mit hoch erhobenem Kopf gehe ich zur Theke, lege meine schönen Fischerhände darauf, diese unförmigen Patschen, die ich nicht mal mehr beugen kann. Nie mehr werde ich vor irgendjemandem Angst haben, und ich trinke wie ein echter Fischer. Morgen geht's nach Hawaii und zum großen Seemann.

»Lili, mein Liebling, wenn du morgen im Flugzeug sitzt, bekommst du diesen Brief nicht mehr. Es spielt auch keine Rolle mehr. Heute verlasse ich das Sägewerk und suche mir ein günstiges Zimmer am Hafen von Honolulu. Mein Job war zu schlecht bezahlt, die Stunden nicht genug. Der Typ, für den ich gearbeitet habe, hatte in mir einen der besten Arbeiter in unseren hoch entwickelten Ländern – er hat es nicht zu schätzen gewusst. Wenn du da bist, bevor ich mich einschiffe, erfülle ich mir meinen sehnlichsten Wunsch und bleibe mit dir zusammen. Aber bis wir uns wiedersehen, wenn uns das überhaupt eines Tages gelingt, musst du mich in den heruntergekommenen Kneipen suchen, in den Bars mit Tänzerinnen, den Schlangen vor den Suppenküchen im Pazifik – ich gehe wieder fischen.

Ich weiß noch nicht, wo und auf welches Schiff ich gehe. Mein Lohn reicht wahrscheinlich gerade so, um nach Oahu zu fliegen, mir dort eine kleine Bude zu nehmen und die Woche über dazubleiben. Danach habe ich nichts mehr. Außer dem Verlangen, wieder auf See zu sein. Du brauchst mir nichts mehr zu schicken, keinen Brief, kein Geld, kein Essen oder Rum. Ich bin glücklich. Abgebrannt, ohne Arbeit, bald obdachlos, aber endlich mit meinem einzigen Grund zu leben.

Ich wäre gern für den Heilbuttfang zurückgekommen.

Aber zu wenig Zeit, nicht genug Kohle. Ein Typ hat mir von großen Fangarbeiten erzählt, in der Nähe von Singapur (vielleicht was für später). Ich bin noch nie mit dem Schiff über den Äquator gefahren, war überhaupt noch nie weiter als bis zum hundertachtzigsten Breitengrad.

Lili, ich hätte mir wirklich gewünscht, dass du kommst. Du bist der erste Mensch, der mich dazu bringen könnte, meine Meinung zu ändern, das zu ändern, worauf ich heute zusteuere. Ich habe lange auf dich gewartet. Jetzt muss ich los. Du bist in meinen Gedanken. Immer. Ich halte dich auf dem Laufenden. Vielleicht arbeite ich ein paar Tage auf einem heimischen Kutter. Dann treffen wir uns vielleicht noch, nehmen uns eine olle, kleine möblierte Wohnung in Waikiki oder Chinatown und versuchen, ein Kind zu bekommen – unser ice cream baby. Nächste Woche, wenn ich mir ein Schiff suche, melde ich mich auf jeden Fall noch mal bei dir. Außer wenn jemand zu mir sagt: »Komm, wir laufen in der nächsten Stunde aus.«

Such mich auf Oahu, frag auf Susans Fischmarkt nach mir. Pass auf dich auf, ich sage dir Bescheid,

Jude.«

Immer ruft mich die Fähre. Sie dröhnt durch die Nacht: »Komm, Lili, komm.« Und ich stecke im Hafen fest. Die Schiffe kommen und gehen. Aus Honolulu schreibt mir der große Seemann: »Komm, Lili, komm. Lass uns endlich unser ice cream baby machen.« Und ich klebe am Anleger fest wie ein krankes Schiff. Ich sitze auf dem Kai, hinter mir die Straße, der Waschsalon, die überteuerten Duschen, das Café mit den hübschen Bedienungen, weiter weg die Bar und der *liquor store*, dahinter der Fischereibetrieb Alaskan Seafood. Vor mir der Hafen, die Flotte der Fangschiffe, die auslaufen und zurückkehren. Adler schweben in dem zu hellen Himmel, Möwen kommen und gehen und schreien, mokieren sich oder jammern, in langgereckten, bitteren und matten Klagen, die erst lauter werden und dann in wildtraurigen Tönen ersterben.

Ich bin zu nichts gut. Sehe den auslaufenden Schiffen zu, den Gezeiten, die sterben und wiedergeboren werden, lausche der Fähre, die zweimal pro Woche dröhnend ruft: »Komm, Lili, komm.« Erneut lese ich die Briefe des großen Seemannes, die auf altes Papier mit Fett- und Bierflecken geschrieben sind: »Lili, mein Liebling, komm.« Ich schaue weiterhin den Möwen, den Adlern und den Schiffen zu.

Die Insel hat mich in ihre schwarzen Felsarme geschlossen. Der grüne Hügelbogen, schweigend und kahl, überragt mich. Die blühenden Weidenröschen wogen wie eine blasslila See. Der Schatten des Seemannes, der sich auf mich gelegt hat, ist nicht mehr von mir gewichen, seit er in diesem sanften Regen davongefahren ist, auf einer weißen Fähre in der tiefschwarzen Nacht. Er begleitet mich, während ich mich durch diese Straßen schleppe, voller großer Männer in Stiefeln, die von einem Schiff zum anderen gehen, von einer Bar zur anderen, im Seemannsgang, und dann mit ihren ausgewogenen, geschmeidigen Schritten aufs Meer zurückkehren.

Es wird wieder Nacht. Die Insel schließt uns wieder in die dunkle Höhle ihrer Arme. Ich gehe über den verlassenen Kai, auf den letzten Steg, es ist Flut, ich gehe den Ponton entlang bis zu dem blauen Ringwadenschiff, der *Lively June*. Der geliebte Geruch von Schiffsdiesel und nassem Ölzeug, Kaffee und Konfitüre. Ich habe keinen Hunger. Sofort lege ich mich in meine Koje, dicht an die raue Holzwand des Bugs. Es ist dunkel. Ich hebe den Kopf. Die Lichter im Hafen tanzen und werfen Schatten. Durch die Bullaugen des Aufbaus sehe ich den stockdunklen und sehr weiten Himmel. Ich höre Schritte auf dem Ponton, Stimmengewirr, das leise Keuchen der Flut am Schiffsrumpf. Um diese Zeit verlässt die *Arnie* die Reede, der Motor schwillt erst an und beruhigt sich dann wieder, da weiß ich, dass der Schlepper die enge Hafenausfahrt passiert hat. Mit offenen Augen, reglos, seufze ich. Die Fähre ruft in der Nacht. Am Abend, als er abgefahren ist, der große Seemann, hat die Fähre auch so geheult, der ferne Klang eines Nebelhorns, traurig, so traurig. »Komm, Lili, komm.« Ob ich mich je wieder von hier losreißen kann?

Ich gehe zwanzig Meter über den Anleger. Das alte türkisblaue Ringwadenschiff aus Holz hat sich nicht von der Stelle gerührt, seit wir ausgelaufen sind, Gordons altes Schiff, zu dem er mich eines Tages mitgenommen hat, als ich den versprochenen Job doch nicht bekam – Lili, die illegale Einwanderin, und der Reeder wollte sich keine Schwierigkeiten mit der Einwanderungsbehörde aufhalsen.

Ich finde den unter dem Rand der Laufplanke versteckten Schlüssel wieder. Die Tür ist noch mehr aufgequollen, sie leistet Widerstand und ächzt. Ich gehe die drei schmalen Stufen hinunter, stehe erneut in der finsteren Höhle. Wie immer riecht es nach Schiffsdiesel. Ich öffne einen Schrank: Es ist noch Kaffee da, eine Konservenbüchse mit eingemachtem Obst, drei Büchsen Suppe. Kekse. Ich werfe meinen Schlafsack vorn ins Schiff, auf eine der beiden schmalen Kojen, die sich zwischen den feuchten Seiten des Schiffs zum Vordersteven hin noch mehr verjüngen. Mit den Füßen auf dem Rand der Kojen balancierend, klappe ich den Stuhl auf und ziehe mich zu ihm hoch. Meine Beine baumeln in der Luft, ich sitze vor den Anzeigetafeln. Direkt vor mir der Berg, beeindruckend und leuchtend grün, unter den Masten die Schiffe, der rote Schlepper, der jede Nacht ausläuft – dann hört man seinen Motor, wird aus seinen Träumen gerissen –, die Kais, der Ponton, über den man zu den Bars und in die Stadt gelangt. Rundherum überall Möwen. Darüber Adler. Und dazwischen die Raben.

Die Straße ist weiß von der Sonne – Ebbe. Auf der anderen Seite des Weges ist der Damm aus Geröll und Steinbrocken bis zum Schlick kahl. Am Ende der Straße sitzen drei Männer am grünen Ufer und lehnen sich mit dem Rücken an das kleine quadratische Gebäude mit den öffentlichen Toiletten und der Taxizentrale. Typen, die sonst auf dem Platz herumlungern. Sie warten. Tage, Wochen, ganze Jahreszeiten warten sie darauf, dass das *shelter* abends um sechs seine Türen öffnet, und dann gibt es was zu essen, Kaffee und Kuchen, gute warme Duschen und den Schlafsaal. Aus der Ferne erkenne ich Stephen, den kleinen grauhaarigen, in sich zusammengesunkenen Mann – eines Tages hat er mir erzählt, dass er ein Forscher ist, ein großer Physiker, und auf ein Buch wartet, »das Buch«, das seine Tochter ihm schicken soll, ihm aber nicht schickt. Was macht sie denn, diese Tochter, hat sie ihren Vater vergessen? Neben ihm ein großer, finsterer und magerer Indianer und der blonde Mann mit dem entstellten Gesicht. Der dicke Murphy ist bei ihnen. Zusammen bilden sie einen schwarzen Fleck auf der grünen Böschung. Adler am Boden.

Die Typen vom *shelter.* Sie warten auf dem Platz, aber auch am Hafen. Sie langweilen sich ein bisschen. Die Fischerei haben sie längst aufgegeben. Manchmal ziehen sie von einem Schiff zum nächsten, um die Leinen zu bestücken, verdienen sich damit ein bisschen Kleingeld, für Alkohol oder für Crack. Sie trinken, um sich die Zeit zu vertreiben, hauen die an, die vom Fischen zurückkommen, und wenn der Fang gut war, geben diese ihnen was, ohne auf den Cent zu schauen. Die Typen vom Platz und die Fischer ähneln sich, dasselbe gerötete Gesicht, bei den Ersten ist es vielleicht etwas verlebter, und unter ihnen gibt es mehr Indianer, mehr Frauen auch. Sie sind furchtbar müde, diese Frauen, und schlafen häufig, die Stirn an die Schulter eines Typen gelehnt, der noch nicht umgekippt ist, noch nicht unter einer Bank oder in einem Keller liegt, oder bei Ebbe unten am Damm. Alkohol oder Crack. Der große Seemann war mit allen befreundet. Alle kannten ihn, alle achteten ihn.

Der große Seemann, der nahm mich mit ins Motel. Er legte mich aufs Bett. Dann legte er sich auf mich – »*Tell me a story*«, sagte er. »Mein Gott«, murmelte er. Der Anflug eines zaghaften, ungläubigen Lächelns zeichnete sich auf seinem Gesicht ab, dem eines Besessenen – »Erzähl mir eine Geschichte… Du bist die Frau, mit der ich immer zusammen sein möchte… Ich will dich vögeln, dich lieben, immer mit dir zusammen sein, nur mit dir… Ich will ein Kind von dir haben. Erzähl mir eine Geschichte.« Schwer war er auf mir, langsam und brennend heiß in mir. »Ja«, flüsterte ich, »ja.« Ich kannte keine Geschichten, die ich ihm hätte erzählen können. »*Tell me a story*« – »Ja«, sagte ich. Seine Edelstein-Augen auf mir, seine Augen, die mich erdolchten und mich wild liebten, seine gelben Raubtieraugen, die mich nicht losließen, bis ich schließlich den Boden unter den Füßen verlor – »Ich will jetzt am liebsten sterben«, sagte ich. Und da brachte er mich um, lange, seine stämmigen, starken Schenkel um mich gelegt, seine steinernen Lenden, den Speer, den er in mich hineinstieß, der mich mit seiner Liebe erdolchte, meinen blassen und glatten Bauch, meine schmale Hüfte, ähnlich zwei am Boden klebenden, an das weiße Laken mit den ice-cream-Flecken gefesselten Flügeln. Seine wilden Augen ließen nicht mehr von mir ab, wohlberechnete Stöße mit der Harpune, diese Langsamkeit, dieses Brennen. Sein Mund versenkte sich in meine Kehle, der raubtierhafte Kuss, der mich erbeben ließ, mein ganzes Leben durchfuhr mich in einem langen Schauder, der aufstieg bis zu meiner Kehle, offen vielleicht, um mich seinen Zähnen besser darbieten zu können, er der Löwe, ich die Beute, er der Fischer, ich der Fisch mit dem weißen Bauch.

Es wird wieder Nacht. Die Flut entfernt sich. Ein Vogel schreit auf der Mole. Ich warte auf das Horn der Fähre. *Tustumena* heißt sie, die Fähre.

Den großen Seemann habe ich auf dem Meer kennengelernt. Er schrie den grauen Wellen, den schwarzen Wellen entgegen, wenn es Nacht war – »Letzte Leine!« – »Anker ist ausgeworfen!« –, er brüllte im Getöse des Motors, wenn das dröhnende Kielwasser den dunklen Anker am Ende der letzten Langleine verschlang, im Kreischen der Möwen, die unser Kielwasser am Himmel nachbildeten. Dann nahm das schwarze Stahlschiff Fahrt auf. Und der große Seemann schrie noch immer. Seine Brust schwoll an, sehr breit, erfüllt von seiner mächtigen und schrecklichen Stimme stieß er ein letztes Brüllen aus. Er schrie, allein dem Meer gegenüber, stehend vor dem gigantischen Ozean, schmutzige, vom Salz steif gewordene Strähnen fegten ihm über die Stirn, seine Haut war gerötet, geschwollen, seine Züge verbrannt, und seine gelben Augen versprühten raubtierhafte Funken. Da fürchtete ich mich vor ihm, die ganze Zeit fürchte ich mich vor ihm, blieb in seinem Schatten, bereit, beiseitezutreten, zu verschwinden, wenn er das geringste Anzeichen von Distanz zeigte. Ich verfolgte jede seiner Gesten, gab die schweren Kübel mit den Langleinen weiter, die mich zum Schwanken brachten, band einen Sack voller Steine an jeden einzelnen Kübel, knotete sie mit einem Schotstek fest, und er überprüfte sie immer, ohne ein Wort, ohne ein einziges Mal zu lächeln.

Ich habe geträumt, dass alles wieder von vorn anfängt. Wieder sind da die Kälte, das Wasser in den Stiefeln, die durchgefischten Nächte, das finstere, brutale Meer wie schwarze Lava, mein blutverschmiertes Gesicht, der glatte und blasse Bauch der Fische, die wir aufschlitzen, die brüllende, in den eisigen Samt eintauchende *Rebel*, noch dunkler als die Nacht, die an Deck verteilten Innereien. Die Stunden verstreichen, Zeit hat keine Bedeutung mehr. Der große Seemann schreit, immer im Stehen und immer allein dem Ozean gegenüber. Und ich hatte beschlossen, dass es immer so sein würde, dass wir immer weiterfahren würden, im kohlrabenschwarzen Samt der Nacht, in unserem Kielwasser blasse, kreischende Vögel, nie mehr zurückkehren, nie mehr Land sehen, und das bis zur völligen Erschöpfung – mit dem schreienden Mann zusammenbleiben, um ihn immer zu sehen, zu hören und seinem irren Lauf zu folgen – nie aber, ihn zu berühren, auf die Idee, ihn zu berühren, war ich nicht einmal gekommen.

Vielleicht wäre eines Tages die Fangzeit vorbei, und alle würden das Schiff verlassen. Doch das war mir ganz entgangen.

Nikephoros ist ins offene Meer hinausgeschwommen. Heute Abend, in der Bar, findet die Trauerfeier für ihn statt. Ein Pope ist gekommen. Wir haben alle etwas zu essen mitgebracht und trinken bis tief in die Nacht.

Zusammen mit Brian, dem Matrosen der *Dark Moon*, hatten sie Crack-Zigaretten geraucht. Sie saßen auf der Mole. Hinter ihnen ging die Sonne unter. Da drückte Nikephoros seine Zigarette mit den Fingern aus und drehte sich zu Brian um.

»Ich habs satt«, sagte er, »echt satt, glaube ich. Ich haue ab. Nach Hause.«

Und er ließ sich ins Wasser gleiten. Brian konnte ihn nicht zurückhalten. Nikephoros schwamm kerzengerade auf den Horizont zu. Da sprang auch Brian ins Wasser, holte ihn ein und versuchte, ihn zu überreden, wieder zurückzukommen.

»Lass mich«, sagte Nikephoros. »Wenn du mein Freund bist, dann lass mich.«

Und Brian hatte ihn gelassen. Nun hängt ihm sein rotes Haar wirr in das abgespannte, benommene Gesicht. Seit drei Tagen trinkt er ununterbrochen und will nicht mehr auf die *Dark Moon* zurück. Er schimpft und weint und zetert.

Ryan, der müde Mann, der eines Tages im Sommer, als aus dem Radio kam: »Take me, take me to sail away«, auf seinem verbrauchten Schiff Leinen bestückt hatte, fischt mich auf dem Rückweg von der Bar auf.

»Wohin gehst du?«

Ich habe zu viel getrunken, stehe am Rand des Kais, schaue ins schwarze Wasser und frage mich, ob Nikephoros zu Hause angekommen ist oder immer noch schwimmt.

»Ich weiß nicht«, antworte ich. »Ich habe Angst, auf die *Lively June* zurückzugehen. Vielleicht sollte ich versuchen, Nikephoros wiederzufinden.«

Da nimmt er mich an der Hand.

»Komm«, sagt er. »Du bist müde.«

Wir gehen über den Ponton, und ich lasse seine Hand los. Ein Vogel fliegt vom Mast auf, als Ryan übers Schanzkleid der *Destiny* klettert. Der Flügelschlag lässt mich schaudern. Ryan hält mir den Arm hin. Ich folge ihm. In der Kajüte ist es dunkel und schmutzig. Im Hintergrund läuft das Radio. Reglos bleibe ich im Dunkeln stehen, ich zögere.

»Zieh die Stiefel aus.«

Ryan legt mich freundlich auf die Matratze voller Dreckwäsche. Er deckt mich mit seinem Schlafsack zu. Dann zieht er sich aus und legt sich neben mich. Mein Herz klopft wie wild. Doch ich habe Angst, allein zu sterben, wie eine Ratte, in der hintersten Ecke einer kalten Koje. Ich höre die *Arnie*, die nachts ausläuft, die Fähre, die mich ruft. Da schmiege ich mich an ihn. Im Dunkeln lege ich die Hände an sein müdes Gesicht. Seine Brust ist weich und seidig, die blonden Härchen leuchten im Dämmerlicht auf. Er rührt mich nicht an.

»Schlaf jetzt«, sagt er.

Ich nehme seine Hand. Da dreht er sich um, und ich lege mich an seinen breiten Rücken. Ich halte ihn fest, schmiege meine Beine in seine Kniekehlen, klammere mich an seine massige Gestalt. Etwas fällt aufs Deck. Der Wind frischt wieder auf.

»Es weht so stark«, flüstere ich, »glaubst du, dass es ihn stört? Glaubst du, er ist zu Hause angekommen?«

»Wer?«

»Nikephoros«, hauche ich.

»Alles in Ordnung«, sagt er. »Du darfst bloß dem Wind nicht mehr zuhören.«

Er dreht sich um, legt den Arm auf mich, hält mir mit einer Hand das Ohr zu. Ich heule ein bisschen vor mich hin. Die Koje ist zu schmal für uns beide. Er zerquetscht mich fast. Mir ist so heiß, dass ich das Gefühl habe, zu ersticken.

»Ryan«, sage ich schüchtern, »ich muss dich noch mal stören. Mir drückt es auf den Magen. Ich glaube, mir wird schlecht.«

»Du wirst doch nicht hier kotzen?«

»Nein, nein.«

»Dann geh raus. Steck dir die Finger in den Hals, und kotz über Bord.«

Ich richte mich auf, bleibe wie gelähmt am Rand der Koje sitzen und schaue mich um. Es sieht schön aus, das Licht des Kais, das durch das alte, sehr dreckige Holzfenster hereinfällt. Ich fühle mich furchtbar allein, stehe auf. Im Dunkeln taste ich nach meinen Stiefeln, finde sie.

Ich gehe ans andere Ende des Kais, lasse die Füße über dem schwarzen Wasser baumeln. Dann tauche ich sie hinein, um mich zu erfrischen. Möwen bilden blasse Flecken auf der Mole. Ob sie schlafen? Ich denke an den großen Seemann. An die nackte Welt und an uns mittendrin. »*Nothing, nobody, nowhere*«, murmele ich. Aber ich bin in der Mitte und lebe noch, lebe immer noch. Stark, so stark. Die Lichter im Hafen tanzen auf dem dunklen Wasser.

Ich stehe wieder auf, gehe über den Ponton, den Steg, dann den Kai entlang. Die Stadt ist verlassen. Weiter zum Fähranleger. Die *Tustumena* ist wieder weg. Danach gehe ich die Tagura Road entlang. Auf der Werft schlafen die Schiffe auf ihren Lagerböcken, als stünden sie auf antiken Säulen. Der Ozean glänzt im Mondschein. Das regelmäßige Plätschern der Wellen erfüllt die Welt. Weiter geht es am Ufer entlang, bis zur Heilsarmee. Auf der anderen Seite der Straße das Beachcomber. Im Mondlicht sieht es verlassen aus, doch das große Wandgemälde gegenüber dem Meer wirkt um diese Zeit noch wilder. Die Schiffe und Wellen scheinen sich wirklich zu bewegen. Es erinnert mich an Nikephoros' Tätowierungen, wenn er die Muskeln spielen ließ. Die alten Trucks haben sich nicht von der Stelle gerührt. Ich versuche, die Tür des ersten zu öffnen. Erst leistet sie Widerstand, doch dann gibt sie nach. Die Scheibe ist zerbrochen. Ich mache mich im Führerhaus ganz klein. Es riecht nach Schimmel. Die Bank ist durchgesessen und feucht. Mir ist kalt, während ich an Jude denke, an Nikephoros, der immer noch schwimmt – wo ist er gerade? –, an meinen Schiffbrüchigen aus Manosque-die-Messer. Das Meer seufzt. Wo sind sie alle gerade?

Der Tag bricht an. Ich schlafe schon lange nicht mehr. Zusammengerollt, die Hände auf dem Bauch, zittere ich vor Kälte. Orangefarbenes Licht strömt in den Truck hinein. Ich setze mich auf. Eine weiß glühende Boje durchbricht den Ozean, der scheint sie festhalten zu wollen. Sie steigt auf, steigt und reißt sich vom Ozean los. Knapp über dem Horizont bleibt die riesige Kugel in der Schwebe, bevor sie noch weiter emporsteigt. Das Wandgemälde wirkt lebendig, von den wilden Lichtreflexen des Meeres in ein glühendes Rot getaucht. Ich stehe auf, rote und schwarze Flecken tanzen mir unter den Lidern. Die Flut ist wieder weg. Sie also auch. Eine leichte Brise kräuselt die kleinen Wellen hinten in der Bucht. Das regelmäßige Rauschen der am Strand ersterbenden Wellen dringt zu mir, und aus der Ferne ein leises Keuchen, wie ein Ruf, das Keckern eines Vogels, er gesellt sich zu den rotfüßigen Austernfischern, die auf dem weißen Sand leuchten. Ich schüttle mich, bin ganz steif gefroren. Und hungrig. Ich gehe in die Stadt. Die Straßen erwachen zu neuem Leben. Ich trinke einen Kaffee und bestelle einen Muffin in dem Café am Kai, das gerade aufgemacht hat. Dann setze ich mich auf eine Bank. Ein Rabe kommt. Noch einer. Sie warten auf den Muffin. Unter dem Denkmal des verschollenen Seemanns liegt ein dunkler Schatten. Sid? Lena? Vielleicht sind sie ja zurück. Oder der Indianer mit dem vernarbten Gesicht? Irgendjemand. Nikephoros, geht es mir durch den Kopf. Ich traue mich nicht nachzuschauen.

Auf der *Lively June* packe ich meine paar Habseligkeiten zusammen. Point Barrow oder Hawaii, jetzt ist es ganz egal. Das eine wird immer das andere mit sich bringen. In zwei Tagen ist die *Tustumena* wieder da. Ich überlege, am Kai auf sie zu warten, setze mich auf den Anleger. Es dauert lange. Ich bekomme Appetit auf Popcorn.

Ich gehe lange Zeit in Richtung Monashka Bay. Dann nach Abercrombie, ans Ende der Straße. Und noch weiter. Bis zur Steilküste. Ich stemme mich gegen den Wind und hoffe, davongeblasen zu werden. Ein Schwarm Eissturmvögel fliegt so dicht an mir vorbei, dass sie mich fast streifen. Ihre heiseren

Rufe umgeben mich, bevor sie sich nach und nach im Getöse des Windes verflüchtigen, im wilden Hecheln der Flut, die aufs Gestein eindrischt. Ich schaue in die Ferne. Vor mir liegt der Ozean. Er flimmert vom Horizont her, setzt sich fort bis ans Ende der Welt. Am liebsten möchte ich mich von diesem Flirren verschlingen lassen. Ich bin am Ende des Weges. Jetzt muss ich mich entscheiden.

Sehr lange bleibe ich dort. Die Nacht kommt. In der Stadt gibt es die Bars, die warmen, roten Lichter, Männer und Frauen, die leben, die trinken. Als ich mich dem Wasser noch weiter nähern will, stolpere ich über die Wurzel einer kümmerlichen, krumm gewachsenen Kiefer. Ich habe das Gefühl abzuheben, mit so viel Schwung stürze ich. Endlich lande ich auf dem Boden. Die Schmerzen im Knie, der Atem meiner Angst durchzucken mich wie eine Lanze aus Feuer. Kurz vor mir geht es ins Leere. Ich ziehe die Knie an die Brust, schlinge die Arme eng drum herum, lege die Stirn an die Schenkel, um es nicht mehr zu sehen. Das Krachen der Brecher erfüllt meinen Schädel. Ich denke an den großen Seemann, der mich da unten im Süden erwartet, auf seiner staubigen, gleißend hellen Insel, oder hat er sich vielleicht schon eingeschifft, steht fest an Deck eines Kutters und schreit hinter der irren, sich in die Fluten abwickelnden Langleine Befehle, den schluchzenden Flug weißer Vögel um seine Stirn, wie ein Glorienschein, diesmal ein wilder.

Unaufhörlich brechen sich die Wellen an den Klippen. Ich kauere mich in eine Felsnische, genau die, in die sich Jude an diesem einen Abend hingekauert und seinen Rum getrunken hat – am Abend von Abercrombie. Ich wickle mich in meinen Schlafsack ein und denke an die Fische, die von der

Strömung getragen werden. Es wäre so schön, ein Fisch zu sein. Und wir töten sie. Warum? Ich schließe die Augen. Unter meinen Lidern ist Jude. Er geht, mit unsicheren Schritten, sein sonnenverbranntes Gesicht halb unter schmutzigen Strähnen versteckt, seine schönen gelben Augen blicken über die lange Reihe von Menschen hinweg, diese Männer und Frauen, die auf eine Schale Chili warten – über das Land hinweg, seine breite, gerötete Stirn schaut zum offenen Meer hin, in Richtung Südpazifik, wo er eines Tages fischen will. Dann wieder ist er in einer schummrigen Bar. Plumpe, halb nackte Frauen, vom Schein eines roten Projektors aufgespießt wie arme missgestaltete Schmetterlinge, schwingen ihre schweren Hüften, wackeln mit ihrem riesigen, nackten Hintern und täuschen Liebe vor – die er, ein Glas schlechten Rums an den Lippen, wie ein Rasender trinkt. Ob er noch an unser ice cream baby denkt?

Der ewig dahinrollende Ozean. Dieser weit offene Himmel. Riesige Welt. Wie soll ich ihn nur wiederfinden? Schwindel nimmt mir den Atem. Um mich herum bewegen sich Schatten im Wind. Tote Bäume. Ich habe Angst. Das Grollen des Ozeans scheint in der Nacht zuzunehmen. Der Himmel klafft wie ein Abgrund. Ich meine, den schmerzerfüllten Schrei des Seetauchers zu hören, der die Nacht durchdringt. Er kommt von so weit her … Alles entgleitet mir. Alles ist so gigantisch groß und will mich zermalmen. Ich bin allein und nackt. Das irre Lachen des Vogels hallt im Brüllen der Welt wider, als wäre es ihr Herz. Ich habe gefunden, was ich suche. Endlich habe ich ihn wiedergefunden, den Schrei des Seetauchers in der Nacht. Ich schlafe ein.

Und träume. Etwas liegt am Boden. Ein Zweig vielleicht. Ich bücke mich, um ihn aufzuheben. Es hat Ähnlichkeit mit dem Hals einer Wildgans. Oder dem eines Seetauchers vielleicht. Oder ist es eine Sandskulptur? Ich versuche, sie zu fassen zu kriegen. Sie zerbröckelt mir zwischen den Fingern. Unmöglich, ihr wieder eine greifbare Form zu geben. Was da in meinen Händen zerfällt, hat Ähnlichkeit mit dem Leben und Tod meines Schiffbrüchigen, dem Leben und Tod von Nikephoros und dem des großen Seemannes, irgendwann.

Glossar

Affenfaust: komplizierter Knoten in Form einer großen Kugel; man befestigt ihn am Ende einer Trosse und wirft ihn dann jemandem auf dem Kai zu, um das Schiff festzumachen

Brailer: engmaschiges Netz, das in die Frachträume hinabgelassen wird, um den Fang zu entladen

Bunkhouse: Schlafbaracke (amerik.)

Gril: dicke, parallel angeordnete Träger, auf die Schiffe bei Ebbe für Wartungs- und Reinigungsarbeiten abgelegt werden

Idiot fish: *Sebastolobus alascanus* oder kurzstacheliger Stachelkopf, roter Felsenbarsch aus dem Pazifik, der in großer Tiefe lebt. Den Beinamen *Idiot fish* hat er seinen riesigen Glubschaugen zu verdanken

Last Frontier: Bezeichnung für Alaska

lower forty-eight: Bezeichnung für die achtundvierzig zusammenhängenden Staaten der USA, also alle außer Hawaii und Alaska

Sonar: Akronym von Sound Navigation and Ranging, ein System, um durch Wasserschall unter anderem Fischschwärme zu entdecken und zu orten und die Wassertiefe zu messen

Tender: Schiff, das Fangschiffe mit Wasser, Schiffsdiesel, Lebensmitteln versorgt und ihnen den Tagesfang abnimmt

Travellift: fahrbarer Kran zum Transport von Schiffen

Working on the edge: »auf Messers Schneide arbeiten«, wird im Zusammenhang mit dem Krabbenfang verwendet

Die französische Originalausgabe erschien 2016 unter der Titel
»Le grand marin« bei Éditions de l'Olivier, Paris.

Dieses Buch ist auch als E-Book erhältlich.

MIX
Papier aus verantwortungsvollen Quellen
FSC® C014496

Verlagsgruppe Random House FSC® N001967

1. Auflage
Genehmigte Taschenbuchausgabe Oktober 2019
by btb Verlag in der Verlagsgruppe Random House GmbH,
Neumarkter Str. 28, 81673 München

Covergestaltung: semper smile, München
Covermotiv: © Getty Images/David Doubilet
Autorinnenfoto: © Jean-François Robert
Druck und Einband: GGP Media GmbH, Pößneck
mr · Herstellung: sc
Printed in Germany
ISBN 978-3-442-71835-1

www.btb-verlag.de
www.facebook.com/btbverlag